冯其庸评点《红楼梦》一

曹雪芹 著
冯其庸 评点
无名氏 续

青岛出版社

甲申五月校批红楼梦竟自題兩絶

老去批红只是痴 芹溪心事发人知
怪将一把伤心淚 灑向蒼々問硯脂

一梦红楼五十年 相看白髮已盈顛
梦中多少辛酸生 老去方知梦阮癫

宽堂冯其庸八十又二

冯其庸题诗

冯其庸印章

解读《红楼梦》
——代 序

一 《红楼梦》是可以解读的

《红楼梦》是一部出名的奇书,奇就奇在从易读的一面来说,几乎是只要有一般文化的人都能读懂它,真可以说是妇孺皆可读;但从深奥的一面来说,即使是学问很大的人也不能说可以尽解其奥义。一部书竟能把通俗易懂与深奥难解两者结合得浑然一体,真是不可思议。也正因为如此,两百多年来,它既是风行海内的一部书,也是纷争不已的一部书。

那么,《红楼梦》真是一部不可解读的书吗?从理论上来说,世间的客观事物,都是应该可以被认识的,所以不可知论的观点是不科学的。但是,从实践来说,什么时候能认识这客观事物,就拿《红楼梦》来说,什么时候能被彻底认识,就很难预期了。这就是说，终究能解读这部书是肯定的，而何时可以完全解读这部书则是很难作出预测的。当然，并不是说我们现在对这部书还完全没有解读，我认为积二百多年来人们对这部书的认识经验，应该说人们对这部书的大旨是基本了解的，现在说的难解的问题，是指书中较为隐蔽的部分，而并不是说书的整体。

再说《红楼梦》作者本身，是希望永远不被人解读呢，还是希望终究能得到知音，得到解读呢？我认为作者是希望能得到人们的解读的，不然就不会作出"谁解其中味"的感叹来了。但是，再进一步来说，我认为曹雪芹既不是希望在他的时代人人都能解读，也不是希望在他的时代人人都不能解读。曹雪芹处于他的特殊的时代环境，他希望在他的时代，有一部分人永远也不能解读。他所以要用"假语村言"，将"真事隐去"，就是为了要躲避这些人，以免造成文字奇祸；而对广大的读者来说，他是极希望人们能读懂他的书的。至于百年之后，那他就更希望能得到人们的普遍理解了。

从作者的心理来说，如果他根本不希望别人能了解，那么，他又何必要费这么多心血来写这部书？不着一字，不是更为隐蔽吗？现在他既已着书，而又一方面反复强调"真事隐去""假语村言"，而另一方面又说明"至若离合悲欢，兴衰际遇，则又追踪蹑迹，不敢稍加穿凿","不过实录其事,又非假拟妄称"。这前后矛盾的话,初看似乎不可理解,细味方才悟出,实际上是他唯恐人们不去求解,故意露出破绽,以求人们去仔细琢磨他所隐藏的深意而已。

这种藏头露尾、欲隐故显的情景,在文学史上并不是绝无仅有的,我觉得魏晋之际阮籍的《咏怀诗》就与它有极为相似之处。颜延之说:"阮籍在晋文代常虑祸患,故发此咏耳。"李善说:"嗣宗身仕乱朝,常恐罹谤遇祸,因兹发咏,故每有忧生之嗟,虽志在刺讥,而文多隐避,百代下难以情测。"雪芹的朋友敦诚称雪芹是"步兵白眼向人斜",是"狂于阮步兵"。敦敏也说他"一醉酕醄白眼斜"。他们都用阮籍来比喻雪芹,而雪芹也恰好自号"梦阮"。"梦阮"者,梦阮籍也。这样,我们正好从雪芹自号"梦阮"得到启示,阮籍的八十二首《咏怀诗》所以"文多隐避",是因为"身仕乱朝,常恐罹谤遇祸"。则雪芹亦何尝不是。当然雪芹从未"仕"过,且亦不能称他的时代是"乱朝"。但若从雍正夺嫡的时代起,一直到雍正上台就立即大开杀戒,不仅把与他争夺帝位的兄弟杀的杀、关的关,而且雍正元年,曹雪芹的舅祖李煦即被抄家,彻底败落。雍正五年底到六年初,曹雪芹家也被抄,彻底败落。同时破家败落的还并非一二家。处在这样的时代,从雪芹自身的遭遇来说,说自己有近似阮籍的境遇,有同阮籍一样的"常恐罹谤遇祸"的畏惧,我觉得是合理的,因而雪芹的"梦阮"两字,是有真实的内涵的,他的《红楼梦》"真事隐去",也就是阮籍的"文多隐避",其道理是一样的。

无论是阮籍还是曹雪芹,他们的作品尽管"文多隐避",但并不是他们绝对不希望人们能理解,因此我们如能认真地去求索,总应该能找到解读之路。

二 解读《红楼梦》之路

《红楼梦》的解读,根据我自己的体会,我认为必须正确地做好四个方面深入细致而切实的研究工作。

第一,要正确地弄清曹雪芹的百年家世

要正确地弄清曹雪芹的百年家世,因为曹雪芹在《红楼梦》里一再提到他的百年家世,从艰难的创业,到种种特殊的际遇,到成就飞黄腾达亦武亦文的显宦家世,到最后的盛极而衰和彻底败落,这些重要的环节,如果不是根据第一手的可信的史料来加以研讨,而是根据道听途说,甚至故意歪曲文献或无中生有地胡编乱造,这怎么能正确地进入解《梦》之途呢?

或曰:《红楼梦》并不是曹雪芹的自传,何必要

了解这么多呢？《红楼梦》确实不是曹雪芹的自传，所以"自传说"是错误的。但曹雪芹写《红楼梦》的生活素材来源，却是取自他自己的家庭及舅祖李煦的家庭等，这是事实。所以为了更深入地研究《红楼梦》而研究曹雪芹创作《红楼梦》的生活素材、历史背景，这是完全必要的。反之，如果把曹雪芹的百年家世都弄错了，甚至故意歪曲颠倒了，那么，如何能理解《红楼梦》呢？

第二，要正确地理解曹雪芹的时代

要正确地理解曹雪芹的时代，不仅仅是曹雪芹生活的不到五十年的时代（约一七一五年到一七六三年），而且还应该了解曹雪芹出生前的一段历史状况，因为这都会对作者产生影响。特别是对曹雪芹时代的政治斗争、思想斗争、经济状况、社会状况等，都必须有所了解。尤其要注意的是十八世纪初的中国封建社会，正处在缓慢转型的时期，旧的封建制度的一切仍处在绝对统治的地位，社会仍是沉沉暗夜，但是新的事物、新的经济因素、新的思想意识却在缓慢地暗暗地滋长，《红楼梦》正是真实地反映了一切腐朽的正在加速腐朽、一切新生的正在潜滋暗长的历史状况。过去，只是偏重于曹雪芹百年家世及其败落对《红楼梦》创作的影响，现在看来，这远远不够。一部《红楼梦》是整个时代的产物，而不仅仅是曹家家庭的产物，是整个时代和社会的反映，而不仅仅是曹家家庭的反映。《红楼梦》的内涵是非常深广的，不是曹家的家史所能包含的。只有把《红楼梦》放到整个曹雪芹的时代和社会去考察衡量，才能真正了解这部书的深刻含义，如单用曹家家史来衡量这部书，则大大缩小了它的内涵。

第三，要认真研究《红楼梦》的早期抄本

要认真仔细深入地研究《红楼梦》的早期抄本，即未经后人窜改过的稿本，因为只有这样的稿本，才是纯真的曹雪芹的思想原貌。现在大家公认"甲戌""己卯""庚辰"三个本子是最早的本子，而我则认为甲戌本尚有可待深研之处。我认为它的抄定年代不可能比己卯本、庚辰本早，其中"凡例"的第五条明显地是从庚辰本转移过来的，脂批的错位，批语的较多错字，版口有"石头记"和"脂砚斋"字样的特殊标志等，都值得深入探讨。我认为它的底本是经过整理过的本子，如果它一开始就有"凡例"等，则后来己卯本、庚辰本为什么又删去了"凡例"？现今所见己卯本、庚辰本都是几个人合抄的，所以保持了原本的款

式，且字迹明显地有些部分写得极好，有些部分则写得极差，这是因为早期尚在秘密传抄阶段，所以要多人合抄，要完全按原稿的款式，否则就不能合成。到了后来的抄本，已可公开抄了，所以就可一人抄到底了，字迹也只有一个人的笔迹了。另外，在甲戌本上，正文下还有预留空白待抄批语，以及批语错行，与正文完全不对等等情况，这些都是重新整理抄写的迹象。如是雪芹原稿，绝不可能在句下预留空白，而且有的是预留大段空白。所以我认为这是经过后来整理过的本子，当然我说的后来也不是说乾隆以后。我看它的纸张，是与己卯、庚辰一样的乾隆竹纸，但纸色的黄脆程度，却超过己、庚两本，这与收藏者的保藏好坏有关。所以现今只有"己卯""庚辰"两本是真正保存了《红楼梦》原始面貌（即雪芹原稿的款式等）的本子。至于甲戌本的正文，我认为是《红楼梦》的早期文字，但在乾隆末年重加过录时，又据后来的本子有所修改。

我这样说，并无贬低甲戌本价值之意，甲戌本上有大量珍贵的脂批，有多出于别本的独有的文字，这些都是别本所不可替代的它所独有的价值，我只是认为应该认真深入地研究和鉴定它，认真去解决上面这许多问题，目前对它的研究还很不够，希望专家们多加研究而已。不仅如此，作为研究《红楼梦》的原始文字来说，现存其他诸种脂批本，包括程甲本在内，都是值得重视而加以研究的。寻求《红楼梦》的原始文字，不可能轻而易举地从一个本子上全部解决，只能用比较研究的方法，把各个早期抄本作认真的排列研究，才能得出较为科学的结论来。从这一角度来说，我认为己卯、庚辰两种本子，恰好是可以作为我们探求《红楼梦》原始抄写款式的一个坐标。从文字的角度说，则甲戌、己卯、庚辰三本的文字，都是属于早期的文字，都应该加以珍视。

第四，要参照《红楼梦》同时代的作品

在研究《红楼梦》时，应该把与《红楼梦》同时代的其他作品拿来作参照比较，其中尤其值得用来参照的是《儒林外史》。《儒林外史》写作的时代几乎与《红楼梦》完全相同。而书中反科举，反八股，反封建礼教，反妇女殉节，反社会的假道学、假名士等，几乎都是与《红楼梦》相通的，我们可以用《儒林外史》来印证《红楼梦》，从而可以看出两书所反映的共同时代特征。不仅如此，比曹雪芹略早一些的蒲松龄的《聊斋志异》，也值得拿来作比较，其中有关婚姻爱情问题，反科举八股问题，揭露社会黑暗，批判封建政权的残害人民等，其精神都是与《红楼梦》相

通的。通过比较，也可以看出从康熙到乾隆时社会共同的联贯性的问题。

当然，除此之外，清代有关的笔记小说及其他文献资料应该尽可能地多加参照。

研究《红楼梦》的最大歧路，就是猜谜式的"索隐"和"考证"式的猜谜。更有甚者是造假材料，把真的说成假的，把假的说成真的，真正应了曹雪芹的那句话"假作真时真亦假，无为有处有还无"，至今这种方式还有很大的市场，因为它有欺骗性，它容易让一般读者上当。所以人们须要警惕，须要加以识别，以免走入歧途。

三 解读《红楼梦》

《红楼梦》这部书，我个人觉得，可以从几个方面来解读：

第一，贾宝玉人生之路的解读

《红楼梦》里的贾宝玉，是一个全新的形象，他的全部行为，在正统派的眼里，就是第三回两首《西江月》词写的：

> 无故寻愁觅恨，有时似傻如狂。纵然生

得好皮囊，腹内原来草莽。潦倒不通世务，愚顽怕读文章。行为偏僻性乖张，那管世人诽谤！

富贵不知乐业，贫穷难耐凄凉。可怜辜负好韶光，于国于家无望。天下无能第一，古今不肖无双。寄言纨袴与膏粱，莫效此儿形状！

然而，作者是否真是赋予这个形象以这样的思想内涵呢？贾宝玉走的究竟是怎样的一条人生之路呢？这却须要认真解读。

曹雪芹一再提醒读者，"千万不可照正面，只照他的背面，要紧，要紧！"（十二回）这句话虽然是对贾瑞照风月鉴说的，但也是读《红楼梦》的一把钥匙，不过并不是一股脑儿把全书都从反面来读就算符合作者之意了，其实作者并没有那么简单。作者只是说《红楼梦》在某些事情上，某些话语上或某些诗词上，不能光看其正面，而要仔细寻绎其更深的内涵，甚或竟要从反面去理解，才能悟其真意。这两首《西江月》词，却正是要从相反的意义来理解，才能得作者之意。

《红楼梦》第四十七回宝玉说：

只恨我天天圈在家里，一点儿做不得主，行动就有人知道，不是这个拦就是那个劝的，能说不能行。

第三十六回贾蔷买了一个雀儿笼子给龄官玩，龄官说：

"你们家把好好的人弄了来，关在这牢坑里学这个劳什子（指学戏）还不算，你这会子又弄个雀儿来，也偏生干这个。你分明是弄了他来打趣形容我们，还问我好不好。"贾蔷听了，不觉慌起来，连忙赌身立誓……将雀儿放了，一顿把将笼子拆了。

这两段文字，前一段十分明白地写出了贾宝玉深恨自己"做不得主"，没有自己的行动自由；后一段恰好借龄官的嘴说出了"你们家把好好的人弄了来，关在这牢坑里"，不得自由。最后还是让贾蔷把雀儿放了，把笼子也拆了。这个情节当然是贾蔷和龄官的，但其思想却是曹雪芹的思想。作者分明是借龄官的情节写出了要求给人以自由的思想。特别是第六十回春燕对他母亲说："我且告诉你句话：宝玉常说，将来这屋里的人，无论家里外头的，一应我们这些人，他都要回太太全放出去，与本人父母自便呢。"这里，作者直接就写出了贾宝玉认为人应该有自由的思想了。

《红楼梦》第七回贾宝玉在见到秦钟后，乃自思道：

可恨我为什么生在这侯门公府之家，若也生在寒门薄宦之家，早得与他交结，也不

> 枉生了一世……"富贵"二字，不料遭我荼毒了！

这是宝玉对自己生在这"侯门公府"之家的憎恶，觉得这个富贵之家反而限制了他与普通人家的交往。而秦钟也想："可知'贫窭'二字限人，亦世间之大不快事。"这里已经比较明显地写出贫富的限制、等级的限制。三十六回宝玉对袭人说了一大段反对"文死谏，武死战"的话后说：

> 比如我此时若果有造化，该死于此时的，趁你们在，我就死了，再能够你们哭我的眼泪流成大河，把我的尸首漂起来，送到那鸦雀不到的幽僻之处，随风化了，自此再不要托生为人，就是我死的得时了。

五十七回宝玉又对紫鹃说：

> 我只愿这会子立刻我死了，把心迸出来你们瞧见了，然后连皮带骨一概都化成一股灰，灰还有形迹，不如再化一股烟，烟还可凝聚，人还看见，须得一阵大乱风吹的四面八方都登时散了，这才好！

这两段话尽管说得极怪，从字面上看似很难捉摸，但实际上却是极端愤世嫉俗的话。宝玉恨不得自己立刻离开这个污浊的社会，而且随风而散，一点也不留痕迹，以免自己与这个污浊社会再有沾染。这实质上也是曹雪芹对这个自己生存的现实社会的批判。
七十一回尤氏说宝玉：

> "谁都像你，真是一心无挂碍，只知道和姊妹们顽笑，饿了吃，困了睡，再过几年，不过还是这样，一点后事也不虑。"宝玉笑道："我能够和姊妹们过一日是一日，死了就完了。什么后事不后事！"

这段话，从字面上看，好像只是写贾宝玉的"混日子""无所事事"，而实质上作者是在写贾宝玉对这个社会和家庭都抱着极端消极的态度，所谓"什么后事不后事"这句话，是对世俗社会、封建家庭要求他走"仕途经济"之路的不屑一顾和全盘否定。

贾宝玉坚决反对"仕途经济"，反对"国贼禄鬼"，反对"文死谏、武死战"，反对"八股科举"，反对"程朱理学"，这在《红楼梦》里都是有曲折的反映的。实际上，在贾宝玉的面前，是明明白白地摆着几条可由他选择的人生道路的：一是走"仕途经济""科举考试"，然后做官的道路。这是他的封建家庭以至于宝钗、湘云、袭人等都希望他走的路，但是他却坚决拒绝了。二是走贾赦、贾珍的现成的道路，即接受世袭恩荫，在家当闲官，享清福，酒筵歌舞、三妻四妾地享受一辈子，也是毫不费力的。再有就是干脆像薛蟠那样当一个花花公子，也是无人来管制他的。然而这一切现成的而且是很顺利的人生之路他都一概不走，他却偏要在万目睚眦的环境下，顶着世人的诽谤，受着严父的毒打而坚决走自己的路。当然贾宝玉走的人生之路，在《红楼梦》里是没有什么名称的，但是我们仔细分析上面所引的这些文字和书中的全部描写，可以看出，实质上贾宝玉是走的一条自由人生之路。因为他不受封建官场的引诱，不受封建礼教和封建传统的束缚，也不受腐臭糜烂的封建贵族家庭肮脏生活的腐蚀，而独走被人鄙视、受人轻贱而被世所弃的个人自由之路，这是多么难得，多么具有大无畏的勇气呀！贾宝玉的时代，还是封建社会沉沉暗夜的时代，代替封建制度的新时代的曙光还未透出或刚将稍稍透出地面，所以我们不能要求曹雪芹写出更超越时代所许可的自由思想来！有这样的思想形象，有这样耐人寻思的情节和语言，已经是大大超越那个时代了！

第二，宝、黛爱情悲剧的解读

凡是读过《红楼梦》的人，无不被宝、黛的爱情悲剧所感动。清代的笔记小说里说,有人因读《红楼梦》感宝、黛之悲剧而致病致疯，可见其感人之深。似乎可以无须解读了,人们早已理解了。然而,以上所说的,还只是情之所感，而不是理之所喻。我这里所说的解读，是要对宝、黛爱情悲剧作理性的认识。我认为宝、黛爱情悲剧有以下几点新的意义，不可忽视：

（一）新的爱情观念

《红楼梦》第六十五回尤三姐说："终身大事，一生至一死，非同儿戏，只要我拣一个素日可心如意的人方跟他去。若凭你们拣择，虽是富比石崇，才过子建，貌比潘安的，我心里进不去，也白过了一世。"这话虽然是尤三姐说的，但分明是一种新的爱情观念。这话所以由尤三姐说出来，是因为符合尤三姐的身份。在曹雪芹的时代，根本还说不上什么爱情观念，有的就是"父母之命，媒妁之言"，就是"门当户对"，根本没有什么自由恋爱、自由选择的问题。但曹雪芹却让尤三姐说了上述这一番话。这是一番在男女爱情史上惊天动地的话。他根本不把封建礼教当作一回事，他直接提出了三点反传统的主张：一是"终身大事，一生至一死，非同儿戏"，这就把婚姻问题与个人一生的幸福结合了起来，这是人的一种觉醒的意识。二是要"拣一个素日可心如意的人"，这就是要独立自主，自己选择，不能由人支配，不能"凭你们拣择"。三是"我心里进不去，也白过了一世"，这就是说自己选择的人必须是"心里""进得去"的人,也就是真正知心如意的人。上面这种观念,与当时占正统地位的婚姻观念"父母之命、媒妁之言""门当户对""嫁鸡随鸡、嫁狗随狗"等,没有一丝一毫的共同之处。

这样的爱情观念,并非只有尤三姐独有,事实上,曹雪芹笔下的宝、黛爱情,完全充分地体现了以上三点,而且写得更加深刻动人、更加曲折。其所以如此,是宝、黛两人的身份教养与尤三姐截然不同,尤三姐简单明了的话,在宝、黛心里口里要文雅含蓄隐蔽得多。限于篇幅,这里不可能把宝、黛恋爱过程的许多深刻的心理描写引出来。

(二)新的爱情方式

在《红楼梦》以前的爱情描写,基本上只有一种模式,这就是"一见倾心"或"一见钟情"式。这种方式,也是社会的现实反映。因为在封建社会,"男女授受不亲","非礼勿视,非礼勿言",男女根本没有机会接触,如何可能恋爱?所以难得有机会"一见",自然也就"钟情"了,这是封建社会的礼教所造成的。除此以外,那就是非婚姻的发生性关系,或者完全封建式的"父母之命,媒妁之言",这两种当然都不是恋爱或爱情,所以这里无须论及。

曹雪芹笔下的宝、黛爱情，却与此完全不同，是一种全新的爱情方式：一是男女双方从孩提时起，即朝夕相处；二是他们的爱情是渐生渐长渐固，固到生死不渝，而不是"一见倾心"；三是在爱情过程中，还有曲折，还有新的人选的加入，还有在生活中的自然比较，到最后才凝结成永不变更的宝、黛的生死爱情。所以，曹雪芹笔下的宝、黛爱情，从爱情的方式来说，也是反传统的、全新的，是以前从未有过的。

（三）新的爱情内涵

这一点是宝、黛生死爱情的灵魂，就连上述尤三姐的爱情观也未能深入到这一层。曹雪芹笔下的黛玉和宝钗，本来无论是貌还是才，都是双峰并峙地难分高下，因此宝玉也曾一度难以决定。但是最终促使宝玉决定而且终生不变的是一种原因，《红楼梦》第三十二回说：

> 湘云笑道："还是这个情性不改。如今大了，你就不愿读书去考举人进士的，也该常常的会会这些为官做宰的人们，谈谈讲讲些仕途经济的学问，也好将来应酬世务，日后也有个朋友。没见你成年家只在我们队里搅些什么！"宝玉听了道："姑娘请别的姊

妹屋里坐坐，我这里仔细污了你知经济学问的。"袭人道："云姑娘快别说这话。上回也是宝姑娘也说过一回，他也不管人脸上过的去过不去，他就咳了一声，拿起脚来走了。这里宝姑娘的话也没说完，见他走了，登时羞的脸通红，说又不是，不说又不是，幸而是宝姑娘，那要是林姑娘，不知又闹到怎么样，哭的怎么样呢。提起这个话来，真真的宝姑娘叫人敬重，自己讪了一会子去了。我倒过不去，只当他恼了。谁知过后还是照旧一样，真真有涵养，心地宽大。谁知这一个反倒同他生分了。那林姑娘见你赌气不理他，你得赔多少不是呢。"宝玉道："林姑娘从来说过这些混账话不曾？若他也说过这些混账话，我早就和他生分了。"

第三十六回说：

独有林黛玉自幼不曾劝他去立身扬名等语，所以深敬黛玉。

这里说得清清楚楚，同时也是把宝钗、湘云和黛玉放在一起作了一个比较。钗、湘两人，都极力要宝玉走仕途经济的世俗之路，只有黛玉同他一样反对走仕途经济的道路，对现实社会极为反感，视同污浊的泥沟，要保持自身的洁来洁去，要寻找自己理想的世界——"香丘"。贾宝玉则希望自己能"化成一股轻烟，风一吹便散了"，这就是说他自己不愿在这个污浊的世界留下一丝痕迹。可见反对走仕途经济的道路，向往着理想的世界，向往走自由人生的道路，是他们的共同志趣，也是宝、黛爱情牢不可破的思想基础。由此可见，宝、黛爱情的内涵，已远远不止一般的男女情欲之爱，而是有更深的社会思想内涵的，尽管他们对理想只是朦胧的，但对现实的反对是清醒而强烈的。这就是宝、黛爱情的新的社会内涵。

（四）宝、黛爱情悲剧的历史原因

大家知道，封建的婚姻是与封建的政治不可分的，"门当户对"和"父母之命，媒妁之言"实际上就是双方政治利益的权衡，结婚首先是为了家族的政治利益，所以选择的标准也首先是政治标准。论门第，林黛玉的上祖虽曾袭过列侯，但到林如海已经是五世，"君子之泽，五世而斩"，至此林如海已只能从科第出身了。林如海虽然是钦点的巡盐御史，但比起贾府的百年望族、世代恩荫来，不可同日而语，何况没有多久，林如海便一病亡故。从此黛玉论门第，已无门第可言；论父母，已经是父母双亡，自己真正是一个孤苦伶仃之人。这就决定了她的婚姻的悲剧命运。《红楼梦》里一再写到黛玉的孤零之感，写到她自己感到无依无靠之悲苦，这对黛玉来说是非常真实的描写。在封建时代，没有了门第，没有了父母，自己又是一个少女，确实已经是前途非常渺茫了。何况黛玉又是性格孤傲，秉绝代之才华，具绝世之容貌，而又鄙视一切，尤其是反对俗世的仕途经济，反对侯门公府所见的一切鄙俗，只有具有同样思想性格、同样才华禀赋，同样反对仕途经济，向往着朦胧的清净理想世界的贾宝玉，才是自己的真正知音。

但是，宝玉侯门公子的现实地位，与黛玉孤零之身，社会地位相去太远。尽管宝玉全身心地爱她，但宝玉在爱情上虽有自主权，在婚姻上却丝毫也没有自主权。而他俩所处的现实社会是只重婚姻而不重爱情的，对于这一点，薛宝钗比他们理智而清醒得多，也可以说是聪明得多。对于林黛玉来说，她只知道要爱情，要心；对于薛宝钗来说，她却知道重要的是要婚姻，要人。因为两者的着眼点不同，用力点也自然不同，甚至黛玉根本不知道要用力，她与宝玉的生死爱情，也完全不是用力的结果，而是他们思想、气质、禀赋自然一致之所致。对于宝玉之爱黛玉，也不是贾宝玉的用力追求，才得到黛玉的爱。宝玉对黛玉虽然百依百顺，但并非是追求，而是爱之所致。由于这样的原因，宝钗觉得，只要得到王夫人和贾母的欢心，就能赢得婚姻，赢得人。但黛玉却不理会这一点，甚至是根本不肯去理会这一点，甚至她觉得如果稍稍用一点点力也是一种卑鄙、一种不洁，这就是黛玉与宝钗之间的差别。

由于门第、社会地位、思想、性格的诸种原因，尽管黛玉对宝玉，赢得了爱情、赢得了心，但却铸成了悲剧。

这个悲剧，不是贾宝玉与林黛玉的责任、过错，而是在这个时代根本就不应该有他们这样的人，有这样的人，必定是悲剧。所以这个悲剧是历史造成的悲剧，社会造成的悲剧，因为他们的爱情观念、爱情方式、爱情内涵等太超前了，在他们自己的时代，还没有这样的土壤。

第三，关于妇女命运问题的解读

大家知道，《红楼梦》是古典小说中关于女性问题写得最重、最深刻的一部书。作者在一开头就说："忽念及当日所有之女子，一一细考较去，觉其行止见识，皆出于我之上"，"闺阁中本自历历有人"。在第二回里，又让贾宝玉说："女儿是水作的骨肉，男人是泥作的骨肉。我见了女儿，我便清爽；见了男子，便觉浊臭逼人。"在第五回里警幻又称"此茶名曰千红一窟"，甲戌脂批"隐哭字"，意即"千红一哭"；警幻又称酒"名为万艳同杯"，甲戌脂批"与千红一窟一对，隐悲字"，即"万艳同悲"。上面这些话，就概括了作者对女性命运的深切同情和悲哀。

我们再看《红楼梦》，可见《红楼梦》里的青年女性，几乎没有一个不是悲剧结局的。十二钗之首的元春，虽然贵为贵妃，回家省亲时却"只管呜咽对泣"，说"当日既送我到那不得见人的去处"，说"骨肉各方，然终无意趣"。她所点的戏，预示着贾家的败落，在《乞巧》一出下，脂批说："《长生殿》中伏元妃之死。"她所作灯谜的谜底是爆竹，是一响即散之物，脂批说："此元春之谜。才得侥幸，奈寿不长耳。"可见元春短命，其结局有如杨贵妃，则其悲惨可知。迎春则嫁了中山狼，被折磨而死。探春的结局是远嫁，一去不复返，脂批在探春断线风筝的灯谜下批道："此探春远适之谶也。使此人不去，将来事败，诸子孙不至流散也，悲哉伤哉！"惜春则是出家为尼。黛玉的结局，脂批说："《牡丹亭》中伏黛玉之死"，"将来泪尽夭亡"。宝钗虽然按脂批说：钗、玉"后文成其夫妇"，但脂批又说："若他人得宝钗之妻，麝月之婢，岂能弃而而（为）僧哉！"可见宝钗的结局也是一个悲剧。湘云、李纨则是守寡。此外，如妙玉的遭劫，秦可卿的悬梁，王熙凤的被休，尤二姐的吞金，尤三姐的饮剑，金钏的跳井，鸳鸯的自誓，袭人的另嫁，晴雯冤死，司棋被逐，香菱受夏金桂的折磨酿成干血之症等，《红楼梦》里的这些年轻女子，个个都是悲剧结局，而且这些悲剧大都与婚姻有关，都是封建婚姻或爱情酿成的悲剧。《红楼梦》里只有一对夫妻是自由结合的，因而也是喜剧而不是悲剧，这就是小红与贾芸。关于小红与贾芸的爱情，曹雪芹也是用重笔描写的，而后来贾家败落后，小红与贾芸还有过狱神庙探宝玉的情节。可见曹雪芹是在众多的婚姻悲剧中，特写此一对自由结合的婚姻喜剧，以作为反衬和对比的。

中国的封建社会，几千年来，一直是男权社会，一直是男尊女卑，这是不可动摇的封建传统。特别是在清代，由于统治者对程、朱理学的强烈宣传，妇女守节问题成为头等大事。不少愚夫愚妇受此宣传，有的是丈夫死后自己殉夫，甚至还有并未过门的女子，因订婚后男方死了，竟也殉死，还有的是自己儿子死了，公婆逼迫媳妇殉节，也有女方的父母逼迫女儿殉葬的，总之妇女的生命、妇女的社会地位没有丝毫保障。但曹雪芹在《红楼梦》里，却一反其道，提出了女尊男卑的主张，认为"女儿是水作的骨肉，男人是泥作的骨肉"，认为男子"浊臭逼人"，男子是"须眉浊物"，是"臭男人"。这是强烈的反传统的呼声，也是对现实社会中妇女命运的强烈呼号，更是男女平等的矫枉过正的历史反响，是对封建婚姻制度所酿成的罪恶的集中揭露。

第四，关于贾宝玉无等级观念和非礼法思想的解读

封建社会，又称宗法封建社会，因为它是用封建宗法来维系社会的。从政权来说，是封建皇权至上主义，皇帝是最高权力的拥有者，一切以他的意志为准。所谓"普天之下，莫非王土；率土之滨，莫非王臣"，皇帝拥有无上的权力和一切。从社会结构来说，是宗法封建制度，利用宗法来巩固封建等级社会。所以皇权和等级，是封建社会的两大特征。它的上层建筑即意识形态，就是封建道德，是用来维护和巩固封建制度的。具体来说,就是"三纲五常"。何谓"三纲"？《白虎通·三纲六纪》说："三纲者，何谓也？君臣、父子、夫妇也。"《礼记·乐记》："然后圣人作为父子君臣以为纪纲。"唐孔颖达疏引《礼纬含文嘉》："君为臣纲，父为子纲，夫为妻纲。"纲者，提其要而支配者也，所以纲举而目张也。何谓"五常"？西汉董仲舒《举贤良对策一》："夫仁、谊（义）、礼、知（智）、信，五常之道，王者所当修饬也。"《书·泰誓下》："狎侮五常。"孔颖达疏："五常即五典，谓父义、母慈、兄

友、弟恭、子孝；五者人之常行。"即人之常规的行为准则。所以封建的等级和维护这种等级的意识形态，即道德准则是至高无上的、不能不遵守的。可是《红楼梦》里的贾宝玉，却无视这封建等级的界限和封建道德的规范，更无视封建礼法，无视"三纲""五常"所规定的尊卑长幼贵贱的区别的等级秩序。

《红楼梦》第六十六回兴儿说贾宝玉：

> 只爱在丫头群里闹。再者也没刚柔。有时见了我们，喜欢时没上没下，大家乱顽一阵；不喜欢各自走了，他也不理人。我们坐着卧着，见了他也不理，他也不责备。因此没人怕他，只管随便，都过的去。

《红楼梦》第三十五回傅家的两个老嬷嬷见过宝玉后，在回去的路上议论宝玉说"连一点刚性也没有，连那些毛丫头的气都受的"。第三十六回说：

> 那宝玉本就懒与士大夫诸男人接谈，又最厌峨冠礼服、贺吊往还等事，今日得了这句话（即贾母传话贾政不让宝玉出去会客），越发得了意，不但将亲戚朋友一概杜绝了，而且连家中晨昏定省亦发都随他的便了。日日只在园中游卧，不过每日一清早到贾母、王夫人处走走就回来了，却每每甘心为诸丫鬟充役，竟也得十分闲消日月。或如宝钗辈

有时见机导劝,反生起气来,只说:"好好
的一个清净洁白女儿,也学的钓名沽誉,入
了国贼禄鬼之流。这总是前人无故生事,立
言竖辞,原为导后世的须眉浊物。不想我生
不幸,亦且琼闺绣阁中亦染此风,真真有负
天地钟灵毓秀之德!"因此祸延古人,除"四
书"外,竟将别的书焚了。

第五十八回芳官的干娘克扣芳官的钱,芳官不服,芳官干娘骂她,袭人说:

"一个巴掌拍不响,老的也太不公些,
小的也太可恶些。"宝玉道:"怨不得芳官。
自古说:'物不平则鸣。'他少亲失眷的,在
这里没人照看,赚了他的钱,又作践他,如
何怪得?"

第四十一回贾宝玉在栊翠庵喝茶,见黛玉、宝钗都用名贵的茶杯,自己只用妙玉自用的绿玉斗,宝玉不解妙玉深意,反说:

常言"世法平等",他两个就用那样古
玩奇珍,我就是个俗器了。

按"世法平等"出自《金刚经》:"是法平等,无有高下。"谢灵运注:"人无贵贱,法无好丑,荡然平等,菩提(觉、悟)义也。"贾宝玉在现实生活中,常常无视等级的观念,也无视尊卑长幼贵贱的礼法,他既

不愿以兄的身份去压贾环,也不愿遵循世俗的礼仪与士大夫们往还。反而愿意为丫鬟们服役,对下人们也平等相待,常常模糊了主仆的界限。在人与人的关系上,他还主张"物不平则鸣",主张"世法平等"。尽管以上这些都是小说的故事情节和小说人物的对话,但实际上曹雪芹却正是用这种"假语村言"来表达他的社会理想的,我们决不能因为这是小说的故事情节和小说人物的对话,而忽视作者用这种迂回手段来表达自己内心真实思想的特殊方式。

第五,关于反正统思想的解读

贾宝玉似傻如狂的语言和行为,从表面来看,只是一个淘气放纵的贵族公子的任性而行,所以在世人眼里,他只是一个乖张任性的贵族公子,两首《西江月》词(见前引),就是世人眼里的贾宝玉,也是旧时代一般读者眼里的贾宝玉,也更是贾政等人眼里的贾宝玉。不过贾政比一般人看得还更坏。他认为贾宝玉不仅仅是"似傻如狂",更是一个可怕人物,将来要闯大祸,要弄到"弑君杀父"的地步的,所以狠心要把他打死。不过,这毕竟只是贾政一个人的想法,对于贾母、王夫人来说,则贾宝玉更是贾家的命根子,是真宝玉。但从社会上一般人的普遍认识来说,贾宝玉只是一个"行为偏僻性乖张""于国于家无望"的人而已。

然而，贾宝玉的种种"怪僻"的言行，实际上作者是寓有深意的，作者如此写，是一种曲笔，他不好明写，就绕着弯子写。例如贾宝玉反对"仕途经济"，反对八股科举，骂那些官员是"国贼禄鬼"，"除四书外，竟将别的书焚了"等，从表面上看，只是说宝玉顽劣成性，不愿读书，不愿做官而已。然而，如果结合当时的历史和社会现实，则可知当时的思想界一直在坚持着反程朱理学的斗争，同时也在反对八股科举制度，第七十三回里明确说贾宝玉"更有时文八股一道，因平素深恶此道，原非圣贤之制撰，焉能阐发圣贤之微奥，不过作后人饵名钓禄之阶"，贾宝玉把"除'四书'外，竟将别的书焚了"等，实际上就是绕着弯子反对程朱理学，反对科举八股制度，唯恐别人看不出来，还特地在七十三回里点上一句。为了隐蔽这种思想，曹雪芹特意把贾宝玉写成"小人大思想"，即从形象来看贾宝玉是一个孩子，但从他讲的话来说，又是大人的思想。这样使人觉得只是一个孩子"似傻如狂"的胡言乱语而已。那么，这样的"小人大思想"是否太违背了实际呢？其实也并非太违背实际，因为在封建时代，从童蒙起就开始读《四书》《五经》，与曹雪芹同时的戴震读私塾时，读到《大学章句》就曾质问过塾师，二千年后的朱熹如何能知道二千年前孔子的意思？意思是朱熹的注释不可信，是杜撰。这就是实际上的"小人大思想"。

所以，我们如从表面上来看贾宝玉的言行，不过是一个"似傻如狂"的孩子，但如果进一步深思，就会发现，在他的言行里却隐藏着一种反传统、反程朱理学、反八股科举的叛逆思想。

第六，关于反皇权思想的解读

第三回"冷子兴演说荣国府"时，曹雪芹用两人酒肆聊天闲侃的方式，说到历史上的唐明皇、宋徽宗、顾恺之、倪云林等等，然后又说到贾宝玉，说这些人都是秉正邪二气所生。然后冷子兴就说："依你说，'成则王侯败则贼'了。"雨村说："正是这意。"这里说话的形式完全是聊天闲侃，但聊出来的这句"成则王侯败则贼"却是一句惊天动地可以让人掉脑袋的话。因为自明末清初以来，思想界一直在批判"皇权"。黄宗羲就说："为天下之大害者，君而已矣！"（《明夷待访录·原君》）顾炎武则提出"分天子之权,以各治其事。"（《日知录·守令》）唐甄则说："自秦以来，凡为帝王者皆贼也。"（《潜书·室语》）与曹雪芹同时的戴震则说："宋以来，孔孟之书尽失其解。"又说："酷吏以法杀人，后儒以理杀人。"（《孟子字义疏证》）还有一位与曹雪芹同时的袁枚则说："夫所谓正统者，不过曰有天下云耳。其有天下者，'天'与之，其正与否则人加之也。"（《策秀才文五道》）以上这些言论都贯串着反皇权、反正统、反理学的思想，特别是曹雪芹亲身经历了雍正夺嫡的一场血腥斗争，雍正夺得皇位后，把与他争夺皇位的兄弟胤禩、胤禟赐令改名为"加冰鱼"（意即已冻僵的鱼）、"讨厌"（据第一历史档案馆张书才兄见告，这是最新的改译，原译为"猪""狗"是误译），杀的杀，关的关，这是一场活生生的"成则王侯败则贼"的历史剧，曹雪芹的家也是在这场斗争的余波中败落的。由此可知，曹雪芹在让冷子兴与贾雨村闲聊时，忽然冒出这句话来，能是无意识的吗？面对着刚刚过去的这场血淋淋的人头落地的噩梦，曹雪芹当然不可能是无意识地信笔而写。只能说是他有意用隐晦的曲笔巧妙地作一次史家直笔。

同样，《红楼梦》写四大家族，写他们的豪富和势力，写薛蟠的打死人命一走了事，写贾雨村的徇情枉法，写王熙凤弄权和勾结官府，写贾赦为夺人的几把扇子不惜使人家破人亡等，从表面看，都是些故事情节，但实质上把这些情节联结起来，这是一幅封建统治的网络图，人们就生活在这种天罗地网之间。

第七，《红楼梦》里所隐曹家史事的解读

曹雪芹在《红楼梦》里有意地透露了自己的百年家世，而且不仅仅是透露而已，在一定程度上，还带有为家庭的败落泄愤的意思，当然更多地也在批判揭露这个官僚家庭的腐败没落。这种揭露批判，实际上也就是对封建礼教、程朱理学、封建社会的黑暗的揭露和批判。焦大醉骂，实际上是雪芹的痛骂，贾宝玉骂"男人是泥作的骨肉"，骂男人是"浊臭逼人"，贾宝玉终日在大观园里，何曾见过世面，更未见过多少社会上的男人，相反，他习常所见，还不是贾政、贾赦、贾珍、贾蓉、贾瑞、贾琏、贾雨村等人。那么他骂的"臭男人"，岂非更多的应该是他眼前所见的这些人？再说这些人，如贾珍、贾赦、贾琏、贾蓉、贾瑞等等，难道还不够"臭"吗？

曹雪芹对自己百年家世的透露，更是自然巧妙的笔墨，焦大醉骂是一种透露，宁、荣二公之灵托付警幻仙姑是一种透露，"寅"字避讳是一种透露，贾母说小时听过《胡笳十八拍》是一种透露，特别是十六回王熙凤说："只纳罕他家怎么就这么富贵呢？"赵嬷嬷道："告诉奶奶一句话，也不过是拿着皇帝家的银子往皇帝身上使罢了！谁家有那些钱买这个虚热闹去？"五十三回乌进孝进租，贾珍说："再两年再一

回省亲,只怕就精穷了。"大家知道,《红楼梦》里的省亲是以康熙南巡为素材的,那么,赵嬷嬷、贾珍所说的实际上也就是南巡,所谓"也不过是拿着皇帝家的银子往皇帝身上使罢了"。这不就是说曹家因四次接驾落下巨大亏空而致彻底败落吗?只不过下半句没有说出而已。贾珍所说"再两年再一回省亲,只怕就精穷了",这不更是说的曹家因南巡接驾而"精穷"吗?康熙六次南巡,后四次都由曹寅接驾,落下巨大亏空,这一点康熙是十分清楚的,他曾明白地说:"曹寅、李煦用银之处甚多,朕知其中情由。"(《关于江宁织造曹家档案史料》)所以《红楼梦》里有多处不着痕迹的笔墨,却又处处露出端倪来,令人很自然地想到曹家家史。至于赵嬷嬷的话和贾珍的话,则何止露出端倪,竟是一种微词怨语了。

凡是以上这些地方,都需要我们结合曹家的家史去认真思索,因为它们比前面所举例子隐蔽得更深一层。

第八,《红楼梦》的社会讽刺

《红楼梦》是一部著名的现实主义小说,但它也含有某种程度的浪漫主义成分,这是学界所公认的。但除此之外,《红楼梦》还含有一定程度的讽刺成分,而且这种讽刺还用到书中的当权派主要人物身上,这种情况就不太为人注意了。例如贾府的当权人物贾政。"贾政"这个名字，读起来与"假真"一样的声音，这就使人想到"假作真时真亦假，无为有处有还无"这副对子，从而使人想到贾政这个人，假就是他的真，真也就是他的假。也就是说这个人是失去了自己的真实本性的，他完全是从"四书五经"的模子里刻出来的人物。所以作者塑造这个人物，是他反传统、反程朱理学思想的体现。除了这个名字具有深刻的讽刺意味外，跟随贾政的清客相公的名字，也别有讽刺意味，例如他的清客相公，一个叫"詹光"（沾光），一个叫"单聘仁"（善骗人），还有一个叫程日兴（趁人兴）。贾政整日与"沾光""善骗人"等为友，则他是何等样人也就可想而知了。何况，除了这些人外，与他相交的，还有一个贪官贾雨村，此外，就再也没有一个真正的读书人与他相交了。刘禹锡在《陋室铭》里说"谈笑有鸿儒，往来无白丁"，贾政则刚好相反，"谈笑无鸿儒，往来皆白丁"。在"大观园试才题对额"时，贾政只会一会儿"断喝一声畜生"，一会儿拈拈胡子，一句话也说不出来，可见他腹内空空到何等程度。更具有讽刺意味的是，这样一个腹内空空的人，却被朝廷"点了学差"，即由朝廷派他往各省掌管科举学校等事。贾政还有一个妾——赵姨娘。赵姨娘是什么样的人，读者一想起这个形象未免就会恶心，然而贾政还与赵姨娘生有一个女儿探春和一个儿子贾环,贾环这个人,也是让读者想起了就会起鸡皮疙瘩的人物。此外赵姨娘还有一个密友马道婆,更让人感到阴贼恶赖。俗话说,"物以类聚,人以群分",与贾政为群的,尽是这些詹光、单聘仁、程日兴、贾雨村、赵姨娘之类的人物,则其人的端庄正经,可见也只是他的外表而已,而他的另一面从赵姨娘也就可以想象得知了。

除此之外,书中还有一些人名,也极具讽刺意味,如卜固修(不顾羞)、吴新登(无星戥)、卜世仁(不是人)、胡斯来(胡厮赖)、王仁(忘仁)等等。特别是第十六回秦钟临终,宝玉去看他的一段文字,具有鲜明的社会讽刺意味:

> 那秦钟魂魄那里肯就去……因此百般求告鬼判。无奈这些鬼判都不肯徇私,反叱咤秦钟道:"亏你还是读过书的人,岂不知俗语说的:'阎王叫你三更死,谁敢留人到五更。'我们阴间上下都是铁面无私的,不比你们阳间瞻情顾意,有许多关碍处。"
>
> 正闹着,那秦钟魂魄忽听见"宝玉来了"四字,便忙又央求道:"列位神差,略发慈悲,让我回去,和这一个好朋友说一句话就来的。"众鬼道:"又是什么好朋友?"秦钟道:"不瞒列位,就是荣国公的孙子,小名宝玉。"

都判官听了，先就唬慌起来，忙喝骂鬼使道："我说你们放了他回去走走罢，你们断不依我的话，如今只等他请出个运旺时盛的人来才罢。"众鬼见都判如此，也都忙了手脚，一面又报怨道："你老人家先是那等雷霆电雹，原来见不得'宝玉'二字。依我们愚见，他是阳，我们是阴，怕他们也无益于我们。"都判道："放屁！俗语说得好，'天下官管天下事'，自古人鬼之道却是一般，阴阳并无二理。别管他阴也罢，阳也罢，还是把他放回没有错了的。"

读这段文字，可知作者讽刺的笔锋是直刺社会现实的。所以《红楼梦》的思想内涵，直接触及整个社会，它的反程朱理学、反皇权思想、反妇女守节等，也完全是社会问题，所以解读《红楼梦》，必须把它放到当时的社会环境中去观察，才能较为全面地认识它深广的社会内涵。

第九，关于宁、荣二府的解读

曹雪芹在《红楼梦》里塑造了宁国府、荣国府两个封建官僚大家庭，宁、荣二府虽已分家，但实际上还是一个封建官僚世家贾家。《红楼梦》的主要故事情节，都是在这个封建官僚世家里发生和发展的，这就是《红楼梦》人物活动的主要环境,也可称"典型环境",所以我们有必要对它作解读。

(一)一个靠恩荫而存在的赘瘤

贾府是靠军功起家的,第七回因焦大醉骂,尤氏向凤姐解释说:"你难道不知道这焦大的?连老爷都不理他的,你珍大哥哥也不理他。只因他从小儿跟着太爷们出过三四回兵,从死人堆里把太爷背了出来,得了命;自己挨着饿,却偷了东西来给主子吃;两日没得水,得了半碗水给主子喝,他自己喝马溺。不过仗着这些功劳情分,有祖宗时都另眼相待,如今谁肯去难为他去?"五十三回宁国府祭宗祠时,有三副对子,更能说明问题:

> 肝脑涂地,兆姓赖保育之恩;
> 功名贯天,百代仰蒸尝之盛。
> 勋业有光昭日月;
> 功名无间及儿孙。
> 已后儿孙承福德;
> 至今黎庶念荣宁。

由于祖宗的创业,所以后来的子孙就"功名无间",就"承福德"了。

《红楼梦》里最高的辈分是贾母,是第二代人,贾政是第三代，宝玉是第四代，贾蓉一辈已经是第五代了。"君子之泽，五世而斩"，所以《红楼梦》里多处称"末世"，就是指贾府已经传到第五代了，已经临到"五世而斩"了。贾珍、贾赦都是靠恩荫袭爵，贾政的官还是靠"皇上因恤先臣"，"遂额外赐了政老爹一个主事之衔，令其入部习学，如今现已升了员外郎了"。（第二回）

《红楼梦》开始，贾府第一、二代男性已经没有了，一开始就是第三代男性贾赦、贾政作为主要人物。宁府的贾敬一向远离红尘，由第四代贾珍袭爵。读者可以细检《红楼梦》，八十回中，除贾政曾"钦点学差"，但未见有任何善政外，没有看到任何一个人做过什么值得称道的事。宁、荣二府，主仆合计起码有六七百人，这样浩大的开支，完全是靠恩荫和剥削维持的，五十三回乌进孝进租，那长长的货单，还有二千五百两银子，就是他们剥削的实证，这还仅仅是宁府。据乌进孝说，他兄弟"管着那府（荣府）里八处庄地，比爷这边多着几倍"。（五十三回）还是五十三回，写到了贾蓉去领回的皇上恩赏，"一面说，一面瞧着黄布口袋上有印，就是'皇恩永锡'四个大字，那一边又有礼部祠祭司的印记，又写着一行小字，道是'宁国公贾演荣国公贾源恩赐永远春祭赏共二分，净折银若干两，某年月日龙禁尉候补侍卫贾蓉当堂领讫，值年寺丞某人'。"这巨大的剥削和恩赏（其来源也是剥削），却是维持着一个大赘瘤。

（二）奢侈靡费和享乐是他们生活的全部

贾府主子们的全部生活内容，就是奢侈靡费和享乐。元妃省亲，这固然是"天恩"，怠慢不得，豪华是自然的，然而，豪华到竟连贾妃"在轿内看此园内外如此豪华，因默默叹息奢华过费"。（十七、十八回）则可见其豪华到何等程度了。秦可卿大出丧，光买一个"龙禁尉"的虚衔就花了一千二百两银子。贾珍对凤姐的唯一要求是"只求别存心替我省钱，只要好看为上；二则也要同那府里一样待人才好，不要存心怕人抱怨"。（十三回）这就是下定决心，要大大地奢华排场一番。

除了在这种喜事、丧事上大讲排场外，逢年过节，也是绝不放过的机会，他们"庆元宵""赏中秋""祭宗祠""过生日"都是要超常地铺排的。在日常生活上，贾母是"大厨房里预备老太太的饭，把天下所有的菜蔬用水牌写了，天天转着吃"。（六十一回）他们吃的"茄鲞"（即茄干）是这样做的：

"把才下来的茄子把皮刨了，只要净肉，切成碎钉子，用鸡油炸了，再用鸡脯子肉并

> 香菌、新笋、蘑菇、五香腐干、各色干果子，俱切成钉子，用鸡汤煨了，将香油一收，外加糟油一拌，盛在瓷罐子里封严，要吃时拿出来，用炒的鸡瓜子一拌就是。"刘姥姥听了，摇头吐舌说道："我的佛祖！倒得十来只鸡来配它，怪道这个味儿！"（四十一回）

他们吃一顿螃蟹宴，就够"庄家人过一年"。（三十九回）但这根本还算不上什么正经的宴席，这只是宝钗为帮史湘云省钱而想出来的办法。他们正经的宴席上，一个鸽蛋就要一两银子。（四十回）有人说这是夸张。这可能是有夸张的成分，但我读过一个清人笔记，记载清代的达官贵人为了补养身体，先将许多高级的补品拿来喂鸡，然后再吃这鸡生下来的蛋。如此说来，这个鸡蛋的价钱自然也就高出许多了。那么，这里说的鸽蛋也就可想而知了。

酒筵完了，还要吃点心，请看他们的点心：

> 丫鬟听说，便去抬了两张几来，又端了两个小捧盒。揭开看时，每个盒内两样。这盒内是两样蒸食，一样是藕粉桂花糖糕，一样是松穰鹅油卷；那盒内是两样炸的，一样是一寸来大的小饺儿。贾母因问什么馅儿，婆子们忙回是螃蟹的。贾母听了，皱眉说："这油腻腻的，谁吃这个！"又看那一样，是

奶油炸的各色小面果，也不喜欢……刘姥姥因见那小面果子都玲珑剔透，便拣了一朵牡丹花样的笑道："我们那里最巧的姐儿们，剪子也不能铰出这么个纸的来。我又爱吃，又舍不得吃。"（四十一回）

点心用过，自然要喝茶，于是就到妙玉的栊翠庵喝茶：

只见妙玉亲自捧了一个海棠花式雕漆填金云龙献寿的小茶盘，里面放一个成窑五彩小盖钟，捧与贾母。贾母道："我不吃六安茶。"妙玉笑说："知道。这是老君眉。"贾母接了，又问是什么水。妙玉笑回："是旧年蠲的雨水。"

然后就是妙玉让宝钗和黛玉到耳房里喝体己茶，宝玉也跟了去，他们用的茶器是更名贵的"瓟斝"和"杏犀䀉"，煮茶的水是梅花上的雪化成的水。（均见四十一回）。从这些描写，可见他们的生活是何等地讲究。

除了这些饮食的讲究外，他们还养有家庭的戏班子，每逢节日宴饮，总是要看戏，而且还非常内行，非常独到。

仅从这几方面来看，就可以看出，他们生活的全部内容，就是"享乐"两个字。

（三）诗礼——罪恶的遮羞布

《红楼梦》里的宁、荣二府，表面上看是"翰墨诗书之族"，是"诗礼之家"，是"百年望族"，"勋业旧臣"，实际上却是"如今的儿孙，竟一代不如一代了"。

贾府，这个封建贵族大家庭的腐败，从根本上来说，是人的腐败。封建社会是一个男权社会，贾府里的这些男性，竟找不出一个像样的人来。

先从宁府说起。

宁府的第一代是宁国公贾演，第二代是贾代化。他们都早已没有了，第三代是贾敷、贾敬。贾敷未成年即亡，宁府第三代实际上只有一个贾敬，只在五十三回祭宗祠时出来担任过一回主祭，此外就再无他的活动。他一味好道，只爱烧丹炼汞，自谓不久即可飞升成仙，从不管家事，到六十三回因吞金服砂，烧胀而死。宁府的主持人是贾珍，世袭三品威烈将军，因为他是长房，所以任族长。冷子兴说："这珍爷那里肯读书，只一味高乐不了，把宁国府竟翻了过来，也没有人敢来管他。"（第二回）《红楼梦》第七回焦大醉骂说："我要往祠堂里哭太爷去。那里承望到如今生下这些畜牲来！每日家偷狗戏鸡，爬灰的爬灰，养小叔子的养小叔子，我什么不知道？"关于"爬灰的爬灰"这件事，《红楼梦》第十三回靖本回前批云：

"'秦可卿淫丧天香楼',作者用史笔也。老朽因有魂托凤姐贾家后事二件,岂是安富尊荣坐享人能想得到者,其言其意,令人悲切感服,姑赦之,因命芹溪删去'遗簪''更衣'诸文。是以此回只十页,删去天香楼一节,少去四五页也。"(甲戌眉批、回后批同,但少去"遗簪、更衣诸文"六字)这"淫丧天香楼",就是贾珍的乱伦丑事,虽然正文已删掉,但实际却留下了许多线索,上引靖本批语是最完整的,实际上甲戌本上还有许多泄漏消息的批,如在"彼时合家皆知,无不纳罕,都有些疑心"句上眉批云:"九个字,写尽天香楼事,是不写之写。"在"贾珍哭的泪人一般"句旁批云:"可笑如丧考妣,此作者刺心笔也。"在"另设一坛于天香楼上"句旁批云:"删却,是未删之笔。"在"忽又听得秦氏之丫鬟名唤瑞珠者,见秦氏死了,他也触柱而亡,此事可罕"句旁批云:"补天香楼未删之文。"这些批语,初一看好像是提醒作者尚有未删之文,但仔细琢磨,却是另有深意,正是批者所说的"是不写之写",因为这些提示,实际上后来并未照删,反而成了提醒读者之处。读者如把这些有关的批语连贯起来读,不是"天香楼"之丑事,依然历历分明吗?我认为作者与脂砚,是用明删暗示之法,仍旧将"天香楼"之事"泄漏"给读者,使贾珍这件天大的乱伦丑事无可逃避。

贾珍除了此事外，还有竟然伙同贾琏，一起分别霸占尤二姐、尤三姐。（六十五回）特别丑恶之极的是竟同儿子贾蓉对二尤有"聚麀之诮"。（六十四回）贾珍既私通儿媳，又与儿子同戏二尤，可说封建社会的伦常全被他父子糟蹋了，已经臭得不可再臭了。无怪柳湘莲要对宝玉说："你们东府里除了那两个石头狮子干净，只怕连猫儿狗儿都不干净。我不做这剩忘八。"（六十六回）

以上是宁国府的情况，下面再说荣国府的情况。

贾赦是荣府贾代善、贾母的长子，贾琏的父亲，袭一等将军爵位。贾赦最出名的是两件事：一是四十六回他让邢夫人向贾母讨鸳鸯作小老婆，被贾母痛斥了一顿。连平儿、袭人等都议论说："这个大老爷太好色了。略平头正脸的，他就不放手了。"最后还是花了八百两银子买了个十七岁的嫣红收在屋内。（四十七回）二是四十八回贾赦勾结贾雨村，贾雨村用抄家的罪名把石呆子收藏的二十把古扇抄了来孝敬贾赦。弄得石呆子不知是死是活。贾琏说了一句："为这点子小事，弄得人坑家败业，也不算什么能为！"就把贾琏痛打了一顿。贾赦还把自己的小老婆秋桐赏给了儿子贾琏。（六十九回）这也是行同"聚麀"，大乖伦常，简直如同禽兽。

贾赦的儿子是贾琏。贾琏除管理荣府，建造大观园曾承差使，还曾因林如海病故，奉贾母之命送黛玉去扬州，办完丧事后又同黛玉回来等事外，他的臭事在《红楼梦》里也是出人一等的，他趁女儿出痘疹之机，在外边私通多姑娘，简直丑态百出。（二十一回）《红楼梦》中唯此一处，有类《金瓶梅》笔墨，也是因人而设。他还趁凤姐生日之隙，私通鲍二家的，又被凤姐撞见，引起轩然大波，最后是鲍二家的上吊而死。（四十四回）此外，他还伙同贾珍、贾蓉共戏二尤，竟被尤三姐大闹一场，最后与贾蓉密谋偷娶了尤二姐。（六十四回、六十五回）终于让凤姐将尤二姐活活害死。（六十九回）这是荣府长房的事。

贾政是荣府的老二，前面已经介绍过，他表面上"自幼酷喜读书"，实际上是腹内空空，让他任学差，也是讽刺之笔。虽然做官毫无政绩可言，对捍卫封建主义的原则却是毫不含糊，所以他不能容忍宝玉的一些出轨的言行，下决心要把他打死，又挡不住贾母的震怒。他十足是一个从封建主义模子里刻出来的人物。他的儿子贾宝玉，他早已认定是叛逆，事实上也确是封建正统的叛逆，故不在此论列。

此外，还有一个贾瑞，他的祖父是贾代儒，是贾家的塾掌，但未叙明世系，或是贾氏远房。贾瑞是代替他祖父管理学堂的，但却一脑子邪念，丑态百出，终于因想"戏熙凤"而被熙凤捉弄至死，而且至死不悔。

以上就是宁、荣二府的主要男性。看了这些人的行为，不能不感到已经腐朽到臭气熏天了。然而，他们的门庭却是"诗礼之家"，是"书诗继世"。这"诗礼之家"的牌子与他们腐朽的实际，恰好成为鲜明的讽刺。于是"诗礼"就成为掩盖他们一切罪恶的遮羞布。

儒家的教条是："所谓治国必先齐其家者，其家不可教，而能教人者，无之。故君子不出家而成教于国。"又曰："欲齐其家者，先修其身。"（《礼记·大学》）儒家是以"家"作为封建社会的最基本的单位的，因此"修身、齐家、治国、平天下"是一个整体。现在看曹雪芹笔下的宁、荣二府的人，"修身齐家"是完全相反，既不"修身"，更不"齐家"。封建社会里的一个最具典型性的封建官僚世家已腐朽得如此不堪，"家"既如此，"国"亦可知矣。二知道人说："太史公纪三十世家，曹雪芹只纪一世家。太史公之书高文典册，曹雪芹之书假语村言，不逮古人远矣。然雪芹纪一世家，能包括百千世家，假语村言不啻晨钟暮鼓，虽稗官者流，宁无裨于名教乎？"（《红楼梦说梦》）

二知道人说"雪芹纪一世家，能包括百千世家"，曹雪芹之所以要创造宁、荣二府和大观园作为他的故事的典型环境，我想二知道人的这句话，是有历史的穿透力的。

然而，大家知道，康、雍、乾之世，是清代的鼎盛时期，史称"康乾盛世"。在这一时期，社会上极富极贵之家还是有的。如《啸亭杂录》里记载到的京师米贾祝氏，富逾王侯，屋宇园亭瑰丽，人游十日未竟其居。宛平查氏、盛氏，富亦相仿。怀柔郝氏，膏腴万顷，连乾隆皇帝都驻跸其家。以上是指的民间富户，至于朝廷的勋戚旧臣、富贵继世之家，更是不可胜数。那么曹雪芹为什么偏于这一"盛世"，选择贾府这样一个已临"末世"的"皇亲国戚""百年望族"来作为典型呢？这是因为他一是不愿意歌功颂德，鼓吹封建统治者爱听的"五世其昌"之类的谀词。二是因为他看透了这个封建社会的虚伪和腐朽的本质。三是因为他更看透了这种封建贵族官僚大家庭腐败的内幕，他自己的封建大家庭就是这样一个现成的典型，一切封建的伦常道德全是假的、虚伪的，唯一真实的就是他们无限止的淫欲贪求和互相之间私利的冲突。第七十五回抄检大观园后探春说："咱们倒是一家子亲骨肉呢，一个个不像乌眼鸡，恨不得你吃了我，我吃了你！"这才是这个表面诗礼之家的腐烂透了的本质。四是他的历史观、社会观和人生观，还有他的与旧时代、旧家庭不能相容的人生理想和社会理想。他已经意识到他的理想是他的时代、社会和家庭所不能容的，他自己已经明确说出"背父兄教育之恩，负师友规谈之德"，他是家庭和社会的叛逆。可见选择他自己的家庭作为典型素材来展开它的没落过程中的种种腐败丑事，是服从于他所要表达的思想主题的。如果他没有自己的新的人生观、爱情观、社会观，那么他仅仅像《金瓶梅》一样尽情地暴露也就可以了，他只要纯自然主义地客观描写也就达到暴露的目的了。他之所以要塑造贾宝玉、林黛玉两个全新的人物，并精心地描写他们的爱情悲剧，就是为了要展现他的全新的人生观、爱情观和社会观，展现他朦胧的超前的人生理想。

那么，从这一角度来看，二知道人所说的"包括百千世家"，还只能指它的没落的一面，因为百千世家终究是要走这没落的道路的。而它的新生的一面，却纯属曹雪芹的超时代的独创，并不是所有没落世家都能自然新生的。

总之，曹雪芹能在表面盛世的当时偏去写"末世"，能让他的全新的美好的人物和理想被旧势力彻底吞没，造成震撼人心的大悲剧，能从腐朽中写出新生，写出朦胧的曙光，这才是他选择荣、宁二府作为典型的原因，这才是曹雪芹的真正的超时代的伟大之处！

四 余 论

《红楼梦》产生在十八世纪中期中国的封建社会，这时的世界环境是欧洲已经经历了资产阶级革命，资本主义的生产制度已经确立，而且已经进入工业革命的高潮，至于文艺复兴以来的人文主义思潮，已经遍及欧洲，而西学的东渐，也是当时不可阻挡的历史潮流。明清以来，西方的传教士，不断给中国输入不少西方的先进科技和人文思想。至于中国内部，自明代后期以来，资本主义萌芽的经济一直在发生和发展中，中间虽经明金之战的破坏，但经顺、康、雍、乾四代的努力，社会经济已经从复苏到了发展，人口和耕地面积得到极大的增长。全国的商业大城市也涌现不少，全国商业交通网络的形成和城市人口的增加，城市手工业工场的发展等，都呈现了与前不同的气象。

处在这样外部环境和内部环境的急剧变化中，中国的封建社会，由于内部资本主义萌芽性质的经济因素的滋长，由于世界历史已经进入到资本主义的时代，古老的中国封建社会，也正进入历史性地、缓慢地转型时期。

《红楼梦》正是产生在这样的历史环境中。曹雪芹又是一位天才的作家，他的时代，比西方的现实主义作家，如法国的司汤达（一七八三 —— 一八四二）、福楼拜（一八二一——一八八〇）要早出一个多世纪，比巴尔扎克（一七九九——一八五〇）早出八十多年，比俄国的果戈里（一八〇九——一八五二）和列夫·托尔斯泰（一八二八——一九一〇）也早出一个多世纪。所以从世界的现实主义文学来说，曹雪芹无疑是独领风骚的。

《红楼梦》是一部内容深广的伟大小说，虽然我在本文作了某些方面的解读，但远非小说的全部。人们称《红楼梦》是百科全书，这并不是没有根据的。我个人认为，如果再具体点说，可以说，《红楼梦》真实而生动地反映了十八世纪中期中国上层封建社会的种种风习，我们读《红楼梦》，就如打开了一幅充满着历史气息的栩栩如生的历史长卷，特别值得人们注意的是，这一时期中国封建社会缓慢转型的历史面貌，都被曹雪芹的生花妙笔定格下来了，其中意识形态的微妙变化是最值得注意的。如尤三姐的爱情观，强调要独立自主，自我选择。（六十五回）鸳鸯抗婚说："家生女儿怎么样？'牛不吃水强按头'？我不愿意，难道杀我的老子娘不成？"（四十六回），还有薛蟠问宝玉："明儿你送我什么？"宝玉道："我可有什么送的？若论银钱吃的穿的东西，究竟还不是我的，唯有我写一张字，画一张画，才算是我的。"（二十八回）这是客观而真实地反映了人的自我意识的增长。否则作为鸳鸯这样的"家生女儿",自身不过是主人的一点小小的财产,如同一个牲口一样,根本谈不上"自主权",主人要她怎样她就只能怎样,怎么可能说"我不愿意"呢?这就是说,由于时代的变化、社会的逐渐转型,人的自我意识增长了。像宝玉这样一个贵族公子,居然说自己一无所有,只有自己写的字、画的画才算是自己的,这就意味着只有自己创造出来的东西,才算是自己的,祖宗之所遗,概与自己无关,这就是在这个贵族公子身上反映出来的新的自我意识。再如晴雯生病,宝玉说:"越性尽用西洋药治一治,只怕就好了。"(五十二回)这"西洋药"一词,显然也是具有特定历史内涵的新词。至于《红楼梦》里提到的许多西洋物品,当然同样是这种特定历史风貌的记录。

《红楼梦》最主要的成就,当然在思想和艺术两方面。从思想方面来说,无疑也是中国封建社会缓慢转型期的新思潮的真实记录。我曾说过,曹雪芹批判的是他自己的时代,而他把希望寄托给未来。他的社会理想,如自由人生、婚姻自主、男女平等、废除等级、人与人之间的友爱等,无疑都只能是未来的意识、未来的现实,然而曹雪芹居然在十八世纪的前期就提出这些理想来了,这在当时,当然是不可理解的,何况他又是用的"假语村言",无怪人们要把贾宝玉看作"似傻如狂"了。

　　《红楼梦》在艺术上最杰出的贡献是多方面的，长篇小说的网状式的整体结构，是在长篇小说结构上的独特创造。虽然《金瓶梅》已开其端，但它毕竟还带有"词话"的痕迹。至于《三国演义》《水浒传》《西游记》更是从话本发展来的。《红楼梦》是真正的文人创作的长篇小说，它除了采用习惯的章回体外，一切故事结构和叙事方式全是崭新的创造，整个故事的叙事行文，如行云流水，自然天成，真是落花水面皆文章。在中国古典小说里文章之美、语言的个性化之美、语言之浓厚的生活气息之美等，是无出其右的。特别是《红楼梦》的叙事语言，都带有浓厚的作者的主观感情，这与《三国》《水浒》又是截然不同的。

　　然而，《红楼梦》在文学上的特出贡献，是塑造出一系列令人永远难忘的典型形象。其中贾宝玉是全新的艺术典型，在以往的小说、戏曲里从未有过，是真正的新人形象。贾宝玉的新，一是形象塑造未有任何因袭，全是独创。事实上，贾宝玉的独特的反传统的得世界风气之先的思想，是任何旧传统形象所无法承载的，贾宝玉的新典型形象是由他独特的超时代的新思想所决定的。而林黛玉的形象，虽然初看似与传统的形象颇多相似，但细读，也可发现，这个形象的外观，是由她孤零的身世遭遇所决定的，更重要的是她的思想、她的尖而锐的个性，她的特殊才华和冰雪聪明，她的绝代姿容和稀世俊美，在以往的小说、戏曲人物里，也是不可重复的。所以贾宝玉与林黛玉恰好成为中国封建社会缓慢转型期的一对新人的典型。至于说贾宝玉具有贵族公子的脾性，林黛玉也是官僚门第的千金小姐，这话一点也不错。因为不如此，这一对典型就远离了他们自己的时代和土壤，假定说，这对典型新到连自己出生的家庭和时代的气息都没有了，那他们就不成其为这个历史转型期的新人典型了，他们就失去了历史的真实感了。他们之所以真实可信又可贵，就是因为他们是特定历史时代的产物，他们既是新的，又有旧的印记，这才是这一对典型的特征。《红楼梦》里的薛宝钗、王熙凤、史湘云、探春、迎春、惜春、妙玉、香菱、尤三姐、尤二姐、袭人、平儿、鸳鸯、晴雯以及贾母、王夫人、刘姥姥等，无一不是令人难忘的独一无二的典型。男性中的贾政、贾珍、贾琏、薛蟠等，也同样是令人难忘的形象。

总之，《红楼梦》是历史，是社会，是人生，是艺术，而归根到底，它是人生的历史长卷。在这个长卷里，人们都可以各有取舍，各有所悟，各有会心。总之，能悟其大，得其要，斯为得矣。何况《红楼梦》里有一些问题，如某些判词、怀古诗之类，可能永远也不能得出一致的结论，因其无谜底可证也。

然而，学术问题本来是复杂的，很难一时尽得其解的，"诗家总爱西昆好,独恨无人作郑笺"(元好问《论诗三十首》),就连李商隐的诗,人们都叹息难以解读,那么让《红楼梦》留些悬念,也未尝不是有趣的事。

所以，我说的解读《红楼梦》,是就其大者、要者而说的,至于其他,则实非所能尽解也！

冯其庸

二〇〇四年一月二十八日，旧历甲申年正月初七日下午五时于京东且住草堂草成

二〇〇四年五月二日，旧历甲申年三月十四日改定，时年八十又二

校评凡例

一、本书的目的是为读者提供一部可读性强的《红楼梦》读本。本书疏解力求切实有据而又有新意,评析力求能发作者之隐微,能启读者之赏鉴而得其精义妙理。

二、本书以《脂砚斋重评石头记》(庚辰本)为底本,以甲戌、己卯、列藏、蒙府、戚序、杨藏、郑藏、甲辰、舒序、程甲各本为参校本,亦参以时贤新校注本。

三、底本上原有脂评均择要录入,甲戌、己卯两本之脂评有可与庚辰本脂评对照者,故亦予择要录入,以便读者参究,其余各本评语,因文繁不录。

四、凡对底本有重大校改或增补均出校记,凡属一般的错别字或字词的校改均不出校记,以免烦琐而省篇幅。

五、本书后四十回以程甲本为底本,参以程乙本,因无重要校改,故不出校记。

六、本书的评批,主要是前八十回。因是雪芹原作,文多隐蔽，难以情测，而词采惊人，令人心醉。其人物语言，更有正义、反义、偏义，或指此而言彼，或明褒而实贬，意旨遥深，探求维艰。凡此种种，本书皆尽可能作评点，以期稍发作者深意于万一。

七、本书评点，分眉评、正文下双行小字评、回末总评。眉评针对文段或重要文字，小字评针对重要文句，回末评总评本回。此外，全书有三万余字的长篇导言《解读〈红楼梦〉》，为本书之导读，亦本书著者治红数十年之心悟所聚。书后，复有后记，略记本书校评前后艰难过程。

八、书中凡涉及雪芹家世及其他隐微，旁及刺时讽世之语，评者力所能及者，均一一评出，凡无据而评者亦未能确解者，概付阙如，以待高明，而决不作空言误人，敬祈读者鉴谅。

九、后四十回的作者，过去曾认为是高鹗，据近几十年来的研究成果，一般都认为不是高鹗所续。高鹗只是应程伟元之请，与程一起整理了后四十回，又对前八十回作了若干改动。后四十回续作者，目前尚无可考，故暂不署名。

十、八十回以后，因非雪芹原著，且前后多有不接甚至抵牾，故凡发现前后不接或抵牾处，即为批出，遇有文字可读或精整处，亦略加评批，余者概不作批。

十一、近数十年来，红学研究多有发明，而有清一代之旧红学及民国后之新红学，亦多有贡献，不能忽视，限于篇幅，不能一一采录。唯于时贤之妙悟，亦稍加采择，然见闻有限，不能尽美，至以为憾耳。

十二、《红楼梦》实一博大精深之杰作。以写实观之，则是康、雍、乾历史社会之要录；以艺术观之，则实康、雍、乾历史社会之艺术升华。且作者忍入世之奇祸，而作超世之玄想，其悯世度人，胸怀宽广，爱之深切，金石莫渝。予虽治红数十年，而欲悟雪芹之深怀，固不敢自是也。故是评亦唯一得之愚而已，唯知者鉴原，倘有谬误，敢求斧正，决不敢自是而误人也！

冯其庸

岁在甲申仲春，公元二〇〇四年三月十日

谨草于京东双芝草堂

丁亥六月重订

冯其庸评点《红楼梦》总目

解读《红楼梦》			1
校评凡例			1

回目

第一回	甄士隐梦幻识通灵	贾雨村风尘怀闺秀	1
第二回	贾夫人仙逝扬州城	冷子兴演说荣国府	21
第三回	贾雨村夤缘复旧职	林黛玉抛父进京都	37
第四回	薄命女偏逢薄命郎	葫芦僧乱判葫芦案	58
第五回	游幻境指迷十二钗	饮仙醪曲演红楼梦	73
第六回	贾宝玉初试云雨情	刘姥姥一进荣国府	97
第七回	送宫花贾琏戏熙凤	宴宁府宝玉会秦钟	117
第八回	比通灵金莺微露意	探宝钗黛玉半含酸	135
第九回	恋风流情友入家塾	起嫌疑顽童闹学堂	154
第十回	金寡妇贪利权受辱	张太医论病细穷源	168
第十一回	庆寿辰宁府排家宴	见熙凤贾瑞起淫心	181
第十二回	王熙凤毒设相思局	贾天祥正照风月鉴	195
第十三回	秦可卿死封龙禁尉	王熙凤协理宁国府	209

第十四回	林如海捐馆扬州城	贾宝玉路谒北静王	224
第十五回	王凤姐弄权铁槛寺	秦鲸卿得趣馒头庵	240
第十六回	贾元春才选凤藻宫	秦鲸卿夭逝黄泉路	258
第十七十八回	大观园试才题对额	荣国府归省庆元宵	279
第十九回	情切切良宵花解语	意绵绵静日玉生香	323
第二十回	王熙凤正言弹妒意	林黛玉俏语谑娇音	347
第二十一回	贤袭人娇嗔箴宝玉	俏平儿软语救贾琏	362
第二十二回	听曲文宝玉悟禅机	制灯谜贾政悲谶语	381
第二十三回	西厢记妙词通戏语	牡丹亭艳曲警芳心	400
第二十四回	醉金刚轻财尚义侠	痴女儿遗帕惹相思	415
第二十五回	魇魔法姊弟逢五鬼	红楼梦通灵遇双真	435
第二十六回	蜂腰桥设言传心事	潇湘馆春困发幽情	454
第二十七回	滴翠亭杨妃戏彩蝶	埋香冢飞燕泣残红	474
第二十八回	蒋玉菡情赠茜香罗	薛宝钗羞笼红麝串	492
第二十九回	享福人福深还祷福	痴情女情重愈斟情	515
第三十回	宝钗借扇机带双敲	龄官划蔷痴及局外	534
第三十一回	撕扇子作千金一笑	因麒麟伏白首双星	549
第三十二回	诉肺腑心迷活宝玉	含耻辱情烈死金钏	567
第三十三回	手足眈眈小动唇舌	不肖种种大承笞挞	584
第三十四回	情中情因情感妹妹	错里错以错劝哥哥	600
第三十五回	白玉钏亲尝莲叶羹	黄金莺巧结梅花络	620
第三十六回	绣鸳鸯梦兆绛芸轩	识分定情悟梨香院	641
第三十七回	秋爽斋偶结海棠社	蘅芜苑夜拟菊花题	662

第三十八回	林潇湘魁夺菊花诗	薛蘅芜讽和螃蟹咏	685
第三十九回	村姥姥是信口开河	情哥哥偏寻根究底	700
第四十回	史太君两宴大观园	金鸳鸯三宣牙牌令	716
第四十一回	栊翠庵茶品梅花雪	怡红院劫遇母蝗虫	739
第四十二回	蘅芜君兰言解疑癖	潇湘子雅谑补余香	758
第四十三回	闲取乐偶攒金庆寿	不了情暂撮土为香	777
第四十四回	变生不测凤姐泼醋	喜出望外平儿理妆	794
第四十五回	金兰契互剖金兰语	风雨夕闷制风雨词	811
第四十六回	尴尬人难免尴尬事	鸳鸯女誓绝鸳鸯偶	832
第四十七回	呆霸王调情遭苦打	冷郎君惧祸走他乡	855
第四十八回	滥情人情误思游艺	慕雅女雅集苦吟诗	874
第四十九回	琉璃世界白雪红梅	脂粉香娃割腥啖膻	891
第五十回	芦雪广争联即景诗	暖香坞雅制春灯谜	909
第五十一回	薛小妹新编怀古诗	胡庸医乱用虎狼药	929
第五十二回	俏平儿情掩虾须镯	勇晴雯病补雀金裘	948
第五十三回	宁国府除夕祭宗祠	荣国府元宵开夜宴	970
第五十四回	史太君破陈腐旧套	王熙凤效戏彩斑衣	991
第五十五回	辱亲女愚妾争闲气	欺幼主刁奴蓄险心	1012
第五十六回	敏探春兴利除宿弊	时宝钗小惠全大体	1034
第五十七回	慧紫鹃情辞试忙玉	慈姨妈爱语慰痴颦	1057
第五十八回	杏子阴假凤泣虚凰	茜纱窗真情揆痴理	1084
第五十九回	柳叶渚边嗔莺咤燕	绛芸轩里召将飞符	1101
第六十回	茉莉粉替去蔷薇硝	玫瑰露引来茯苓霜	1114

第六十一回	投鼠忌器宝玉瞒赃	判冤决狱平儿行权	1133
第六十二回	憨湘云醉眠芍药裀	呆香菱情解石榴裙	1149
第六十三回	寿怡红群芳开夜宴	死金丹独艳理亲丧	1176
第六十四回	幽淑女悲题五美吟	浪荡子情遗九龙佩	1205
第六十五回	贾二舍偷娶尤二姨	尤三姐思嫁柳二郎	1228
第六十六回	情小妹耻情归地府	冷二郎一冷入空门	1245
第六十七回	见土仪颦卿思故里	闻秘事凤姐讯家童	1260
第六十八回	苦尤娘赚入大观园	酸凤姐大闹宁国府	1281
第六十九回	弄小巧用借剑杀人	觉大限吞生金自逝	1299
第七十回	林黛玉重建桃花社	史湘云偶填柳絮词	1317
第七十一回	嫌隙人有心生嫌隙	鸳鸯女无意遇鸳鸯	1332
第七十二回	王熙凤恃强羞说病	来旺妇倚势霸成亲	1354
第七十三回	痴丫头误拾绣春囊	懦小姐不问累金凤	1372
第七十四回	惑奸谗抄检大观园	矢孤介杜绝宁国府	1391
第七十五回	开夜宴异兆发悲音	赏中秋新词得佳谶	1424
第七十六回	凸碧堂品笛感凄清	凹晶馆联诗悲寂寞	1447
第七十七回	俏丫鬟抱屈夭风流	美优伶斩情归水月	1469
第七十八回	老学士闲征姽婳词	痴公子杜撰芙蓉诔	1495
第七十九回	薛文龙悔娶河东狮	贾迎春误嫁中山狼	1527
第八十回	美香菱屈受贪夫棒	王道士胡诌妒妇方	1541
第八十一回	占旺相四美钓游鱼	奉严词两番入家塾	1558
第八十二回	老学究讲义警顽心	病潇湘痴魂惊恶梦	1575
第八十三回	省宫闱贾元妃染恙	闹闺阃薛宝钗吞声	1593

第八十四回	试文字宝玉始提亲	探惊风贾环重结怨	1611
第八十五回	贾存周报升郎中任	薛文起复惹放流刑	1628
第八十六回	受私贿老官翻案牍	寄闲情淑女解琴书	1646
第八十七回	感秋深抚琴悲往事	坐禅寂走火入邪魔	1661
第八十八回	博庭欢宝玉赞孤儿	正家法贾珍鞭悍仆	1678
第八十九回	人亡物在公子填词	蛇影杯弓颦卿绝粒	1693
第九十回	失绵衣贫女耐嗷嘈	送果品小郎惊叵测	1707
第九十一回	纵淫心宝蟾工设计	布疑阵宝玉妄谈禅	1721
第九十二回	评女传巧姐慕贤良	玩母珠贾政参聚散	1733
第九十三回	甄家仆投靠贾家门	水月庵掀翻风月案	1749
第九十四回	宴海棠贾母赏花妖	失宝玉通灵知奇祸	1764
第九十五回	因讹成实元妃薨逝	以假混真宝玉疯颠	1782
第九十六回	瞒消息凤姐设奇谋	泄机关颦儿迷本性	1797
第九十七回	林黛玉焚稿断痴情	薛宝钗出闺成大礼	1812
第九十八回	苦绛珠魂归离恨天	病神瑛泪洒相思地	1838
第九十九回	守官箴恶奴同破例	阅邸报老舅自担惊	1852
第一百回	破好事香菱结深恨	悲远嫁宝玉感离情	1866
第一百一回	大观园月夜感幽魂	散花寺神签惊异兆	1881
第一百二回	宁国府骨肉病灾祲	大观园符水驱妖孽	1899
第一百三回	施毒计金桂自焚身	昧真禅雨村空遇旧	1911
第一百四回	醉金刚小鳅生大浪	痴公子余痛触前情	1926
第一百五回	锦衣军查抄宁国府	骢马使弹劾平安州	1940
第一百六回	王熙凤致祸抱羞惭	贾太君祷天消祸患	1954

第一百七回	散余资贾母明大义	复世职政老沐天恩	1969
第一百八回	强欢笑蘅芜庆生辰	死缠绵潇湘闻鬼哭	1983
第一百九回	候芳魂五儿承错爱	还孽债迎女返真元	1999
第一百十回	史太君寿终归地府	王凤姐力诎失人心	2019
第一百十一回	鸳鸯女殉主登太虚	狗彘奴欺天招伙盗	2035
第一百十二回	活冤孽妙尼遭大劫	死雠仇赵妾赴冥曹	2051
第一百十三回	忏宿冤凤姐托村妪	释旧憾情婢感痴郎	2067
第一百十四回	王熙凤历幻返金陵	甄应嘉蒙恩还玉阙	2083
第一百十五回	惑偏私惜春矢素志	证同类宝玉失相知	2095
第一百十六回	得通灵幻境悟仙缘	送慈柩故乡全孝道	2113
第一百十七回	阻超凡佳人双护玉	欣聚党恶子独承家	2129
第一百十八回	记微嫌舅兄欺弱女	惊谜语妻妾谏痴人	2146
第一百十九回	中乡魁宝玉却尘缘	沐皇恩贾家延世泽	2163
第一百二十回	甄士隐详说太虚情	贾雨村归结红楼梦	2188

后　序	2209
后　记	2215
再　记	2223
再版后记	2225
新版后记	2237

第一回　　甄士隐梦幻识通灵
　　　　　　贾雨村风尘怀闺秀

　　此开卷第一回也。作者自云：因曾历过一番梦幻之后，故将真事隐去，而借"通灵"之说，撰此《石头记》一书也。故曰"甄士隐"云云。但书中所记何事何人？自又云："今风尘碌碌，一事无成，忽念及当日所有之女子，一一细考较去，觉其行止见识，皆出于我之上，何我堂堂须眉，诚不若此裙钗哉？实愧则有余，悔又无益之大无可如何之日也！当此，则自欲将已往所赖天恩祖德，锦衣纨袴之时，饫甘餍肥之日，背父兄教育之恩，负师友规谈之德，以致今日一技无成、半生潦倒之罪，编述一集，以告天下人：我之罪固不免，然闺阁中本自历历有人，万不可因我之不肖，自护己短，一并使其泯灭也。虽今日之茅椽蓬牖，瓦灶绳床，_{两句是雪芹晚年写照。}其晨夕风露，阶柳庭花，亦未有妨我之襟怀笔墨者。_{生活虽苦，襟怀不恶。}虽我未学，下笔无文，又何妨用假语村言，敷演出一段故事来，亦可使闺阁

　　此段文字，应是脂砚斋所作第一回之回前评，今甲辰本等尚比正文低两格抄写，可见原属批语。

　　此段"作者自云"，实实是作者自道身世之言，读者切勿以小说家言视之。"历过一番梦幻"，谓历过一番人世沧桑也。此书是沧桑以后所作，故视昔日富贵如黄粱一梦耳。

　　"当日所有之女子"，雍正元年李煦抄家时有二百余口，曹家抄家时亦有百余口，李煦全家先在苏州发卖，后又送京交崇文门标价发卖，李煦本人于雍正五年二月初判"秋后斩决"，后又"奉旨着宽免处斩，发往打牲乌拉"。曹家于雍正六年初，因"隋赫德见曹寅之妻孀妇无力，不能度日，将

昭传，复可悦世之目，破人愁闷，不亦宜乎？"故曰"贾雨村"云云。

此回中凡用"梦"用"幻"等字，是提醒阅者眼目，亦是此书立意本旨。_{两字要紧。}

诗曰：_{此诗当是脂砚手笔，胡适以为是雪芹之诗，误矣。前六句概述此书大概，无精警处。末两句盛称雪芹，倒他搔着痒处，然决非雪芹自道，雪芹岂能如此自伐！}

　　浮生着甚苦奔忙。盛席华筵终散场。
　　悲喜千般同幻渺，古今一梦尽荒唐。
　　谩言红袖啼痕重，更有情痴抱恨长。
　　字字看来皆是血，十年辛苦不寻常。〔一〕

列位看官：你道此书从何而来？_{此句方是红楼正文开头。}说起根由虽近荒唐，细按则深有趣味。待在下将此来历注明，方使阅者了然不惑。_{以下便是荒唐之言。}

原来女娲氏炼石补天之时，于大荒山无稽崖炼成高经十二丈、方经二十四丈顽石三万六千五百零一块。娲皇氏只用了三万六千五百块，只单单剩了一块未用，便弃在此山青埂峰下。谁知此石自经煅炼之后，灵性已通，因见众石俱得补天，独自己无材不堪入选，遂自怨自叹，日夜悲号惭愧。

一日，正当嗟悼之际，俄见一僧一道远远而来，生得骨格不凡，丰神迥异，说说笑笑来至峰下，坐于石边高谈快论。先是说些云山雾海神仙玄幻之事，后便说到红尘中荣华富贵。此石听了，不觉打动凡心，也想要到人间去享一享这荣华富贵；但自恨粗蠢，不

赏伊之家产人口内，于京城崇文门外蒜市口地方房十七间半，家仆三对，给与曹寅之妻孀妇度命"，其余家人则不知下落。

锦衣纨袴之时，雪芹幼年抄家前之生活也。

背父兄两句重要，康熙间《曹玺传》云："寅偕弟子猷讲性命之学，俯亦好古嗜学，绍闻衣德。"曹寅辛卯闻珍儿殇诗云："承家望犹子，努力作奇男。经义谈何易，程朱理必探。"则曹寅以继承程朱理学属望于子孙，而雪芹著《红楼梦》大反程朱理学，把四书以外的书都烧了，此不言而喻是指程朱理学之书。由此可见，雪芹此两句确是实言，非虚语也。

既说书中所记为当日所有之女子，又说用假语村言敷演出一段故事，盖作者之意云：事是实事，人是真人，情则真情，然皆易以假名、假事以掩其真耳，故真是实质，假是表象耳！

以下通灵石之故事即假语村言也，即敷演出一段故事也。寓意谓，石已被弃，有才不得用也。

第一回　甄士隐梦幻识通灵　贾雨村风尘怀闺秀

得已,便口吐人言,向那僧道说道:"大师,弟子蠢物,不能见礼了。适闻二位谈那人世间荣耀繁华,心切慕之。弟子质虽粗蠢,性却稍通;况见二师仙形道体,定非凡品,必有补天济世之材,利物济人之德。如蒙发一点慈心,携带弟子得入红尘,在那富贵场中、温柔乡里受享几年,自当永佩洪恩,万劫不忘也。"二仙师听毕,齐憨笑道:"善哉,善哉!那红尘中有却有些乐事,但不能永远依恃;况又有'美中不足,好事多魔'八个字紧相连属,瞬息间则又乐极悲生,人非物换,究竟是到头一梦,万境归空,倒不如不去的好。"

<small>"乐极悲生"四句,已隐括作者家世。</small>

<small>甲戌批:"四句乃一部之总纲。"</small>

这石凡心已炽,那里听得进这话去,乃复苦求再四。二仙知不可强制,乃叹道:"此亦静极思动,无中生有之数也。既如此,我们便携你去受享受享,只是到不得意时,切莫后悔。"石道:"自然,自然。"那僧又道:"若说你性灵,却又如此质蠢,并更无奇贵之处。如此也只好踮脚而已。也罢,我如今大施佛法助你助,待劫终之日,复还本质,以了此案。你道好否?"石头听了,感谢不尽。那僧便念咒书符,大展幻术,将一块大石登时变成〔二〕一块鲜明莹洁的美玉,且又缩成扇坠大小的可佩可拿。那僧托于掌上,笑道:"形体倒也是个宝物了!还只没有实在的好处,须得再镌上数字,使人一见便知是奇物方妙。

<small>"说说笑笑"至"登时变成"共四百二十九字。此段文字至关重要,历来多有讨论,亦有以为是后补者。其实此段文字的是雪芹原笔:一、此段文字将青埂峰下的石头后来变成美玉又缩成扇坠大小的过程,说得清清楚楚,而庚本文字则石与玉的关系未有交代。二、此段文字已隐括《石头记》结局,比第五回还早。"劫终之日,复还本质"等,恰与明义诗"石归山下无灵气"等合,可证此段文字确是雪芹原文也。</small>

<small>甲戌批:"世上原宜假,不宜真也。谚云:'一日卖了三千假,三日卖不出一</small>

然后携你到那昌明隆盛之邦，甲戌批："伏长安大都。" 诗礼簪缨之族，甲戌批："伏荣国府。" 花柳繁华地，甲戌批："伏大观园。" 温柔富贵乡甲戌批："伏紫芸轩。" 去安身乐业。"石头听了，喜不能禁，乃问："不知赐了弟子那几件奇处，又不知携了弟子到何地方，望乞明示，使弟子不惑。"那僧笑道："你且莫问，日后自然明白的。"说着，便袖了这石，同那道人飘然而去，竟不知投奔何方何舍。后来，又不知过了几世几劫，因有个空空道人访道求仙，忽从这大荒山无稽崖青埂峰下经过，忽见一大块石上字迹分明，编述历历。空空道人乃从头一看，原来就是无材补天，幻形入世，甲戌批："八字便是作者一生惭恨。" 蒙茫茫大士、渺渺真人携入红尘，历尽离合悲欢炎凉世态的一段故事。后面又有一首偈云：

> "炎凉世态"，注意：作者自有讽世之意。

无材可去补苍天。甲戌批："书之本旨。"

枉入红尘若许年。甲戌批："惭愧之言，呜咽如闻。"
身前，当指作者出生以前的家世。身后，当指作者自身经过之历史。则作者百年家世及身经败落种种世变，俱在其内矣。

此系身前身后事，

倩谁记去作奇传。

> 明明说"此系身前身后事"，则可见并非虚妄之说。

诗后便是此石坠落之乡，投胎之处，亲自经历的一段陈迹故事。其中家庭闺阁琐事，以及闲情诗词，倒还全备，或可适趣解闷，然朝代年纪，地舆邦国，却反失落无考。

> 无朝代年纪可考，作者狡狯，欲瞒人耳目耳！

空空道人遂向石头说道："石兄，你这一段故事，据你自己说有些趣味，故编写在此，意欲问世传奇。据我看来，第一件，无朝代年纪可考；第二件，并无

第一回　甄士隐梦幻识通灵　贾雨村风尘怀闺秀

大贤大忠_{无大贤大忠一笔表明。}理朝廷治风俗的善政，其中只不过几个异样女子，或情或痴，或小才微善，亦无班姑、蔡女之德能。我纵抄去，恐世人不爱看呢！"石头笑答道："我师何太痴耶！若云无朝代可考，今我师竟假借汉唐等年纪添缀，又有何难？但我想：历来野史，皆蹈一辙，莫如我这不借此套者，反倒新奇别致，不过只取其事体情理罢了，又何必拘拘于朝代年纪哉！再者，市井俗人，喜看理治之书者甚少，_{淡淡一笔，写出世人不喜程、朱。}爱趣闲文者特多。历来野史，或讪谤君相，或贬人妻女，奸淫凶恶，不可胜数。更有一种风月笔墨，其淫秽污臭，屠毒笔墨，坏人子弟，又不可胜数。〔三〕至若佳人才子等书，则又千部共出一套，且其中终不能不涉于淫滥，以致满纸潘安、子建、西子、文君，不过作者要写出自己的那两首情诗艳赋来，故假拟出男女二人名姓，又必旁出一小人其间拨乱，亦如剧中之小丑然。且鬟婢开口即者也之乎，非文即理。故逐一看去，悉皆自相矛盾、大不近情理之话，竟不如我半世亲睹亲闻的这几个女子，_{然则十二钗皆以真人为本也！}虽不敢说强似前代书中所有之人，但事迹原委，亦可以消愁破闷；也有几首歪诗熟话，可以喷饭供酒。至若离合悲欢，兴衰际遇，_{兴衰际遇四字重要。}则又追踪蹑迹，不敢稍加穿凿，_{真实之甚。}徒为供人之目而反失其真传者。今之人，贫者日为衣食所累，富者又怀不足之心，纵然一时稍闲，又有贪

此段可见作者之通俗文学观。

满纸子建等一段，批尽当时恶赖庸俗之作，则雪芹所称之通俗文学自与此类有冰炭之别，《红楼梦》即其戛戛独造者！

甲戌眉批："事则实事，然亦叙得有间架，有曲折，有顺逆，有映带，有隐有见，有正有闰，以至草蛇灰线、空谷传声、一击两鸣；明修栈道、暗度陈仓，云龙雾雨、两山对峙，烘云托月、背面傅粉、千皴万染诸奇。书中之秘法，亦复不少；余亦于逐回中搜剔剖剖，明白注释，以待高明，再批示误谬。"

开卷一篇立意，真打破历来小说窠臼。

淫恋色，好货寻愁之事，那里去有工夫看那理治之书？_{于程、朱不屑一顾。}所以我这一段故事，也不愿世人称奇道妙，也不定要世人喜悦检读，只愿他们当那醉余[四]饱卧之时，或避世去愁之际，把此一玩，岂不省了些寿命筋力？就比那谋虚逐妄，却也省了口舌是非之害，腿脚奔忙之苦。再者，亦令世人换新眼目，不比那些胡牵乱扯，忽离忽遇，满纸才人淑女、子建、文君、红娘、小玉等通共熟套之旧稿。我师意为何如？

空空道人听如此说，思忖半晌，将《石头记》再检阅一遍。_{甲戌批："这空空道人也太小心了，想亦世之一腐儒耳。"}因见上面虽有些指奸责佞、贬恶诛邪之语，_{甲戌批："亦断不可少。"}亦非伤时骂世之旨；_{甲戌批："要紧句。"}及至君仁臣良父慈子孝，凡伦常所关之处，皆是称功颂德，眷眷无穷，实非别书之可比。虽其中大旨谈情，亦不过实录其事，又非假拟妄称，_{实录其事，非假拟妄称，作者再为读者提醒一笔。甲戌批："要紧句。"}一味淫邀艳约、私订偷盟之可比。因毫不干涉时世，_{再次声明。甲戌批："要紧句。"}方从头至尾抄录回来，问世传奇。从此空空道人[五]因空见色，由色生情，传情入色，自色悟空，遂易名为情僧，_{空空道人易名为情僧，则何空空之有，分明作者调侃之笔。}改《石头记》为《情僧录》。东鲁孔梅溪则题曰《风月宝鉴》，后因曹雪芹于悼红轩中披阅十载，增删五次，_{曹雪芹批阅增删，有人遂以为此书非雪芹所作，李广柏云，此应前石上抄录之神话，故云增删，何首尾不相及至此！旨哉斯言，李君之言是也！}纂成目录，分出章回，则题曰《金陵十二钗》。并题一绝云：

旁批：

阅其笔则是《庄子》《离骚》之亚。"

不失其真传，可见作者何等认真，读者万不可被假语村言所瞒耳！

此书确是令人换新眼目，一点不假！

此空空道人亦太小心了，然不得不如此耳，康乾之世，文字狱密布，雪芹令空空道人如此小心，亦是讽世之意。

甲戌眉批："雪芹旧有《风月宝鉴》之书，乃其弟棠村序也。今棠村已逝，余睹新怀旧，故仍因之。"

甲戌眉批："若云雪芹披阅增删，然后开卷至此这一篇楔子又系谁撰？足见作者之笔，狡猾之甚。后文如此处者不少。这正是作者用画家烟云模糊处。观者万不可被作者瞒蔽了去，方是巨眼。"

6

第一回　甄士隐梦幻识通灵　贾雨村风尘怀闺秀

满纸荒唐言，

一把辛酸泪！ _{此诗为雪芹自道之诗，故是直言，非代言也。其余各诗皆代言也。甲戌批："此是第一首标题诗。"}

都云作者痴，

谁解其中味？ _{按此诗未协韵。言，上平十三元。泪，去声四置。痴，上平四支。味，去声五未。此诗一句一韵，平仄互用，可见雪芹此诗以达意为主，不受诗律之束缚。}

出则既明，且看石上是何故事。按那石上书云：

当日地陷东南，这东南一隅，有处曰姑苏，有城曰阊门者，最是红尘中一二等富贵风流之地。这阊门外有个十里街，街内有个仁清巷，巷内有个古庙，因地方窄狭，人皆呼作葫芦庙。庙旁住着一家乡宦，姓甄，名费，字士隐。_{甄士隐，则此是假名也，作者已明告矣。}嫡妻封氏，情性贤淑，深明礼义。家中虽不甚富贵，然本地便也推他为望族了。因这甄士隐禀性恬淡，不以功名为念，每日只以观花修竹、酌酒吟诗为乐，倒是神仙一流人品。只是一件不足，如今年已半百，膝下无儿，只有一女，乳名唤作英莲，〔六〕年方三岁。

一日，炎夏永昼，士隐于书房闲坐，至手倦抛书，伏几少憩，不觉朦胧睡去。_{炎夏永昼数语，写出炎天伏暑气象。}梦至一处，不辨是何地方。忽见那厢来了一僧一道，且行且谈。只听道人问道："你携了这蠢物，意欲何往？"那僧笑道："你放心，如今现有一段风流公案正该了结，这一干风流冤家，尚未投胎入世。趁此机会，就将此蠢物夹带于中，使他去经历经历。"那道人道："原来近日风流冤孽又将造劫历世去不成？但不知落于何方何处。"

<sub>甲戌眉批："能解者方有辛酸之泪，哭成此书。壬午除夕，书未成，芹为泪尽而逝。余尝哭芹，泪亦待尽。每意觅青埂峰再问石兄，余（奈）不遇獭（癞）头和尚何？怅怅！今而后惟愿造化主再出一芹一脂，是书何本（幸），余二人亦大快遂心于九泉矣。甲午八日泪笔。"

靖藏本内夹夕葵书屋残页脂批："此是第一首标题诗。能解者方有辛酸之泪，哭成此书。壬午除夕，书未成，芹为泪尽而逝，余常哭芹，泪亦待尽；每思觅青埂峰再问石兄，奈不遇獭头和尚何？怅怅！今而后，愿造化主再出一脂一芹，是书有幸，余二人亦大快遂心于九泉矣！甲申八月泪笔。"</sub>

_{一段神话，又是梦中所闻，不可踪迹，其用笔缥缈，真有如梦如幻之感。以下万千恩怨，皆由此而来！}

> 甲戌眉批:"以顽石草木为偶,实历尽风月波澜,尝遍情缘滋味,至无可如何,始结此木石因果,以泄胸中悒郁。古人之一花一石如有意,不语不笑能留人。此之谓耶?"

> 念念不忘报德,郁结缠绵,便是痴情、真情。

> 以泪洗面则有之,以泪还债则闻所未闻,真是一段新奇故事,连神仙也称罕闻。
> 甲戌眉批:"知眼泪还债,大都作者一人耳。全(余)亦知此意,但不能说得出。"

那僧笑道:"此事说来好笑,竟是千古未闻的罕事。只因西方灵河岸上三生石畔,有绛珠草一株,时有赤瑕宫神瑛侍者,日以甘露灌溉,这绛珠草始得久延岁月。后来既受天地精华,复得雨露滋养,遂得脱却草胎木质,得换人形,仅修成个女体,终日游于离恨天外。饥则食蜜青果为膳,渴则饮灌愁海水为汤。只因尚未酬报灌溉之德,故其五内便郁结着一段缠绵不尽之意。恰近日这神瑛侍者凡心偶炽,乘此昌明太平朝世,意欲下凡造历幻缘,已在警幻仙子案前挂了号。警幻亦曾问及,灌溉之情未偿,趁此倒可了结的。那绛珠仙子道:'他是甘露之惠,我并无此水可还,他既下世为人,我也去下世为人,但把我一生所有的眼泪还他,也偿还得过他了。'因此一事,就勾出多少风流冤家来,陪他们去了结此案。"那道人道:"果是罕闻。实未闻有还泪之说。想来这一段故事,比历来风月故事更加琐碎细腻了。"那僧道:"历来几个风流人物,不过传其大概以及诗词篇章而已,至家庭闺阁中一饮一食,总未述记。再者,大半风月故事,不过偷香窃玉、暗约私奔而已,并不曾将儿女之真情发泄一二。想这一干人入世,其情痴色鬼、贤愚不肖者,悉与前人传述不同矣。"那道人道:"趁此何不你我也去下世度脱几个,岂不是一场功德?"那僧道:"正合吾意。你且同我到警幻仙子宫中,将蠢物交割清楚,

第一回　甄士隐梦幻识通灵　贾雨村风尘怀闺秀

待这一干风流孽鬼下世已完，你我再去。如今虽已有一半落尘，然犹未全集。"道人道："既如此，便随你去来。"

却说甄士隐俱听得明白，但不知所云"蠢物"系何东西，遂不禁上前施礼，笑问道："二位仙师请了。"那僧道也忙答礼相问。士隐因说道："适闻仙师所谈因果，实人世罕闻者。但弟子愚浊，不能洞悉明白，若蒙大开痴顽，备细一闻，弟子则洗耳谛听，稍能警省，亦可免沉沦之苦。"二仙笑道："此乃玄机不可预泄者。到那时不要忘我二人，便可跳出火坑矣。"士隐听了，不便再问。因笑道："玄机不可预泄，但适云'蠢物'，不知为何，或可一见否？"那僧道："若问此物，倒有一面之缘。"说着，取出递与士隐。士隐接了看时，原来是块鲜明美玉，上面字迹分明，镌着"通灵宝玉"四字，后面还有几行小字。正欲细看时，那僧便说已到幻境，便强从手中夺了去，与道人竟过一大石牌坊，上书四个大字，乃是"太虚幻境"。两边又有一副对联，道是：

　　假作真时真亦假，
　　　无为有处有还无。两句实为讽世之笔，其意深广。

士隐意欲也跟了过去，方举步时，忽听一声霹雳，有若山崩地陷。士隐大叫一声，定睛一看，只见烈日炎炎，芭蕉冉冉，八字写出炎暑景象。所梦之事便忘了大半。文笔跳脱有致。

再贬风月故事。再申与前人不同。

甄士隐总算与通灵宝玉尚有一面之缘。

太虚幻境，总写一笔，盖大千世界，无非幻境耳。东坡云"自其变者而观之，则天地曾不能以一瞬"，亦此意耳。然雍、乾之世，富贵无常，作者实从幻境中过来者。

真假有无为全书之眼目，其涵义既深且奥，不可拘于一隅而观之，则读者能得其奥矣！

此书写人，皆从变幻处落笔。甄士隐素封之家也，忽然遭火，遂至破败。甄英莲落地时为富家子女，未几而为拐子变卖，遂成另一命运。故世事皆在变幻中，人的命运亦在变幻中，以此来读《红楼梦》，则或可略得其意耳！

又见奶母正抱了英莲走来。士隐见女儿越发生得粉妆玉琢，乖觉可喜，便伸手接来，抱在怀内，逗他顽耍一回，又带至街前，看那过会的热闹。方欲进来时，只见从那边来了一僧一道。那僧则癞头跣脚，那道则跛足蓬头，疯疯癫癫，挥霍谈笑而至。及到了他门前，看见士隐抱着英莲，那僧便大哭起来，又向士隐道："施主，你把这有命无运、累及爹娘之物，抱在怀内作甚？"士隐听了，知是疯话，也不去睬他。那僧还说："舍我罢，舍我罢！"士隐不耐烦，便抱女儿撤身要进去，那僧乃指着他大笑，口内念了四句言词道：

> 惯养娇生笑你痴，
>
> 菱花空对雪澌澌。
>
> 好防佳节元宵后，
>
> 便是烟消火灭时。

<small>作者预示甄家结局及英莲后来改名香菱等后事，亦作者用笔缥缈灵动处，勿作宿命看也！</small>

<small>作者已是世变之过来人，事事身经目睹，故能预写其结局。看似平平叙述，亦皆伤心之笔也。</small>

士隐听得明白，心下犹豫，意欲问他们来历。只听道人说道："你我不必同行，就此分手，各干营生去罢。三劫后，我在北邙山等你，会齐了同往太虚幻境销号。"那僧道："最妙，最妙！"说毕，二人一去，再不见个踪影了。士隐心中此时自忖：这两个人必有来历，该试一问，如今悔却晚也。

这士隐正痴想，忽见隔壁葫芦庙内寄居的一个穷儒——姓贾名化、字表时飞、别号雨村者走了出来。这贾雨村原系胡州人氏，也是诗书仕宦之族，因他生

第一回　甄士隐梦幻识通灵　贾雨村风尘怀闺秀

于末世，父母祖宗根基已尽，人口衰丧，只剩得他一身一口，在家乡无益，因进京求取功名，再整基业。自前岁来此，又淹蹇住了，暂寄庙中安身，每日卖字作文为生，故士隐常与他交接。当下雨村见了士隐，忙施礼陪笑道："老先生倚门伫望，敢是街市上有甚新闻否？"士隐笑道："非也。适因小女啼哭，引他出来作耍，正是无聊之甚，兄来得正妙，请入小斋一谈，彼此皆可消此永昼。"说着，便令人送女儿进去，自与雨村携手来至书房中。小童献茶。方谈得三五句话，忽家人飞报："严老爷来拜。"士隐慌的忙起身谢罪道："恕诳驾之罪，略坐，弟即来陪。"雨村忙起身亦让道："老先生请便。晚生乃常造之客，稍候何妨。"说着，士隐已出前厅去了。

　　这里雨村且翻弄书籍解闷。忽听得窗外有女子嗽声，雨村遂起身往窗外一看，_{闻嗽声即起，总是不安分之人。}原来是一个丫鬟，在那里撷花，生得仪容不俗，眉目清朗，虽无十分姿色，却亦有动人之处。雨村不觉看的呆了。_{写雨村穷酸。}那甄家丫鬟撷了花，方欲走时，猛抬头_{三字写出无意之间。}见窗内有人，敝巾旧服，虽是贫窘，然生得腰圆背厚，面阔口方，更兼剑眉星眼，直鼻权腮。_{先在丫鬟眼中一描。}这丫鬟忙转身回避，心下乃想："这人生的这样雄壮，却又这样褴褛，想他定是我家主人常说的什么贾雨村了，每有意帮助周济，只是没甚机会。我家并无这样贫窘

> 刚叙甄士隐，即来贾雨村，雨村名化，字时飞，则应运而化，乘时而飞也。真隐假来，真败假兴，从此始矣！读者试观贾雨村一生，亦在升沉变动中。
>
> 末世，指贾雨村家也。雨村虽在升腾之中，然已是末世矣。雪芹身处乾隆之世，史称"盛世"，而雪芹却屡称"末世"。文虽是指雨村及贾府，却是醒人之笔，以警世人。

> 甄家丫鬟，亦在变动之中。偶因一顾，遂改变日后命运。
>
> 剑眉星眼两句，为雨村画相，此人总非善类。甲戌批："是莽操遗容。"

亲友，想定是此人无疑了。怪道又说他必非久困之人。"如此想来，不免又回头两次。雨村见他回了头，便自为这女子心中有意于他，便狂喜不禁，自为此女子必是个巨眼英雄，风尘中之知己也。_{自此念念不忘矣。}一时小童进来，雨村打听得前面留饭，不可久待，遂从夹道中自便出门去了。士隐待客既散，知雨村自便，也不去再邀。

> 丫鬟眼中，雨村落魄至甚！与后来的夤缘显达作一反衬。

> 写出久困中人心态，无意一顾，竟至狂喜，雨村落寞久矣！视丫鬟为巨眼英雄，风尘知己，可见雨村潦倒之甚！

一日，早又中秋佳节。士隐家宴已毕，乃又另具一席于书房，却自己步月至庙中来邀雨村。原来雨村自那日见了甄家之婢，曾回顾他两次，自为是个知己，便时刻放在心上。今又正值中秋，不免对月有怀，因而口占五言一律云：

> 未卜三生愿，频添一段愁。
>
> 闷来时敛额，行去几回头。
>
> 自顾风前影，谁堪月下俦。
>
> 蟾光如有意，先上玉人楼。

_{甲戌批："这是第一首诗。后文香奁闺情皆不落空。余谓雪芹撰此书中，亦为传诗之意。"}

> 诗亦平平，只是困顿中人口气。

雨村吟罢，因又思及平生抱负，苦未逢时，乃又搔首对天长叹，复高吟一联曰：

> 玉在椟中求善价，
>
> 钗于奁内待时飞。

_{甲戌批："表过黛玉则紧接上宝钗，前用二玉合传，今用二宝合传，自是书中正眼。"}

> 钗于奁内句，吴世昌谓指后文宝钗嫁雨村，朱淡文亦主此说，书此待证。

恰值士隐走来听见，笑道："雨村兄真抱负不浅也！"雨村忙笑道："岂敢！不过偶吟前人之句，何敢狂诞至此。"因问："老先生何兴至此？"士隐笑道："今夜中秋，俗谓'团圆之节'，想尊兄旅寄僧房，不

第一回　甄士隐梦幻识通灵　贾雨村风尘怀闺秀

无寂寥之感，故特具小酌，邀兄到敝斋一饮，不知可纳芹意否？"雨村听了，并不推辞，便笑道："既蒙厚爱，何敢拂此盛情。"说着，便同士隐复过这边书院中来。

须臾茶毕，早已设下杯盘，那美酒佳肴自不必说。二人归坐，先是款斟漫饮，次渐谈至兴浓，不觉飞觥限斝起来。当时街坊上家家箫管，户户弦歌，当头一轮明月，飞彩凝辉，二人愈添豪兴，酒到杯干。雨村此时已有七八分酒意，狂兴不禁，乃对月寓怀，口号一绝云：家家箫管以下四句，写尽当时太平景象，行文简净而有神彩。

　　时逢三五便团圆。甲戌批："是将发之机。"

　　满把晴光护玉栏。甲戌批："奸雄心事，不觉露出。"

　　天上一轮才捧出，

　　人间万姓仰头看。此诗"先""寒"通押。诗亦俗套。

士隐听了，大叫："妙哉！吾每谓兄必非久居人下者，今所吟之句，飞腾之兆已见，不日可接履于云霓之上矣。可贺，可贺！"乃亲斟一斗为贺。雨村因干过，叹道："非晚生酒后狂言，若论时尚之学，八股时文也。甲戌批："四字新而含蓄最广，若必指明，则又落套矣。"晚生也或可去充数沽名，只是目今行囊路费一概无措，神京路远，非赖卖字撰文即能到者。"士隐不待说完，便道："兄何不早言？愚每有此心，但每遇兄时，兄并未谈及，愚故未敢唐突。今既及此，愚虽不才，'义利'二字却还识得。且喜明岁正当大比，兄宜作速入都，春闱一战，方不负兄之难得士隐一副热肠。可与后文雨村断英莲之案对看。

13

> 甲戌批："写士隐如此豪爽，又全无一些黏皮带骨之气相，愧杀近之读书假道学矣。"

所学也。其盘费余事，弟自代为处置，亦不枉兄之谬识矣！"当下即命小童进去，速封五十两白银，并两套冬衣。又云："十九日乃黄道之期，兄可即买舟西上，待雄飞高举，明冬再晤，岂非大快之事耶！"雨村收了银衣，不过略谢一语，并不介意，仍是吃酒谈笑。那天已交了三更，二人方散。

> 以上叙甄士隐一片神彩，情溢于文，以下叙士隐失女起火，转眼败落，又是一副笔墨，亦又是一番人生也，读者时时不忘世情之荣枯，则能略近作者矣！

士隐送雨村去后，回房一觉，直至红日三竿方醒。因思昨夜之事，意欲再写两封荐书与雨村带至神都，使雨村投谒个仕宦之家为寄足之地。因使人过去请时，那家人去了回来说："和尚说，贾爷今日五鼓已进京去了。也曾留下话与和尚转达老爷，说'读书人不在黄道黑道，总以事理为要，不及面辞了'。"士隐听了，也只得罢了。

> 所谓祸不单行。失女被火，士隐接连遭逢，可知其败之速。

真是闲处光阴易过，倏忽又是元宵佳节矣。因士隐命家人霍启抱了英莲去看社火花灯，半夜中，霍启因要小解，便将英莲放在一家门槛上坐着。待他小解完了来抱时，那有英莲的踪影？急得霍启直寻了半夜，至天明不见，那霍启也就不敢回来见主人，便逃往他乡去了。那士隐夫妇见女儿一夜不归，便知有些不妥，再使几人去寻找，回来皆云连音响皆无。夫妻二人半世只生此女，一旦失落，岂不思想，因此昼夜啼哭，几乎不曾寻死。看看的一月，士隐先就得了一病，当时封氏孺人也因思女构疾，日日请医疗治。

第一回　甄士隐梦幻识通灵　贾雨村风尘怀闺秀

不想这日三月十五，葫芦庙中炸供，那些和尚不加小心，致使油锅火逸，便烧着窗纸。此方人家多用竹篱木壁者，大抵也因劫数，于是接二连三，牵五挂四，将一条街烧得如火焰山一般。彼时虽军民来救，那火已成了势，如何救得下？直烧了一夜，方渐渐的熄去，也不知烧了几家。只可怜甄家在隔壁，早已烧成一片瓦砾场了。^{一夜之间有化为无。}

甲戌批："写出南直召祸之实病。"南直，指南直隶，此处指南京，或谓即隐寓曹家抄家败落事。按隋赫德于雍正六年二月二日接任江宁织造，曹家抄没当在其接任以后，隋赫德于雍正六年三月二日上奏细查曹𫖯房地产及家人情形折，则其抄没遣返当亦在三月中矣。

只有他夫妇并几个家人的性命不曾伤了。急得士隐惟跌足长叹而已。只得与妻子商议，且到田庄上去安身。偏值近年水旱不收，鼠盗蜂起，无非抢田夺地，鼠窃狗偷，民不安生，因此官兵剿捕，难以安身。士隐只得将田庄都折变了，便携了妻子与两个丫鬟投他岳丈家去。

抢田夺地，官兵剿捕，则非鼠窃狗偷矣！作者既云抢田夺地，又云鼠窃狗偷，作者狡狯之笔也，记住，此是乾隆盛世！

他岳丈名唤封肃，本贯大如州人氏，虽是务农，家中却还殷实。今见女婿这等狼狈而来，心中便有些不乐。^{一笔写出此人心胸。}幸而士隐还有折变田地的银子未曾用完，拿出来托他随分就价薄置些须房地，以为后日衣食之计。那封肃便半哄半赚，些须与他些薄田朽屋。士隐乃读书之人，不惯生理稼穑等事，勉强支持了一二年，越觉穷了下去。封肃每见面时，便说些现成话，且人前人后又怨他们不善过活，只一味好吃懒作等语。^{写出势利人嘴脸。}士隐知投人不着，心中未免悔恨，再兼上年惊唬，急忿怨痛，已有积伤，暮年之人，贫病交攻，竟渐渐

素封之家，亦不得安身，是何世朝，味之可矣！

自己至亲，尚且如此，则世情可知矣！

的露出那下世的光景来。荣枯迅速转换。

可巧这日拄了拐杖挣挫到街前散散心时，忽见那边来了一个跛足道人，疯癫落脱，麻屣鹑衣，口内念着几句言词，道是：

世人都晓神仙好，惟有功名忘不了！
古今将相在何方？荒冢一堆草没了。
世人都晓神仙好，只有金银忘不了！
终朝只恨聚无多，及到多时眼闭了。
世人都晓神仙好，只有姣妻忘不了！
君在日日说恩情，君死又随人去了。
世人都晓神仙好，只有儿孙忘不了！
痴心父母古来多，孝顺儿孙谁见了？功名金银，姣妻儿孙，皆不可恃。

一篇好了歌，勘破世情，然几人能真勘破者，说归说耳！

士隐听了，便迎上来道："你满口说些什么？只听见些'好''了''好''了'。"那道人笑道："你若果听见'好''了'二字，还算你明白。可知世上万般好便是了，了便是好。若不了，便不好；若要好，须是了。我这歌儿，便名《好了歌》。"士隐本是有宿慧的，一闻此言，心中早已彻悟。并非宿慧，实乃遭遇使然。因笑道："且住！待我将你这《好了歌》解注出来何如？"道人笑道："你解，你解。"士隐乃说道：

好便是了，了便是好，一语警醒！

陋室空堂，当年笏满床。甲戌批："宁荣未有之先。"衰草枯杨，曾为歌舞场。甲戌批："宁荣既败之后。"蛛丝儿结满雕梁，甲戌批："潇湘馆、紫芸轩等处。"绿纱今又糊在蓬窗上。说什

甲戌眉批："先说场面，忽新忽败，忽丽忽朽，已见得反复不了。"

甲戌眉批："一段妻妾迎新送死，倏恩倏爱，倏痛倏悲，缠绵不了。"

第一回　甄士隐梦幻识通灵　贾雨村风尘怀闺秀

么脂正浓、粉正香，如何两鬓又成霜？_{甲戌批："宝钗、湘云一干人。"}昨日黄土陇头送白骨，_{甲戌批："黛玉、晴雯一干人。"}今宵红灯帐底卧鸳鸯。金满箱，银满箱，_{甲戌批："熙凤一干人。"}展眼乞丐人皆谤。_{甲戌批："甄玉、贾玉一干人。"}正叹他人命不长，那知自己归来丧！训有方，保不定日后作强梁。_{甲戌批："言父母死后之日。柳湘莲一干人。"}择膏粱，谁承望流落在烟花巷！_{甲戌眉批："一段儿女死后无凭，生前空为筹划计算。痴心不了。"}因嫌纱帽小，致使锁枷扛。_{甲戌批："贾赦、雨村一干人。"}昨怜破袄寒，_{甲戌眉批："一段功名升黜无时，强夺苦争，喜惧不了。"}今嫌紫蟒长。_{甲戌批："贾兰、贾菌一干人。"}乱烘烘你方唱罢我登场，_{甲戌眉批："总收古今亿兆痴人，共历幻场，此幻事，扰扰纷纷，无日可了。"}反认他乡是故乡。_{甲戌批："太虚幻境、青埂峰一并结住。"}甚荒唐，到头来都是为他人作嫁衣裳！_{甲戌批："语虽旧句，用于此妥极是极。"}

甲戌眉批："一段石火光阴，悲喜不了。风露草霜，富贵嗜欲，贪婪不了。"

甲戌眉批："此等歌谣，原不宜太雅，恐其不能通俗，故只此便妙极，其说得痛切处，又非一味俗语可到。"

那疯跛道人听了，拍掌笑道："解得切，解得切！"士隐便说一声："走罢！"_{甲戌批："'如闻如见。''走罢'二字真悬崖撒手，若个能行。"}将道人肩上褡裢抢了过来背着，竟不回家，同了疯道人飘飘而去。当下轰动街坊，众人当作一件新闻传说。封氏闻得此信，哭个死去活来，只得与父亲商议，遣人各处访寻，那讨音信？无奈何，少不得依靠着他父母度日。幸而身边还有两个旧日的丫鬟服侍，主仆三人，日夜作些针线发卖，帮着父亲用度。那封肃虽然日日抱怨，也无奈何了。

士隐是从富贵中过来人，于世味已参透，故能解得切。

一声"走罢"，何等决绝，何等洒脱！士隐毕竟勘破世情矣！

这日，那甄家大丫鬟在门前买线，忽听街上喝道之声，众人都说新太爷到任。丫鬟于是隐在门内看时，

> 又是一见之缘。前后共两见,皆属侥幸。所以人之所遇,祸福无常也。士隐从安富跌入贫穷,娇杏则自贫贱升至富贵,此书总在写人之升沉祸福。

只见军牢快手,一对一对的过去,俄而大轿抬着一个乌帽猩袍的官府过去。_{甲戌批:"所谓'乱烘烘你方唱罢我登场'是也。"}丫鬟倒发了个怔,自思这官好面善,倒像在那里见过的。于是进入房中,也就丢过不在心上。至晚间,正待歇息之时,忽听一片声打的门响,许多人乱嚷,说:"本府太爷差人来传人问话。"封肃听了,吓得目瞪口呆,不知有何祸事。

第一回　　甄士隐梦幻识通灵　贾雨村风尘怀闺秀

【回后评】

　　一部《红楼梦》刚开头,即预言结尾,人以为奇,实非奇也,乃作者是梦醒之人也。一切俱是往事,俱是前尘梦影,如何繁华似锦,如何冷落衰败,如严冬雪后,家中之人如何开头,如何结局,俱在作者心中眼中。故小说才一开头,结尾已随之而来,非欲故作结尾也,因结尾早已现成也。

　　或曰:倘以此论,《红楼梦》岂非作者自传乎?曰非也。作者只是家庭兴衰之过来人,其作小说,只是以故家祸福及亲朋祸福为素材,更取之社会闻见,其欲歌欲哭,既有一家之事,亦非一家之事,若以一家之事看之,则浅视红楼矣!

　　"此开卷第一回也,作者自云"云云,玩其词意,即非作者自己语气,盖脂斋作评,转述雪芹之语也。甲戌本"凡例"第五条之末,有"浮生着甚苦奔忙"之诗,今亦移入本节脂斋回前评之末,亦原为脂斋之诗也。"真事隐去""假语村言"云云,作者胸中无限家破人亡之伤心语,不能实说,避文字之祸也,故以"假语村言"出之。即已"假语村言""真事隐去"矣,何以复加明说?盖雪芹实不甘沉冤永埋,心愿后世之人,能以此为隙,得钩寻当年之奇冤也。否则既已"假语村言",不欲人知矣,复何言"真事隐去"哉?

　　"已往所赖天恩祖德,锦衣纨袴之时,饫甘餍肥之日"两句,明说雪芹曾经世家之繁华生活,"背父兄"两句,则更明言其已经学龄阶段,按雪芹若生于康熙五十四年乙未(一七一五年),则至雍正五年抄家,六年初回京,已虚龄十四岁矣。正与以上数语合。

　　"此回中凡有'梦'用'幻'等字,是提醒阅者眼目,亦是此书立意本旨",此语尤为重要。既是梦幻,则以梦幻识之,何用提醒?盖雪芹之意,谓此书用梦用幻皆非真梦真幻也,提醒读者切勿以真梦真幻视之也,否则何用提醒哉?味此段"作者自云",可见雪芹之用心良苦矣。

第一回，即叙甄士隐一家从安富到败落，其间人事升沉，世情冷酷，在在有之，此红楼之小影耳！

《好了歌》及《好了歌解》，为红楼读者先着一警醒之笔，然后才能知书中之繁华富贵，亦不过是春花之烂漫，终不免成为秋风之落叶耳。

《好了歌解》侧批共十六条，其中"熙凤一干人"条，"甄玉贾玉一干人"条，"贷（黛）玉晴雯一干人"条均错位，杨光汉君有详论，令人信服。今已据杨君所论将此三条批语正位。

甲戌眉批云："……壬午除夕，书未成，芹为泪尽而逝……"靖本夕葵书屋残页亦有此批。而一九六八年北京通县张家湾镇农民李景柱等于平曹家大坟为耕地时，挖出墓石，石甚粗陋，上刻"曹公讳沾墓"五个大字，左下端又刻"壬午"两字。则雪芹逝于乾隆二十七年壬午除夕（公元一七六三年二月十二日），因此三证而得论定。

【校记】

〔一〕此诗原在甲戌本"凡例"第五条之末，按甲戌本"凡例"第五条，实即庚辰本开头之一段。此段文字乃脂砚斋所作《石头记》第一回回前评，评中提到"用梦用幻"等字，与此诗意合。可见此诗原当在首回回前评之末。又脂砚斋所作回前评，文末大都系之以诗，此诗自属脂砚无疑。

〔二〕"说说笑笑"至"登时变成"共四百二十九字，从甲戌本补。庚辰本作"来至石下，席地而坐长谈，见"各本皆同，显有脱文。

〔三〕"更有一种风月笔墨"至"又不可胜数"二十六字，庚辰本无，据甲戌本增，杨本、蒙府、戚序、甲辰诸本均存，文字有小异。

〔四〕庚辰本作"醉淫饱卧"，据甲戌本改。

〔五〕"从此空空道人"六字，各脂本皆无，从程甲本增。

〔六〕"英莲"，庚辰本作"英菊"，据甲戌、蒙府、戚序、杨本、甲辰、舒序诸本改。以下同。

第二回　　贾夫人仙逝扬州城〔一〕
　　　　　　冷子兴演说荣国府

　　此回亦非正文，本旨只在冷子兴一人，即俗谓冷中出热、无中生有也。其演说荣府一篇者，盖因族大人多，若从作者笔下一一叙出，尽一二回不能得明，则成何文字？故借用冷子兴一人略出其文，使阅者心中已有一荣府隐隐在心。然后用黛玉、宝钗等两三次皴染，则耀然于心中眼中矣。此即画家三染法也。

　　未写荣府正人，先写外戚，是由远及近、由小至大也。若使先叙出荣府，然后一一叙及外戚，又一一至朋友、至奴仆，其死板拮据之笔，岂作十二钗人手中之物也？今先写外戚者，正是写荣国一府也。故又怕闲文瘰瘵，开笔即写贾夫人已死，是特使黛玉入荣府之速也。

　　通灵宝玉于士隐梦中一出，今又于子兴口中一出，阅者已洞然矣，然后于黛玉、宝钗二人目中极精极细一描，则是文章关锁处。盖不肯一笔直下，有若放闸之水，然信之爆，使其精华一泄而无余也。究竟此玉原应出自钗、黛目中，方有照应。今预从子兴口中说出，实虽写而却未写。观其后文，可知此一回则是虚敲旁击之文，笔则是反逆隐曲之笔。诗云：

> 一局输赢料不真。
>
> 香销茶尽尚逡巡。
>
> 欲知目下兴衰兆，
>
> 须问旁观冷眼人。

_{甲戌批："只此一诗便妙极。此等才情自是雪芹平生所长。余自谓评书，非关评诗也。"}

却说封肃因听见公差传唤，忙出来陪笑启问。那些人只嚷："快请出甄爷来！"封肃忙陪笑道："小人姓封，并不姓甄。只有当日小婿姓甄，今已出家一二年了，不知可是问他？"那些公人道："我们也不知什么'真''假'，因奉太爷之命来问，他既是你女婿，_{再点真假两字。}便带了你去亲见太爷面禀，省得乱跑。"_{是公人口吻。}说着，不容封肃多言，大家推拥他去了。封家人个个都惊慌，不知何兆。

那天约二更时，只见封肃方回来，欢天喜地。众人忙问端的，他乃说道："原来本府新升的太爷姓贾名化，本贯胡州人氏，曾与女婿旧日相交。方才在咱门前过去，因见娇杏那丫头买线，所以他只当女婿移住于此。我一一的将原故回明，那太爷倒伤感叹息了一回；又问外孙女儿，我说看灯丢了。太爷说：'不妨，我自使番役务必探访回来。'说了一回话，临走倒送

第二回　贾夫人仙逝扬州城　冷子兴演说荣国府

了我二两银子。"〔所以欢天喜地，写尽世俗人情。〕甄家娘子听了，不免心中伤感。一宿无话。

至次日，早有雨村遣人送了两封银子、四匹锦缎，答谢甄家娘子；又寄一封密书与封肃，转托问甄家娘子要那娇杏作二房。封肃喜的屁滚尿流，〔四字讽刺得妙。〕巴不得去奉承，便在女儿前一力撺掇成了，乘夜只用一乘小轿，便把娇杏送进去了。〔写尽世俗人情，故名封肃（风俗）也。〕雨村欢喜，自不必说，乃封百金赠封肃，外谢甄家娘子许多物事，令其好生养赡，以待寻访女儿下落。〔此时雨村尚顾人情，未便讹许。后回对付石呆子，便不如是矣！〕封肃回家无话。

却说娇杏这丫鬟，便是那年回顾雨村者。因偶然一顾，便弄出这段事来，亦是自己意料不到之奇缘。〔世情固难事，事意料也。〕谁想他命运两济，不承望自到雨村身边，只一年便生了一子；又半载，雨村嫡妻忽染疾下世，雨村便将他扶侧作正室夫人了。正是：

偶因一着错，〔甲戌批："妙极，盖女儿原不应私顾外人之谓。"〕

便为人上人。〔甲戌批："更妙，可知守礼俟命者终为饿莩，其调侃寓意不小。"〕

原来，雨村因那年士隐赠银之后，他于十六日便起身入都，至大比之期，不料他十分得意，已会了进士，选入外班，今已升了本府知府。〔雨村之升腾，亦自简捷，亦世情之一端也！〕虽才干优长，未免有些贪酷之弊；且又恃才侮上，那些官员皆侧目而视。不上一年，便被上司寻了个空隙，作成一本，参他"生性狡猾，〔四字是雨村定评。〕擅篡礼仪，且沽

"扶侧作正"，谓妻死后将妾作妻。旧时称妻为正室，妾为侧室或偏房。《儒林外史》第五回："王氏道，你向你爷说，明日我若死了，就把你扶正做了填房。"《啼笑因缘》第十九回："你若是跟着我，也许就把你扶正。"

娇杏之升腾与英莲之沉沦，自成对比。一是侥幸，一是应怜也！

雨村贪酷，此时已露其端。

篡，编篡、修篡。礼，《周礼》。仪，《仪礼》，儒家经典著作。清康、雍、乾之世，特重程朱理学，凡儒家经典，必以朱熹之注为准。雍正七年，谢济世著《大学注》《中庸注》，特意不用朱注，为人参奏，雍正判谢济世斩决，后又从宽免死，发军前效力。可见贾雨村擅篡礼仪，其情严重。雪芹写"龙颜大怒，即批革职"，已经是笔下留情了！然即此轻描淡写，亦为历史留一鳞爪也！

清正之名,而暗结虎狼之属,致使地方多事,民命不堪"等语。_{可见吏治如此。}龙颜大怒,即批革职。该部文书一到,本府官员无不喜悦。_{雨村之为人可知。}那雨村心中虽十分惭恨,却面上全无一点怨色,仍是嘻笑自若;_{奸徒本色,十足假人。}交代过公事,将历年做官积的些资本_{不说贪污,却说"积的些资本",语默而讽。}[做官而积资本,其官可知,雪芹讽世,皆以轻描淡写之笔出之。]并家小人属,送至原籍,安排妥协,却是自己担风袖月,游览天下胜迹。_{为封建官吏画一形象。}

那日,偶又游至维扬地面,因闻得今岁鹾政点的是林如海。这林如海姓林名海,字表如海,乃是前科的探花,今已升至兰台寺大夫,〔二〕本贯姑苏人氏,今钦点出为巡盐御史,到任方一月有余。原来这林如海之祖,曾袭过列侯,今到如海,业经五世。起初时,只封袭三世,因当今隆恩盛德,远迈前代,额外加恩,至如海之父,又袭了一代;至如海,便从科第出身。虽系钟鼎之家,却亦是书香之族。[虽字如海,实已枯涸。 甲戌眉批:"官制半遵古名亦好,余最喜此等半有半无,半古半今,事之所无,理之必有,极玄极幻,荒唐不经之处。"]只可惜这林家支庶不盛,子孙有限,虽有几门,却与如海俱是堂族而已,没甚亲支嫡派的。今如海年已四十,只有一个三岁之子,偏又于去岁死了。虽有几房姬妾,奈他命中无子,亦无可如何之事。今只有嫡妻贾氏,生得一女,乳名黛玉,年方五岁。[林黛玉于此初见。记住,此时黛玉五岁。]夫妻无子,故爱如珍宝,且又见他聪明清秀,便也欲使他读书识得几个字,不过假充养子之意,聊解膝下荒凉之叹。_{一段叙述,写出林家已衰落,既无亲支嫡派,又只一女,其家孤零可知。}

雨村正值偶感风寒,病在旅店,将一月光景方渐

第二回　贾夫人仙逝扬州城　冷子兴演说荣国府

愈。一因身体劳倦，二因盘费不继，也正欲寻个合式之处，暂且歇下。幸有两个旧友，亦在此境居住，因闻得盐政欲聘一西宾，雨村便相托友力，谋了进去，且作安身之计。妙在只一个女学生，并两个伴读丫鬟，这女学生年又小，身体又极怯弱，工课不限多寡，故十分省力。

堪堪又是一载的光阴，谁知女学生之母贾氏夫人一疾而终。女学生侍汤奉药，守丧尽哀，遂又将要辞馆别图。林如海意欲令女守制读书，故又将他留下。近因女学生哀痛过伤，本自怯弱多病的，触犯旧症，遂连日不曾上学。才六岁便有"旧症"，则可见其生来就有病矣。雨村闲居无聊，每当风日晴和，饭后便出来闲步。

这日，偶至郭外，意欲赏鉴那村野风光。忽信步至一山环水旋、茂林深竹之处，扬州古称广陵，地势广远而带丘陵，此处雪芹信笔而写耳。隐隐的有座庙宇，门巷倾颓，墙垣朽败，门前有额，题着"智通寺"三字，门旁又有一副旧破的对联，曰：

　　身后有余忘缩手，有余之时，世人皆不知缩手。

　　眼前无路想回头。此时已晚矣。

寺名好，智而能通。

对联两句醒人，欲人智而能通也。

雨村看了，因想道："这两句话，文虽浅近，其意则深。我也曾游过些名山大刹，倒不曾见过这话头，其中想必有个翻过筋斗来的，此语警策，未翻过筋斗，则阅世不深也。雨村刚翻过筋斗。亦未可知，何不进去试试。"想着走入看时，只有一个龙钟老僧在那里煮粥。雨村见了，便不在意。及至问他

见龙钟老僧，便不在意，雨村仍是热闹中人，虽翻过筋斗，仍无所悟，故必有以后一番霞缘也。

两句话，那老僧既聋且昏，齿落舌钝，所答非所问。

<small>老僧，邯郸之吕翁，亦蒸黍之逆旅主人也。雨村俗眼不识。</small>

雨村不耐烦，便仍出来，<small>见了耳聋老僧便不耐烦，雨村总是俗夫，且是热闹场中人。故只以貌取也。</small>意欲到那村肆中沽饮三杯，以助野趣。于是款步行来，将入肆门，只见座上吃酒之客有一人起身大笑，接了出来，口内说："奇遇，奇遇。"<small>意外之遇，文亦意外之文。</small>雨村忙看时，此人是都中在古董行中贸易的号冷子兴者，旧日在都相识。雨村最赞这冷子兴是个有作为大本领的人，这子兴又借雨村斯文之名，故二人说话投机，最相契合。<small>相互为用耳。</small>雨村忙笑问道："老兄何日到此？弟竟不知。今日偶遇，真奇缘也。"子兴道："去年岁底到家，今因还要入都，从此顺路找个敝友说一句话，承他之情，留我多住两日。我也无紧事，且盘桓两日，待月半时也就起身了。今日敝友有事，我因闲步至此，且歇歇脚，不期这样巧遇！"一面说，一面让雨村同席坐了，另整上酒肴来。二人闲谈漫饮，叙些别后之事。

雨村因问："近日都中可有新闻没有？"<small>闲人口气逼真。</small>子兴道："倒没有什么新闻，倒是老先生你贵同宗家，出了一件小小的异事。"雨村笑道："弟族中无人在都，何谈及此？"子兴笑道："你们同姓，岂非同宗一族？"

雨村问是谁家。子兴道："荣国府贾府中，可也玷辱了先生的门楣么？"<small>甲戌批："剜小人之心肺，闻小人之口角。"</small>雨村笑道："原来是他家。若论起来，寒族人丁却不少，自东汉贾复

<small>甲戌眉批："毕竟雨村还是俗眼，只能识得阿凤、宝玉、黛玉等未觉之先，却不识得既证之后。未出宁荣繁华盛处，却先写一荒凉小境，未写通部入世迷人，却先写一出世醒人。回风舞雪，倒峡逆波，别小说中所无之法。"</small>

<small>意外之笔，意外之遇。</small>

<small>同姓便是同宗一族，商人信口之言，以下谈论，均离此不远，读者应注意，勿为所误。</small>

<small>堂堂一个贾府，却从商人信口闲谈中出来。</small>

第二回　贾夫人仙逝扬州城　冷子兴演说荣国府

以来，枝派繁盛，各省皆有，谁逐细考查得来？若论荣国一支，却是同谱。但他那等荣耀，我们不便去攀扯，至今故越发生疏难认了。"

〔现在说不便攀扯，后回却拼命攀扯，从平儿骂声中可知，然则此时尚未尝到攀扯的甜头耳！〕

子兴叹道："老先生休如此说，如今的这宁、荣两门，也都萧疏了，不比先时的光景。"〔甲戌批："记清此句，可知书中之荣府已是末世了。"〕雨村道："当日宁、荣两宅的人口也极多，如何就萧疏了？"〔甲戌批："作者之意原只写末世。此已是贾府之末世了。"〕冷子兴道："正是，说来也话长。"

雨村道："去岁我到金陵地界，因欲游览六朝遗迹，那日进了石头城，从他老宅门前经过，街东是宁国府，街西是荣国府，二宅相连，竟将大半条街占了。〔初描宁、荣二府。〕大门前虽冷落无人，隔着围墙一望，里面厅殿楼阁，也还都峥嵘轩峻；就是后〔甲戌批："'后'字何不直用'西'字？恐先生堕泪，故不敢用'西'字。"〕一带花园子里面树木山石，也还都有蓊蔚洇润之气，那里像个衰败之家？"

〔从外观望，俨然一派森森气象，未及萧疏，先观气势。〕

冷子兴笑道："亏你是进士出身，原来不通！古人有云：'百足之虫，死而不僵。'如今虽说不及先年那样兴盛，较之平常仕宦之家，到底气象不同。〔原来如此。领教，领教！〕如今生齿日繁，事务日盛，主仆上下，安富尊荣者尽多，运筹谋画者无一，〔坐享其成，安能长久。〕其日用排场费用，又不能将就省俭，如今外面的架子虽未甚倒，内囊却也尽上来了，〔数语道出衰败之原。〕这还是小事。更有一件大事：谁知这样钟鸣鼎食之家，翰墨诗书之族，如今的儿孙，

〔内囊却也尽上来了，一语说尽多少世家大族，然世人只见其峥嵘险峻，不见其内囊将尽耳！

揭出一代不如一代，真是醒人之笔！真是末世气象！〕

竟一代不如一代了！"_{此是警句，不论朝代，不论世家，其败总是一代不如一代。如果一代胜过一代，则安能败乎！}雨村听说，也纳罕道："这样诗礼之家，岂有不善教育之理？别门不知，只说这宁、荣二宅，是最教子有方的。"

子兴叹道："正说的是这两门呢。待我告诉你：当日宁国公与荣国公〔三〕是一母同胞弟兄两个。宁公居长，生了四个儿子。宁公死后，贾代化袭了官，也养了两个儿子：长名贾敷，至八九岁上便死了，只剩了次子贾敬袭了官，如今一味好道，只爱烧丹炼汞，余者一概不在心上。_{宦门世家，如此光景。为当世写照。}幸而早年留下一子，名唤贾珍，因他父亲一心想作神仙，把官倒让他袭了。他父亲又不肯回原籍来，只在都中城外和道士们胡羼。这位珍爷倒生了一个儿子，今年才十六岁，名叫贾蓉。如今敬老爹一概不管。这珍爷那里肯读书，只一味高乐不了，_{"胡羼""高乐"，逼真旁人闲论口气。}把宁国府竟翻了过来，也没有人敢来管他。_{可见其教育之差！诗、礼亦已尽废矣！记住，此是宁府。}再说荣府你听，方才所说异事，就出在这里。_{说罢宁府，再说荣府。}自荣公死后，长子贾代善袭了官，娶的也是金陵世勋史侯家的小姐为妻，甲戌批："因湘云，故及之。"生了两个儿子：长子贾赦，次子贾政。如今代善早已去世，太夫人尚在，甲戌批："记真，湘云祖姑史氏太君也。"长子贾赦袭着官；次子贾政，自幼酷喜读书，_{此语未必是实。}祖、父最疼，原欲以科甲出身的，不料代善临终时遗本一上，皇上因恤先臣，即时令长子袭官外，问还有几子，立刻引见，遂额外赐了这政老爹一个主事之衔，甲戌批："嫡真实事，非妄拥（拟）也。"

揭出诗礼、教育两事，可见诗礼、教育已是虚事，侧写一笔。

借冷子兴之口，先将宁、荣二府作一描画，然听其言，真是一代不如一代。

自幼酷喜读书，观其后行事，实徒有读书之名耳！亦雪芹讽世之笔！

第二回　贾夫人仙逝扬州城　冷子兴演说荣国府

令其入部习学，如今现已升了员外郎了。_{宦门子弟，易登仕途，写出当时世情。}这政老爷的夫人王氏，头胎生的公子，名唤贾珠，十四岁进学，不到二十岁就娶了妻生了子，一病死了。第二胎生了一位小姐，生在大年初一，这就奇了；不想次年又生一位公子，说来更奇，一落胎胞，嘴里便衔下一块五彩晶莹的玉来，上面还有许多字迹，就取名叫作宝玉。你道是新奇异事不是？"_{真是奇闻，历代所有。}

"不想次年"信口雌黄耳。程、高不辨冷子兴口舌，竟改为"不想隔了十几年"，胡适竟以改笔为是，遂误尽世人，可叹！可叹！

贾宝玉于此初见。

雨村笑道："果然奇异。只怕这人来历不小。"_{雨村似是别具只眼，实亦猜测之词。"只怕"二字，便已分明。}子兴冷笑道："万人皆如此说，因而乃祖母便先爱如珍宝。那年周岁时，政老爷便要试他将来的志向，便将那世上所有之物摆了无数，与他抓取。谁知他一概不取，伸手只把些脂粉钗环抓来。政老爷便大怒了，说：'将来酒色之徒耳！'_{酷爱读书，却是如此识见。}因此便大不喜悦。独那史老太君还是命根一样。说来又奇，如今长了七八岁，虽然淘气异常，但其聪明乖觉处，百个不及他一个。说起孩子话来也奇怪，他说：'女儿是水作的骨肉，男人是泥作的骨肉。我见了女儿，我便清爽；见了男子，便觉浊臭逼人。'你道好笑不好笑？将来色鬼无疑了！"_{小人大思想，雪芹故作此笔，其语亦亦大亦小，亦庄亦谐，令人不可捉摸也。}雨村罕然厉色忙止道："非也！可惜你们不知道这人来历。大约政老前辈也错以淫魔色鬼看待了。若非多读书识事，加以致知格物之功，悟道参玄之力，不能知也。"

政老爹竟以小儿抓周为凭，断定此儿将来，足见此公昏昏。

奇语，闻所未闻！

更奇。

切勿以为雨村睿智，实亦贸然言之，故作高深耳。

如此说来，则贾政未能多读书矣！

子兴见他说得这样重大，忙请教其端。雨村道："天地生人，除大仁大恶两种，余者皆无大异。若大仁者，则应运而生；大恶者，则应劫而生。运生世治，劫生世危。尧、舜、禹、汤、文、武、周、召、孔、孟、董、韩、周、程、张、朱，皆应运而生者。蚩尤、共工、桀、纣、始皇、王莽、曹操、桓温、安禄山、秦桧等，皆应劫而生者。大仁者，修治天下；大恶者，挠乱天下。清明灵秀，天地之正气，仁者之所秉也；残忍乖僻，天地之邪气，恶者之所秉也。今当运隆祚永之朝，太平无为之世，好世道，雪芹故作歌颂之辞耳！清明灵秀之气所秉者，上至朝廷，下至草野，比比皆是。所余之秀气，漫无所归，遂为甘露，为和风，洽然溉及四海。彼残忍乖僻之邪气，不能荡溢于光天化日之中，既是盛世，何来残忍乖僻之邪气？遂凝结充塞于深沟大壑之内，明末之李卓吾，清初之顾炎武、黄梨洲、王船山，皆深沟大壑之人也。偶因风荡，或被云摧，略有摇动感发之意，一丝半缕误而泄出者，偶值灵秀之气适过，正不容邪，邪复妒正，两不相下，亦如风水雷电，地中既遇，既不能消，又不能让，必至搏击掀发后始尽。故其气亦必赋人，发泄一尽始散。使男女偶秉此气而生者，正邪二气搏击掀发而赋人，则正邪二气之合也。在上则不能成仁人君子，下亦不能为大凶大恶。置之于万万人之中，其聪俊灵秀之气，则在万万人之上；其乖僻邪谬不近人情之态，又在万万人之下。若生于公侯富贵之家，则为情痴情种；若生于诗书清贫之族，

此文武周孔直至周程张朱，细味之，实理学之道统也。

尧舜禹汤文武周孔一段，自韩退之《原道》来，以下为雪芹所续，特意点明周程张朱，是特笔也，其反对面，则不能明写矣！

"遂凝结充塞于深沟大壑之内"，凡反朝廷、反正统思想者，皆只能居于沟壑。

秉正邪二气所生之人，不为情痴情种，即为高人逸士，如许由、陶潜之属，真是奇论怪论，然则邪气已合于正气矣！贾宝玉是秉正邪二气所生，此点要紧！

第二回　　贾夫人仙逝扬州城　冷子兴演说荣国府

则为逸士高人；纵再偶生于薄祚寒门，断不能为走卒健仆，甘遭庸人驱制驾驭，必为奇优名倡。如前代之许由、陶潜、阮籍、嵇康、刘伶、王谢二族、顾虎头、陈后主、唐明皇、宋徽宗、刘庭芝、温飞卿、米南宫、石曼卿、柳耆卿、秦少游，近日之倪云林、唐伯虎、祝枝山，再如李龟年、黄幡绰、敬新磨、卓文君、红拂、薛涛、崔莺、朝云之流，此皆易地则同之人也。"

秉正邪二气所生之人，皆高人逸士之属，则邪气非复大恶，文章一转，前文所说之大凶大恶之气，已化而为善矣！奇哉此论！

子兴道："依你说，'成则王侯败则贼'了。"

爱新觉罗·永忠《延芬室集》有题《红楼梦》诗三首。其眉端有其堂叔弘旿墨批云："此三章诗极妙，第《红楼梦》非传世小说，余闻之久矣，而终不欲一见，恐其中有"碍语"也。"予曾见《延芬室集》原稿及弘旿亲笔原批。其所提"碍语"一事，至为关键，当于回后评之。甲戌批："《女仙外史》中论魔道已奇，此又非外史之立意，故觉愈奇。"

雨村道："正是这意。你还不知，我自革职以来，这两年遍游名省，也曾遇见两个异样孩子。所以，方才你一说这宝玉，我就猜着了八九，亦是这一派人物。不用远说，只金陵城内，钦差金陵省体仁院总裁甄家，甲戌批："又一个真正之家，特与假家遥对，故写假则知真。"你可知么？"子兴道："谁人不知！这甄府和贾府就是老亲，又系世交。两家来往，极其亲热的，便在下也和他家来往非止一日了。"

甲戌批："说大话之走狗，毕真。"

雨村笑道："去岁我在金陵，也曾有人荐我到甄府处馆，雨村也曾在甄府过。我进去看其光景，谁知他家那等显贵，却是个富而好礼之家，倒是个难得之馆。但这一个学生，虽是启蒙，却比一个举业的还劳神。说起来更可

归结到"成则王侯败则贼"！此语石破天惊，然则王侯与贼，只是成败之异耳！清初黄宗羲说："今也天下之人，怨恶其君，视之如寇仇，名之为独夫，固其所也。"唐甄则说："自秦以来，凡为帝王者皆贼也。"依黄、唐之说，则成亦贼也！吾于雪芹成王败贼之论中，似闻黄、唐之余音！况复更加雨村说"正是这意"一语，语气加重肯定。读者应细味此数语。方不负雪芹深意。

初提甄府。
甄家与贾家，实为一家，雪芹故以变幻之笔写之，至后文便可知！

原来雨村曾在甄府坐过馆。
甄宝玉初亦贾宝玉一流人物。

笑,他说:'必得两个女儿伴着我读书,我方能认得字,心里也明白;不然我自己心里糊涂。'甲戌批:"甄家之宝玉乃上半部不写者,故此处极力表明以遥照贾家之宝玉。凡写贾宝玉之文,则正为真宝玉传影。"又常对跟他的小厮们说:'这女儿两个字,极尊贵、极清净的,比那阿弥陀佛、元始天尊的这两个宝号还更尊荣无对的呢!对当时男尊女卑之制,是石破天惊之语。甲戌批:"如何只以释老二号为譬,略不敢及我先师儒圣等人,余则不敢以顽劣目之。"你们这浊口臭舌,万不可唐突了这两个字要紧。但凡要说时,必须先用清水香茶漱了口才可;设若失错,便要凿齿穿腮等事。'其暴虐浮躁,顽劣憨痴,种种异常。只一放了学,进去见了那些女儿们,其温厚和平,聪敏文雅,竟又变了一个人了。因此,他令尊也曾下死笞楚过几次,无奈竟不能改。每打的吃疼不过时,他便'姐姐''妹妹'乱叫起来。后来听得里面女儿们拿他取笑:'因何打急了只管叫姐妹做甚?莫不是求姐妹去说情讨饶?你岂不愧些!'他回答的最妙。他说:'急疼之时,只叫"姐姐""妹妹"字样,或可解疼也未可知,因叫了一声,便果觉不疼了,遂得了秘法:每疼痛之极,便连叫姐妹起来了。'你说可笑不可笑?也因祖母溺爱不明,每因孙辱师责子,因此我就辞了馆出来。如今在这巡盐御史林家做馆了。你看,这等子弟,必不能守祖、父之根基,从师长之规谏的。只可惜他家几个姊妹都是少有的。"虚写一笔耳。

子兴道:"便是贾府中,现有的三个也不错。再回论贾府。

一段奇奇怪怪之论,亦小人大思想,亦真亦幻,亦庄亦谐。初时甄、贾宝玉不可分,后文才见其异,惜雪芹后文不可见矣。

一段奇奇怪怪之论,为他书所无,然"女儿"二字,比佛祖还尊,则作者特重女性之意明矣,虽以奇谈怪论出之,即所谓"假语村言"也,然则透过"假语村言",作者真意亦可知矣!

甲戌眉批:"以自古未闻之奇语,故写成自古未有之奇文。此是一部书中大调侃寓意处。盖作者实因鹡鸰之悲,棠棣之威,故撰此闺阁庭帏之传。"

雨村前论贾宝玉,以为是高人逸士之流,甚至成王败贼,此处论甄宝玉,则说必不能守祖、父之根基,其言似相反,其意实相通,然甄宝玉后来与贾宝玉之殊途,竟走仕途经济之路,则非初时能预知也。

政老爷的长女,名元春,〔甲戌批:"原也。"〕现因贤孝才德,选入宫中作女史去了。二小姐乃赦老爹〔四〕前妻所出,名迎春。〔甲戌批:"应也。"〕三小姐乃政老爹之庶出,名探春。〔甲戌批:"叹也。"〕四小姐乃宁府珍爷之胞妹,名唤惜春。〔甲戌批:"息也。"〕因史老夫人极爱孙女,都跟在祖母这边一处读书,听得个个不错。"雨村道:"更妙在甄家的风俗,女儿之名,亦皆从男子之名命字,不似别家另外用这些'春''红''香''玉'等艳字的。何得贾府亦落此俗套?"〔甄贾二府合而论之。〕子兴道:"不然。只因现今大小姐是正月初一日所生,故名元春,余者方从了'春'字。上一辈的,却也是从弟兄而来的。现有对证,目今你贵东家林公之夫人,即荣府中赦、政二公之胞妹,在家时名唤贾敏。不信时,你回去细访可知。"雨村拍案笑道:"怪道这女学生读至凡书中有'敏'字,皆念作'密'字,每每如是;写字遇着'敏'字,又减一二笔。我心中就有些疑惑。今听你说,的是为此无疑矣。怪道我这女学生言语举止另是一样,不与近日女子相同。度其母必不凡,方得其女,今知为荣府之外孙,又不足罕矣〔回应林黛玉。〕——可伤上月竟亡故了。"子兴叹道:"老姊妹四个,这一个是极小的,又没了。长一辈的姊妹,一个也没了。只看这小一辈的,将来之东床如何呢?"〔此处先一提。〕

雨村道:"正是,方才说这政公,已有衔玉之儿,又有长子所遗一个弱孙。这赦老竟无一个不成？"^{王府批："灵玉却只一块，而宝玉有两个，情性如一，亦如六耳悟空之意耶。"}子兴道："政公既有玉儿之后，其妾又生了一个，倒不知其好歹。只眼前现有二子一孙，却不知将来如何。若问那赦公，也有二子。长名贾琏，^{顺口谈贾赦，即带出贾琏、熙凤。}今已二十来往了，亲上作亲，娶的就是政老爹夫人王氏之内侄女，^{甲戌批："另出熙凤一人。"}今已娶了二年。这位琏爷身上现捐的是个同知。也是不肯读书，于世路上好机变，言谈去的，所以如今只在乃叔政老爷家住着，帮着料理些家务。谁知自娶了他令夫人之后，倒上下无一人不称颂他夫人的，琏爷倒退了一射之地——说模样又极标致，言谈又爽利，心机又极深细，竟是个男人万不及一的。"^{甲戌批："未见其人，先已有照。"}

雨村听了，笑道："可知我前言不谬。你我方才所说的这几个人，都只怕是那正邪两赋而来一路之人，未可知也。"^{又归到正邪二赋。}子兴道："邪也罢，正也罢，只顾算别人家的账，你也吃一杯酒才好。"雨村道："正是，只顾说话，竟多吃了几杯。"子兴笑道："说着别人家的闲话，正好下酒，即多吃几杯何妨？"雨村向窗外看道："天也晚了，仔细关了城。我们慢慢的进城再谈，未为不可。"于是，二人起身，算还酒账。方欲走时，又听得后面有人叫道："雨村兄，恭喜了！特来报个喜信的。"雨村忙回头看时——

（左批）
- 王熙凤初提。
- 数语先将熙凤总描。
- 虽是闲谈散论，仍归正邪二气本题。

第二回　贾夫人仙逝扬州城　冷子兴演说荣国府

【回后评】

宁、荣二府，两大世家，何从说起，借冷子兴闲谈演说，则一一介绍，纲举目张，读者未深入《红楼梦》而已了然宁、荣二府矣。雪芹深知近世所称之接受学也。

正邪二气一大段，数十年来，予未得其解，亦未见解人。近日忽悟为雪芹以假语村言，写程朱理学与反程朱理学之斗争。观其孔、孟、周、程、张、朱之论，实理学之道统也。其另一面，则不复能明写矣。然被压至深沟大壑，则亦实写也。明末李卓吾，清初顾炎武、黄宗羲、王夫之诸人岂不如是乎？尤其是正邪二气相搏，秉此二气而生者却为高人逸士，甚至有陶渊明、唐明皇、宋徽宗、倪云林之属，则其气何恶之有？于此可以思过半矣！

窃以为雪芹之书，其事则亲身经历并取之故家、亲友及社会见闻，哀其往也。其思想则受当时程朱理学之强化及反程朱理学斗争之影响，雪芹因受激发遂作此书，遂有此一段假语村言。要之，亲身所历，故家之哀，程朱理学斗争思潮之激荡，社会现实闻见之感发，是此书撰作之原也。细味贾宝玉秉正邪二气搏击而生，只此一语，即令人深思矣。况宝玉复反对仕途经济，不愿读书，不愿考试，实亦反程朱反科举也，细思之，则其意自明矣！此意是否有得，姑书于后，以待天下之高明。

书中尧、舜、禹、汤、文、武、周、孔一段，本之韩退之《原道》，《原道》只及孟子，孟子以下为雪芹所续，直续至"周、程、张、朱"，则理学之道统可知矣，雪芹之用意亦可知矣！

"成则王侯败则贼"一句，甲戌、庚辰、舒序三本同，其余各本，包括己卯本，"王侯"皆改为"公侯"，可见"王侯"一语，确是"碍语"，如无碍，又何必改？予前已批出清初黄宗羲、顾炎武至唐甄诸人之语，然此语实更涉雪芹当世之现实政治斗争。康熙晚年，诸王子争位，雍正获胜，胤禩、胤禟、胤䄉均失败，胤禩、胤禟被赐令其自己改名为"加冰鱼""讨厌"（据第一历史档案馆张书才兄见告，此是最新更译，原译为"猪""狗"是误译，"加冰鱼"，意谓已经被冻僵的鱼），后即被诛灭，胤䄉被终生监禁。曹雪芹舅祖李煦因曾为胤禩买女子，被判斩决，后改发打牲乌拉，终于冻饿而死。曹頫于雍正五年底被查处，六年三月被抄家，七月又被查出曾于江宁织造衙门左侧庙内藏胤禟镀金狮子一对。曹、李两家，均在雍正即位后不久败落。此真"成则王侯（胤禛）败则贼（胤禩、胤禟、胤䄉及相关诸人）"也。雪芹以此轻淡闲语出之，实隐此实事也。乃弘昑以批语提示"恐其中有碍语"，以泄其秘，于此可知各本改"王"为"公"，更非寻常之改矣。予亦因弘昑此批，而得窥康、雍间争位斗争之蛛丝马迹矣，此真雪芹之"一把辛酸泪"也。或曰：弘昑实曾看过《红楼梦》，故看出其中之"碍语"（隐秘），因恐事发受祸，故说"终不欲一见"耳。如真不曾见，则何以知其有"碍语"，更无须"恐"矣。此说不为无理，故为记之。

【校记】

〔一〕回目：各脂本同，杨本"逝"作"游"。

〔二〕"兰台寺大夫"，庚辰本作"蓝台寺大人"，从甲戌、己卯、蒙府、戚序、杨本、甲辰诸本改。

〔三〕"与荣国公"四字，庚辰本无，从甲戌、己卯、杨本、蒙府、戚序诸本增。

〔四〕此句各本歧义颇多，庚辰本作"二小姐乃政老爹前妻所出"，甲戌本作"赦老爹前妻所出"，己卯、杨本作"赦老爷之女，政老爷养为己女"，蒙府、戚序本作"赦老爷之妾所出"，甲辰本作"赦老爷姨娘所出"，舒序本作"赦老爷前妻所出"。此从甲戌本改"政"字为"赦"字。

第三回　　贾雨村夤缘复旧职
　　　　　　林黛玉抛父进京都[一]

　　却说雨村忙回头看时,不是别人,乃是当日同僚一案参革的号张如圭者。_{一案参革,则其人当亦如贾雨村。}他本系此地人,革后家居,今打听得都中奏准起复旧员之信,他便四下里寻情找门路,_{正是此类人行径。}忽遇见雨村,故忙道喜。二人见了礼,张如圭便将此信告诉雨村,雨村自是欢喜,忙忙的叙了两句,遂作别各自回家。冷子兴听得此言,便忙献计,_{活画此类人神态。}令雨村央烦林如海,转向都中去央烦贾政。雨村领其意,作别回至馆中,忙寻邸报看真确了。_{仔细。}

　　次日面谋之如海。如海道:"天缘凑巧,因贱荆去世,都中家岳母念及小女无人依傍教育,前已遣了男女船只来接,因小女未曾大痊,故未及行。此刻正思向蒙训教之恩,未经酬报,遇此机会,岂有不尽心图报之理?但请放心。弟已预为筹划至此,已修下荐书一封,转托内兄务为周全协佐,方可稍尽弟之鄙诚,即有所费用之例，弟于内兄信中已注明白，亦不劳尊兄多虑矣。"〔真是周到至极。〕雨村一面打恭，谢不释口，一面又问："不知令亲大人现居何职？"〔甲戌批："奸险小人欺人语。"〕只怕晚生草率，不敢骤然入都干渎。"〔说得好听耳。甲戌批："全是假，全是诈。"〕如海笑道："若论舍亲，与尊兄犹系同谱，乃荣公之孙。大内兄现袭一等将军，名赦，字恩侯；二内兄名政，字存周，现任工部员外郎，其为人谦恭厚道，大有祖、父遗风，非膏粱轻薄仕宦之流，〔再为贾政一描。〕故弟方致书烦托。否则不但有污尊兄之清操，即弟亦不屑为矣。"雨村听了，心下方信了昨日子兴之言，〔现在心里踏实无虑了。〕于是又谢了林如海。如海乃说："已择了出月初二日小女入都，〔此处只说入都，究竟都在何处，始终未明写，此雪芹用笔灵动处也。〕尊兄即同路而往，岂不两便？"雨村唯唯听命，心中十分得意。如海遂打点礼物并饯行之事，雨村一一领了。

那女学生黛玉身体方愈，原不忍弃父而往；无奈他外祖母致意务在必去，且兼如海说："汝父年将半百，再无续室之意；且汝多病，年又极小，上无亲母教养，〔甲戌批："可怜一句一滴血之文。"〕下无姊妹兄弟扶持，〔弱女可怜，令人凄然。〕今依傍〔"依傍"两字，已写出黛玉孤零之状。〕外祖母及舅氏姊妹去，正好减我顾盼之忧，何反云不往？"〔老父亦实可怜。〕黛玉听了，方洒泪拜别，随了奶娘及荣府几个老妇人登舟而去。〔从此永别慈父矣！〕雨村另有一只船，带两个小童，依附〔依附两字贴切。〕黛玉而行。

有日到了都中，进入神京，雨村先整了衣冠，带

〔实是不知是否有力推荐耳，岂在干渎？〕

〔此时心中方才踏实，则先前一问，实因未能放心也。〕

〔不仅推荐，而且有船同行，更是意外方便。〕

〔林黛玉刚出场，就是病后，从此一病不断矣！〕

〔"都中""神京"，都是笼统写法，究在何处，不可究诘，此书始终回避实写，亦雪芹谨慎处也。其祖父曹寅赠洪昉思诗有句云："垂老文章恐惧成。"既恐学问，亦恐时世也，昉思曾因《长生殿》贾祸，可不慎哉！〕

第三回　贾雨村夤缘复旧职　林黛玉抛父进京都

了小童，拿着宗侄的名帖，_{甲戌批："此帖妙极，可知雨村的品行矣。"}至荣府的门前投了。彼时贾政已看了妹丈之书，即忙请入相会。见雨村相貌魁伟，言语不俗；_{两句写雨村仪表，外貌颇堂皇，内心却阴贼，人固不可以貌相也。}且这贾政最喜读书人，礼贤下士，济弱扶危，大有祖风；_{"贾政最喜读书人"几句，令人发笑，盖亦虚假情状，官场中之俗套耳。}况又系妹丈致意，因此优待雨村，更又不同，_{雨村沾尽黛玉之光。}便竭力内中协助，题奏之日，轻轻谋了一个复职候缺。_{夤缘之效，故能轻轻复职。}不上两个月，金陵应天府缺出，便谋补了此缺，_{清代官场，往往候缺至数年，雨村轻而易得，沾尽贾府之光矣。}拜辞了贾政，择日上任去了，不在话下。

旁批：四句对贾政考语，实亦表面文章，其人并非如此。

且说黛玉自那日弃舟登岸时，_{甲戌批："这方是正文起头处。此后笔墨与前两回不同。"}便有荣国府打发了轿子并拉行李的车辆久候了。_{"久候"两字，足见荣府郑重。}这林黛玉常听得母亲说过，他外祖母家与别家不同。他近日所见的这几个三等的仆妇，吃穿用度，已是不凡了，何况今至其家。因此步步留心，时时在意，不肯轻易多说一句话，多行一步路，惟恐被人耻笑了他去。_{初出家门，自难免此，亦见弱女心理。}自上了轿，进入城中，从纱窗向外瞧了一瞧，其街市之繁华，人烟之阜盛，自与别处不同。_{黛玉眼中所见。}又行了半日，忽见街北蹲着两个大石狮子，三间兽头大门，门前列坐着十来个华冠丽服之人。正门却不开，只有东西两角门有人出入。_{以上数句，写出世家气派。}正门之上有一匾，匾上大书"敕造宁国府"五个大字。_{先见宁国府。}黛玉想道："这必是外祖之长房了。"

旁批：从三等仆妇着眼，已可看出荣府派势。贾雨村是从外面看去，黛玉却是从里头看来，则愈描愈近愈细矣！
先从纱窗中看到。

旁批："敕造宁国府"五个大字，将以上一段描写收住。

想着,又往西行,不多远,照样也是三间大门,方是荣国府了。却不进正门,只进了西边角门。那轿夫抬进去,走了一射之地,将转弯时,便歇下退出去了。后面的婆子们已都下了轿,_{又进一层,又换侍候人役,可见堂深院邃,的是大家气象。}赶上前来,另换了三四个衣帽周全的十七八岁的小厮上来,复抬起轿子。众婆子在步下围随,至一垂花门前落下。_{过垂花门,便是内室。}众小厮退出,众婆子上来,打起轿帘,扶黛玉下轿。_{以下便是步行矣。}

> 先宁国府,后荣国府,哥东弟西,次序井然。一路仔细写来,何等气派!

林黛玉扶着婆子的手,进了垂花门。两边是抄手游廊,当中是穿堂,当地放着一个紫檀架子、大理石的大插屏。转过插屏,小小的三间内厅,厅后就是后面的正房大院。正面五间上房,皆是雕梁画栋,两边穿山游廊、厢房,挂着各色鹦鹉、画眉等鸟雀。台矶之上,坐着几个穿红着绿的丫头,一见他们来了,便忙都笑迎上来,说:"刚才老太太还念呢,可巧就来了。"于是三四人争着打起帘栊,一面听得人回话说:"林姑娘到了。"_{先闻其声,写得真。}

> 雕梁画栋,曲折有致。

> 一番陈设,一番排场,一番人役,何等气派,他书中如何写得出。

黛玉方进入房时,只见两个人搀着一位鬓发如银的老母迎上来,黛玉便知是他外祖母。方欲拜见时,早被他外祖母一把搂入怀中,"心肝儿肉"叫着,大哭起来。_{悲喜交集,喜极而悲也。写得真。甲戌批:"几千斤力量写此一笔。"}当下地下侍立之人,无不掩面涕泣,黛玉也哭个不住。_{黛玉是悲其母。}一时众人慢慢的解劝住了,黛玉方拜见了外祖母。——此即冷子兴

> 贾母史太君登场。其亲可知,其热可知!

第三回　贾雨村夤缘复旧职　林黛玉抛父进京都

所云之史氏太君，贾赦、贾政之母也。_{此句识者云当是脂批，志此待证。}

当下贾母一一指与黛玉："这是你大舅母，这是你二舅母，这是你先珠大哥的媳妇珠大嫂子。"黛玉一一拜见过。贾母又说："请姑娘们来。今日远客才来，可以不必上学去了。"众人答应了一声，便去了两个。

不一时，只见三个奶嬷嬷并五六个丫鬟，簇拥着三个姊妹来了。第一个，肌肤微丰，合中身材，腮凝新荔，鼻腻鹅脂，温柔沉默，观之可亲。第二个，削肩细腰，长挑身材，鸭蛋脸面，俊眼修眉，顾盼神飞，文彩精华，见之忘俗。第三个，身量未足，形容尚小。其钗环裙袄，三人皆是一样的妆饰。

黛玉忙起身，迎上来见礼，互相厮认过，大家归了坐。丫鬟们斟上茶来。不过说些黛玉之母如何得病，如何请医服药，如何送死发丧。不免贾母又伤感起来，因说："我这些儿女，所疼者独有你母，今日一旦先舍我而去，连面也不能一见，今见了你，我怎不伤心！"说着，搂了黛玉在怀，又呜咽起来。_{情态逼真。}众人忙都宽慰解释，方略略止住。

众人见黛玉年貌虽小，其举止言谈不俗，身体面庞虽怯弱不胜，却有一段自然的风流态度，便知他有不足之症。因问："常服何药，如何不急为疗治？"_{用众人之眼，将黛玉一描。}黛玉笑道："我自来是如此，从会吃饮食时便吃药，可见其病与生俱来。到今未断，请了多少名医，修方配药，皆不见效。那一年，我才三岁时，听得说，来了一个癞头和尚，说要化我去出家，我父母固是不从。他又说：'既舍不得他，只怕他的病一生也不能好的了。_{怪事，怪论。}若要好时，除非从此以后总不许见哭声；除父母之外，凡有外姓亲友之人，一概不见，方可平安了此一世。'

不见哭声，不见外姓人，已是难办，况黛玉自己善哭何？真是疯癫之语。疯疯癫癫，说了这些不经之谈，也没人理他。如今还是吃人参养荣丸。"贾母道："这正好，我这里正配丸药呢。叫他们多配一料就是了。"

一语未了，只听后院中有人笑声，说："我来迟了，_{甲戌批："第一笔，阿凤三魂六魄已被作者拘定了，后文焉得不活跳纸上？此等（文字）非仙助即神助，从何而得此机括耶？"}不曾迎接远客。"_{未见其人，先闻其声。}黛玉纳罕道："这些人个个皆敛声屏气，恭肃严整如此，这来者系谁，这样放诞无礼？"

_{黛玉对熙凤的第一印象。"放诞无礼"四字，写出凤姐泼辣。}心下想时，只见一群媳妇丫鬟围拥着一个人，从后房门进来。这个人打扮，与众姑娘不同：彩绣辉煌，恍若神妃仙子。头上戴着金丝八宝攒珠髻，绾着朝阳五凤挂珠钗；项上带着赤金盘螭璎珞圈；裙边系着豆绿宫绦，双衡比目玫瑰佩；身上穿着缕金百蝶穿花大红洋缎窄裉袄，外罩五彩刻丝石青银鼠褂；下着翡翠撒花洋绉裙。一双丹凤三角眼，两弯柳叶吊梢眉，身量苗条，体格风骚；粉面含春威不露，丹唇未启笑先闻。

黛玉连忙起身接见。贾母笑道："你不认得他，

侧批：

甲戌眉批："甄英莲乃副十二钗之首，却明写癞僧一点。今黛玉为正十二钗之贯（冠），反用暗笔。盖正十二钗人或洞悉可知。副十二钗或恐观者感（忽）略，故写（为）极力一提，使观者万勿稍加玩忽之意耳。"

熙凤出场，先声夺人。

一段对熙凤的特笔描写。"一双丹凤三角眼"以下数句，是对凤姐的特笔，是初描其性格体态。

第三回　　贾雨村夤缘复旧职　　林黛玉抛父进京都

他是我们这里有名的一个泼皮破落户儿，南省俗谓作'辣子'，你只叫他'凤辣子'<small>"凤辣子"三字重点在"辣"字耳，妙在先由贾母说出。</small>就是了。"黛玉正不知以何称呼，只见众姊妹都忙告诉他道："这是琏嫂子。"黛玉虽不识，亦曾听见母亲说过，大舅贾赦之子贾琏，娶的就是二舅母王氏之内侄女，自幼假充男儿教养的，学名王熙凤。<small>追忆母亲所言，以为眼前印证。</small>黛玉忙陪笑见礼，以"嫂"呼之。这熙凤携着黛玉的手，上下细细的打谅了一回，<small>甲戌批："写阿凤全部传神第一笔也。"</small>便仍送至贾母身边坐下，因笑道："天下真有这样标致的人物，我今儿才算见了！<small>甲戌批："这方是阿凤言语。若一味浮词套语，岂复为阿凤哉！"</small>况且这通身的气派，竟不像老祖宗的外孙女儿，竟是个嫡亲的孙女。怨不得老祖宗天天口头心头一时不忘。<small>熙凤毕竟与众不同，必要先携手细细打量，然后送回贾母身边，显得何等郑重，然后说出直入贾母心坎的话来，阿凤何等会讨贾母欢心。</small>只可怜我这妹妹这样命苦，<small>甲戌批："这是阿凤见黛玉正文。"</small>怎么姑妈偏就去世了！"说着，便用帕拭泪。<small>好做派，连说带做，阿凤最善于此。</small>贾母笑道："我才好了，你倒又来招我。你妹妹远路才来，身子又弱，也才劝住了，快再休提前话。"这熙凤听了，忙转悲为喜，<small>转得真快。</small>道："正是呢。我一见了妹妹，一心都在他身上了，又是喜欢，又是伤心，竟忘记了老祖宗。该打，该打！"又忙携黛玉之手，问："妹妹几岁了？"黛玉答道："十三岁了。"又问道：〔二〕"可也上过学？现吃什么药？"黛玉一一回答。又说道："在这里不要想家，想要什么吃的、什么顽的，只管告诉我；丫头老婆们不好了，也只管

<small>先看再说，其言更重。阿凤不仅是说给黛玉听，更是说给贾母听！</small>

<small>言到泪随，阿凤好张致！</small>

<small>阿凤语言，又圆又甜，令老祖宗喜欢之极，岂有该打之理！

黛玉此时已是十三岁了，读者记住。

熙凤一连串话，忽悲忽喜，忽自责，忽存问，忽问所需，忽问安置，一路写来，一笔不闲，活画出一个阿凤来，真是传神之笔！</small>

告诉我。"一面又问婆子们："林姑娘的行李、东西可搬进来了？带了几个人来？你们赶早打扫两间下房，让他们去歇歇。"_{是管家口气。}

说话时，已摆了茶果上来。熙凤亲为捧茶捧果。又见二舅母问他："月钱放过了不曾？"_{殷勤至极，黛玉恐从未经此。}熙凤道："月钱也放完了。才刚带着人到后楼上找缎子，找了这半日，也并没有见昨日太太说的那样的，想是太太记错了。"王夫人道："有没有，什么要紧。"因又说道："该随手拿出两个来给你这妹妹去裁衣裳的，等晚上想着叫人再去拿罢，可别忘了。"熙凤道："这倒是我先料着了，知道妹妹不过这两日到的，我已预备下了，等太太回去过了目好送来。"_{阿凤又是先人一着。}王夫人一笑，点头不语。

当下茶果已撤，贾母命两个老嬷嬷带了黛玉去见两个母舅时，贾赦之妻邢氏忙亦起身，笑回道："我带了外甥女过去，倒也便宜。"贾母笑道：〔三〕"正是呢，你也去罢，不必过来了。"邢夫人答应了一声"是"字，遂带了黛玉与王夫人作辞。大家送至穿堂前。出了垂花门，早有众小厮们拉过一辆翠幄青绸车，_{荣府内从二房到长房尚须坐车，可见府第之宽宏博大。}邢夫人携了黛玉坐在上面，众婆子们放下车帘，方命小厮们抬起，拉至宽处，方驾上驯骡，_{叙事周到细密。}亦出了西角门，往东过荣府正门，便入一黑油大门中，至仪门前方下来。众小厮退出，方打起车帘，

旁注：
- 顺口带出月钱，可见凤姐总管全家一切，其威权可知。
- 叙家常事，轻描淡写即见富裕气象，他书所不能有也。
- 贾赦是长房，拜见贾赦，自是正理。
- 进退有序，大家气派。

第三回　　贾雨村夤缘复旧职　林黛玉抛父进京都

邢夫人搀着黛玉的手，进入院中。黛玉度其房屋院宇，必是荣府中花园隔断过来的，进入三层仪门，果见正房厢庑游廊，悉皆小巧别致，不似方才那边轩峻壮丽；且院中随处之树木山石皆有。_{——从黛玉眼中写出。甲戌批："为大观园伏脉。"}一时进入正室，早有许多盛妆丽服之姬妾丫鬟迎着，_{一句初点贾赦。}邢夫人让黛玉坐了，一面命人到外面书房去请贾赦。一时人来回话说："老爷说了：'连日身上不好，见了姑娘彼此倒伤心，暂且不忍相见。劝姑娘不要伤心想家，跟着老太太和舅母，即同家里一样。姊妹们虽拙，大家一处伴着，亦可以解些烦闷。或有委屈之处，只管说得，不要外道才是。'"黛玉忙站起来，一一听了。再坐一刻，便告辞。邢夫人苦留吃过晚饭去，黛玉笑回道："舅母爱惜赐饭，原不应辞，只是还要过去拜见二舅舅，恐领了赐去不恭，异日再领，未为不可。望舅母容谅。"_{黛玉答辞，何等得体。}邢夫人听说，笑道："这倒是了。"遂令两三个嬷嬷用方才的车好生送了姑娘过去。于是黛玉告辞。邢夫人送至仪门前，又嘱咐了众人几句，眼看着车去了方回来。

一时黛玉进了荣府，下了车。众嬷嬷引着，便往东转弯，穿过一个东西的穿堂，向南大厅之后，仪门内大院落，上面五间大正房，两边厢房鹿顶耳房钻山，四通八达，轩昂壮丽，比贾母处不同。黛玉便知这方是正经正内室_{点明所在，写出府院深邃。}一条大甬路，直接出大门的。

_{又是另一景象。}

_{贾赦一番嘱咐，又与荣府初见时截然不同，可见作者胸中多少生活，倘若又是一番相见，一番伤悲，则成何文字？}

_{又是另一所在，文章总是曲折有致。}

> 此是荣府正厅。

> 陈设何等堂皇气派。

> 未见封建官僚大家庭气派，读者可于此见之。

进入堂屋中，抬头迎面先看见一个赤金九龙青地大匾，匾上写着斗大的三个大字，是"荣禧堂"，后有一行小字："某年月日，书赐荣国公贾源。"又有"万机宸翰之宝"。大紫檀雕螭案上，设着三尺来高青绿古铜鼎，悬着待漏随朝墨龙大画，一边是金蜼彝，一边是玻璃盒。地下两溜十六张楠木交椅，又有一副对联，乃乌木联牌镶着錾银的字迹，道是：

座上珠玑昭日月，

堂前黼黻焕烟霞。_{对句富丽堂皇，一派世宦气派。}

下面一行小字，道是："同乡世教弟勋袭东安郡王穆莳拜手书。"

> 再转王夫人居处，又是一番陈设气象。

原来王夫人时常居坐宴息，亦不在这正室，只在这正室东边的三间耳房内。于是老嬷嬷引黛玉进东房门来。临窗大炕上铺着猩红洋罽，正面设着大红金钱蟒靠背，石青金钱蟒引枕，秋香色金钱蟒大条褥。_{色彩绚烂，富丽堂皇。}两边设一对梅花式洋漆小几：左边几上文王鼎、匙、箸、香盒；右边几上，汝窑美人觚，_{陈设不凡。}觚内插着时鲜花卉，并茗碗痰盒等物。地下面西一溜四张椅上，都搭着银红撒花椅搭，底下四副脚踏。椅之两边，也有一对高几，几上茗碗、瓶花俱备。其余陈

> 观此陈设，已非普通富贵人家。

设，自不必细说。老嬷嬷们让黛玉炕上坐，炕沿上却有两个锦褥对设，黛玉度其位次，便不上炕，只向东边椅子上坐了。_{写黛玉处处小心，事事留意。}本房内的丫鬟忙捧上茶来。

第三回　贾雨村夤缘复旧职　林黛玉抛父进京都

黛玉一面吃茶，一面打谅这些丫鬟们，妆饰衣裙，举止行动，果亦与别家不同。〖再写一笔丫鬟衣着，盖黛玉初到，事事都得注意也。〗

茶未吃了，只见一个穿红绫袄、青缎掐牙背心的丫鬟走来笑说道："太太说，请林姑娘到那边坐罢。"老嬷嬷听了，于是又引黛玉出来，〖又到那边，足见堂深院邃。〗到了东廊三间小正房内。正面炕上横设一张炕桌，桌上磊着书籍、茶具。靠东壁，面西设着半旧的青缎靠背引枕。王夫人却坐在西边下首，亦是半旧的青缎靠背坐褥。〖此方是贾政、王夫人宴息之处。〗见黛玉来了，便往东让。黛玉心中料定〖黛玉眼看心想，细心至极。〗这是贾政之位。因见挨炕一溜三张椅子上，也搭着半旧的弹墨椅袱，黛玉便向椅上坐了。王夫人再四携他上炕，他方挨王夫人坐了。

王夫人因说："你舅舅今日斋戒去了，再见罢。只是有一句话嘱咐你：你三个姊妹倒都极好，以后一处念书认字，学针线，或是偶一顽笑，都有尽让的。但我不放心的最是一件：我有一个孽根祸胎，〖甲戌批："四字是血泪盈面、不得已、无奈何而下。"〗〖四字是作者痛哭。〗是这家里的混世魔王，〖甲戌夹批："占（与）绛洞花王为对看。"〗今日因庙里还愿去了，尚未回来，晚间你看见便知道了。你只以后不要睬他，〖不要睬他，此话只是说说而已，岂能做到。〗你这些姊妹都不敢沾惹他的。"〖特提宝玉是孽根祸胎，最不放心，谁知两人一见恰似旧识，意想不到之事，意想不到之文。〗〖混世魔王，王夫人自作介绍，足见宝玉平时骄宠之甚。〗

黛玉亦常听得母亲说过，二舅母生的有个表兄，乃衔玉而诞，顽劣异常，极恶读书，〖甲戌批："是极恶每日诗云子曰的读书。"〗最喜在内帏厮混；外祖母又极溺爱，无人敢管。今见王夫〖又忆母亲所嘱，以为印证。〗

人如此说,便知说的是这表兄了。因陪笑道:"舅母说的,可是衔玉所生的这位哥哥?在家时,亦曾听见母亲常说,这位哥哥比我大一岁,小名就唤宝玉。虽极憨顽,说在姊妹情中极好的。况我来了,自然只和姊妹同处,兄弟们自是别院另室的,岂得去沾惹之理。"

事实并非如此。王夫人笑道:"你不知道原故:他与别人不同,自幼因老太太疼爱,原系同姊妹们一处娇养惯了的。若姊妹们有日不理他,他倒还安静些,纵然他没趣,不过出了二门,背地里拿着跟他的两三个小幺儿出气,咕唧一会子就完了。甲戌批:"这可是宝玉本性真情。前四十九字迥异之批今始方知。盖小人口碑累累如是。是非非,任尔口角,大都皆然。若这一日姊妹们和他多说一句话,他心里一乐,便生出多少事来。所以嘱咐你别睬他。事实恰恰相反。他嘴里一时甜言蜜语,一时有天无日,一时又疯疯傻傻,只休信他。"黛玉一一的都答应着。

只见一个丫鬟来回:"老太太那里传晚饭了。"王夫人忙携黛玉从后房门由后廊往西,出了角门,是一条南北宽夹道。南边是倒座三间小小的抱厦厅,北边立着一个粉油大影壁,后有一半大门,小小一所房室。王夫人笑指向黛玉道:"这是你凤姐姐的屋子,回来你好往这里找他来,少什么东西,你只管和他说就是了。"再点凤姐管家。这院门上也有四五个才总角的小厮,都垂手侍立。王夫人遂携黛玉穿过一个东西穿堂,便是贾母的后院了。于是,进入后房门,已有多人在此伺候,

王夫人再作交代,再作介绍,宝玉此时已呼之欲出矣,所谓画家三染法也。

点出凤姐住处。

第三回　贾雨村夤缘复旧职　林黛玉抛父进京都

见王夫人来了，方安设桌椅。贾珠之妻李氏捧饭，熙凤安箸，王夫人进羹。贾母正面榻上独坐，两边四张空椅，熙凤忙拉了黛玉在左边第一张椅上坐了，黛玉十分推让。贾母笑道："你舅母和你嫂子们不在这里吃饭。你是客，原应如此坐的。"黛玉方告了座，坐了。贾母命王夫人坐了。迎春姊妹三个告了座方上来。迎春便坐右手第一，探春左边第二，惜春右第二。旁边丫鬟执着拂尘、漱盂、巾帕。李、凤二人立于案旁布让。外间伺候之媳妇、丫鬟虽多，却连一声咳嗽不闻。

叙事细密有致。王府本批："作者非身履其境过，不能如此细密完足。"

一顿晚饭，多少排场！

几个人吃饭倒有多少人伺候。

寂然饭毕，各有丫鬟用小茶盘捧上茶来。当日林如海教女以惜福养身，云："饭后务待饭粒咽尽，过一时再吃茶，方不伤脾胃。"今黛玉见了这里许多事情不合家中之式，不得不随的，少不得一一改过来，因而接了茶。早见人又捧过漱盂来，黛玉也照样漱了口。然后盥手毕，又捧上茶来，这方是吃的茶。贾母便说："你们去罢，让我们自在说话儿。"王夫人听了，忙起身，又说了两句闲话，方引李、凤二人去了。贾母因问黛玉念何书。黛玉道："只刚念了《四书》。"黛玉又问姊妹们读何书，贾母道："读的是什么书，不过是认得两个字，不是睁眼的瞎子罢了！"

写出黛玉新来乍到！

注意，黛玉亦念过《四书》，而竟不为所化，则可见是宝玉一流人物也。

一语未了，只听外面一阵脚步响，丫鬟进来，笑道：

此时宝玉方出场。

"宝玉来了!"〔数语传神,宝玉未到而已先传其声矣!空谷传声,妙在神理。〕黛玉心中正疑惑着:"这个宝玉,不知是怎生个惫懒人物、懵懂顽童?——倒不见那蠢物也罢了。"〔此句论者以为是脂批。〕心中正想着,忽见丫鬟话未报完,已进来了一位年轻的公子:

〔于宝玉特笔描写。〕

头上戴着束发嵌宝紫金冠,齐眉勒着二龙抢珠金抹额;穿一件二色金百蝶穿花大红箭袖,束着五彩丝攒花结长穗宫绦,外罩石青起花八团倭缎排穗褂;登着青缎粉底小朝靴。面若中秋之月,色如春晓之花,鬓若刀裁,眉如墨画,眼如桃瓣,目若秋波。虽怒时而若笑,即瞋视而有情。项上金螭璎珞,又有一根五色丝绦,系着一块美玉。〔点出美玉。〕

〔心理感应,见面就感亲切!〕

黛玉一见,便吃一大惊,心下想道:"好生奇怪,倒像在那里见过一般,何等眼熟到如此!"〔神来之笔,写出黛玉一见宝玉即气味相投也。〕只见这宝玉向贾母请了安,贾母便命:"去见你娘来。"宝玉即转身去了。

〔宝玉此时尚未顾及。〕

〔转瞬又是另一番装束。〕

一时回来,再看,已换了冠带:头上周围一转的短发,都结成了小辫,红丝结束,共攒至顶中胎发,总编一根大辫,黑亮如漆,从顶至梢,一串四颗大珠,用金八宝坠角;身上穿着银红撒花半旧大袄,仍旧戴着项圈、宝玉、寄名锁、护身符等物;下面半露松花撒花绫裤腿,锦边弹墨袜,厚底大红鞋。越显得面如敷粉,唇若施脂;转盼多情,语言常笑。天

第三回　贾雨村夤缘复旧职　林黛玉抛父进京都

然一段风骚，全在眉梢；平生万种情思，悉堆眼角。看其外貌最是极好，却难知其底细。雪芹当时即说竟无人能知宝玉底细，试问二百多年来，何人能识得宝玉，知其底细乎？后人有《西江月》二词，批宝玉极恰。其词曰：

无故寻愁觅恨，有时似傻如狂。纵然生得好皮囊，腹内原来草莽。潦倒不通世务，愚顽怕读文章。行为偏僻性乖张，那管世人诽谤！

富贵不知乐业，贫穷难耐凄凉。可怜辜负好韶光，于国于家无望。天下无能第一，古今不肖无双。寄言纨袴与膏梁，莫效此儿形状！

西江月词，写世人目中之宝玉也，故以世人之目观之，则宝玉确是如此。毫无故意贬损之处，真假宝玉也。然以反正统思想之人观之，恰是另一种评价，是真宝玉也。

贾母因笑道："外客未见，就脱了衣裳，还不去见你妹妹！"宝玉早已看见多了一个姊妹，便料定是林姑妈之女，忙来作揖。厮见毕，归坐。细看形容，与众各别：

两弯似蹙非蹙罥烟眉，一双似泣非泣含露目。〔四〕眉目奇。态生两靥之愁，娇袭一身之病。泪光点点，娇喘微微。闲静时如姣花照水，行动处似弱柳扶风。心较比干多一窍，病如西子胜三分。以上宝玉眼中所见之黛玉。甲戌批："此十句定评，直抵一赋。"

写黛玉眉目两句，各本皆误，惟列藏本为正确，可见古本之重要也。亦可见仅凭一二种脂本，尚不能解决问题，必须汇集众本，方能尽收其胜。至于称脂本为伪本之说，其谬稍按事实，则昭然可知其妄矣！

一段对黛玉之描写，亦是特笔。

甲戌眉批："不写衣裙装饰，正是宝玉眼中不屑之物，故不曾看见。黛玉之举止容貌亦是宝玉眼中看，心中评；若不是宝玉，断不能知黛玉终是何等品貌。"

宝玉初见黛玉，便以为是旧相识，非宿缘也，心理气质秉赋之相合也，人固有如此感应者，读者细味，当能悟此。

宝玉看罢，因笑道："这个妹妹我曾见过的。"竟说"曾见过的"，又胜黛玉朦胧之感。贾母笑道："可又是胡说，你又何曾见他？"宝玉笑道："虽然未曾见过他，然我看着面善，心里就算是旧相识，今日只作远别重逢，亦未为不可。"〔解得新奇而亲切。〕贾母笑道："更好，更好。若如此，更相和睦了。"宝玉便走近黛玉身边[五]坐下，又细细打量一番，因问："妹妹可曾读书？"黛玉道："不曾读，只上了一年学，些须认得几个字。"宝玉又道："妹妹尊名是那两个字？"黛玉便说了名。宝玉又问表字。黛玉道："无字。"宝玉笑道："我送妹妹一妙字，莫若'颦颦'二字极妙。"探春便问何出。宝玉道："《古今人物通考》上说：'西方有石名黛，可代画眉之墨。'况这林妹妹眉尖若蹙，用取这两个字，岂不两妙！"探春笑道："只恐又是你的杜撰。"宝玉笑道："除《四书》外，杜撰的太多，〔康熙时之颜元说"须破一分程朱，方入一分孔孟"，此语亦即说程朱之说孔孟皆杜撰也。与雪芹同时之戴震亦有此说。甲戌批："如此等语，焉得怪彼世人谓之怪，只瞒不过批书者。"〕偏只我是杜撰不成？"又问黛玉："可也有玉没有？"众人不解其语，黛玉便忖度着因他有玉，故问我有也无，因答道："我没有那个。想来那玉是一件罕物，岂能人人有的。"宝玉听了，登时发作起痴狂病来，摘下那玉，就狠命摔去，骂道："什么罕物，连人之高低不择，还说'通灵'不'通灵'呢！我也不要这劳什子了！"〔真是似傻如狂。〕吓的众人一拥争去拾玉。

贾母急的搂了宝玉道："孽障！你生气，要打骂人容易，何苦摔那命根子！"宝玉满面泪痕泣道："家

〔初次见面即为取字，可见其真以黛玉为旧识，略无顾忌也。然实写宝玉本性的淳真，如玉壶冰心也。

"除《四书》外，杜撰的太多"，一语骂倒程、朱，雪芹特用此童言无忌，所谓嬉笑怒骂皆成文章也。

"偏只我是杜撰不成"，一语抹倒程、朱理学诸书，雪芹固反程、朱之斗士也，读者当细读书中之埋伏。

因黛玉无玉而即要摔己之玉。可见其重黛玉如此。〕

里姐姐妹妹都没有，单我有，我说没趣；如今来了这们一个神仙似的妹妹〔宝玉眼中之黛玉。〕也没有，可知这不是个好东西。"贾母忙哄他道："你这妹妹原有这个来的，因你姑妈去世时，舍不得你妹妹，无法处，遂将他的玉带了去了。一则全殉葬之礼，尽你妹妹之孝心；二则你姑妈之灵，亦可权作见了女儿之意。因此，他只说没有这个，不便自己夸张之意。〔亏贾母灵通机变，一段谎言，竟合情合理，不由宝玉不信。〕你如今怎比得他？还不好生慎重带上，仔细你娘知道了。"说着，便向丫鬟手中接来，亲与他带上。宝玉听如此说，想一想，大有情理，也就不生别论了。

〔此谎话编得尚能自圆其说。〕

当下，奶娘来请问黛玉之房舍，贾母说："今将宝玉挪出来，同我在套间暖阁儿里面，把你林姑娘暂安置碧纱厨里，等过了残冬，春天再与他们收拾房屋，另作一番安置罢。"宝玉道："好祖宗，我就在碧纱厨外的床上很妥当，何必又出来，闹的老祖宗不得安静。"贾母想了一想，说："也罢哩。"每人一个奶娘，并一个丫头照管，余者在外间上夜听唤。一面早有熙凤命人送了一顶藕合色花帐，并几件锦被缎褥之类。

〔如此安排，可见贾母视黛玉之重。宝玉要求即睡碧纱厨外，可见其待黛玉之亲。〕

黛玉只带了两个人来：一个是自幼奶娘王嬷嬷，一个是十岁的小丫头，亦是自幼随身的，名唤作雪雁。贾母见雪雁甚小，一团孩气，王嬷嬷又极老，料黛玉皆不遂心省力的，便将自己身边的一个二等丫头，名唤鹦哥者与了黛玉。外亦如迎春等例，每人除自幼乳母外,另有四个教引嬷嬷;除贴身掌管钗钏盥沐两个丫鬟外,另有五六个洒扫房屋、来往使役的小丫鬟。当下,王嬷嬷与鹦哥陪侍黛玉在碧纱厨内,宝玉之乳母李嬷嬷并大丫鬟名唤袭人者,陪侍在外面大床上。

> 袭人特写一笔。心地纯良是春秋之笔,花气袭人,是好名字,好到于袭人有入木之深。深受其袭者是王夫人,晴雯亦受其袭,然是攻袭之袭矣!

原来这袭人亦是贾母之婢,本名珍珠。贾母因溺爱宝玉,生恐宝玉之婢无竭力尽忠之人,素喜袭人心地纯良,克尽职任,遂与了宝玉。宝玉因知他本姓花,又曾见旧人诗句上有"花气袭人"之句,遂回明贾母,更名袭人。这袭人亦有些痴处:服侍贾母时,心中眼中只有一个贾母;如今服侍宝玉,他心中眼中又只有一个宝玉。_{反正总是只有一人耳,有了此一人便无彼一人也。}只因宝玉性情乖僻,每每规谏宝玉不听,心中着实忧郁。_{特写袭人,非闲笔也。王府本批:"我读至此,不觉放声大哭。"}

是晚,宝玉李嬷嬷已睡了,他见里面黛玉和鹦哥犹未安息,他自卸了妆,悄悄进来,笑问:"姑娘怎么还不安息?"黛玉忙让:"姐姐请坐。"袭人在床沿上坐了。鹦哥笑道:"林姑娘正在这里伤心呢,自己淌眼抹泪的说:'今儿才来了,就惹出你家哥儿的狂病来,倘或摔坏了那玉,岂不是因我之过!'因此便伤心,我好容易劝好了。"袭人道:"姑娘快休如此,将来只怕比这个更奇怪的笑话儿还有呢!_{确是不差。}若为他这种行止,你多心伤感,只怕你伤感不了呢。

> 才来,就淌眼抹泪,此是还债之始耳。

> 袭人数语,预示后日许多曲折。

> 就势再提"玉"事。

_{王府本批:"后百十回黛玉之泪,总不能出此二语。"}快别多心!"黛玉道:"姐姐们说的,我记着就是了。_{只怕没有那么简单。}究竟那玉不知是怎么个来历?

第三回　贾雨村夤缘复旧职　林黛玉抛父进京都

上面还有字迹？"袭人道："连一家子也不知来历，上头还有现成的眼儿，听得说，落草时是从他口里掏出来的。等我拿来你看便知。"黛玉忙止道："罢了，此刻夜深了，明日再看也不迟。"大家又叙了一回，方才安歇。

次日起来，省过贾母，因往王夫人处来，正值王夫人与熙凤在一处拆金陵来的书信看，又有王夫人之兄嫂处遣了两个媳妇来说话的。黛玉虽不知原委，探春等却都晓得是议论金陵城中所居的薛家姨母之子姨表兄薛蟠，倚财仗势，打死人命，现在应天府案下审理。如今母舅王子腾得了信息，故遣他家内的人来告诉这边，意欲唤取进京之意。

薛蟠此处初见。黛玉入贾府之事已毕，顺势接入薛家之事。

【回后评】

此回回目即标"贾雨村夤缘复旧职",贾雨村一生皆夤缘升腾也,作者欲借雨村之夤缘,以见其时官场之夤缘耳!此亦世风之实录也。

此回写黛玉入都,荣、宁二府均从黛玉眼中写出。上回冷子兴演说,是通过雨村、子兴从外部总写,此是从黛玉眼中,写内部亲见。里外合写,则荣、宁二府跃然纸上矣。

黛玉初到贾府,处处小心,写孤女心理逼真,亦黛玉早慧多感也。贾母、王夫人、凤姐、宝玉等人,均一一从黛玉眼中描出,方呈新鲜之感,如由作者一一介绍,则平铺直叙,不成文章矣。

两首《西江月》,是从世俗人眼中写宝玉,则宝玉于家于国无望,确是假宝玉也;然自反正统思想之人观之,正是写其不受封建传统之羁绊,不受诗礼之拘系,不走科举仕宦之路,不屑程、朱理学训教也。

"除四书外,杜撰的太多"一语,是当时反程朱理学思潮之透露。自明以来,反理学者咸以为程朱曲解孔孟,故颜元云:"须破一分程朱,方入一分孔孟。"戴震则说:"宋以来,孔孟之书尽失其解。"他还责问塾师说:朱文公与孔子相距二千年,何以知其然?塾师无以应。故当时先进的思想界咸以程朱曲解孔孟,是杜撰之说。雪芹于宝玉的"戏言"中,故作透露,深欲读者知其用意耳。此实是"真事隐"也。

第三回　　贾雨村夤缘复旧职　林黛玉抛父进京都

【校记】

〔一〕本回回目比较复杂：己卯、杨本同庚辰本，唯"都京"作"京都"，据改。甲戌本作"金陵城起复贾雨村，荣国府收养林黛玉"，蒙本、戚本、列藏、甲辰、舒序、程甲诸本均作"托内兄如海酬训教，接外孙贾母惜孤女"，舒序、程甲文字有小异，舒序作"酬闺师"，"惜"作"怜"，程甲作"荐西宾"。

〔二〕"黛玉答道"及以下七字，下句"黛玉一一回答，又说道"九字，庚辰本缺，据己卯本增。

〔三〕"我带了外甥女过去"及以下八字，庚辰本缺，据甲戌、己卯本增。

〔四〕此两句各本歧异甚大，此处据列藏本校改。为便参考，兹将各本文字移录于下：庚辰本"两湾半蹙鹅眉，一对多情杏眼"。甲戌本"两湾似蹙非蹙笼烟眉，一双似喜非喜含情目"。己卯本略同甲戌本，"笼"作"罥"，下句作"似笑非笑含露目"。杨本上句同己卯本，下句作"一双似目"。蒙府、戚序、戚宁本"罥"作"罩"，下句作"一双俊目"。舒序本作"眉湾似蹙而非蹙，目彩欲动而仍留"。程甲本同甲戌本，甲辰本同程甲本。从各本文字来看，列藏本是最准确的。详细研究，请见拙著《石头记脂本研究》中的《论梦序本》一文。

〔五〕"更好"以下十九字，庚辰本脱。此据己卯本、甲戌本增。

第四回　　薄命女偏逢薄命郎
　　　　　　葫芦僧乱判葫芦案〔一〕

题曰：

　　捐躯报国恩，未报身犹在。
　　眼底物多情，君恩或可待。〔二〕

却说黛玉同姊妹们至王夫人处，见王夫人正〔三〕与兄嫂处的来使计议家务，又说姨母家遭人命官司等语。因见王夫人事情冗杂，姊妹们遂出来，至寡嫂李氏房中来了。

原来这李氏即贾珠之妻。珠虽夭亡，幸存一子，取名贾兰，今方五岁，已入学攻书。这李氏亦系金陵名宦之女，父名李守中，曾为国子监祭酒，族中男女无有不诵诗读书者。至李守中承继以来，便说"女子无才便有德"，故生了李氏时，便不十分令其读书，只不过将些《女四书》《列女传》《贤媛集》等三四种书，使他认得几个字，记得前朝这几个贤女便罢了，

清廷大力提倡程朱理学，提倡妇女守节。夫死，守节三十年者为"节妇"，夫死殉夫者为"烈妇"，未婚夫死而以死殉者为"烈女"，各树贞节牌坊，免其赋役。故愚民殉死者成风，所谓"饿死事小，失节事大"也。雪芹于书中写一守寡之李纨，且写明其幼时所受教育，皆封建礼法正统教育，则其安能不心如死灰乎？此戴震所言"以理杀人"之又一形态也。雪芹虽以平淡叙事之笔写之，而其无情揭露之意已不言而喻矣！

第四回　薄命女偏逢薄命郎　葫芦僧乱判葫芦案

却只以纺绩井臼为业，一段话，逼真写出当时世情，"女子无才便有德"一语，足见封建社会贱视妇女之甚。在此语下，不知埋没多少人才。因取名为李纨，字宫裁。因此这李纨虽青春丧偶，且居处于膏粱锦绣之中，竟如槁木死灰一般，一概无见无闻，惟知侍亲养子，外则陪侍小姑等针黹诵诗而已。以上数语，写李纨虽生犹死矣！雪芹不能明谴，却以此春秋笔法写之，读者当知其用意。今黛玉虽客寄于斯，日有这般姐妹〔四〕相伴，除老父外，余者也都无庸虑及了。

如今且说贾雨村因补授了应天府，一下马，就有一件人命官司详至案下，乃是两家争买一婢，各不相让，以至殴伤人命。彼时雨村即拘原告之人来审。那原告道："被殴死者乃小人之主人。因那日买了一个丫头，不想是拐子拐来卖的。这拐子先已得了我家的银子，我家小爷原说第三日方是好日子，再接入门。这拐子便又悄悄的卖与薛家，被我们知道了，去找拿卖主，夺取丫头。无奈薛家原系金陵一霸，倚财仗势，众豪奴将我小主人竟打死了。凶身主仆已皆逃走，无影无踪，只剩了几个局外之人。小人告了一年的状，竟无人作主。望大老爷拘拿凶犯，剪恶除凶〔五〕，以救孤寡,死者感戴天恩不尽！"小民无处可告，何处有"青天"乎！

雨村听了大怒道："岂有这样放屁的事！打死人命就白白的走了，再拿不来的！"因发签差公人立刻将凶犯族中人拿来拷问，令他们实供藏在何处；一面再动海捕文书。正要发签时，只见案边立的一个门子，使眼色儿不令他发签。雨村心下甚为疑怪，只得停了

再叙雨村。

拐人已是可恶，拐后一卖再卖，其罪更甚。此亦当时社会相。

雨村说得倒是一片正义。奈行不通何！为当时"盛世"再描一笔！

手,实时退堂,至密室,侍从皆退去,只留门子服侍。这门子忙上来请安,笑问:"老爷一向加官进禄,八九年来就忘了我了?"雨村道:"却十分面善得紧,只是一时想不起来。"那门子笑道:"老爷真是贵人多忘事,把出身之地竟忘了,不记当年葫芦庙里之事?"雨村听了,如雷震一惊,方想起往事。原来这门子本是葫芦庙内一个小沙弥,因被火之后,无处安身,欲投别庙去修行,又耐不得清凉景况,因想这件生意倒还轻省热闹,遂趁年纪小蓄了发,充了门子。雨村那里料得是他,便忙携手笑道:"原来是故人。"又让坐了好谈。这门子不敢坐。雨村笑道:"贫贱之交不可忘。你我故人也;二则此系私室,既欲长谈,岂有不坐之理?"这门子听说,方告了座,斜签着坐了。

> 门子是公门老奸。公门中岂止此一人乎?则写此一人亦可见其余也。

> 雨村最忌人揭其出身,门子却偏去触他痛处。

> "生意"二字,倒是实话。

> 甲戌批:"一路奇奇怪怪,调侃世人,总在人意臆之外。"

> 说得好听耳。

> 说得真好听。

雨村因问方才何故有不令发签之意。这门子道:"老爷既荣任到这一省,难道就没抄一张本省'护官符'来不成?"雨村忙问:"何为'护官符'?我竟不知。"门子道:"这还了得!连这个不知,怎能作得长远!如今凡作地方官者,皆有一个私单,上面写的是本省最有权有势、极富极贵的大乡绅名姓,各省皆然;倘若不知,一时触犯了这样的人家,不但官爵不保,只怕连性命还保不成呢!所以绰号叫作'护官符'。方才所说的这

> "护官符",写透官场,写透世情,雪芹秉正义之笔,写官场种种黑暗,令人触目惊心,读史家之正史,能有此追魂摄魄之笔否?
>
> 康乾盛世,其高官都有贪默劣迹,如康熙朝之徐乾学、高士奇、李光地、王鸿绪等,皆为贪官,乾隆宰相和珅,更是大贪污犯,雪芹写此一桩小小官司,亦即小见大也。

> 确是实话,写透世情。
> 甲戌批:"骂得爽快。"

> 确实如此,门子久在公门,闻见多矣!甲戌批:"可怜可叹。可恨可气,变作一把眼泪也。"

第四回　薄命女偏逢薄命郎　葫芦僧乱判葫芦案

薛家，老爷如何惹得他！他这件官司并无难断之处，皆因都碍着情分面上，所以如此。"_{说透世情，古今一理。}一面说，一面从顺袋中取出一张抄写的"护官符"来，递与雨村，看时，上面皆是本地大族名宦之家的谚俗口碑。其口碑排写得明白，下面所注的皆是自始祖官爵并房次。石头亦曾抄写了一张，今据石上所抄云：〔六〕

贾不假，白玉为堂金作马。
_{宁国、荣国二公之后，共二十房分，除宁荣亲派八房在都外，现原籍住者十二房。}

阿房宫，三百里，住不下金陵一个史。
_{保龄侯尚书令史公之后，房分共十八，都中现住者十房。原籍现居八房。}

东海缺少白玉床，龙王来请金陵王。
_{都太尉统制县伯王公之后，共十二房，都中二房，余在籍。}

丰年好大雪，珍珠如土金如铁。
_{紫薇舍人薛公之后，现领内府帑银行商，共八房分。}

雨村犹未看完，忽听传点，人报："王老爷来拜。"雨村听说，忙具衣冠出去迎接。有顿饭工夫，方回来细问这门子，门子道："这四家皆连络有亲，一损皆损，一荣皆荣，扶持遮饰，俱有照应的。_{甲戌批："早为下半部伏根。"}今告打死人之薛，就系丰年大雪之薛。也不单靠这三家，他的世交亲友在都在外者，本亦不少。_{可见其连络有亲之网络遍布各地。}老爷如今拿谁去？"雨村听如此说，便笑问门子道："如你这样说来，却怎么了结此案？你大约也深知这凶犯躲的方向了？"

_{雨村只是金陵应天府地方官，而"护官符"所书，皆高官显宦，大富大贵。雪芹着此一笔，实亦揭露当时之权贵也。切勿仅仅作俗谚看。}

_{甲戌批："妙极。若只有此四家，则死板不活；若再有两家，又觉累赘，故如此断法。"}

_{四家连络有亲数句，对照康乾之世之官僚权贵集团，则雪芹之意深矣！此书所云不敢干涉朝廷云云。皆遮饰之词也。雪芹真善言者。}

门子笑道:"不瞒老爷说,不但这凶犯躲的方向我知道,一并这拐卖之人我也知道,死鬼买主也深知道。<small>所谓"官匪一家"也。</small>待我细说与老爷听:这个被打之死鬼,乃是本地一个小乡绅之子,名唤冯渊〔七〕,自幼父母早亡,又无兄弟,只他一个人守着些薄产过日子。长到十八九岁上,酷爱男风,<small>又点当时之世风。</small>最厌女子。这也是前生冤孽,可巧遇见这拐子卖丫头,他便一眼看上了这丫头,立意买来作妾,立誓再不交结男子,也不再娶第二个了,所以郑重其事,必待三日后方过门。谁晓这拐子又偷卖与薛家,他意欲卷了两家的银子,再逃往他省。谁知又不曾走脱,两家拿住,打了个臭死,都不肯收银,只要领人。那薛家公子岂是让人的,便喝着手下人一打,将冯公子打了个稀烂,抬回家去三日死了。<small>大鱼吃小鱼耳。</small>这薛公子原是早已择定日子上京去的,头起身两日前,就偶然遇见这丫头,意欲买了就进京的,谁知闹出这事来。就打了冯公子,夺了丫头,他便没事人一般,只管带了家眷走他的路。<small>所谓视人命如草芥也。</small>他这里自有弟兄奴仆在此料理,也并非为此些些小事值得他一逃走的。这且别说,老爷你当被卖之丫头是谁?"<small>问得好。</small>雨村道:"我如何得知!"门子冷笑道:"这人算来还是老爷的大恩人呢!他就是葫芦庙旁住的甄老爷的小姐,名唤英莲〔八〕的。"<small>始料所不及。</small>雨村骇然道:"原来就是他!闻得养至五岁被人拐去,却如今才来卖呢?"

<small>拐卖人口由来如此!</small>

<small>权贵子弟其横如此,可为世鉴,然此类事何处何时无之。雪芹写一薛蟠亦写尽官僚世家子弟也。</small>

<small>原来竟是恩人之后,看你如何处置!</small>

第四回　薄命女偏逢薄命郎　葫芦僧乱判葫芦案

门子道："这一种拐子单管偷拐五六岁的儿女，养在一个僻静之处，到十一二岁，度其容貌，带至他乡转卖。当日这英莲，我们天天哄他玩耍，虽隔了七八年，如今十二三岁的光景，其模样虽然出脱得齐整好些，然大概相貌自是不改，熟人易认。况且他眉心中原有米粒大小的一点胭脂痣，从胎里带来的，所以我却认得。偏生这拐子又租了我的房舍居住。那日拐子不在家，我也曾问他。他是被拐子打怕了的，万不敢说，只说拐子系他亲爹，因无钱偿债，故卖他。我又哄之再四，他又哭了，只说：'我不记得小时之事！'这可无疑了。那日冯公子相看了，兑了银子，拐子醉了，他自叹道：'我今日罪孽可满了！'后又听见冯公子令三日之后过门，他又转有忧愁之态。我又不忍其形景，等拐子出去，又命内人去解释他：'这冯公子必待好日期来接，可知必不以丫鬟相看。况他是个绝风流人品，家里颇过得，素习又最厌恶堂客，今竟破价买你，后事不言可知。只耐得三两日，何必忧闷！'他听如此说，方才略解忧闷，自为从此得所。谁料天下竟有这等不如意事，第二日，他偏又卖与薛家。若卖与第二个人还好，这薛公子的混名人称'呆霸王'，最是天下第一个弄性尚气的人，而且使钱如土，遂打了个落花流水，生拖死拽，把个英莲拖去，如今也不知死活。这冯公子空喜一场，

（补叙英莲被拐后下落。）

（事有凑巧。）

（渴望脱却苦海。）

（可谓人生无常也。）

（几句话，为薛蟠定评。）

一念未遂，反花了钱，送了命，岂不可叹！"

雨村听了，亦叹道："这也是他们的孽障，^{不问是非，却说是"他们的孽障"，雨村的心肝可知。}遭遇亦非偶然。不然，这冯渊如何偏只看准了这英莲，这英莲受[九]了拐子这几年折磨，才得了个头路，且又是个多情的，若能聚合了，倒是件美事，偏又生出这段事来。这薛家纵比冯家富贵，想其为人，自然姬妾众多，淫佚无度，未必及冯渊定情于一人者。这正是梦幻情缘，恰遇见一对薄命儿女。且不要议论他人，只目今这官司，如何剖断才好？"

雨村一番风凉话，竟说是梦幻情缘，归之宿孽，则自己已脱却干系，忘记前恩矣！

门子笑道："老爷当年何其明决，今日何反成了个没主意的人了。小的闻得老爷补升此任，亦系贾府王府之力。^{此等事，门子尽知，又要当面说出，雨村怎能不忌？}此薛蟠即贾府之亲，老爷何不顺水行舟，作个整人情，将此案了结，日后也好去见贾府王府。"雨村道："你说的何尝不是。但事关人命，蒙皇上隆恩，起复委用，实是重生再造，正当殚心竭力图报之时，岂可因私而废法？^{说得堂皇耳！}是我实不能忍为者。"^{还要说一点门面话，聊以遮掩。}门子听了，冷笑道："老爷说的何尝不是大道理，但只是如今世上是行不去的。岂不闻古人有云'大丈夫相时而动'，^{贪赃枉法，也称"相时而动"，可叹可悲！}又曰'趋吉避凶者为君子'。^{拣有利于自己者干耳。}依老爷这一说，不但不能报效朝廷，亦且自身不保。还要三思为妥。"

此门子虽是沙弥出身，却十足是滑吏，于官与盗贼之间，玩弄如家常矣！此亦公门之鳞爪也。

"世上是行不去的"，一语直接点明，更无遮掩。雪芹借门子之口，直揭世情。

雨村低了半日头，方说道："依你怎么样？"门子道："小人已想了一个极好的主意在此：老爷明日

于门子口中可见官场之黑暗。

第四回　薄命女偏逢薄命郎　葫芦僧乱判葫芦案

坐堂，只管虚张声势，动文书发签拿人。原凶自然是拿不来的，原告固是定要将薛家族中及奴仆人等拿几个来拷问。小的在暗中调停，令他们报个暴病身亡，令族中及地方上共递一张保呈，老爷只说善能扶鸾请仙，堂上设下乩坛，令军民人等只管来看。老爷就说〔十〕'乩仙批了，死者冯渊与薛蟠原因夙孽相逢，今狭路既遇，原应了结。薛蟠今已得了无名之病，被冯魂追索已死。其祸皆因拐子某人而起，拐之人原系某乡某姓人氏，按法处治，余不略及'等语。小人暗中嘱托拐子，令其实招。_{原来还要与拐子串通，可见官即是匪也。}众人见乩仙批语与拐子相符，余者自然也都不虚了。薛家有的是钱，老爷断一千也可，五百也可，与冯家作烧埋之费。那冯家也无甚要紧的人，不过为的是钱，见有了这个银子，想来也就无话了。老爷细想此计如何？"雨村笑道："不妥，不妥。等我再斟酌斟酌，或可压服口声。"二人计议，天色已晚，别无话说。

至次日坐堂，勾取一应有名人犯，雨村详加审问，果见冯家人口稀疏，不过赖此欲多得些烧埋之费，薛家仗势倚情，偏不相让，故致颠倒未决。雨村便徇情枉法，胡乱判断了此案。_{起先说得好听，最后还是"徇情枉法"，可见封建官场如此！}冯家得了许多烧埋银子。也就无甚话说了。雨村断了此案，急忙作书信二封，与贾政并京营节度使王子腾，不过说"令甥之事已完，不必过虑"等语。此事皆由葫芦庙内之沙

门子腹内诡计多端，想他自入公门以来，恐此类事已无数矣，于此可见猾胥之恶。此亦雪芹揭示官场之阴暗处也。若非如此写，岂能深知官场之弊？

雨村老奸巨猾，知此类把戏，难以掩人耳目耳！

"徇情枉法"，封建官场，大抵如此。

雨村"徇情枉法"断案后，又明写致书贾政、王子腾报告此事，则贾、王之责不可辞矣。雪芹轻轻一笔，写出此案之深根错节。亦写出贾政之"假正"也。

> 门子本想巴结雨村，不想却弄巧成拙，雨村死要门面，不愿让人知其落魄情状，此门子所意想不到者，才有以后结局。

弥新门子所出，雨村又恐他对人说出当日贫贱时的事来，因此心中大不乐意，后来到底寻了个不是，远远的充发了他才罢。_{"祸福无门，唯人自招"，此门子自招也。}

> 正写薛蟠，再为世家子弟特写一笔，不独写薛蟠也，亦是写张蟠、李蟠也。

当下言不着雨村。且说那买了英莲打死冯渊的薛公子，亦系金陵人氏，本是书香继世之家。只是如今这薛公子幼年丧父，寡母又怜他是个独根孤种，未免溺爱纵容，遂至老大无成；且家中有百万之富，现领着内帑钱粮，采办杂料。这薛公子学名薛蟠，表字文龙〔十一〕，今年方十有〔十二〕五岁，性情奢侈，言语傲慢，虽也上过学，不过略识几字，终日惟有斗鸡走马，游山玩水而已。虽是皇商，一应经济世事，全然不知，不过赖祖父之旧情分，户部挂虚名支领钱粮，其余事体，自有伙计老家人等措办。_{写薛蟠亦是写世情也。}

> 正写宝钗，此宝钗初见也。
>
> 初叙宝钗，即赞其品貌，并写其依贴母怀，留心针黹，不以书字为事等，则其自小便是淑女初型矣，人之禀赋固各有不同也。

寡母王氏，乃现任京营节度使王子腾之妹，与荣国府贾政的夫人王氏是一母所生的姊妹，今年方四十上下年纪，只有薛蟠一子。还有一女，比薛蟠小两岁，乳名宝钗，生得肌骨莹润，举止娴雅。_{八字写其容貌举止。}当日有他父亲在日，酷爱此女，令其读书识字，较之乃兄竟高过十倍。自父亲死后，见哥哥不能依贴母怀，他便不以书字为事，只留心针黹家计等事，好为母亲分忧解劳。近因今上崇诗尚礼，征采才能，降不世出之隆恩，除聘选妃嫔外，凡仕宦名家之女，皆亲名达部，

第四回　薄命女偏逢薄命郎　葫芦僧乱判葫芦案

以备选为公主郡主入学陪侍，充为才人赞善之职。_{备选之制皆有品秩规定。雪芹此处亦略记其事而已。}二则自薛蟠父亲死后，各省中所有的买卖承局、总管、伙计人等，见薛蟠年轻不谙世事，便趁时拐骗起来，_{此点当系实情。}京都中几处生意，渐亦消耗。薛蟠素闻得都中乃第一繁华之地，正思一游，_{此方是薛蟠真情。}便趁此机会，一为送妹待选，二为望亲，三因亲自入部销算旧账，再计新支，其实只为游览上国风光之意。_{一语说破心事。}因此早已就打点下行装细软，以及馈送亲友各色土物人情等类，正择日已定起身，不想偏遇见了那拐子重卖英莲。薛蟠见英莲生得不俗，立意买他，又遇冯家来夺人，因恃强喝令手下豪奴将冯渊打死。_{视人命如草芥是真霸王也。}他便将家中事务一一的嘱托了族中人并几个老家人，他便带了母妹竟自起身长行去了。人命官司一事，他竟视为儿戏，自为花上几个臭钱，没有不了的。_{活画一豪门公子，视人命如草芥。}

在路不记其日。那日将入都时，却又闻得母舅王子腾升了九省统制，奉旨出都查边。薛蟠心中暗喜道："我正愁进京去有个嫡亲的母舅〔十三〕管辖着，不能任意挥霍挥霍。偏如今又升出去了，可知天从人愿。"因和母亲商议道："咱们京中虽有几处房舍，只是这十来年没人进京居住，那看守的人未免偷着租赁与人，须得先着几个人去打扫收拾才好。"他母亲道："何必如此招摇！咱们这一进京，原是先拜望亲友，或是在

薛家进京之意，详细写明，特别是宝钗乃进京待选，而薛蟠之意，只是为游览上国风光。

按清代有选秀女之制，三年一选，所选之家皆有品秩规定，年龄则十三岁以上十七岁以下，规定现任职官之女，孤孀从严，秀女入宫，则妃、嫔、贵人、下及答应，皆由帝命。宝钗此时十三岁，已及待选之年，然其孀居，未必合选，雪芹此处亦略记当时世情，未必都依史事也。

补叙前面一段情事。

你舅舅家,或是你姨爹家,他两家的房舍极是方便的,咱们先能着住下,再慢慢的着人去收拾,岂不消停些?"薛蟠道:"如今舅舅正升了外省去,家里自然忙乱起身,咱们这工夫一窝一拖的奔了去,岂不没眼色。"他母亲道:"你舅舅家虽升了去,还有你姨爹家。况这几年来,你舅舅、姨娘两处,每每带信捎书,接咱们来。如今既来了,你舅舅虽忙着起身,你贾家姨娘未必不苦留我们。咱们且忙忙收拾房屋,岂不使人见怪?你的意思我却知道,守着舅舅姨爹住着,未免拘紧了你,不如你各自住着,好任意施为。你既如此,你自去挑所宅子去住,我和你姨娘,姊妹们别了这几年,却要厮守几日。我带了你妹子投你姨娘家去,你道好不好?"薛蟠见母亲如此说,情知扭不过的,只得吩咐人夫一路奔荣国府来。

> 薛母之意,老诚务实。

> 不过借口耳。

> 一语说透薛蟠心事。

> 可见其母一贯放纵。

> 其母放纵如此,竟可令其独居!

那时王夫人已知薛蟠官司一事,亏贾雨村维持了结,才放了心。又见哥哥升了边缺,正愁又少了娘家的亲戚来往,略加寂寞。过了几日,忽家人传报:"姨太太带了哥儿姐儿,合家进京,正在门外下车。"喜的王夫人忙带了女媳人等,接出大厅,将薛姨妈等接了进去。姊妹们暮年相会,自不必说悲喜交集,泣笑叙阔一番。忙又引了拜见贾母,将人情土物各种酬献了。合家俱厮见过,忙又治席接风。

薛蟠已拜见过贾政,贾琏又引着拜见了贾赦、贾

> 一语点出薛蟠官司与王夫人的关系。

> 王夫人亦知薛蟠官司一事亏贾雨村之力,则可见雨村枉法实为讨好贾府也。前已叙雨村明告贾政、王子腾,此处又写王夫人,并写其"才放了心",则雨村枉法实奉其所欲也!雪芹之笔深矣哉!

第四回　薄命女偏逢薄命郎　葫芦僧乱判葫芦案

珍等。贾政便使人上来对王夫人说："姨太太已有了春秋，外甥年轻不知世路，在外住着恐有人生事。咱们东北角上梨香院一所十来间房，白空闲着，打扫了，请姨太太和姐儿哥儿住了甚好。"王夫人未及留，贾母也就遣人来说"请姨太太就在这里住下，大家亲密些"等语。薛姨妈正要同居一处，方可拘紧些儿子，若另住在外，又恐他纵性惹祸，遂忙道谢应允。又私与王夫人说明："一应日费供给一概免却，方是处常之法。"王夫人知他家不难于此，遂亦从其愿。从此后薛家母子就在梨香院住了。

> 岂知在内住着生事也不少。

> 岂知非但不能拘紧薛蟠，反而使他更加学坏。

> 写得细密周到。

原来这梨香院即当日荣公暮年养静之所，小小巧巧，约有十余间房屋，前厅后舍俱全。另有一门通街，薛蟠家人就走此门出入。西南有一角门，通一夹道，出夹道便是王夫人正房的东边了。每日或饭后，或晚间，薛姨妈便过来，或与贾母闲谈，或与王夫人相叙。宝钗日与黛玉、迎春姊妹等一处，或看书下棋，或作针黹，倒也十分乐业。只是薛蟠起初之心，原不欲在贾宅居住者，但恐姨父管约拘禁，料必不自在的；无奈母亲执意在此，且宅中又十分殷勤苦留，只得暂且住下，一面使人打扫出自己的房屋，再移居过去的。谁知自从在此住了不上一月的光景，贾宅族中凡有的子侄，俱已认熟了一半，凡是那些纨袴气习者，莫不喜与他来往，今日会酒，明日观花，甚

> 写明梨香院位置，以为下文叙事之便。

> 此门大大有利于薛蟠，真是方便之门。

> 始写宝钗与黛玉在一处，此简写一笔，恰是初见时情状。

> 薛蟠原先不愿住此，现在却竟是如鱼得水。

至聚赌嫖娼,渐渐无所不至,引诱的薛蟠比当日更坏了十倍。_{所谓沉溺一气也。}虽然贾政训子有方,治家有法,_{两句皮里阳秋之笔。}一则族大人多,照管不到这些;二则现任族长乃是贾珍,彼乃宁府长孙,又现袭职,凡族中事,自有他掌管;三则公私冗杂,且素性潇洒,不以俗务为要,每公暇之时,不过看书着棋而已,余事多不介意。_{对贾政重笔描写,实写其虚有其表也。}况且这梨香院相隔两层房舍,又有街门另开,任意可以出入,所以这些子弟们竟可以放意畅怀的闹,_{梨香院竟成薛蟠的安乐窝。}因此遂将移居之念渐渐打灭了。_{住在此处,如鱼得水,且有狐朋狗友,自然不想移居了。}正是:

渐入鲍鱼肆,反恶芝兰香。〔十四〕

_{贾珍是族长,贾珍以后做出种种败伦之事,则封建家族、封建礼法可知矣!}

第四回　　薄命女偏逢薄命郎　　葫芦僧乱判葫芦案

【回后评】

　　此回回前诗直刺贾雨村，亦直刺封建官吏。封建官吏口口声声捐躯报国，及至见到"眼底物"（银子），则情不可舍，君恩可等以后也。此即乱判葫芦案之根由，亦封建官吏之普遍写实。

　　此回写李纨寡居生活。"竟如槁木死灰"一语，则李纨虽生犹死矣！雪芹写李纨，实写封建礼法之"以理杀人"也。

　　写贾、史、王、薛四大家族，实写康、乾之世之官僚集团势力也。其实岂止此四家而已？读者举一可以反三也。

　　薛蟠抢人伤命，如若无事，写出世家子弟及其豪奴恶仆鱼肉人民之凶残。当其世，岂止一薛蟠而已！

　　贾雨村断案，明写"徇情枉法"，则封建之官场可知矣。贾雨村枉法断案后即报贾政、王子腾，并写王夫人亦"放了心"，则雨村枉法，非雨村一人之事，实与贾、王二府相关。于此可见封建官场之盘根错节。雪芹写此类事，看似与朝廷无关，实则是写封建朝廷之黑暗也。小民受害而无处可诉也。乾隆时民谚云"被盗经官重被盗"，言小民被盗后，告到官府，则种种敲诈，是再次被盗也。观雨村此案，则可略知其意矣！《红楼梦》固非仅写贾府一家之事也。

【校记】

〔一〕回目：各脂本同。程甲本"乱判"作"判断"。

〔二〕此诗仅见于杨本和列本，其他脂本均无。"身犹在"，列本作"躯犹在"；"或"，列本作"成"。均据杨本。

〔三〕"处,见王夫人正"六字,据各脂本增。

〔四〕按此句原作"日有这般姑嫂相伴","姑嫂"各脂本及程甲、乙本均同,独甲戌本作"姐妹",依文理作"姐妹"是。

〔五〕"剪恶除凶"庚本无,据己卯、甲戌、杨本、蒙府、戚序、舒序诸本增。

〔六〕"护官符"小注,庚本无,其余各脂本皆有,己卯本见卷首带注夹条,此处据己卯、甲戌本文字。

〔七〕原作"逢渊",据己卯、甲戌诸本改。

〔八〕庚本作"菊英",己卯本作"英菊",其余各脂本皆作"英莲",据改。下同。

〔九〕"这英莲受",庚本漏抄,据己卯本补。

〔十〕"老爷就说"四字,庚本漏抄,据己卯、甲戌、蒙府、戚序、杨本补。

〔十一〕"文龙",庚本及各脂本皆作"文起",独甲戌本作"文龙",按其名为"蟠",则其字当作"文龙",故从甲戌本改,下同。

〔十二〕"今年方十有"五字,庚本无,据甲戌本补。

〔十三〕以上自"王子腾……母舅"共三十五字,庚本脱,各脂本均存。文字略有出入,此从己卯、甲戌本补。

〔十四〕回末联语,取自甲辰本,其他脂本均无。

第五回　　游幻境指迷十二钗
　　　　　饮仙醪曲演红楼梦[一]

题曰：

春困葳蕤拥绣衾。恍随仙子别红尘。

问谁幻入华胥境，千古风流造孽人。[二]

第四回中既将薛家母子在荣府内寄居等事略已表明，此回则暂不能写矣。

如今且说林黛玉自在荣府以来，贾母万般怜爱，_{"万般怜爱"四字与后文"林家的人都死绝了"对读，同出贾母，而冷暖不同至此，令人慨然！此书固善写人情之变也。}寝食起居，一如宝玉，迎春、探春、惜春三个亲孙女倒且靠后；便是宝玉和黛玉二人之亲密友爱处，亦自较别个不同，日则同行同坐，夜则同息同止，真是言和意顺，略无参商。不想如今忽然来了一个薛宝钗，年岁虽大不多，然品格端方，容貌丰美，人多谓黛玉所不及。_{外貌之美在别人眼中已将黛玉比下去。甲戌批："此句定评，想世人目中各有所取也。按黛玉、宝钗二人，一如姣花，一如纤柳，各极其妙者，然世人性分甘苦不同之故耳。"}而且宝钗行为豁达，随分从时，_{所以能得人心也。}不比黛玉孤高自许，

> 黛玉初进荣府时，贾母娇之如春花，惜之如秋兰，贾母之娇之惜，皆真情也，非假意也。又岂料有后日之变乎！

> 黛玉、宝钗相处已略有时，故从下人眼中，已见差异。黛玉孤高，宝钗豁达，孤高则离群，豁达则随分从时。从此渐见分野矣！

目无下尘，^{黛玉是另一品格，与宝钗截然不同。}故比黛玉大得下人之心。^{黛玉即所谓"曲高则和寡也"。}便是那些小丫头子们，亦多喜与宝钗去顽。因此黛玉心中便有些悒郁不忿之意，宝钗却浑然不觉。^{以上两句，恰是两人天性之分别。}那宝玉亦在孩提之间，况自天性所禀来的一片愚拙偏僻，视姊妹弟兄皆出一意，并无亲疏远近之别。其中因与黛玉同随贾母一处坐卧，故略比别个姊妹熟惯些。既熟惯，则更觉亲密；既亲密，则不免一时有求全之毁，不虞之隙。^{此两句亦写其亲厚也，读者切勿误解。}

^{宝玉爱博而心劳者也。}

^{特写一笔宝玉与黛玉之特殊亲厚。}

这日，不知为何，他二人言语有些不合起来，黛玉又气的独在房中垂泪，宝玉又自悔言语冒撞，前去俯就。那黛玉方渐渐的回转来。^{正在混沌之间。}

^{初时淘气情状，如画如见。}

因东边宁府中花园内梅花盛开，贾珍之妻尤氏，乃治酒请贾母、邢夫人、王夫人等赏花。是日，先携了贾蓉之妻，二人来面请。贾母等于早饭后过来，就在会芳园游玩，先茶后酒，不过皆是宁、荣二府女眷家宴小集，并无别样新文趣事可记。

一时宝玉倦怠，欲睡中觉，贾母命人好生哄着，歇息一回再来。贾蓉之妻秦氏便忙笑回道："我们这里有给宝叔收拾下的屋子，老祖宗放心，只管交与我就是了。"又向宝玉的奶娘丫鬟等道："嬷嬷、姐姐们，请宝叔随我这里来。"贾母素知秦氏是个极妥当的人，生得袅娜纤巧，^{"极妥当"句下，忽接"袅娜纤巧"，奇极。如不"袅娜纤巧"，则不妥当乎？令人深思。}行事又温柔

第五回　　游幻境指迷十二钗　饮仙醪曲演红楼梦

和平，乃重孙媳中第一个得意之人，见他去安置宝玉，自是安稳的。

当下秦氏引了一簇人来至上房内间。宝玉抬头看见一幅画贴在上面，画的人物固好，其故事乃是《燃藜图》，也不看系何人所画，心中便有些不快。又有一副对联，写的是：

世事洞明皆学问，

人情练达即文章。

及看了这两句，纵然室宇精美，铺陈华丽，亦断断不肯在这里了，忙说："快出去！快出去！"可见宝玉恶此两句之甚。秦氏听了笑道："这里还不好，可往那里去呢？不然往我屋里去罢。"宝玉点头微笑。有一个嬷嬷说道："那里有个叔叔往侄儿房里睡觉的理？"特地点明一笔。秦氏笑道："嗳哟哟，不怕他恼。他能多大呢，就忌讳这些个！由可卿自己表明。以下回答，便是答非所问。上月你没看见我那个兄弟来了，先为秦钟一引。虽然与宝叔同年，两个人若站在一处，只怕那个还高些呢。"宝玉道："我怎么没见过？你带他来我瞧瞧。"一语岔开。众人笑道："隔着二三十里，往那里带去？见的日子有呢。"为后文伏笔。说着大家来至秦氏房中。刚至房门，便有一股细细的甜香袭人而来。未进房门，即闻甜香。宝玉觉得眼饧骨软，四字刻画入骨。连说"好香！"入房向壁上看时，有唐伯虎画的《海棠春睡图》，两边有宋学士秦太虚写的一副对联，其联云：

一片迷离悄恍之笔，引人入魔。

《燃藜图》事，载《三辅黄图》。叙刘向校书天禄阁，得太乙之精燃藜杖取光，授以《五行洪范》。盖劝人苦读也。此儒家勉学事，宝玉见之即不快，则其不爱读书可知矣。

世事两句，皆劝人入世，宝玉不愿入仕途经济，则与此二句自是径庭矣！

用嬷嬷话故意一提，然后由可卿自己撇清。

> 嫩寒锁梦因春冷，
> 芳气笼人是酒香。〔两句诱人入梦。〕

〔一段描写，皆烘托《海棠春睡图》意。〕案上设着武则天当日镜室中设的宝镜，一边摆着飞燕立着舞过的金盘，盘内盛着安禄山掷过伤了太真乳的木瓜。上面设着寿阳公主于含章殿下卧的榻，悬的是同昌公主制的联珠帐。宝玉含笑连说："这里好！"秦氏笑道："我这屋子大约神仙也可以住得了。"〔种种摆设，皆画笔耳，岂能当真？然皆为写秦氏也。观此，则可以知此人矣。〕说着亲自展开了西子浣过的纱衾，移了红娘抱过的鸳枕。于是众奶母服侍宝玉卧好，款款散了，只留袭人、媚人、晴雯、麝月四个丫鬟为伴。秦氏便分咐小丫鬟们，好生在廊檐下看着猫儿狗儿打架。

那宝玉刚合上眼，便惚惚的睡去，〔已入梦境。〕犹似秦氏在前，〔甲戌批："此梦文情固佳，然必用秦氏引梦，又用秦氏出梦，竟不知立意何属？"〕〔三句迷离飘忽，诱人遐想，雪芹之笔，神出鬼没，令人不可揣摸，故不少读者往往入迷途而不返。〕遂悠悠荡荡随了秦氏，至一所在。但见朱栏白石，绿树清溪，真是人迹稀逢，飞尘不到。〔真是好去处。〕〔一段意外奇文，迷离扑朔，更无人作郑笺。〕宝玉在梦中欢喜，想道："这个去处有趣，我就在这里过一生，纵然失了家也愿意，〔是清醒人语。〕强如天天被父母师傅打呢。"〔又是小孩儿语。〕正胡思之间，忽听山后有人作歌曰：

> 春梦随云散，飞花逐水流。〔梦散、花飞、水流，一切皆不可持。〕
> 寄言众儿女，何必觅闲愁。〔诗句超逸，似有度人之意。〕

宝玉听了是女子的声音。歌音未息，早见那边走出一个人来，蹁跹袅娜，端的与人不同。有赋为证：

> 方离柳坞，乍出花房。但行处，鸟惊庭

第五回　游幻境指迷十二钗　饮仙醪曲演红楼梦

树；将到时，影度回廊。仙袂乍飘兮，闻麝兰之馥郁；荷衣欲动兮，听环佩之铿锵。靥笑春桃兮，云堆翠髻；唇绽樱颗兮，榴齿含香。纤腰之楚楚兮，回风舞雪；珠翠之辉辉兮，满额鹅黄。出没花间兮，宜嗔宜喜；徘徊池上兮，若飞若扬。蛾眉颦笑兮，将言而未语；莲步乍移兮，待止而欲行。美彼之良质兮，冰清玉润；慕彼之华服兮，闪灼文章。爱彼之貌容兮，香培玉琢；美彼之态度兮，凤翥龙翔。其素若何？春梅绽雪。其洁若何？秋兰被霜。其静若何？松生空谷。其艳若何？霞映澄塘。其文若何？龙游曲沼。其神若何？月射寒江。应惭西子，实愧王嫱。奇矣哉，生于孰地，来自何方？信矣乎，瑶池不二，紫府无双。果何人哉？如斯之美也！_{一篇六朝小赋，可作《洛神赋》读。}

宝玉见是一个仙姑，喜的忙来作揖问道："神仙姐姐_{好称呼，亏宝玉临时想得出。}不知从那里来，如今要往那里去？也不知这是何处，望乞携带携带。"那仙姑笑道："吾居离恨天之上，灌愁海之中，乃放春山遣香洞太虚幻境警幻仙姑是也：_{警幻仙姑之职司，实所未闻。}司人间之风情月债，掌尘世之女怨男痴。因近来风流冤孽，缠绵于此处，是以前来访察机会，布散相思。_{奇语怪语，闻所未闻。}今忽与尔相逢，亦非偶然。此离吾境不远，别无他物，仅有自采仙茗一盏，亲酿美酒一瓮，素练魔舞歌姬数人，新填《红楼梦》^{此处初提《红楼梦》。}仙曲十二支，^{甲戌批："点题。盖作者自云所历不过红楼一梦耳。"}试随吾一游否？"宝玉听说，便忘了秦氏在何处，竟随了仙姑至一所在，有石牌横建，上书"太虚幻境"^{重提首回甄士隐梦中所见，可知"太虚幻境"四字及联语之重要。}四个大字，两边一副对联，乃是：

  假作真时真亦假，

  无为有处有还无。^{两句是读此书之关键，须反复细参，参透此意，则于此书思过半矣！}

转过牌坊，便是一座宫门，上面横书四个大字，道是："孽海情天。"^{"情天"便是"孽海"，四字警策。}又有一副对联。大书云：

  厚地高天，堪叹古今情不尽；

  痴男怨女，可怜风月债难偿。^{两句虽通俗，却说尽古往今来，试问何时情尽，何时无风月债乎？}

宝玉看了，心下自思道："原来如此。但不知何为'古今之情'，何为'风月之债'？从今倒要领略领略。"^{坏在"倒要领略"四字，从此堕入孽海矣！}宝玉只顾如此一想，不料早把些邪魔招入膏肓了。^{正被批者说着。}当下随了仙姑进入二层门内，至两边配殿，皆有匾额对联，一时看不尽许多，惟见有几处写的是："痴情司""结怨司""朝啼司""夜怨司""春感司""秋悲司"。看了，因向仙姑道："敢烦仙姑引我到那各司中游玩游玩，不知可使得？"仙姑道："此各司中皆贮的是普天之下所有的女子过去未来的簿册，尔凡眼尘躯，未便先知的。"宝玉听了，那里肯依，复央之再四。仙姑无奈，说："也罢，就在此司内略随喜随喜罢了。"宝玉喜不自胜，抬头看这司的匾上，

批注：

既是"太虚"，又是"幻境"，则虚而又虚矣。其实，其中有实在。雪芹惯用此法，瞒过实写处。

两句涵盖全书，上句说"真、假"，既说创作之写实与虚构，亦是讽刺世情。下句"无为有""有还无"，世变之总括。杜诗云"王侯第宅皆新主，文武衣冠异昔时"，亦指势易时移也。作者之家已"有还无"矣，而他人则"无为有"也。然此句不仅指曹家、李家，亦概指其时世也。盖雍正时追旧欠，破家者多矣。黄印《锡金识小录》云："雍正间汇追旧欠，奉行不善，凡系旧家大抵皆破。"可见"有还无"者，何止曹、李也。

第五回　游幻境指迷十二钗　饮仙醪曲演红楼梦

乃是"薄命司"〖顶头即碰上"薄命司"。〗三字，两边对联写的是：

春恨秋悲皆自惹，

花容月貌为谁妍？

〖两句自悲自伤，写尽古今。〗

宝玉看了，便知感叹。进入门来，只见有十数个大厨，皆用封条封着。看那封条上，皆是各省的地名。宝玉一心只拣自己的家乡封条看，遂无心看别省的了。只见那边厨上封条上大书七字云"金陵十二钗正册"。宝玉问道："何为'金陵十二钗正册'？"〖读者亦要问耳。〗警幻道："即贵省中十二冠首女子之册，故为'正册'。"宝玉道："常听人说，金陵极大，怎么只十二个女子？如今单我家里上上下下就有几百女孩子呢。"〖再为荣、宁二府一描。〗警幻冷笑道："贵省女子固多，不过择其紧要者录之，下边二厨则又次之。余者庸常之辈，则无册可录矣。"〖然则入册者，亦已不凡矣。〗宝玉听说，再看下首二厨上，果然写着"金陵十二钗副册"，又一个写着"金陵十二钗又副册"。宝玉便伸手先将"又副册"厨开了，拿出一本册来，揭开一看，〖从最下者看起。〗只见这首页上画着一幅画，又非人物，也无山水，不过是水墨滃染的满纸乌云浊雾而已。后有几行字迹写的是：

〖满纸乌云句，其所处之世可知。〗

霁月难逢，彩云易散。〖两句写不逢明时，好物易碎也。〗心比天高，身为下贱。风流灵巧招人怨。寿夭多因毁谤生，多情公子空牵念。〖晴雯受谤而死，终令人难忘耳！〗

宝玉看了，又见后面画着一簇鲜花，一床破席，

79

"破席"两字堪参。也有几句言词，写道是：

> 枉自温柔和顺，
>
> 空云似桂如兰。两句写其假也。
>
> 堪羡优伶有福，
>
> 谁知公子无缘。两句骂死袭人。

宝玉看了不解，遂掷下这个，又去开了副册厨门，拿起一本册来。揭开看时，只见画着一株桂花，下面有一池沼，其中水涸泥干，莲枯藕败。后面书云：

> 根并荷花一茎香，
>
> 平生遭际实堪伤。
>
> 自从两地生孤木，
>
> 致使香魂返故乡。哀香菱之不遇。

宝玉看了仍不解，便又掷了，再去取"正册"看时，只见头一页上便画着两株枯木，木上悬着一围玉带；此句指林黛玉又有一堆雪，雪下一股金簪。此句指薛宝钗也有四句言词，道是：

> 可叹停机德，薛宝钗
>
> 堪怜咏絮才。林黛玉
>
> 玉带林中挂，林黛玉
>
> 金簪雪里埋。薛宝钗

宝钗、黛玉合写，又一种写法。宝玉看了仍不解。待要问时，情知他必不肯泄漏；待要丢下，又不舍。遂又往后看时，只见画着一张弓，弓上挂着香橼。也有一首歌词云：

第五回　游幻境指迷十二钗　饮仙醪曲演红楼梦

二十年来辨是非。

榴花开处照宫闱。

三春争及初春景，元春

虎兔〔三〕相逢大梦归。

王玉林云："康熙死于壬寅(康熙六十一年)，雍正元年是癸卯，正是虎兔相逢，曹家败落。"此说可参。

"二十年来"句，王玉林云：自康熙四十六年丁亥（一七〇七年）康熙第六次南巡，曹寅第四次接驾，至雍正五年底（丁未，一七二七年）下旨抄家整二十年。此句即指此。此说可参。

后面又画着两人放风筝，一片大海，一只大船，船中有一女子掩面泣涕之状。也有四句写云：

才自精明志自高。

生于末世运偏消。

于贾雨村处提出"末世"，此处再提"末世"，可见此"末世"是指贾家。

清明涕送江边望，

千里东风一梦遥。

千里梦遥，写探春之远嫁不归，故涕送江边，空自相望也。

后面又画几缕飞云，一湾逝水。其词曰：

富贵又何为，襁褓之间父母违。

展眼吊斜晖，湘江水逝楚云飞。父母早违，水逝云飞，写湘云之命蹇也。

后面又画着一块美玉，妙玉落在泥垢之中。其断语云：

欲洁何曾洁，

云空未必空。

可怜金玉质，

终陷淖泥中。淖泥，浊世也。伤妙玉之遭遇也。

后面忽见画着个恶狼，追扑一美女，欲啖之意。其书云：

> 子系中山狼。
>
> 得志便猖狂。
>
> 金闺花柳质,
>
> 一载赴黄梁。

<small>中山狼,此类人何世无之。此处虽写孙绍祖,实亦泛指也。</small>

后面便是一所古庙,里面有一美人在内看经独坐。其判云:

> 勘破三春景不长。 <small>因惜春而总写三春,惜其皆好景不长也。</small>
>
> 缁衣顿改昔年妆。
>
> 可怜绣户侯门女,
>
> 独卧青灯古佛旁。

<small>写惜春出家为尼。</small>

后面便是一片冰山,<small>言其无可恃也。</small>上面有一只雌凤。<small>直点王熙凤。</small>

其判曰:

> 凡鸟偏从末世来。
>
> 都知爱慕此生才。
>
> 一从二令三人木, <small>此句引出后世多少聚讼文字,然以"凤"字之拆字法解之,"冷""休"二字,似得其解,亦言其结局也。</small>
>
> 哭向金陵事更哀。

<small>"凡鸟"为"凤"之拆字,《世说新语》载吕安访嵇康,康不在,其兄嵇喜接之,安不入,于其门题"凤"字而去。实讥也,喜不觉,犹以为夸。后即以"凡鸟"称庸才,王维与裴迪访吕逸人不遇诗云:"到门不敢题凡鸟。"则是反用此典也。此处以"凡鸟"称熙凤,除直扣"凤"字外,似亦有深一层之意,盖过于聪明,则反成凡庸。亦即后面"聪明累"曲中"机关算尽太聪明"意也。</small>

后面又是一座荒村野店,有一美人在那里纺绩。其判云:

> 势败休云贵, <small>此句亦预示贾家之败落。</small>
>
> 家亡莫论亲。 <small>甲戌批:"非经历过者,此二句则云纸上谈兵。过来人那得不哭?"</small>
>
> 偶因济刘氏, <small>贾家原亦可称刘氏之恩人。</small>
>
> 巧得遇恩人。 <small>"巧",指巧姐,亦寓巧遇之意。此处指刘氏反为巧姐之恩人。因后文巧姐为其舅所卖,巧得</small>

第五回　　游幻境指迷十二钗　饮仙醪曲演红楼梦

<small>刘氏相救，故"巧"字亦指此也。</small>

后面又画着一盆茂兰，旁有一位凤冠霞帔的美人。也有判云：

桃李春风结子完。<small>"完"，"纨"也，指李纨，李纨得子后即守寡一世，虽因其子贾兰而得诰封，而自己亦即死去，空留虚荣为人笑谈。</small>

到头谁似一盆兰。

如冰水好空相妒，

枉与他人作笑谈。

后面又画着高楼大厦，<small>指天香楼也。</small>有一美人悬梁自缢。<small>指可卿之结局。</small>其判云：

情天情海幻情身。<small>可卿，情之所幻也。"可卿"二字反切，即情字。</small>

情既相逢必主淫。<small>情之过也，泛也。</small>

漫言不肖皆荣出，<small>"古今不肖无双"，此处"不肖"二字，亦似指宝玉，言宝玉非不肖也。</small>

<small>此处用正笔纠前《西江月》词，读者不可不知。</small>

造衅开端实在宁。<small>直指贾珍。</small>

宝玉还欲看时，那仙姑知他天分高明，性情颖慧，<small>两句纠前《西江月》"有时似傻如狂""腹内原来草莽"句。甲戌批："通部中笔笔贬宝玉，人人嘲宝玉，语语谤宝玉，今却于警幻意中忽写出此八字来，真是意外之意。此法亦别书中所无。"</small>恐把仙机泄漏，遂掩了卷册，笑向宝玉道："且随我去游玩奇景，何必在此打这闷葫芦！"

宝玉恍恍惚惚<small>不离梦境，作者一笔不懈。</small>不觉弃了卷册，又随了警幻来至后面。但见珠帘绣幕，画栋雕檐，说不尽那光摇朱户金铺地，雪照琼窗玉作宫；更见仙花馥郁，异草芬芳：真好个所在。又听警幻笑道："你们快出

<small>"冰水"句，冰水实一体，亦即一家也，而冰水相妒，则自相忌妒矣。

甲戌本十三回末脂批云："'秦可卿淫丧天香楼'，作者用史笔也。老朽因有魂托凤姐贾家后事二件，嫡是安富尊荣坐享人（未）能想得到处，其事虽未漏（按：漏，或系'就'之音误！庸），其言其意则令人悲切感服，姑赦之，因命芹溪删去。"据此批，可知此诗尚留未删时之原貌。</small>

来迎接贵客！" _{愈梦愈深矣！}一语未了，只见房中又走出几个仙子来，皆是荷袂蹁跹，羽衣飘舞，姣若春花，媚如秋月。_{媚极之笔。}一见了宝玉，都怨谤警幻道："我们不知系何'贵客'，忙的接了出来！姐姐曾说今日今时必有绛珠妹子的生魂前来游玩，故我等久待，何故反引这浊物来污染这清净女儿之境？" _{甲戌批："奇笔摅奇文。作者视女儿珍贵之至，不知今时女儿可知？余为作者痴心一哭。又为近之自弃自败之女儿一恨。"}

> 直指宝玉为浊物，则亦《西江月》词之意，何以世外仙姑之见，竟同俗世？

宝玉听如此说，便吓得欲退不能退，果觉自形污秽不堪。警幻忙携住宝玉的手，向众姊妹道："你等不知原委：今日原欲往荣府去接绛珠，适从宁府经过，偶遇宁、荣二公之灵，嘱吾云：'吾家自国朝定鼎以来，功名奕世，富贵传流，虽历百年，奈运终数尽，不可挽回者。_{再申"运终数尽，不可挽回"，则是重言是末世也。此段文字，直驳二次抄家论，何有一点已曾抄家过的影子？}故遗之子孙虽多，竟无可以继业。_{再申"一代不如一代"。甲戌批："这是作者真正一把眼泪。"}其中惟嫡孙宝玉一人，禀性乖张，性情怪谲，虽聪明灵慧，略可望成，_{"禀性"以下四句，与《西江月》词意大不相同。}无奈吾家运数合终，_{再申"运数合终"，足见作者于世已绝望矣，故断定如此！}恐无人规引入正。幸仙姑偶来，万望先以情欲声色等事警其痴顽，或能使彼跳出迷人圈子，然后入于正路，亦吾兄弟之幸矣。'如此嘱吾，故发慈心，引彼至此。先以彼家上中下三等女子之终身册籍，令彼熟玩，尚未觉悟；故引彼再至此处，令其再历饮馔声色之幻，或冀将来一悟，亦未可知也。"
_{甲戌批："一段叙出宁荣二公，足见作者深意。"}

> 宝玉自惭形秽，足见其尊重女儿之甚，从不以女儿之言为非也。

> 宁、荣二公之灵之一段嘱咐，实暗寓曹家史事，雪芹之六世祖曹世选、五世祖曹振彦于天命六年（一六二一年）归附努尔哈赤，至雍正六年（一七二八年）抄没归京，前后共一〇八年，如以顺治元年（一六四四年）算起，至雍正六年，则共八十五年。皆可以百年约称之，此雪芹所隐之真事也。

第五回　游幻境指迷十二钗　饮仙醪曲演红楼梦

说毕，携了宝玉入室。但闻一缕幽香，竟不知其所焚何物。宝玉遂不禁相问。警幻冷笑道："此香尘世中既无，尔何能知！此香乃系诸名山胜境内初生异卉之精，合各种宝林珠树之油所制，名'群芳髓'。"_{既是"群芳髓"，则安能不入人骨髓，迷人灵窍哉！}宝玉听了，自是羡慕而已。大家入座，小丫鬟捧上茶来。宝玉自觉清香异味，纯美非常，因又问何名。警幻道："此茶出在放春山遣香洞，又以鲜花灵叶上所带之宿露而烹，此茶名曰'千红一窟'。"_{茶名奇，千红一哭也。}宝玉听了，点头称赏。因看房内，瑶琴、宝鼎、古画、新诗，无所不有；更喜窗下亦有唾绒，奁间时渍粉污。_{皆女儿之事。}壁上也见悬着一副对联，书云：

　　幽微灵秀地，
　　无可奈何天。_{两句写入骨髓，无可另易他辞，吾固知作者具万千灵窍，方能写此两句也。}

宝玉看毕，无不羡慕。因又请问众仙姑姓名：一名痴梦仙姑，一名钟情大士，一名引愁金女，一名度恨菩提，各各道号不一。少刻，有小丫鬟来调桌安椅，设摆酒馔。真是：琼浆满泛玻璃盏，玉液浓斟琥珀杯。更不用再说那肴馔之盛。宝玉因闻得此酒清香甘冽，异乎寻常，又不禁相问。警幻道："此酒乃以百花之蕊，万木之汁，加以麟髓之醅，凤乳之曲酿成，因名为'万艳同杯'。"_{甲戌批："与千红一窟一对，隐'悲'字。"则为'万艳同悲'也。}宝玉称赏不迭。

饮酒间，又有十二个舞女上来，请问演何词曲。警幻道："就将新制《红楼梦》十二支演上来。"舞女

先以情欲声色为警，想得亦奇，欲宝玉知"色即是空"耳，此时宝玉岂能有此"觉悟"，然此处实为末后之宝玉一提也！

作者作此书时已历过"饮馔声色之幻"，亦已"悟"矣，故能撰此一书也。不见此书开头说是早已写在石上之书，只是抄下来而已，实则事已实实经过，现在不过将所经所历，所见所闻之事，"抄录"下来耳！故下文画册上判词，及《红楼梦》曲文，皆已写明各人终身结局及贾府之最后彻底败落也。

地至"幽微灵秀"，情至"无可奈何"，则景之至情之至也，亏作者写得出。

仙姑之名，却是梦、情、愁、恨，是俗之甚矣，何仙之有？

们答应了,便轻敲檀板,款按银筝,听他歌道是:

　　开辟鸿蒙……

　　方歌了一句,警幻便说道:"此曲不比尘世中所填传奇之曲,必有生旦净末之则,又有南北九宫之限。此或咏叹一人,或感怀一事,偶成一曲,即可谱入管弦。若非个中人,甲戌批:"三字要紧。不知谁是个中人。宝玉即个中人乎?然则石头亦个中人乎?作者亦系个中人乎?观者亦个中人乎?"不知其中之妙。提出"个中人",是指点读者,要深知隐去之真事也。谁是"个中人"?雪芹是也。料尔亦未必深明此调。若不先阅其稿,后听其歌,翻成嚼蜡矣。"说毕,回头命小丫鬟取了《红楼梦》原稿来,递与宝玉。宝玉接来,一面目视其文,一面耳聆其歌曰:

　　〔红楼梦引子〕开辟鸿蒙,谁为情种?甲戌批:"非作者为谁?余又曰,亦非作者,乃石头耳。"都只为风月情浓。趁着这〔四〕奈何天,伤怀日,寂寥时,试遣愚衷。因此上,演出这怀金悼玉的《红楼梦》。甲戌批:"怀金悼玉,大有深意。"

　　〔终身误〕都道是金玉良姻,俺只念木石前盟。空对着,山中高士晶莹雪;终不忘,世外仙姝寂寞林。作者之意终在"林"也。叹人间,美中不足"美中不足"是世之常情,所以"人生长恨水长东"也。今方信。纵然是齐眉举案,到底意难平。

　　〔枉凝眉〕一个是阆苑仙葩,指黛玉。一个是美玉无瑕。指宝玉。若说没奇缘,今生偏又遇着他;着一"他"字,其人自出,而幽怨无比矣。"他"字实互指,非单指宝玉。因此曲作法是两两对举,黛玉眼中的"他"是宝玉,宝玉眼中的"他"是黛玉,雪芹用字如此精绝,不可不知。若说有奇缘,如何心事终虚

　　"俺只念木石前盟",着一"俺"字,语气出自宝玉而其意甚明矣。

　　"晶莹雪",隐"薛"。此处"山中高士"是直指"晶莹雪",意谓"山中高士"是"晶莹之雪",是冷极之品,然后以之喻宝钗之冷也。

　　世之解此句者,皆以山中高士直指薛宝钗,误矣!宝钗是热中之人,岂可称"山中高士"乎?

第五回　　游幻境指迷十二钗　饮仙醪曲演红楼梦

化？一个枉自嗟呀，一个空劳牵挂。一个是水中月，一个是镜中花。想眼中能有多少泪珠儿，怎经得秋流到冬尽，春流到夏！全曲沉痛至极！

宝玉听了此曲，散漫无稽，不见得好处；宝玉此时尚蒙蒙，故不见得好处也。到他见到好处，则已梦醒矣！但其声韵凄惋，竟能销魂醉魄。四字是此曲的评。因此也不察其原委，问其来历，就暂以此释闷而已。因又看下面唱道：

〔恨无常〕喜荣华正好，恨无常又到。眼睁睁，把万事全抛。荡悠悠，把芳魂消耗。望家乡，路远山高。故向爹娘梦里相寻告：儿命已入黄泉，天伦呵，[五]须要退步抽身早！此语令人惊心，直注后回省亲繁华！甲戌批："悲险之至。"

此曲写元春早死，末句嘱其父母"退步抽身早"，则明示贾府原有的靠山倒了。曹寅在时，常拈佛语说"树倒猢狲散"，亦指所依之大树一倒，则猢狲无所依靠矣。此处意同事殊。此处是指元妃这棵大树已倒，贾政等无大树可依靠了！曹寅所指之大树是指康熙。谓康熙一死，曹家必败也。

〔分骨肉〕一帆风雨路三千，把骨肉家园齐来抛闪。恐哭损残年，告爹娘，休把儿悬念。自古穷通皆有定，离合岂无缘？从今分两地，各自保平安。奴去也，莫牵连。写探春远嫁，生离犹如死别，真"分骨肉"也。

曲文悲哀凄恻而又无可奈何，末二句哀音似诉。雪芹之笔，总能曲尽其意。

〔乐中悲〕襁褓中，父母叹双亡。纵居那绮罗丛，谁知娇养？幸生来，英豪阔大宽宏量。从未将儿女私情，略萦心上。好一似，霁月光风耀玉堂。一句写尽湘云。厮配得才貌仙郎，博得个地久天长，准折得幼年时坎坷形状。终久是云散高唐，水涸湘江。这是[六]尘寰中

消长数应当，何必枉悲伤。_{末句是悲极之语。}

〔世难容〕气质美如兰，才华复比仙。_{两句赞妙玉。}天生成孤癖人皆罕。你道是啖肉食腥膻，视绮罗俗厌；却不知太高人愈妒，过洁世同嫌。_{两句怜之惜之。}可叹这，青灯古殿人将老；辜负了，红粉朱楼春色阑。_{青灯古殿空负青春。}到头来，依旧是风尘肮脏违心愿。_{终究是"欲洁何曾洁"也。}好一似，无瑕白玉遭泥陷；_{结局}又何须，王孙公子叹无缘。_{此句令人深思。}

〔喜冤家〕_{伤迎春而斥负恩之人。}中山狼，无情兽，全不念当日根由。一味的骄奢淫荡贪还构。觑着那，侯门艳质同蒲柳；作践的，公府千金似下流。叹芳魂艳魄，一载荡悠悠。

〔虚花悟〕_{写惜春勘破世情，皈依佛门。现世一切均已无望，故而思西方宝树也。}将那三春看破，桃红柳绿待如何？把这韶华打灭，觅那清淡天和。说什么，天上夭桃盛，云中杏蕊多。到头来，谁把秋捱过？则看那，白杨村里人呜咽，青枫林下鬼吟哦。更兼着，连天衰草遮坟墓。这的是，昨贫今富人劳碌，春荣秋谢花折磨。似这般，生关死劫谁能躲？闻说道，西方宝树唤婆娑，上结着长生果。

〔聪明累〕_{此曲为聪明过分者戒！}机关算尽太聪明，反算了卿卿性命。_{两句为凤姐定评。亦是醒世之笔。甲戌批："警拔之句。"}生前心已碎，死后性空灵。家富人宁，终有个家亡人散各奔腾。

第五回　　游幻境指迷十二钗　饮仙醪曲演红楼梦

枉费了，意悬悬半世心；好一似，荡悠悠三更梦。忽喇喇似大厦倾，昏惨惨似灯将尽。两句惨极痛极。呀！一场欢喜忽悲辛。甲戌批："见得到。""过来人睹此，宁不放声一哭？"叹人世，终难定！末句写尽雪芹所处之世。

〔留余庆〕留余庆，留余庆，忽遇恩人；幸娘亲，幸娘亲，积得阴功。劝人生，济困扶穷，休似俺那爱银钱忘骨肉的狠舅奸兄！正是乘除加减，上有苍穹。末句说苍天有眼，已是无可奈何口气。

巧姐之得余庆，尚幸凤姐之积德——有恩于刘姥姥也。

〔晚韶华〕镜里恩情，更那堪梦里功名！那美韶华去之何迅，再休提绣帐鸳衾。只这带珠冠，披凤袄，也抵不了无常性命。虽说是，人生莫受老来贫，也须要阴骘积儿孙。气昂昂头戴簪缨，气昂昂头戴簪缨。光灿灿胸悬金印。威赫赫爵禄高登，威赫赫爵禄高登。昏惨惨黄泉路近。问古来将相可还存？也只是，虚名儿与后人钦敬。一切荣华爵禄，俱是虚名。已勘破一切矣！

伤李纨之一生，皆在虚幻中过去，美韶华转瞬即逝，一切荣华，皆是虚事。此曲寓意甚深，引人深思。

李纨亦封建礼教捆缚下的牺牲品。

〔好事终〕画梁春尽落香尘。指天香楼事。擅风情，秉月貌，便是败家的根本。三句罪可卿。箕裘颓堕皆从敬，贾敬。甲戌批："深愧他人不解。"家事消亡首罪宁。宁国府。二句罪贾敬。宿孽总因情。情，秦也。末句归结到秦。甲戌批："是作者具菩萨之心，秉刀斧之笔，撰成此书，一字不可更，一语不可少。"

〔收尾·飞鸟各投林〕甲戌批："收尾愈觉悲惨可畏。"为官的，家业凋零；富贵的，金银散尽；甲戌批："二句先总宁荣。"有恩的，死里逃生；无情的，分明报应。欠命的，

收尾一曲，"飞鸟各投林"已总括其意，亦即"家亡人散各奔腾"也。而曲文凄切，不可卒读。末句则茫茫白地，俱化为无矣！

命已还；欠泪的，泪已尽。冤冤相报实非轻，分离聚合皆前定。欲知命短问前生，老来富贵也真侥幸。看破的，遁入空门；痴迷的，枉送了性命。好一似食尽鸟投林，落了片白茫茫大地真干净！_{甲戌批："又照看葫芦庙。与树倒猢狲散反照。"}

> 正曲已至极矣，岂可再有副曲！

歌毕，还要歌副曲。警幻见宝玉甚无趣味，_{宝玉少不更事，所听各曲皆日后之事，此时自然不能悟，则自然"甚无趣味"也。}因叹："痴儿竟尚未悟！"那宝玉忙止歌姬不必再唱，自觉朦胧恍惚，告醉求卧。警幻便命撤去残席，送宝玉至一香闺绣阁之中，其间铺陈之盛，乃素所未见之物。更可骇者，早有一位女子在内，其鲜艳妩媚，有似乎宝钗，风流袅娜，则又如黛玉。_{钗黛并举，一身而兼双美。则双美重叠而模糊，正梦境迷离也。}

> 钗黛俱美而钗黛各别，不可相混。

正不知何意，忽警幻道："尘世中多少富贵之家，那些绿窗风月，绣阁烟霞，皆被淫污纨袴与那些流荡女子悉皆玷辱。更可恨者，自古来多少轻薄浪子，皆以'好色不淫'为饰，又以'情而不淫'作案，此皆饰非掩丑之语也。好色即淫，知情更淫。是以巫山之会，云雨之欢，皆由既悦其色、复恋其情所致也。吾所爱汝者，乃天下古今第一淫人也。"_{先作石破天惊之语。然后再作分解。}宝玉听了，唬的忙答道："仙姑差了。我因懒于读书，家父母尚每垂训饬，岂敢再冒'淫'字。况且年纪尚小，不知'淫'字为何物。"警幻道："非也。淫虽一理，意则有别。如世之好淫者，不过悦容貌，喜歌舞，调笑无厌，云雨无时，恨不能尽天下之美女

> 一语骂倒普天下皮肤淫滥之徒。

第五回　　游幻境指迷十二钗　饮仙醪曲演红楼梦

供我片时之趣兴，此皆皮肤滥淫之蠢物耳。如尔则天分中生成一段痴情，吾辈推之为'意淫'。^{"意淫"二字新。}'意淫'二字，惟心会而不可口传，可神通而不可语达。^{甲戌批："按宝玉一生心性，只不过是体贴二字，故曰意淫。"}汝今独得此二字，在闺阁中，固可为良友，然于世道中，未免迂阔怪诡，百口嘲谤，万目睚眦。^{真被说着。}今既遇令祖宁、荣二公剖腹深嘱，吾不忍君独为我闺阁增光，见弃于世道，是以特引前来，醉以灵酒，沁以仙茗，警以妙曲，再将吾妹一人，乳名兼美字可卿者，^{甲戌批："妙，盖指薛、林而言也。"}许配于汝。今夕良时，即可成姻。不过令汝领略此仙闺幻境之风光尚如此，何况尘境之情景哉？而今后万万解释，改悟前情，留意于孔孟之间，委身于经济之道。"^{不过仍是要他如此而已。宁、荣二公之灵，要宝玉用心于孔、孟之道（程朱理学），走科举考试，读书做官之路，已无别法，只能用妙曲、美女来诱导、规劝。王府批："说出此二句，警幻亦腐矣。然亦不得不然耳。"}说毕便秘授以云雨之事，推宝玉入房，将门掩上自去。

　　那宝玉恍恍惚惚，依警幻所嘱之言，未免有儿女之事，难以尽述。至次日，便柔情缱绻，软语温存，与可卿难解难分。因二人携手出去游玩之时，忽至一个所在，但见荆榛遍地，狼虎同群，迎面一道黑溪阻路，并无桥梁可通。正在犹豫之间，忽见警幻后面追来，告道："快休前进，作速回头要紧！"宝玉忙止步问道：^{宝玉止步，则未陷迷津也。}"此系何处？"警幻道："此即迷津也。深有万丈，遥亘千里，中无舟楫可通，只有一个木筏，乃木居士掌舵，灰侍者撑篙，不受金银之谢，

可卿当亦是宝玉心中意中之爱慕者，故与前二人重叠而为一，故此香闺绣阁中之一位女子，既是钗、黛二人之兼，亦是可卿之合，故曰"乳名兼美"。"兼美"者，则明为三美之合也。此三美所合之人即"字可卿"也。故此"一位女子"在宝玉梦中之朦胧性意识中，实为三人之重叠形象也。

宝玉虽暂中情魔，而终不改反对孔孟，反对仕途经济，所以警幻所司风情月债，亦告无效耳。

可知宝玉未堕迷津。此是此回最要紧之点。

但遇有缘者渡之。尔今偶游至此,设如堕落其中,则深负我从前谆谆警戒之语矣。"话犹未了,只听迷津内水响如雷,竟有许多夜叉海鬼将宝玉拖将下去。吓得宝玉汗下如雨,一面失声喊叫:"可卿救我!" 梦中喊出令人吓煞!吓得袭人辈众丫鬟忙上来搂住,叫:"宝玉别怕,我们在这里!"

宝玉未入迷津,夜叉海鬼则要将宝玉拖将下去,幸宝玉失声喊叫惊醒,遂终未陷入耳!一片迷离惝恍之境,苦令不少人猜煞。

却说秦氏正在房外嘱咐小丫头们好生看着猫儿狗儿打架,忽听宝玉在梦中唤他的小名,因纳闷道:"我的小名这里从没人知道的,他如何知道,在梦里叫出来?" 故作疑人之笔。正是:

一场幽梦同谁近,千古情人独我痴。

第五回　　游幻境指迷十二钗　饮仙醪曲演红楼梦

【回后评】

本回通过《金陵十二钗》画册的判词和《红楼梦》十二支曲的曲词，预示全书人物和情节的结局，故历来被认为是全书的总纲，足见其在全书中的重要性。但这个总纲主要是人物结局和故事情节的总纲，于全书的思想尚未深及。

读此回宁、荣二公之灵所嘱，则世传曹家二次抄家论实为无据。其"功名奕世，富贵传流，虽历百年"数语，何有中间曾遭抄家之事？再参可卿"我们家赫赫扬扬，已将百载，一日倘或乐极悲生，若应了那句'树倒猢狲散'的俗语，岂不虚称了一世的诗书旧族了！"之语，何曾有一点曹家以前已曾抄过家的痕迹？诚然，此是小说，那是真事，但人所共知，雪芹隐真事于其小说之中，所谓"假语村言""真事隐去"，如"省亲"隐"南巡"事，"树倒猢狲散"隐曹寅拈佛语事等等，故此处更是隐其家史之大者，读者不可不知也。

警幻以声色导宝玉，又以兼美配之，宝玉虽缱绻一时，而终未堕迷津，是一大关键，是宝玉始终未为所诱而改初衷也。

宁、荣二公之所嘱以声色导宝玉入仕途，此实指功名利禄之诱惑也，而宝玉终未为所诱也。

宝玉入秦氏房，梦中唤可卿之名等，皆故作疑笔，引人遐想，所谓"楚天云雨尽堪疑"也，所谓文要曲也。然此皆写梦境，故文笔迷离恍惚也。宁、荣二公之灵欲以声色导宝玉于孔孟仕途而宝玉终未入迷津，未为所溺耳！此是此回最关键处也。读者记清此点，勿为梦境幻笔、假语村言所迷！

宝玉至一香闺绣阁中，见"早有一位女子在内，其鲜艳妩媚，有似乎宝钗，风流袅娜，则又如黛玉"，此人"乳名兼美字可卿"。此段描写，将宝钗、黛玉及可卿重叠合一，且名兼美，此写宝玉梦中之境，故迷离惝恍。然以心理学观之，宝玉为一早慧早熟之男性，此正写其朦胧意识之性觉醒也。故其平时所爱慕之异性，便于梦境中幻化而出，且出以重叠之形象也，后文说"那宝玉恍恍惚惚，依警幻所嘱之言，未免有儿女之事，难以尽述"云云，亦恍惚迷惘之笔，因梦境模糊，且宝玉只是朦胧意识，未曾经历，故不可实写也。至后文与袭人偷试，则是明笔实写矣。历来读者评者，均误以为宝玉初试为可卿，误之甚矣！若以性心理学观之，此当为最早之性心理学文字，且如此生动逼真，雪芹之才真不可量也！世人未能悟此，至多妄疑误猜也！

【校记】

〔一〕回目：庚辰、己卯、杨本同。甲戌本作"开生面梦演红楼梦，立新场情传幻境情"。蒙本、戚本、舒本作"灵石迷性难解仙机，警幻多情秘垂淫训"。（蒙本"警"作"惊"）甲辰本、程甲本作"贾宝玉神游太虚境，警幻仙曲演红楼梦"。

〔二〕此回前诗见于己卯、蒙府、戚序、杨本，其余各脂本无。此从己卯、蒙府诸本。

〔三〕"虎兔"，甲戌、蒙府、戚序、甲辰、舒序诸本同庚辰本，皆作"虎兔"，己卯、杨本作"虎兕"，此从庚辰诸本。

〔四〕"趁着这"三字，庚本无。据甲戌、蒙府、戚序本补。

〔五〕"天伦呵"三字，庚本无。据甲戌、蒙府、戚序本补。

〔六〕"这是"两字，庚本无。据甲戌、蒙府、戚序本补。

第六回　　贾宝玉初试云雨情
刘姥姥一进荣国府[一]

题曰：

朝叩富儿门，富儿犹未足。

虽无千金酬，嗟彼胜骨肉。[二]

却说秦氏因听见宝玉从梦中唤他的乳名，心中自是纳闷，又不好细问。彼时宝玉迷迷惑惑，若有所失。众人忙端上桂圆汤来，呷了两口，遂起身整衣。袭人伸手与他系裤带时，不觉伸手至大腿处，只觉冰凉一片黏湿，唬的忙退出手来，问是怎么了。宝玉红涨了脸，把他的手一捻。_{写得逼真，试想不如此，叫他如何说。}袭人本是个聪明女子，年纪本又比宝玉大两岁，近来也渐通人事，今见宝玉如此光景，心中便觉察一半了，不觉也羞的红涨了脸面，不敢再问。_{可见袭人也是在性模糊觉醒之际。}仍旧理好衣裳，遂至贾母处来，胡乱吃毕了晚饭，过这边来。

袭人忙趁众奶娘丫鬟不在旁时，另取出一件中衣

> 甲戌回前批："宝玉、袭人亦大家常事耳，写得是已全领警幻意淫之训。此回借刘妪，却是写阿凤正传，并非泛文，且伏二进及巧姐之归着。此（回）刘妪一进荣国府，用周瑞家的，又过下回无痕，是无一笔写一人文字之笔。"

> 一段细写，情理逼真。

来与宝玉换上。宝玉含羞央告道："好姐姐，千万别告诉人。"^{如何告诉人？能告诉何人？但无此嘱咐，便不近情理，然如此一嘱咐，则可见袭人亦心会矣！所谓传神妙笔，看此等细处，愈能觉其神妙！}袭人亦含羞笑问道："你梦见什么故事了？是那里流出来的那些脏东西？"宝玉道："一言难尽。"说着便把梦中之事细说与袭人听了。然后说至警幻所授云雨之情，羞的袭人掩面伏身而笑。^{"掩面伏身而笑"其娇媚如画。}宝玉亦素喜袭人柔媚娇俏，^{活画袭人。}遂强袭人同领警幻所训云雨之事。^{此处明写，不是疑笔，是为写袭人也。}袭人素知贾母已将自己与了宝玉的，今便如此，亦不为越礼，遂和宝玉偷试一番，幸得无人撞见。^{王府批："既少通人事，无心者则再不复问矣，则无限幽思，皆在于伏身之一笑，所以必当有偷试之一番。行文轻巧，皆出于自然，毫无一些勉强。妙极。"}自此宝玉视袭人更比别个不同，袭人待宝玉更为尽心。^{此处"不同""尽心"皆非常意，读者体会。甲戌批："一段少儿女之态，可谓追魂摄魄之笔。"}暂且别无话说。

> 或以为宝玉太虚幻境与可卿为初试，此处与袭人是再试，其实大误。误在未读通上回幻境文字耳。予前已批出，幻境之梦为宝玉之性觉醒，故有三人重叠模糊、迷惘恍惚之感。有上回之性觉醒，才有此回之初试，故与袭人是真"初试"也，故写得明明白白，略无模糊不清之处，此为理解宝玉之大关节，读者不能不辨！

按荣府中一宅人合算起来，人口虽不多，从上至下也有三四百丁；虽事不多，一天也有一二十件，竟如乱麻一般，并无个头绪可作纲领。正寻思从那一件事、自那一个人写起方妙，恰好忽从千里之外，芥荳之微，小小一个人家，因与荣府略有些瓜葛，这日正往荣府中来，因此便就此一家说来，倒还是头绪。你道这一家姓甚名谁，又与荣府有甚瓜葛？且听细讲。

> 读书如游山，此处奇峰突起，天外飞来之笔。

方才所说的这小小之家，乃本地人氏，姓王，祖上曾作过小小的一个京官，昔年与凤姐之祖王夫人之父认识，因贪王家的势利，^{说得直截了当。}便连了宗，认作侄儿。

> 凤姐为王夫人大兄之女。

第六回　　贾宝玉初试云雨情　　刘姥姥一进荣国府

那时只有王夫人之大兄凤姐之父与王夫人随在京中的，<small>故尔与凤姐略有瓜葛。</small>知有此一门连宗之族，余者皆不认识。目今其祖已故，只有一个儿子，名唤王成，因家业萧条，仍搬出城外原乡中住去了。王成新近亦因病故，只有其子，小名狗儿。狗儿亦生一子，小名板儿，嫡妻刘氏，又生一女，名唤青儿。<small>甲戌批：《石头记》中公勋世宦之家，以及草莽庸俗之族，无所不有，自能各得其妙。</small>一家四口，仍以务农为业。因狗儿白日间又作些生计，刘氏又操井臼等事，青板姊弟两个无人看管，狗儿遂将岳母刘姥姥接来一处过活。这刘姥姥乃是个积年的老寡妇，<small>"积年"两字重要，足见刘姥姥熟谙世故。</small>膝下又无儿女，只靠两亩薄田度日。今者女婿接来养活，岂不愿意？遂一心一计，帮趁着女儿女婿过活起来。

因这年秋尽冬初，天气冷将上来，家中冬事未办，狗儿未免心中烦虑，吃了几杯闷酒，在家闲寻气恼，刘氏也不敢顶撞。因此刘姥姥看不过，乃劝道："姑爷，你别嗔着我多嘴。咱们村庄人，那一个不是老老诚诚的，守多大碗儿吃多大的饭。你皆因年小的时候，托着你那老家之福，吃喝惯了，如今所以把持不住。<small>可见出身好也是一累。</small>有了钱就顾头不顾尾，没了钱就瞎生气，成个什么男子汉大丈夫呢！如今咱们虽离城住着，终是天子脚下。这长安城中，遍地都是钱，只可惜没人会去拿去罢了。在家跳蹋会子也不中用。"狗儿听说，便急道："你老只会炕头儿上混说，难道叫我打劫偷去

<small>缕缕说来，逼真农家平常生活，与前完全是另一副笔墨。</small>

<small>"青板姊弟"，己卯、庚辰均作"青板姊妹"。各本有作"姊弟"，有作"姐妹"者。杨藏、甲辰、程甲则青板皆刘氏所生，显系后改。予以为狗儿嫡妻先生一女，名青儿，无子。狗儿又娶一室，生板儿。旧时重男轻女，行文先提其子板儿，其实青儿是姊。己、庚"青板姊妹"，"妹"字系"弟"字之误书。今检甲戌本上段全同己、庚，下正作"姊弟"。实是原笔。</small>

<small>"全家都在风声里，九月衣裳未剪裁"也！</small>

不成？"刘姥姥道："谁叫你偷去呢？也到底想法儿大家裁度，不然那银子钱自己跑到咱家来不成？"狗儿冷笑道："有法儿还等到这会子呢。我又没有个收税的亲戚，_{靖本批："骂死世人，可叹可悲。"}作官的朋友，有什么法子可想的？_{狗儿完全是一副吃惯现成饭的口气。}便有，也只怕他们未必来理我们呢！"

刘姥姥道："这倒不然。谋事在人，成事在天。_{还是刘姥姥有奋斗精神。}咱们谋到了，看菩萨的保佑，有些机会，也未可知。我倒替你们想出一个机会来。当日你们原是和金陵王家连过宗的，二十年前，他们看承你们还好；如今自然是你们拉硬屎，_{此语土至极，新至极。}不肯去亲近他，故疏远起来。想当初我和女儿还去过一遭。他们家的二小姐着实响快，会待人，倒不拿大。如今现是荣国府贾二老爷的夫人。听得说，如今上了年纪，越发怜贫恤老，最爱斋僧敬道，舍米舍钱的。如今王府虽升了边任，只怕这二姑太太还认得咱们。你何不去走动走动，或者他念旧，有些好处，也未可知。只要他发一点好心，拔一根寒毛比咱们的腰还粗呢。"_{粗俗至极，生动之极。}刘氏一旁接口道："你老虽说的是，但只你我这样个嘴脸，怎么好到他门上去的？先不先，他们那些门上的人也未必肯去通信。没的去打嘴现世。"

谁知狗儿利名心最重，听如此一说，心下便有些活动起来。又听他妻子这话，便笑接道："姥姥既如此说，况且当年你又见过这姑太太一次，何不你老人

_{（边注）还是刘姥姥脑子灵动。}

第六回　贾宝玉初试云雨情　刘姥姥一进荣国府

家明日就走一趟，先试试风头再说。"_{狗儿见有门路，便积极起来了。}刘姥姥道："嗳哟哟！可是说的，〔三〕'侯门深似海'，我是个什么东西，他家人又不认得我，我去了也是白去的。"狗儿笑道："不妨，我教与你老人家一个法子：_{转过来倒是狗儿出主意。}你竟带了外孙子板儿，先去找陪房周瑞，若见了他，就有些意思了。这周瑞先时曾和我父亲交过一件事，我们极好的。"_{甲戌批："欲赴豪门，必先交其仆。写来一叹。"}刘姥姥道："我也知道他的。只是许多时不走动，知道他如今是怎样。这也说不得了。你又是个男人，又这样个嘴脸，自然去不得；我们姑娘年轻媳妇子，也难卖头卖脚的。倒还是舍着我这副老脸去碰一碰。果然有些好处，大家都有益；便是没银子来，我也到那公府侯门见一见世面，也不枉我一生。"说毕，大家笑了一回。当晚计议已定。_{还是刘姥姥有点闯劲。}

次日天未明，刘姥姥便起来梳洗了，又将板儿教训了几句。那板儿才五六岁的孩子，一无所知，听见带他进城逛去，便喜的无不应承。于是刘姥姥带他进城，找至宁荣街。来至荣府大门石狮子前，只见簇簇轿马，_{何等气派。}刘姥姥便不敢过去，且掸了掸衣服，_{写得细。}又教了板儿几句话，然后蹭到角门前。只见几个挺胸叠肚、指手画脚的人，_{写生妙笔。}坐在大板凳上说东谈西呢。_{侯门似海，此是第一重关卡。甲戌批："不知如何想来，又为侯门三等豪奴写照。"}刘姥姥只得蹭上来问："太爷们纳福。"众人打谅了他一会，便问："那里来的？"

刘姥姥陪笑道："我找太太的陪房周大爷的，烦那位太爷替我请他老出来。"那些人听了，都不瞅睬，半日方说道："你远远的在那墙角下等着，一会子他们家有人就出来的。"_{豪门恶仆，此尚不是凶残者。}内中有一老年人说道："不要误他的事，何苦要他。"因向刘姥姥道："那周大爷已往南边去了。他在后一带住着，他娘子却在家。你要找时，从这边绕到后街上后门上去问就是了。"_{到底还是有好心人的。}

_{写贾府大门前气象，有如画笔，或云笔法从《水浒》中来，则是林冲初到柴大官人庄之景象也。}

刘姥姥听了谢过，遂携了板儿绕到后门上。只见门前歇着些生意担子，也有卖吃的，也有卖顽耍物件的，闹吵吵三二十个小孩子在那里厮闹。刘姥姥便拉住一个道："我问哥儿一声，有个周大娘可在家么？"孩子们道："那个周大娘？我们这里周大娘有三个呢，还有两个周奶奶，不知是那一行当上的。"刘姥姥道："是太太的陪房周瑞。"孩子道："这个容易，你跟我来。"说着，跳蹦蹦的_{活脱脱一个小孩。}引着刘姥姥进了后门，至一院墙边，指与刘姥姥道："这就是他家。"又叫道："周大娘，有个老奶奶来找你呢，我带了来了。"

_{后门又是一番气象。}

_{一段描写，实是写生妙笔，令人如见如闻。}

周瑞家的在内听说，忙迎了出来，问："是那位？"刘姥姥忙迎上来问道："好呀，周嫂子！"周瑞家的认了半日，方笑道："刘姥姥，你好呀！你说说，能几年，我就忘了。请家里来坐罢。"_{两人初见情状，如画如见。}刘姥姥一壁里走着，一壁笑说道："你老是贵人多忘事，那里还记

第六回　贾宝玉初试云雨情　刘姥姥一进荣国府

得我们呢。"说着，来至房中。周瑞家的命雇的小丫头倒上茶来吃着。周瑞家的又问板儿道："你都长这们大了！"_{是久别声口。}又问些别后闲话。又问刘姥姥："今日还是路过，还是特来的？"刘姥姥便说："原是特来瞧瞧嫂子你，二则也请请姑太太的安。若可以领我见一见更好，若不能，便借重嫂子转致意罢了。"

　　周瑞家的听了，便已猜着几分来意。_{一听便知来意，是久经世故者。}只因昔年他丈夫周瑞争买田地一事，其中多得狗儿之力，今见刘姥姥如此而来，心中难却其意；二则也要显弄自己的体面。听如此说，便笑说道："姥姥你放心。大远的诚心诚意来了，岂有个不教你见个真佛去的呢！_{语言新而又真。}论理，人来客至回话，却不与我相干。我们这里各占一枝儿：我们男的只管春秋两季地租子，闲时只带着小爷们出门子就完了；我只管跟太太奶奶们出门的事。皆因你原是太太的亲戚，又拿我当个人，投奔了我来，我就破个例，给你通个信去。但只一件，姥姥有所不知，我们这里又不比五年前了。如今太太竟不大管事，都是琏二奶奶管家了。你道这琏二奶奶是谁？就是太太的内侄女，当日大舅老爷的女儿，_{与前照应。}小名凤哥的。"刘姥姥听了，罕问道："原来是他！怪道呢，我当日就说他不错呢。这等说来，我今儿还得见他了。"_{一点就明白。}周瑞家的道："这自然的。如今太太事多心烦，有客来了，略可推得去的就推过去了，都

刘姥姥真会说话。

可见贾府家业之大。

是凤姑娘周旋迎待。今儿宁可不会太太，倒要见他一面，才不枉这里来一遭。"^{可见凤姐之重要。}刘姥姥道："阿弥陀佛！全仗嫂子方便了"，周瑞家的道："说那里话。俗语说的'与人方便，自己方便'，不过用我说一句话罢了，害着我什么。"说着，便叫小丫头到倒厅上悄悄的打听打听，老太太屋里摆了饭了没有。小丫头去了。这里二人又说些闲话。

> 周瑞家的也是老于世故者，然毕竟是有人情味者，故能念旧也。

刘姥姥因说："这凤姑娘今年大还不过二十岁罢了，就这等有本事，当这样的家，可是难得的。"周瑞家的听了道："我的姥姥，告诉不得你呢。这位凤姑娘年纪虽小，行事却比世人都大呢。如今出挑的美人一样的模样儿，少说些有一万个心眼子。^{可见其机关算尽也，是说她心眼多。}再要赌口齿，十个会说话的男人也说他不过。^{又说她机灵能言。}回来你见了就信了。就只一件，待下人未免太严些个。"说着，只见小丫头回来说："老太太屋里已摆完了饭了，二奶奶在太太屋里呢。"周瑞家的听了，连忙起身，催着刘姥姥说："快走，快走。这一下来他吃饭是个空子，咱们先赶着去。若迟一步，回事的人也多了，难说话。再歇了中觉，越发没了时候了。"^{是贴近凤姐身边之人，否则不能熟知其行止也。}说着一齐下了炕，打扫打扫衣服，又教了板儿几句话，随着周瑞家的，逶迤往贾琏的住处来。

> 再为凤姐一夸，既称其能，也嫌其严。

先到了倒厅，周瑞家的将刘姥姥安插在那里略等一等。自己先过了影壁，进了院门，知凤姐未下来，

> 叙事曲折有致，如亲见亲历。

第六回　贾宝玉初试云雨情　刘姥姥一进荣国府

先找着凤姐的一个心腹通房大丫头名唤平儿的。甲戌批："着眼。这也是书中一要紧人，《红楼梦》曲内虽未见有名，想亦在副册内者也。"周瑞家的先将刘姥姥起初来历说明，又说："今日大远的特来请安。当日太太是常会的，今儿不可不见，所以我带了他进来了。等奶奶下来，我细细回明，奶奶想也不责备我莽撞的。"平儿听了，便作了主意："叫他们进来，先在这里坐着就是了。"所以见凤姐必先见平儿也。周瑞家的听了，方出去引他两个进入院来。上了正房台矶，小丫头打起猩红毡帘，才入堂屋，只闻一阵香扑了脸来，竟不辨是何气味，身子如在云端里一般。好形容。满屋中之物都耀眼争光的，"耀眼争光"四字，写村妪入骨。使人头悬目眩。刘姥姥此时惟点头咂嘴念佛甲戌批："六字尽矣，如何想来？"而已。两句如画如见。于是来至东边这间屋内，乃是贾琏的女儿大姐儿睡觉之所。平儿站在炕沿边，打量了刘姥姥两眼，写平儿看刘姥姥，又是一副笔墨，与前面与周瑞家相见迥然不同。只得问个好让坐。刘姥姥见平儿遍身绫罗，插金带银，花容玉貌的，便当是凤姐儿了。直传刘姥姥之神。才要称姑奶奶，忽见周瑞家的称他是平姑娘，又见平儿赶着周瑞家的称周大娘，方知不过是个有些体面的丫头了。刘姥姥机灵。于是让刘姥姥和板儿上了炕，平儿和周瑞家的对面坐在炕沿上，小丫头子们斟了茶来吃茶。

写尽村妪初见富贵人家景象。

刘姥姥只听见咯当咯当的响声，大有似乎打箩柜筛面的一般，不免东瞧西望的。"东瞧西望"，活画出一个刘姥姥。忽见堂屋中柱子上挂着一个匣子，底下又坠着一个秤砣般一物，

以上是见，此处是听。

105

却不住的乱幌。刘姥姥心中想着："这是什么爱物儿？_{确是新鲜物儿。}有甚用呢？"正呆时，只听得"当"的一声，又若金钟铜磬的一般，不防倒唬了一跳，〔四〕_{文笔跳脱生动。}展眼接着又是一连八九下。方欲问时，只见小丫头们一齐乱跑，_{写得活。}说："奶奶下来了。"周瑞家的与平儿忙起身，命刘姥姥："只管等着，是时候我们来请你。"说着，都迎出去了。

刘姥姥屏声侧耳默候。只听远远有人笑声，约有一二十妇人，衣裙窸窣，渐入堂屋，往那边屋内去了。又见两三个妇人〔五〕，都捧着大漆捧盒，进这边来等候。听得那边说了声"摆饭"，渐渐的人才散出，只有伺候端菜的几个人。半日鸦雀不闻之后，忽见二人抬了一张炕桌来，放在这边炕上，桌上碗盘森列，仍是满满的鱼肉在内，不过略动了几样，_{全从刘姥姥耳中眼中写出。}板儿一见了，便吵着要肉吃，刘姥姥一巴掌打了他去。_{写刘姥姥如画。}忽见周瑞家的笑嘻嘻走过来，招手儿叫他。刘姥姥会意，_{笔笔有神，忙而不乱。}于是带了板儿下炕，至堂屋中，周瑞家的又和他唧咕了一会，方过这边屋里来。

只见门外錾铜钩上悬着大红撒花软帘，南窗下是炕，炕上大红毡条，靠东边板壁立着一个锁子锦靠背与一个引枕，铺着金心绿闪缎大坐褥，旁边有雕漆痰盒。那凤姐儿家常带着秋板貂鼠昭君套，围着攒珠勒子，穿着桃红撒花袄，石青刻丝灰鼠披风，大红

_{写贾母、王夫人吃饭，全用侧笔，从"只见小丫头们一齐乱跑"到"半日鸦雀不闻"一大段，如闻如见。未写吃饭一笔，而饭已毕矣，用笔何等神妙。}

_{以上大段描写，都是为此而设，此时方见"真佛"！然"真佛"尚未能见，先见此胁侍耳！}

劉姥姥一進榮國府

第六回　贾宝玉初试云雨情　刘姥姥一进荣国府

洋绉银鼠皮裙，粉光脂艳，端端正正坐在那里，_{对凤姐精雕细刻，恰如一尊"真佛"。甲戌批："一段阿凤房室起居器皿，家常正传，奢侈珍贵好奇货脚注。写来真是好看。"}手内拿着小铜火箸儿拨手炉内的灰。平儿站在炕沿边，捧着小小的一个填漆茶盘，盘内一个小盖钟。_{平儿恰如龙女。}凤姐也不接茶，也不抬头，只管拨手炉内的灰，慢慢的问道："怎么还不请进来？"_{好派势，好做作。甲戌批："此等笔墨，真可谓追魂摄魄。"}一面说，一面抬身要茶时，只见周瑞家的已带了两个人在地下站着呢。这才忙欲起身；犹未起身时，_{真好做派，只有凤姐能有。}满面春风的问好，又嗔着周瑞家的怎么不早说。刘姥姥在地下已是拜了数拜，_{上面还未讲两句，下面已拜了数拜！}问姑奶奶安。凤姐忙说："周姐姐，快搀起来，别拜罢，请坐。我年轻，不大认得，可也不知是什么辈数，不敢称呼。"_{说得合情合理。}周瑞家的忙回道："这就是我才回的那姥姥了。"凤姐点头，刘姥姥已在炕沿上坐了。板儿便躲在背后，百般的哄他出来作揖，他死也不肯。_{写板儿活脱。}

凤姐儿笑道："亲戚们不大走动，都疏远了。知道的呢，说你们弃厌我们，不肯常来；不知道的那起小人，还只当我们眼里没人似的。"_{说得谦诚，令人舒服，故待人接物以谦和为贵也。}刘姥姥忙念佛道："我们家道艰难，走不起，_{人家不来是"走不起"，哪有你说的那样？}来了这里，没的给姑奶奶打嘴，就是管家爷们看着也不像。"_{写尽穷人家心理。}凤姐儿笑道："这话没的叫人恶心。不过借赖着祖父虚名，作个穷官儿，谁家有什么，不过是个旧日的空架子。俗语说，'朝廷还

妙在"犹未起身"，寥寥数笔，画凤姐神韵兼备，呼之欲出矣！前回在贾母面前见黛玉时，阿凤是一副面目、一副身段。此处刘姥姥见凤姐时，阿凤又是一副面目、一副身段，阿凤真好做派，亏作者面面能写，笔笔神来！

凤姐多会说话，几句话让人既亲且服。

有三门子穷亲戚'呢，何况你我。"〔阿凤真会说话。〕说着，又问周瑞家的回了太太了没有。周瑞家的道："如今等奶奶的示下。"凤姐道："你去瞧瞧，要是有人有事就罢，得闲儿呢就回，看怎么说。"〔说得灵活周到。〕周瑞家的答应着去了。

这里凤姐叫人抓些果子与板儿吃，〔不要闲了板儿。〕刚问些闲话时，就有家下许多媳妇管事的来回话。平儿回了，凤姐道："我这里陪客呢，晚上再来回。若有很要紧的，你就带进来现办。"〔可见凤姐威权。〕平儿出去了，一会进来说："我都问了，没什么紧事，我就叫他们散了。"凤姐点头。只见周瑞家的回来，向凤姐道："太太说了，今日不得闲，二奶奶陪着便是一样。多谢费心想着。白来逛逛呢便罢；若有甚说的，只管告诉二奶奶，都是一样。"〔初次来到，岂能立见"真佛"？"都是一样"，一句话，抬高凤姐多少。〕刘姥姥道："也没甚说的，不过是来瞧瞧姑太太、姑奶奶，也是亲戚们的情分。"周瑞家的道："没甚说的便罢；若有话，只管回二奶奶，是和太太一样的。"〔多亏提示鼓励!〕一面说，一面递眼色与刘姥姥。刘姥姥会意，未语先飞红了脸。〔数句如画。〕欲待不说，今日又所为何来？只得忍耻说道：〔"忍耻"二字，写尽穷人心理。〕〔甲戌眉批："老妪有忍耻之心，故后有招大姐之事，作者并非泛写。且为求亲靠友下一棒喝。"〕"论理今儿初次见姑奶奶，却不该说，只是大远的奔了你老这里来，也少不的说了。"刚说到这里，只听二门上小厮们回说："东府里的小大爷进来了。"凤姐忙止刘姥姥："不必说了。"〔文章有顿挫。〕一面便问："你蓉大爷在那里呢？"只听一路靴子

第六回　　贾宝玉初试云雨情　刘姥姥一进荣国府

脚响，_{先写声响}进来了一个十七八岁的少年，面目清秀，身材俊俏，轻裘宝带，美服华冠。刘姥姥此时坐不是，立不是，藏没处藏。_{写刘姥姥笔笔传神}凤姐笑道："你只管坐着，这是我侄儿。"刘姥姥方扭扭捏捏在炕沿上坐了。_{亏此一语，方觉安神}

贾蓉初见。

贾蓉笑道："我父亲打发了我来求婶子，说上回老舅太太给婶子的那架玻璃炕屏，明日请一个要紧的客，借了略摆一摆就送过来。"凤姐道："说迟了一日，昨儿已经给了人了。"贾蓉听着，嘻嘻的笑着，在炕沿上半跪道："婶子若不借，又说我不会说话了，又挨一顿好打呢。婶子只当可怜侄儿罢。"凤姐笑道："也没见你们，我们〔六〕王家的东西都是好的不成？_{妙在酸咸之外}你们那里放着那些好东西，只是看不见，偏我的就是好的。"贾蓉笑道："那里有这个好呢！只求开恩罢。"凤姐道："若碰一点儿，你可仔细你的皮！"因命平儿拿了楼房的钥匙，传几个妥当人抬去。贾蓉喜的眉开眼笑，说："我亲自带了人拿去，别由他们乱碰。"说着便起身出去了。

奇峰突起，意外之事，意外之文。

一段对答，语语双关。

这里凤姐忽又想起一事来，便向窗外叫："蓉哥回来。"外面几个人接声说："蓉大爷快回来。"贾蓉忙复身转来，垂手侍立，_{甲戌批："传神之笔，写阿凤跃跃纸上。"}听阿凤指示。那凤姐只管慢慢的吃茶，_{传神}出了半日的神，又笑道："罢了，你且去罢。_{追魂摄魄之笔}晚饭后你来再说罢。这会子有人，

阿凤几句话，真传神妙笔。《西厢》云："怎当他临去秋波那一转"也。

111

我也没精神了。"贾蓉应了一声，方慢慢的退去。

这里刘姥姥心神方定，才又说道："今日我带了你侄儿来，也不为别的，只因他老子娘在家里，连吃的都没有。如今天又冷了，越想没个派头儿，只得带了你侄儿_{越想说得亲近，越见其舌强口拙。}奔了你老来。"说着又推板儿道："你那爹在家怎么教你来？打发咱们作煞事来？只顾吃果子咧。"_{活画。}凤姐早已明白了，听他不会说话，因笑止道："不必说了，我知道了。"_{凤姐自然明白，何用多说？}因问周瑞家的："这姥姥不知可用了早饭没有？"_{问得周到。}刘姥姥忙说道："一早就往这里赶咧，那里还有吃饭的工夫咧！"_{真正如此，活写穷人光景。}凤姐听说，忙命快传饭来。一时周瑞家的传了一桌客饭来，摆在东边屋内，过来带了刘姥姥和板儿过去吃饭。凤姐说道："周姐姐，好生让着些儿，我不能陪了。"于是过东边房里来。又叫过周瑞家的去，问他才回了太太，说了些什么。_{写得细密，一丝不漏。}周瑞家的道："太太说，他们家原不是一家子，不过因出一姓，当年又与太老爷在一处作官，偶然连了宗的。这几年来也不大走动。当时他们来一遭，却也没空了他们。今儿既来了瞧瞧我们，是他的好意思，也不可简慢了他。_{甲戌批："穷亲戚来看是好意思，余又自《石头记》中见了，叹叹。"}便是有什么说的，叫奶奶裁度着就是了。"凤姐听了说道："我说呢，既是一家子，我如何连影儿也不知道。"_{补写一笔。}

说话时，刘姥姥已吃毕了饭，拉了板儿过来，舔

第六回　贾宝玉初试云雨情　刘姥姥一进荣国府

舌咂嘴_{四字形象生动。}的道谢。凤姐笑道："且请坐下，听我告诉你老人家。方才的意思，我已知道了。若论亲戚之间，原该不等上门来就该有照应才是。但如今家内杂事太烦，太太渐上了年纪，一时想不到也是有的。况是我近来接着管些事，都不甚知道这些亲戚们。二则外头看着虽是烈烈轰轰的，殊不知大有大的艰难去处，_{名句，也是实话。}说与人也未必信罢。今儿你既老远的来了，又是头一次见我张口，怎好叫你空回去呢。可巧昨儿太太给我的丫头们做衣裳的二十两银子，我还没动呢，你若不嫌少，就暂且先拿了去罢。"

> 凤姐真会说话，虽对穷亲戚，也能体贴，话语不伤对方，是为难得，亦是为后文理下伏笔也。

那刘姥姥先听见告艰难，只当是没有，心里便突突的；后来听见给他二十两，喜的又浑身发痒起来，_{数语传神，先写其恐，后写其喜，皆神妙之笔。}说道："嗳，我也是知道艰难的。但俗语说的'瘦死的骆驼比马大'，凭他怎样，你老拔根寒毛，比我们的腰还粗呢！"_{刘姥姥语虽粗俗，恰是实情。}周瑞家的见他说的粗鄙，只管使眼色止他。凤姐看见，笑而不睬，只命平儿把昨儿那包银子拿来，再拿一吊钱来，都送到刘姥姥的跟前。凤姐乃道："这是二十两银子，暂且给这孩子做件冬衣罢。若不拿着，就真是怪我了。_{岂有不拿之理？}这钱雇车坐罢。改日无事，只管来逛逛，方是亲戚们的意思。天也晚了，也不虚留你们了，到家里该问好的问个好儿罢。"一面说，一面就站了起来。_{处事利索。}

刘姥姥只管千恩万谢的，拿了银子钱，随了周瑞

113

家的来至外面。周瑞家的道:"我的娘啊!你见了他怎么倒不会说了?开口就是'你侄儿'。我说句不怕你恼的话,便是亲侄儿,也要说和软些。蓉大爷才是他的正经侄儿呢,他怎么又跑出这么一个侄儿来了。"^{甲戌批:"与前眼色真对,可见文章中无一个闲字。为财势一哭。"}刘姥姥笑道:"我的嫂子,^{甲戌批:"赧颜如见。"}我见了他,心眼儿里爱还爱不过来,那里还说的上话来呢。"二人说着,又到周瑞家坐了片时。刘姥姥便要留下一块银子与周瑞家孩子们买果子吃,^{写得周到}周瑞家的如何放在眼里,执意不肯。刘姥姥感谢不尽,仍从后门去了。正是:

得意浓时易接济,受恩深处胜亲朋。

第六回　贾宝玉初试云雨情　刘姥姥一进荣国府

【回后评】

　　此回写宝玉初试，是上回宝玉梦游之归结。秦氏房中及梦中喊"可卿"之名等，作者均用迷离之笔，因是梦中。宝玉于迷茫中开始性觉醒，非真性行为，作者故欲其迷离也。宝玉初试，作者用明白之笔，是真性行为也，作者故欲其明白也。读者千万勿以梦游为真实，则负雪芹生花之笔，辨析入毫芒之思矣！故回目曰"初试"，的是初试无疑也。

　　袭人在诸人面前，皆作老诚正经纯洁之态，此处特先加点破耳。则以后读者可知其伪矣。

　　袭人之伪是"大巧若拙"，"大'伪'若愚"也。

　　前五回正写宁、荣二府热闹处，忽陡出刘姥姥来，真是奇峰突起，文贵曲折，"于无声处听惊雷"，方见文章之奇。作者于极热闹处，陡出一极贫寒之家、极贫寒之人，一在天上，一在地下，却合写在一起，且能水乳交融，真乃神来之笔。

　　前数回写富丽已令人目眩神移矣。此回写贫穷，则事事贫穷，声声口口贫穷，且笔笔入神，恰如作者自幼即从贫穷中过来者。作者之笔神矣，吾于他书未见有此精能者！

　　此回写世故人情能入木三分，令人如在当世，如亲闻目见。于此可知作者实解透世情者也，此真"世事洞明皆学问，人情练达即文章"也。然雪芹笔下之"世事""人情"，实非对中之世事人情，亦非宝玉眼中之世事人情，读者不能相混耳。

　　甲戌回末批："一进荣府一回，曲折顿挫，笔如游龙，且将豪华举止令观者已得大概，想作者应是心花欲开之候。借刘妪入阿凤正文，'送宫花'写'金玉初聚'为引，作者真笔似游龙，变幻难测，非细究至再三再四不记数，那能领会也。叹叹。"

【校记】

〔一〕回目：各本同。惟甲戌、己卯"云雨"作"雨云"；蒙本、戚本"姥姥"作"老妪"，甲辰本、程甲本"姥姥"作"老老"。

〔二〕回前诗，见甲戌本、杨本、戚本、蒙本。唯蒙本"犹"作"欲"。

〔三〕"可是说的"，庚本作"是啊人云"，从己卯、甲戌等各本改。

〔四〕"不防到唬的一展眼"，此句各本歧异甚多。原句显有漏字。兹据甲辰本、程甲本改为"不防倒唬了一跳，展眼……"。

〔五〕"衣裙窸窣"一下二十二字，庚辰本无。据甲戌、蒙府、戚序、甲辰、舒序本补。

〔六〕"也没见你们……我们王家的东西都是好的不成？"己卯、庚辰、杨本作"也没见你们"，甲戌本作"也没见我们"，蒙府、戚序、甲辰、程甲、程乙本作"我们"，舒序本作"也没见我王家门的"。按此句己卯、庚辰、杨本作"也没见你们"是对的，甲戌诸本"我们"两字属下读也是对的，各本有的有"你们"而漏"我们"，有的有"我们"而漏"你们"，文句破损，语意才不完整。盖此为凤姐与贾蓉之俏皮语也。

第七回　　送宫花贾琏戏熙凤
　　　　　宴宁府宝玉会秦钟〔一〕

题曰：

　　十二花容色最新。不知谁是惜花人。
　　相逢若问何名氏，家住江南本姓秦。〔二〕

话说周瑞家的送了刘姥姥去后，便上来回王夫人话。甲戌批："不回凤姐，却回王夫人，不交代处，正交代得清楚。"谁知王夫人不在上房，问丫鬟们时，方知往薛姨妈那边说闲话去了。甲戌批："文章只是随笔写来，便有流丽生动之妙。"周瑞家的听说，便转出东角门至东院，往梨香院来。刚至院门前，只见王夫人的丫鬟名金钏儿者，和一个才留了头的小女孩儿站在台阶坡上顽。从周瑞家的眼中写出香菱（即英莲）来。见周瑞家的来了，便知有话回，因向内努嘴儿。神态毕肖。

金钏儿此处初见。

周瑞家的轻轻掀帘进去，只见王夫人和薛姨妈长篇大套的说些家务人情等语。活画两人情状。周瑞家的不敢惊动，遂进里间来。只见薛宝钗穿着家常的衣服，甲戌批："写一人换一副笔墨，另出一花样。"头上只散挽着鬐儿，坐在炕里边，伏在

穿家常衣，散挽鬐儿等，画出宝钗平时情状，为以后文字先着一笔。

> 周瑞家的是王夫人陪房，故宝钗待之格外谦让，与后文黛玉成一对照。

小炕桌上同丫鬟莺儿正描花样子呢。^{甲戌批："一幅绣窗仕女图，亏想得周到。"}见他进来，宝钗才放下笔，转过身来，满面堆着笑让："周姐姐坐。"周瑞家的也忙陪笑问："姑娘好？"一面炕沿上坐了，因说："这有两三天也没见姑娘到那边逛逛去，只怕是你宝兄弟冲撞了你不成？"^{瞎猜一句，却为后来文字作引。}宝钗笑道："那里的话。只因我那种病又发了，所以这两天没出屋子。"^{原来宝钗也有旧疾。}周瑞家的道："正是呢，姑娘到底有什么病根儿，也该趁早儿请个大夫来，好生开个方子，认真吃几剂药，一势儿除了根才是。小小的年纪倒作下个病根儿，也不是顽的。"宝钗听了便笑道："再不要提吃药。为这病请大夫吃药，也不知白花了多少银子钱呢。凭你什么名医仙药，从不见一点儿效。后来还亏了一个秃头和尚，^{又是一个"秃头和尚"，与黛玉前后照应。}说专治无名之症，因请他看了。他说我这是从胎里带来的一股热毒，^{病根也在胎里，而且是热毒。}幸而先天壮^{宝钗"先天壮"，便与黛玉大不一样矣。}还不相干；若吃寻常药，是不中用的。他就说了一个海上方，又给了一包药末子作引子，异香异气的，不知是那里弄了来的。他说，发了时吃一丸就好。倒也奇怪，吃他的药倒效验些。"

周瑞家的因问："不知是个什么海上方儿？姑娘说了，我们也记着，说与人知道，倘遇见这样病，也是行好的事。"宝钗见问，乃笑道："不用这方儿还好，若用了这药方儿，真真把人琐碎死了。东西药料一概

第七回　送宫花贾琏戏熙凤　宴宁府宝玉会秦钟

都有限，只难得'可巧'二字：要春天开的白牡丹花蕊十二两，夏天开的白荷花蕊十二两，秋天的白芙蓉蕊十二两，冬天的白梅花蕊十二两。将这四样花蕊，于次年春分这日晒干，和在药末子一处，一齐研好。又要雨水这日的雨水十二钱——"周瑞家的忙道："嗳哟！这么说来，这就得三年的工夫。倘或雨水这日竟不下雨，这却怎处呢？"宝钗笑道："所以说那里有这样可巧的雨，便没雨也只好再等罢了。还要白露这日的露水十二钱，霜降这日的霜十二钱，小雪这日的雪十二钱。把这些水调匀，和了药，再加十二钱蜂蜜，十二钱白糖，丸了龙眼大的丸子，盛在旧磁坛内，埋在花根底下。若发了病时，拿出来吃一丸，用十二分黄柏煎汤送下。"

周瑞家的听了笑道："阿弥陀佛，真坑死人的事儿！等十年未必都这样巧的呢。"宝钗道："竟好，自他说了去后，一二年间可巧都得了，好容易配成一料。如今从南带至北，现在就埋在梨花树底下呢。"周瑞家的又问道："这药可有名字没有呢？"宝钗道："有。这也是那癞头和尚说下的，叫作'冷香丸'。"周瑞家的听了点头儿，因又说："这病发了时到底觉怎么着？"宝钗道："也不觉甚怎么着，只不过喘嗽些，吃一丸下去也就好些了。"

> 药方如此离奇，作者故神其事，所谓"假语村言"也。

> 如此怪异，明明叫人不可办也。

> 实情如此，一丝不假。

> "冷香丸"之名，直摄宝钗之神。

> 甲戌批：以花为药，可是吃烟火人想得出者。诸公且不必问其事之有无，只据此新奇妙文悦我等心目，便当浮一大白。

119

周瑞家的还欲说话时，忽听王夫人问："谁在房里呢？"周瑞家的忙出去答应了，趁便回了刘姥姥之事。_{刘姥姥之事，此处了结。}略待半刻，见王夫人无语，方欲退出，薛姨妈忽又笑道：_{写生妙笔，一个无语，一个却忽有话。}"你且站住，我有一宗东西，你带了去罢。"说着便叫香菱。_{此处方正式点明香菱的名字。}只听帘栊响处，方才和金钏顽的那个小丫头进来了，问："奶奶叫我作什么？"薛姨妈道："把匣子里的花儿拿来。"香菱答应了，向那边捧了个小锦匣来。薛姨妈道："这是宫里头的新鲜样法，拿纱堆的花儿十二支。昨儿我想起来，白放着可惜了儿的，何不给他们姊妹们戴去。昨儿要送去，偏又忘了。你今儿来的巧，就带了去罢。你家的三位姑娘，每人一对，剩下的六枝，送林姑娘两枝，那四枝给了凤哥罢。"王夫人道："留着给宝丫头戴罢，又想着他们作什么！"薛姨妈道："姨娘不知道，宝丫头古怪着呢，他从来不爱这些花儿粉儿的。"_{宝钗"从来不爱花儿粉儿"，再添一笔，与上文照应。}

说着，周瑞家的拿了匣子，走出房门，见金钏仍在那里晒日阳儿。周瑞家的因问他道："那香菱小丫头子，可就是常说临上京时买的，为他打人命官司的那个小丫头子么？"_{此处补出香菱来历。}金钏道："可不就是他！"正说着，只见香菱笑嘻嘻的走来。周瑞家的便拉了他的手，细细的看了一会，因向金钏儿笑道："倒好个模样儿，竟有些像咱们东府里蓉大奶奶的品格儿。"

第七回　送宫花贾琏戏熙凤　宴宁府宝玉会秦钟

_{难怪两家要争她。甲戌批："一击两鸣法，二人之美并可知矣。再忽然想到秦可卿，何玄幻之极，假使说像荣府中所有之人，则死板之至，故远远以可卿之貌为譬，似极扯淡，然却是天下必有之情事。"}金钏儿笑道："我也是这么说呢。"周瑞家的又问香菱："你几岁投身到这里？"又问："你父母今在何处？今年十几岁了？本处是那里人？"香菱听问，都摇头说："不记得了。"周瑞家的和金钏儿听了，倒反为叹息伤感一回。

一时间，周瑞家的携花至王夫人正房后头来。原来近日贾母说孙女儿们太多了，一处挤着倒不方便，只留宝玉黛玉二人这边解闷，_{可见贾母对黛玉如同宝玉。}却将迎、惜、探三人移到王夫人这边房后三间小抱厦内居住，令李纨陪伴照管。如今周瑞家的故顺路先往这里来，_{一路写来，历历分明。}只见几个小丫头子都在抱厦内听呼唤呢。_{可见贾府下人之多。}只见迎春的丫鬟司棋与探春的丫鬟待书_{甲戌批："妙名。贾府四钗之鬟，暗以琴、棋、书、画四字列名，省力之甚，醒目之甚，却是俗中不俗处。"}二人正掀帘子出来，手里都捧着茶钟。周瑞家的便知他们姊妹在一处坐着呢，遂进入内房，只见迎春探春二人正在窗下下围棋。周瑞家的将花送上，说明缘故。二人忙住了棋，都欠身道谢，_{迎、探二人亦谦谦有礼。}命丫鬟们收了。

周瑞家的答应了，因说："四姑娘不在房里，只怕在老太太那边呢。"丫鬟们道："那屋里不是四姑娘？"周瑞家的听了，便往这边屋里来。只见惜春正同水月庵的小姑子智能儿_{智能初见，为后文一引。}一处顽耍呢，见周瑞家的进来，惜春便问他何事。周瑞家的便将花匣打

旁批："凄凉旧事不堪问"，香菱五岁被拐，离开父母，是真一点也不记得，还是记得一点，不堪回首呢？

旁批：惜春与智能在一起，并说"我明儿也剃了头同他作姑子去呢"，此时虽是戏言，却是作者深笔。

开,说明原故。惜春笑道:"我这里正和智能儿说,我明儿也剃了头同他作姑子去呢,_{一语直贯后文。}可巧又送了花儿来;若剃了头,可把这花儿戴在那里呢?"说着,大家取笑一回,惜春命丫鬟入画来收了〔三〕。

_{甲戌眉批:"闲闲一笔,却将后半部线索提动。"}

周瑞家的因问智能儿:"你是什么时候来的?你师父那秃歪剌往那里去了?"智能儿道:"我们一早就来了。我师父见了太太,就往于老爷府内去了,叫我在这里等他呢。"周瑞家的又道:"十五的月例香供银子可曾得了没有?"_{可见贾府每月都布施香供。}智能儿摇头儿说:"我不知道。"_{甲戌批:"妙,年轻未任事也。一应骗布施、哄斋供诸恶,皆是老秃贼设局。写一种人,一种人活像"}惜春听了,便问周瑞家的:"如今各庙月例银子是谁管着?"周瑞家的道:"是余〔四〕信管着。"_{余信专管"各庙月例",可见贾府所供庙庵不止一二处也。}惜春听了笑道:"这就是了。他师父一来,余信家的就赶上来,和他师父咕唧了半日,想是就为这事了。"

_{甲戌批:"一人不落,一(事)不忽,伏下多少后文,岂真为送花哉?"}

_{"于老爷",随笔成文也,不必真有其人。如首回之甄士隐邀贾雨村书房小坐,忽"严老爷"来之严老爷,亦此类也。读者可以自明。}

那周瑞家的又和智能儿唠叨了一会,便往凤姐儿处来。穿夹道从李纨后窗下过,隔着玻璃窗户,见李纨在炕上歪着睡觉呢,_{细笔传神,如描如绘,令读者如同亲见。}遂越过西花墙,出西角门进入凤姐院中。走至堂屋,只见小丫头丰儿坐在凤姐房门坎上,_{一道防线。}见周瑞家的来了,连忙摆手儿,_{传神。}叫他往东屋里去。周瑞家的会意,忙蹑手蹑足_{传神。}往东边房里来,只见奶子正拍着大姐儿睡觉呢。周瑞家的悄问奶子道:"姐儿睡中觉呢?也该请醒了。"奶

_{短短一段文字,具万千神韵,世间何人之笔,能与雪芹并驱哉!}

第七回　送宫花贾琏戏熙凤　宴宁府宝玉会秦钟

子摇头儿。_{只是不说，或摆手或摇头，真无声胜有声也！}正说着，只听那边一阵笑声，_{此处却有声，真"柳藏鹦鹉语方知"也。}却有贾琏的声音。接着房门响处，平儿拿着大铜盆出来，叫丰儿舀水进去。_{此处作者故意泄漏春光耳。}平儿便到这边来，一见了周瑞家的便问：_{平儿还称他"老人家"。}"你老人家又跑了来作什么？"周瑞家的忙起身，拿匣子与他，说送花儿一事。平儿听了，便打开匣子，拿了四枝，转身去了。_{交代了一件。}半刻工夫，手里拿出两枝来，先叫彩明吩咐道："送到那边府里给小蓉大奶奶戴去。"_{由凤姐再送可卿，足见两人之亲密。}次后方命周瑞家的回去道谢。

周瑞家的这才往贾母这边来。穿过了穿堂，抬头忽见他女儿打扮着才从他婆家来。_{忽又岔出一事，作者之笔如源泉自涌。}周瑞家的忙问："你这会跑来作什么？"他女儿笑道："妈一向身上好？我在家里等了这半日，妈竟不出去，什么事情这样忙的不回家？我等烦了，自己先到了老太太跟前请了安了，这会子请太太的安去。妈还有什么不了的差事？手里是什么东西？"周瑞家的笑道："嗳！今儿偏偏的来了个刘姥姥，我自己多事，为他跑了半日；这会子又被姨太太看见了，送这几枝花儿与姑娘奶奶们。这会子还没送清楚呢。你这会子跑了来，一定有什么事。"_{前问未答，故再发问，因其来得突兀也。}他女儿笑道："你老人家倒会猜。_{到底被她看透。}实对你老人家说，你女婿_{即冷子兴也。}前儿因多吃了两杯酒，和人分争，不知怎的被人放了一把邪火，说他来历不明，告到衙门里，要递

作者只写贾琏笑声，不露凤姐。然写贾琏实即写凤姐也。贾琏、凤姐夫妇。故虽写其放纵，而未着墨，至后文贾琏与多姑娘、鲍二家的，则又是另一副笔墨。

甲戌批："妙文奇想，阿凤之为人岂有不着意于风月二字之理哉？若直以明笔写之，不但唐突阿凤声价，亦且无妙文可赏。若不写之，又万万不可。故只用'柳藏鹦鹉语方知'之法，略一皴染，不独文字有隐微，亦且不至污渎阿凤之英风俊骨，所谓此书无一不妙。"甲戌眉批："余素所藏仇十洲《幽窗听莺暗春图》其心思笔墨已是无双，今见此阿凤一传，则觉画工太板。"

周瑞家的问她，她非但不答，却向其母连连发问，然后说明自己来由。文章便如二月新花，随枝自生，略无板滞。

解还乡。所以我来和你老人家商议商议，这个情分，求那一个可以了事呢？"周瑞家的听了道："我就知道呢。这有什么大不了的事！_{一个陪房，尚且如此大口气，则贾府之势可知。}你且家去等我，我给林姑娘送了花儿去就回家去。此时太太二奶奶都不得闲儿，你回去等我。这有什么？忙的如此。"_{再加一句，视衙门如儿戏，写周瑞家的，亦即写贾府也。}女儿听说，便回去了，又说："妈，好歹快来。"周瑞家的道："是了。小人儿家没经过什么事，就急得你这样了。"说着，便到黛玉房中去了。

谁知此时黛玉不在自己房中，_{写黛玉又不在房中，文章处处无定格，故处处生新也。}却在宝玉房中大家解九连环顽儿呢。周瑞家的进来笑道："林姑娘，姨太太着我送花儿与姑娘戴来了。"宝玉听说，便先问："什么花儿？拿来给我。"一面早伸手接过来了。_{写宝玉爱揽事的是活宝玉。}开匣看时，原来是宫制堆纱新巧的假花儿。黛玉只就宝玉手中看了一看，_{写黛玉轻之甚矣！}便问道："还是单送我一人的，还是别的姑娘们都有呢？"周瑞家的道："各位都有了，这两枝是姑娘的了。"黛玉冷笑道："我就知道，别人不挑剩下的也不给我。"周瑞家的听了，一声儿不言语。_{"一声儿不言语"心中极生反感也。}宝玉便问道："周姐姐，你作什么到那边去了？"周瑞家的因说："太太在那里，因回话去了，姨太太就顺便叫我带来了。"宝玉道："宝姐姐在家作什么呢？怎么这几日也不过这边来？"周瑞家的道："身上不大好呢。"宝玉听了，

周瑞家的说她女儿"小人儿家没经过什么事，就急得你这样了"，则可见她是久经阅历，且依靠贾府之势，事事遂意，故口气如此派势也。作者不正写贾府，只用侧笔一点染，则贾府之势出矣！

写黛玉连接都不接，可见其轻之矣。然物是薛姨妈之物，送者又是王夫人陪房，而黛玉全不顾及。任性而行，还说"别人不挑剩下的也不给我"，则非但对周瑞家的不礼且复责之矣！于是吾知黛玉之必不得众也。

甲戌眉批："余问（谓）送花一回。薛姨妈云：宝丫头不喜这些花儿粉儿的，则谓是宝钗正传，又至阿凤惜春一

第七回　送宫花贾琏戏熙凤　宴宁府宝玉会秦钟

便和丫头说："谁去瞧瞧？只说我与林姑娘打发了来请姨太太姐姐安，〖将自己与黛玉并提，可见二人亲厚之情景。〗问姐姐是什么病，现吃什么药。论理，我该亲自来的，就说才从学里来，也着了些凉，异日再亲自来看罢。"说着，茜雪〔五〕便答应去了。周瑞家的自去，无话。

原来这周瑞的女婿，便是雨村的好友冷子兴，〖此处点明。〗近因卖古董和人打官司，故教女人来讨情分。周瑞家的仗着主子的势利，把这些事也不放在心上，〖直写周瑞家的仗势！〗晚间只求求凤姐儿便完了。〖仍旧归到凤姐身上，可见凤姐平日之仗势。〗

至掌灯时分，凤姐已卸了妆，来见王夫人回话："今儿甄家送了来的东西，〖甲戌批："又提甄家。"〗我已收了。咱们送他的，趁着他家有年下进鲜的船回去，一并都交给他们带了去罢？"王夫人点头。凤姐又道："临安伯老太太生日的礼已经打点了，派谁送去呢？"王夫人道："你瞧谁闲着，就叫他们去四个女人就是了，又来当什么正经事问我。"〖说得是。甲戌批："虚描二事，真真千头万绪，纸上虽一回两回中或有不能写到阿凤之事，然亦有阿凤在彼处手忙心忙矣，观此回可知。"〗凤姐又笑道："今日珍大嫂子来，请我明日过去逛逛，明日倒没有什么事情。"王夫人道："有事没事都害不着什么。每常他来请，有我们，你自然不便意；他既不请我们，单请你，可知是他诚心叫你散淡散淡。别辜负了他的心，便有事也该过去才是。"凤姐答应了。当下李纨、迎、探等姊妹们亦来定省毕，各自归房无话。

段，则又知是阿凤正传；今又到颦儿一段，却又将阿颦之天性从骨中一写，方知亦系颦儿正传，小说中一笔作两三笔者有之，一事启两事者有之，未有如此恒河沙数之笔也。"

同一件事，黛玉的一番举止、一番言语，与宝钗对照，固已冷热大相悬殊，即与迎、探、惜比较，亦不如是轻之淡之也，于是乎作者写一事而诸人性格跃然纸上矣！

"临安伯"，亦是随笔成文。

尤氏独请凤姐，足见凤姐与宁府亲热，为以后协理先铺一笔。

125

次日，凤姐梳洗了，先回王夫人毕，方来辞贾母。宝玉听了，也要跟了逛去。_{宝玉却是自己要去。}凤姐只得答应，立等着换了衣服，姐儿两个坐了车，一时进入宁府。早有贾珍之妻尤氏与贾蓉之妻秦氏婆媳两个，引了多少姬妾丫鬟媳妇等接出仪门。_{足见尤氏秦氏待凤姐之重。}那尤氏一见了凤姐，必先嘲笑一阵，_{亲热至极。}一手携了宝玉同入上房来归坐。秦氏献茶毕，凤姐因说："你们请我来作什么？有什么好东西孝敬我，就快献上来，我还有事呢。"

_{凤姐的派势、语气与尤、秦恰成对照。}尤氏、秦氏未及答话，地下几个姬妾先就笑说："二奶奶今儿不来就罢，既来了，就依不得二奶奶了。"正说着，只见贾蓉进来请安。宝玉因问："大哥哥今日不在家么？"尤氏道："出城与老爷请安去了。_{先把贾珍交代过。}可是，你怪闷的，坐在这里作什么，何不也去逛逛？"

秦氏笑道："今儿巧，上回宝叔立刻要见的我那兄弟，他今儿也在这里，想在书房里呢，宝叔何不去瞧一瞧？"_{再接上回，天然接榫。}宝玉听了，即便下炕要走。尤氏、凤姐都忙说："好生着，忙什么。"一面便吩咐："好生小心跟着，别委屈着他，倒比不得跟了老太太过来就罢了。"凤姐说道："既这么着，何不请进这秦小爷来，我也瞧一瞧。难道我见不得他不成？"尤氏笑道："罢，罢！可以不必见他，比不得咱们家的孩子们，胡打海摔的惯了。人家的孩子都是斯斯文文的惯了，

甲戌眉批："欲出鲸卿，却先小妯娌闲闲一聚，随笔带出，不见一丝作造。"

秦钟尚未出来，先就一番议论，先是宝玉要看，接着凤姐也要看，再加尤氏一描，凤姐一说，贾蓉一让，于是秦钟虽未出而众目已毕集矣！

第七回　送宫花贾琏戏熙凤　宴宁府宝玉会秦钟

乍见了你这破落户，还被人笑话死了呢。"凤姐笑道："普天下的人，我不笑话就罢了。竟叫这小孩子笑话我不成？"贾蓉笑道："不是这话。他生的腼腆，没见过大阵仗儿，婶子见了，没的生气。"〖再加贾蓉一描。〗凤姐啐道："他是哪吒，我也要见一见！别放你娘的屁了。〖真正是凤辣子！〗再不带来我看，给你一顿好嘴巴。"〖出场锣鼓已打到最高潮。〗贾蓉笑嘻嘻的说："我不敢扭着，就带他来。"

〖确是阿凤口气，别人绝不这样说话。真是听其声而便能知其人也。

甲戌眉批："此等处写阿凤之放纵，是为后回伏线。"

一个秦钟出场，费如许笔墨，令人不解。〗

说着，果然出去带进一个小后生来，较宝玉略瘦些，眉清目秀，粉面朱唇，身材俊俏，举止风流，似在宝玉之上。只是怯怯羞羞，有女儿之态，〖只几句话，便活画出一个秦钟来。〗腼腆含糊，慢向凤姐作揖问好。凤姐喜的先推宝玉，笑道："比下去了！"〖一句话，抵多少赞词。〗便探身一把携了这孩子的手，就命他身傍坐了，慢慢的问他：几岁了，读什么书，弟兄几个，学名唤什么。秦钟一一答应了。早有凤姐的丫鬟媳妇们见凤姐初会秦钟，并未备得表礼来，遂忙过那边去告诉平儿。平儿知道凤姐与秦氏厚密，虽是小后生家，亦不可太俭，遂自作主意，拿了一匹尺头、两个"状元及第"的小金锞子，交付与来人送过去。凤姐犹笑说太简薄等语。秦氏等谢毕。一时吃过饭，尤氏、凤姐、秦氏等抹骨牌，不在话下。

〖平儿深知阿凤之意，故所备表礼极合凤意，凤姐笑说太简薄等语，只是客气而已。〗

那宝玉自见了秦钟的人品出众，心中似有所失，痴了半日，自己心中又起了呆意，乃自思道："天下竟有这等的人物！如今看来，我竟成了泥猪癞狗了。

可恨我为什么生在这侯门公府之家，若也生在寒门薄宦之家，早得与他交结，也不枉生了一世。我虽如此比他尊贵，可知锦绣纱罗，也不过裹了我这根死木头；美酒羊羔，也不过填了我这粪窟泥沟。'富贵'二字，不料遭我荼毒了！"^{的是宝玉所想，别人断不能作此想。}秦钟自见了宝玉形容出众，举止不凡，更兼金冠绣服，骄婢侈童，心中亦自思道："果然这宝玉怨不得人溺爱他。可恨我偏生于清寒之家，不能与他耳鬓交接，可知'贫窭'二字限人，亦世间之大不快事。"^{亦的是秦钟所想。}二人一样的胡思乱想。忽然宝玉问他读什么书。^{问到关键处。}秦钟见问他，因而答以实话。二人你言我语，十来句后，越觉亲密起来。

宝玉会秦钟是此回重点，故必有宝玉一大段傻想。

二人所想，合在一起，真是相见恨晚耳！
真是"以胶投漆中，谁能别离此"也。

一时摆上茶果，宝玉便说："我两个又不吃酒，把果子摆在里间小炕上，我们那里坐去，省得闹你们。"于是二人进里间来吃茶。^{宝玉总是另有花样。}秦氏一面张罗与凤姐摆酒果，一面忙进来嘱宝玉道："宝叔，你侄儿倘或言语不防头，你千万看着我，不要理他。他虽腼腆，却性子左强，不大随和，^{偏偏是太随和了。}此是有的。"宝玉笑道："你去罢，我知道了。"秦氏又嘱了他兄弟一回，方去陪凤姐。^{虽是多余之嘱，却并非多余之文。}

一时凤姐、尤氏又打发人来问宝玉："要吃什么，外面有，只管要去。"宝玉只答应着，也无心在饭食上。^{无心在饭食上，却专心在秦钟上。}只问秦钟近日家务等事。秦钟因说："业师于去年病故，家父又年纪老迈，残疾在身，公务繁冗，

第七回　送宫花贾琏戏熙凤　宴宁府宝玉会秦钟

因此尚未议及再延师一事，目下不过在家温习旧课而已。再读书一事，必须有一二知己为伴，时常大家讨论，才能进益。"_{正中宝玉之怀。}宝玉不待说完，便答道："正是呢。我们却有个家塾，合族中有不能延师的，便可入塾读书，子弟们中亦有亲戚在内可以附读。我因业师上年回家去了，也现荒废着呢。家父之意，亦欲暂送我去温习旧书，待明年业师上来，再各自在家里读。家祖母因说：一则家学里之子弟太多，生恐大家淘气，反不好；二则也因我病了几天，遂暂且耽搁着。如此说来，尊翁如今也为此事悬心。今日回去，何不禀明，就往我们敝塾中来，我亦相伴，彼此有益，岂不是好事？"秦钟笑道："家父前日在家提起延师一事，也曾提起这里的义学倒好，原要来和这里的亲翁商议引荐。_{事事凑巧。}因这里又事忙，不便为这点小事来聒絮的。宝叔果然度小侄或可磨墨涤砚，何不速速的作成，又彼此不致荒废，又可以常相谈聚，又可以慰父母之心，又可以得朋友之乐，岂不是美事？"宝玉道："放心，放心。_{连说两个"放心"，足见宝玉更求必成。}咱们回来告诉你姐夫姐姐和琏二嫂子。你今日回家就禀明令尊，我回去再禀明祖母，再无不速成之理。"二人计议已定。那天气已是掌灯时候，出来又看他们顽了一回牌。算账时，却又是秦氏、尤氏二人输了戏酒的东道，言定后日吃这东道。一面就叫送饭。

_{正是好机会，可以一起读书矣！}

_{水到渠成，天然凑巧。}

129

冯其庸评点《红楼梦》

吃毕晚饭，因天黑了，尤氏因说："先派两个小子送了这秦相公家去。"媳妇们传出去半日，秦钟告辞起身。尤氏问："派了谁送去？"媳妇们回说："外头派了焦大，谁知焦大醉了，又骂呢。"_{甲戌批："可见骂非一次。"}尤氏、秦氏都说道："偏又派他作什么！放着这些小子们，那一个派不得？偏要惹他去。"_{深知派他不妥，则焦大平时情形可知。}

> 焦大醉骂事，从秦钟引起，足见焦大醉是醉、骂是骂，并非事出无因、糊涂乱骂也。

_{尤氏、秦氏固知焦大惹不得也。读者可以深思。}凤姐道："我成日家说你太软弱了，纵的家里人这样还了得了？"_{凤姐哪里知道详情。}尤氏叹道："你难道不知这焦大的？连老爷都不理他的，你珍大哥哥也不理他。只因他从小儿跟着太爷们出过三四回兵，从死人堆里把太爷背了出来，得了命；自己挨着饿，却偷了东西来给主子吃；两日没得水，得了半碗水给主子喝，他自己喝马溺。不过仗着这些功劳情分，有祖宗时都另眼相待，如今谁肯难为他去。他自己又老了，又不顾体面，一味吃酒，吃醉了，无人不骂。我常说给管事的，不要派他差事，全当一个死的就完了。今儿又派了他。"凤姐道："我何尝不知这焦大。倒是你们没主意，有这样的，何不打发他远远的庄子上去就完了！"_{朝廷尚且把诤臣远放，何况焦大乎？}说着，因问："我们的车可齐备了？"地下众人都应道："伺候齐了。"

> 又借焦大一露作者家世真事。盖雪芹五世祖曹振彦参加入关前之大凌河之战，曾立军功，复从龙入关，参加山海关之战，顺治初，曹振彦及其子曹玺，复参加山西大同平姜瓖之战，曹家最初确是以军功起家也。尤氏所说，焦大所骂虽是"假语村言"，但真事已隐其中矣！
>
> 不顾体面的不是焦大，却反说焦大不顾体面，世事往往是非颠倒也，可胜浩叹！

凤姐起身告辞，和宝玉携手同行。尤氏等送至大厅，只见灯烛辉煌，众小厮都在丹墀侍立。_{好气派。}那焦大又恃贾珍不在家——即在家亦不好怎样他——更可

第七回　送宫花贾琏戏熙凤　宴宁府宝玉会秦钟

以任意洒落洒落。因趁着酒兴，先骂大总管赖二，甲戌批："记清，荣府中则是赖大，又故意综错之妙。"说他不公道，欺软怕硬，"有了好差事就派别人，像这等黑更半夜送人的事，就派我。没良心的王八羔子！瞎充管家！你也不想想，焦大太爷跷跷脚，比你的头还高呢。二十年头里的焦大太爷眼里有谁？别说你们这一起杂种王八羔子们！"

正骂的兴头上，贾蓉送凤姐的车出去，众人喝他不听，贾蓉忍不得，便骂了他两句，使人捆起来："等明日酒醒了，问他还寻死不寻死了！"贾蓉自己招骂。那焦大那里把贾蓉放在眼里，反大叫起来，赶着贾蓉叫："蓉哥儿，你别在焦大跟前使主子性儿。别说你这样儿的，就是你爹、你爷爷，也不敢和焦大挺腰子！不是焦大一个人，你们就做官儿、享荣华、受富贵？你祖宗九死一生挣下这家业，到如今了，不报我的恩，反和我充起主子来了。甲戌批："忽接此焦大一段，真可惊心骇目，一字化一泪，一泪化一血珠。"不和我说别的还可，若再说别的，咱们红刀子进去，白刀子出来！"确是醉人醉话，然俗语云"酒在肚，事在心"也。甲戌批："是醉人口中文法。一段借醉奴口角闲补出宁荣往事近故，特为天下世家一笑（哭？）。"凤姐在车上说与贾蓉道："以后还不早打发了这个没王法的东西！留在这里岂不是祸害？倘或亲友知道了，岂不笑话咱们，这样的人家，连个王法规矩都没有？"亲友知道焦大所骂，岂止笑话而已！贾蓉答应"是"。

众小厮见他太撒野了，只得上来几个，揪翻捆倒，拖往马圈里去。焦大越发连贾珍都说出来，乱嚷乱叫

焦大益发骂开了。作者正借焦大之醉，一泄胸中之愤也！

正被凤姐听着。

焦大索性骂个痛快淋漓，作者亦写个痛快淋漓也。

靖本眉批："焦大之醉，伏可卿死。作者秉刀斧之笔，一字一泪，一泪化一血珠！惟批书者知之。"

焦大反成了祸害，令人掩卷长叹！

越想把他揪翻捆倒，越惹他淋漓痛骂，文章一浪高似一浪，好看煞人！

131

> 焦大最后一骂，真是石破天惊，其实吓得"魂飞魄散"的岂是什么众小厮？然众小厮自亦有吓得"魂飞魄散"之理，作者之笔，利于刀斧！

说："我要往祠堂里哭太爷去。那里承望到如今生下这些畜牲来，每日家偷狗戏鸡，爬灰的爬灰，养小叔子的养小叔子，我什么不知道？_{其实知道的岂止焦大一人而已。}咱们'胳膊折了往袖子里藏'！"众小厮听他说出这些没天日的话来，唬的魂飞魄散，也不顾别的了，便把他捆起来，用土和马粪满满的填了他一嘴。_{一顿醉骂，换来一嘴马粪。世间报应，往往如此。}

凤姐和贾蓉等也遥遥的闻得，便都装作没听见。_{"都装作没听见"，妙。两句话，特意点醒，是作者深笔。}宝玉在车上见这般醉闹，倒也有趣，因问凤姐道："姐姐，你听他说'爬灰的爬灰'，什么是'爬灰'？"_{再着宝玉一问，则此事明而又明矣！}凤姐听了，连忙立眉嗔目断喝道："少胡说！那是醉汉嘴里混沁，你是什么样的人，不说没听见，还倒细问，_{此事岂可细问。}等我回去回了太太，_{量你也不敢回太太。}看捶你不捶你！"唬得宝玉忙央告道："好姐姐，我再不敢了。"凤姐道："这才是呢。等咱们到了家，回了老太太，打发你同你秦家侄儿学里念书去要紧。"说着，却自回往荣府而来。正是：

不因俊俏难为友，正为风流始读书。

第七回　送宫花贾琏戏熙凤　宴宁府宝玉会秦钟

【回后评】

　　此回开头即由周瑞家的来回王夫人话，然后先至梨香院，见王夫人正与薛姨妈说话；又见宝钗穿家常衣服伏案描花，然后说"冷香丸"事；忽又听王夫人唤；忽又有薛姨妈嘱送宫花事；出门时见金钏又问香菱事；然后至王夫人房后小抱厦；然后见迎、探下棋；又往"这边屋里来"，见惜春与智能，戏说惜春剃头事，又问各庙月例事；然后便往凤姐处来，又从李纨后窗下过，见李纨睡觉；然后过西墙，出西角门进凤姐院。周瑞家的恰如文章之针线，作者细针密线历历写来，令读者如同穿房入户，与之同行、同见、同闻。作者之笔如流水蜿蜒，如春云舒卷，令人于不经意之间随其信笔漫步耳，真神妙之笔！

　　同一送宫花事，宝钗、迎、探、惜诸人对周瑞家的态度各有不同而均甚热；到黛玉时，却甚冷淡，且用冷言待周瑞家的，与以上成一对照。作者用同一事件，写出各个不同性格，且历历分明，令人难忘，足见作者大手笔！

　　借送宫花，又将"冷香丸"细写，写"冷香丸"实是写宝钗也，宝钗实可以"冷香"两字括之。

　　借送宫花，又写出贾琏戏熙凤事，作者用笔含而不露，然实已点明矣。或曰：作者不明写如多姑娘者是惜熙凤也。予以为此论误矣。不知作者之用笔，特重分寸，琏、凤夫妇也，故以隐笔写之；多姑娘、鲍二家的，苟合也，故以脏笔写之；尤二姐，偷娶也，故以另一副笔墨写之，只写贾琏之贪，二姐之图苟安感激！可见作者用笔分毫不差，其神妙若此，吾于他书未能见也。

　　作者借冷子兴的官司，写周瑞家的气势，写周瑞家的实是写凤姐也，于此可知凤姐之霸之辣矣，于是乎遂有铁槛寺之后文。

宝玉会秦钟是此回特笔，看秦钟出场之前多少烘托文字，其渲染处仅略逊于宝玉，想于秦钟必有重笔矣，不意秦钟却于十六回即夭逝，窃以为作者于秦钟之文字，因可卿之死而改笔，亦有所简缩，此意未敢必然，姑记于此，以待高明耳。

焦大醉骂，是此回高潮，亦是全书之奇峰突起，作者借焦大之口，一吐胸中积愤。焦大说"那里承望到如今生下这些畜牲来"，则是焦大之骂世家也，亦是雪芹之骂世家也。《石头记》，固记一世家之书也。前人有"雪芹纪一世家，能包括百千世家"之说。雪芹于纪世家之初，即借焦大痛骂贾府一世家之必败，则亦痛骂"百千世家"之必败也。夫世家者，诗礼之家也，雪芹骂世家，则亦痛骂诗礼之家也，痛骂诗礼之家之肮脏腐败虚伪，则亦即骂诗礼也，亦即骂程、朱也。呜呼！吾于是得雪芹之深意矣！读者其能许之乎！

【校记】

〔一〕回目：己卯、庚辰、甲辰、程甲同，甲戌、舒本作"送宫花周瑞叹英莲，谈肆业秦钟结宝玉"。蒙本、戚本、列本作"尤氏女独请王熙凤，贾宝玉初会秦鲸卿"。

〔二〕回前诗，见甲戌本、蒙本、戚本。甲戌本"何名氏"作"名何氏"。其他诸本无。

〔三〕"命丫鬟入画来收了"，庚本作"丫鬟放在匣子里"。据甲戌、甲辰、舒序本改。

〔四〕"余信"，庚本作"蔡信"，据甲戌、戚序、甲辰、舒序诸本改。下文"余信家的"同。

〔五〕"茜雪"，庚辰本作"茜云"，据甲戌、蒙府、戚序、甲辰、舒序本改。

第八回　　比通灵金莺微露意
　　　　　　探宝钗黛玉半含酸〔一〕

题曰：

古鼎新烹凤髓香。那堪翠斝贮琼浆。

莫言绮縠无风韵，试看金娃对玉郎。〔二〕

话说凤姐和宝玉回家，见过众人。宝玉先〔三〕便回明贾母秦钟要上家塾之事，自己也有了个伴读的朋友，正好发奋；又着实的称赞秦钟的人品行事，最使人怜爱。凤姐又在一旁帮着说"过日他还来拜老祖宗"等语，说的贾母喜欢起来。凤姐又趁势请贾母后日过去看戏。看戏事。亦是作者家中旧事，作者家中原有戏班。贾母虽年老，却极有兴头。至后日，又有尤氏来请，遂携了王夫人、林黛玉、宝玉等过去看戏。至晌午，贾母便先回来歇息了。王夫人本是好清净的，见贾母回来也就回来了。然后凤姐坐了首席，尽欢至晚无话。

却说宝玉因送贾母回来，待贾母歇了中觉，意欲

此是第一件要办的事，又有凤姐帮忙，自然一说即成。

甲戌批："叙事有法，若只管写看戏，便是一无见世面之暴发贫婆矣。写'随便'二字，兴高则往，兴败则回，方是世代封君正传，且高兴二字，又可生出多少文章来。"

还去看戏取乐，又恐扰的秦氏等人不便，因想起近日薛宝钗在家养病，未去亲候，意欲去望他一望。久不见宝钗，读者也愿一见。若从上房后角门过去，又恐遇见别事缠绕，再或可巧遇见他父亲，更为不妥，想得极周到。宁可绕远路罢了。宝玉宁可绕远路，不愿见父亲，可见父子间之感情阻隔。当下众嬷嬷丫鬟伺候他换衣服，见他不换，仍出二门去了。众嬷嬷丫鬟只得跟随出来，还只当他去那府中看戏。谁知到穿堂，便向东向北绕厅后而去。偏顶头遇见了门下清客相公詹光、单聘仁沾光、善骗人也。二人走来，一见了宝玉，便都笑着赶上来，一个抱住腰，一个携着手，都道："我的菩萨哥儿，我说作了好梦呢，好容易得遇见了你。"越想避开，越被撞着，虽非其父，亦非宝玉之所喜见者。雪芹笔下清客相公之嘴脸，詹光（沾光）单聘仁（善骗人）等谐音词，亦作者对当时社会上弄虚作假、以假乱真等社会现象之揭露讽刺也。说着，请了安，又问好，唠叨半日，方才走开。老嬷嬷叫住，因问："二位爷是从老爷跟前来的不是？"二人点头道："老爷在梦坡斋小书房里歇中觉呢，不妨事的。"一面说，一面走了。说的宝玉也笑了。说到心里，自然要笑了。于是转弯向北奔梨香院来。可巧银库房的总领名唤吴新登与仓上的头目名戴良，还有几个管事的头目，共有七个人，从账房里出来，一见了宝玉，赶来都一齐垂手站住。又碰上一批人。独有一个买办名唤钱华，因他多日未见宝玉，忙上来打千儿请安。宝玉忙含笑携他起来。甲戌眉批："一路用淡三色烘染，行云流水之法写出贵公子家常不迹（即）不离气致，经历过者则喜其写真，未经者恐不免嫌繁。"众人都笑说："前儿在一处看见二爷写的斗方儿，字法越发好了，初提宝玉的字。多早晚儿赏我们几张贴贴。"宝玉笑道："在那里看见了？"众人道："好几甲戌眉批："余亦受过此骗，今阅至此赧然一笑。此时有三十年前向余作此语之人在侧，观其形已皓首驼腰矣，乃使彼亦细听此数语，彼则潸然泣下，余亦为之败兴。"

第八回　比通灵金莺微露意　探宝钗黛玉半含酸

处都有,都称赞的了不得,还和我们寻呢。"宝玉笑道:"不值什么,你们说与我的小幺儿们就是了。"〖说到宝玉高兴处。〗一面说,一面前走,众人待他过去,方都各自散了。
〖甲戌批:"未入梨香院先故作若许波澜曲折。瞧他无意中又写出宝玉写字来,固是愚弄公子之闲文,然亦是暗逗宝玉历来课事。不然,后文岂不太突。"〗

　　闲言少述,且说宝玉来至梨香院中,先入薛姨妈室中来,正见薛姨妈打点针黹与丫鬟们呢。宝玉忙请了安,薛姨妈忙一把拉了他,抱入怀内,笑说:"这们冷天,我的儿,难为你想着来,快上炕来坐着罢。"〖薛姨妈见宝玉如获至宝。〗命人倒滚滚的茶来。宝玉因问:"哥哥不在家?"薛姨妈叹道:"他是没笼头的马,天天忙不了,那里肯在家一日。"〖写薛蟠。〗宝玉道:"姐姐可大安了?"薛姨妈道:"可是呢,你前儿又想着打发人来瞧他。〖回应上文。〗他在里间不是,你去瞧他,里间比这里暖和,那里坐着,我收拾收拾就进去和你说话儿。"宝玉听说,忙下了炕来至里间门前,只见吊着半旧的〖"半旧的"三字特提。〗红绸软帘。宝玉掀帘一迈步进去,先就看见薛宝钗坐在炕上作针线,〖作针线。〗头上挽着漆黑油光的纂儿,蜜合色棉袄,玫瑰紫二色金银鼠比肩褂,葱黄绫棉裙,一色半新不旧,〖又是半新不旧。〗看去不觉奢华。唇不点而红,眉不画而翠,脸若银盆,眼如水杏。罕言寡语,人谓藏愚;安分随时,自云守拙。〖藏愚守拙。已是封建妇教所致。甲戌批:"这方是宝卿正传。与前写黛玉之传一齐参看,各极其妙,各不相犯,使其人难其左右于毫末。"〗宝玉一面看,一面问:"姐姐可大愈了?"宝钗抬头只见宝玉进来,〖甲戌批:"此则神情尽在烟飞水逝之间,一展眼便失于千里矣。"〗连忙起身含笑答

〖以下方入正题。〗

〖一段对宝钗的特笔,全从宝玉眼中写出。甲戌眉批:"画神鬼易,画人物难,写宝卿正是写人之笔,若与黛玉并写更难。今作者写得一毫难处不见,且得二人真体实传,非神助而何?"〗

137

说:"已经大好了,倒多谢记挂着。"说着,让他在炕沿上坐了,即命莺儿斟茶来。一面又问老太太姨娘安,别的姊妹们都好。一面看宝玉头上戴着累丝嵌玉紫金冠,额上勒着二龙抢珠金抹额,身上穿着秋香色立蟒白狐腋箭袖,系着五色蝴蝶鸾绦,项上挂着长命锁、记名符,另外有一块落草时衔下来的宝玉。_{点出宝玉。}宝钗因笑说道:"成日家说你的这玉,究竟未曾细细的赏鉴,我今儿倒要瞧瞧。"_{甲戌批:"自首回至此,回回说有通灵宝玉一物,余亦未曾细细赏鉴,今亦欲一见。"}说着便挪近前来。宝玉亦凑了上去,_{"挪""凑"两字写得生动逼真。}从项上摘了下来,递在宝钗手内。宝钗托于掌上,_{甲戌批:"试问石兄,此一托比在青埂峰下猿啼虎啸之声何如?"甲戌眉批:"余代答曰:遂心如意。"}只见大如雀卵,灿若明霞,莹润如酥,五色花纹缠护。这就是大荒山中青埂峰下的那块顽石的幻相。后人曾有诗嘲云:

> 女娲炼石已荒唐。又向荒唐演大荒。
>
> 失去幽灵真境界,幻来亲就臭皮囊。
> _{甲戌批:"二语可入道,故前引庄叟秘诀。"}
>
> 好知运败金无彩,堪叹时乖玉不光。
> _{甲戌批:"又夹入宝钗,不是虚图对的工。二语虽粗,本是真情。然此等诗只宜如此,为天下儿女一哭。"}
>
> 白骨如山忘姓氏,无非公子与红妆。
> _{甲戌批:"批得好。末二句似与题不切,然正是极贴切语。"}

那顽石亦曾记下他这幻相并癞僧所镌的篆文,今亦按图画于后。但其真体最小,方能从胎中小儿口内衔下,今若按其体画,恐字迹过于微细,使观者大费

旁批:

- 宝钗眼中之宝玉。
- 正写通灵宝玉。
- 前四句诗写青埂峰下顽石幻形入世,变成宝玉事。后四句写八十回后运败玉暗情节,亦即贾府败落事。现八十回后已失,续书与此有异。
- 甲戌眉批:"又忽作此数语,以幻弄成真,以真弄成幻,真真假假,恣意游戏于笔墨之中,可谓狡猾之至。作人要老诚,作文要狡猾。"

第八回　　比通灵金莺微露意　探宝钗黛玉半含酸

眼光，亦非畅事。故今只按其形式，无非略展些规矩，使观者便于灯下醉中可阅。今注明此故，方无胎中之儿口有多大，怎得衔此狼犺蠢大之物等语之谤。

信笔诙谐，皆成文章。

通灵宝玉正面图式　　通灵宝玉反面图式

宝钗看毕，甲戌批："余亦想见其物矣。前回中总用草蛇灰线写法，至此方细细写出，正是大关节处。"又从新翻过正面来细看，口内念道："莫失莫忘，仙寿恒昌。"念了两遍，乃回头向莺儿笑道："你不去倒茶，也在这里发呆作什么？"可见莺儿也在细看。甲戌批："请诸公掩卷合目，想其神理，想其坐立之势，想宝钗面上口中真妙。"莺儿嘻嘻笑道："我听这两句话，倒像和姑娘的项圈上的两句话是一对儿。"借莺儿之口说穿。宝玉听了，忙笑道："原来姐姐那项圈上也有八个字，我也赏鉴赏鉴。"引出宝玉也要看。宝钗道："你别听他的话，没有什么字。"反说"没有什么字"，则越使宝玉要看矣！然恰是宝钗口气，文章跳脱灵动。宝玉笑央："好姐姐，你怎么瞒我的了呢？"是孩儿口气。宝钗被缠不过，因说道："也是个人给了两句吉利话儿，所以錾上了，叫天天带着；不

甲戌眉批："恨颦儿不早来听此数语，若使彼闻之，不知又有何等妙论趣语，以悦我等心臆。"

可见是后来錾上去的，与通灵宝玉不一样。

宝钗说"也是个人给了两句吉利话儿",并未说是"癞头和尚",莺儿却说是"癞头和尚",文章故留缝隙,让读者思之。

甲戌本批"不离不弃,芳龄永继"云:"合前读之,岂非一对?"

己卯本批云:"'不离不弃'与'莫失莫忘'相对,所谓愈出愈奇。'芳龄永继'又与'仙寿恒昌'一对。请合而读之,问诸公历来小说中,可有如此可巧奇妙之文,以换新眼目?"

"凉森森、甜丝丝"两句写出"冷香",香而曰"甜"曰"凉",则不是自然之"香"矣!

与后面黛玉之香相比,便知其异。

然,沉甸甸的有什么趣儿。"_{故意说得无趣,其实不然。}一面说,一面解了排扣,从里面大红袄上将那珠宝晶莹、黄金灿烂的璎珞掏将出来。宝玉忙托了锁看时,果然一面有四个篆字,两面八个,共成两句吉谶。亦曾按式画下形相:

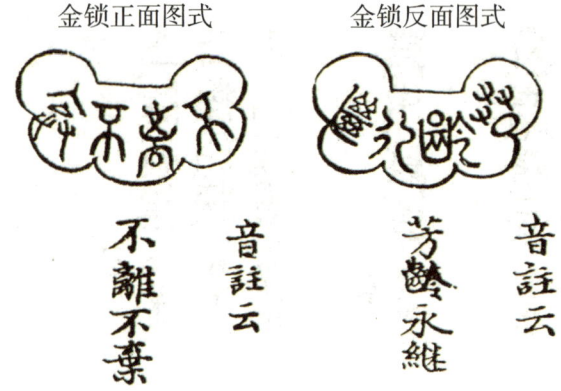

金锁正面图式　　金锁反面图式

宝玉看了,也念了两遍,又念自己的两遍,因笑问:"姐姐这八个字倒真与我的是一对。"_{甲戌批:"余亦谓是一对,不知干支中四注(柱)八字可与卿亦对否?"}莺儿笑道:"是个癞头和尚送的,他说必须錾在金器上——"宝钗不待说完,便嗔他不去倒茶,_{故意将话打断。}一面又问宝玉从那里来。

宝玉此时与宝钗就近,只闻一阵阵凉森森、甜丝丝的幽香,竟不知系何香气,遂问:"姐姐熏的是什么香?我竟从未闻见过这味儿。"宝钗笑道:"我最怕熏香,好好的衣服,熏的烟燎火气的。"宝玉道:"既如此,这是什么香?"宝钗想了一想,笑道:"是了,是我早起吃了丸药的香气。"_{甲戌批:"点冷香丸。"}宝玉笑道:"什么

第八回　　比通灵金莺微露意　探宝钗黛玉半含酸

丸药这么好闻？好姐姐，给我一丸尝尝。"宝钗笑道："又混闹了，一个药也是混吃的？"

一语未了，忽听外面人说："林姑娘来了。"甲戌批："紧处愈紧，密不容针之文。"话犹未了，林黛玉已摇摇的走了进来，一见了宝玉，便笑道："嗳哟，我来的不巧了！"出语尖而且新。甲戌批："奇文，我实不知颦儿心中是何丘壑。"宝玉等忙起身笑让坐，宝钗因笑道："这话怎么说？"逼问一句。黛玉笑道："早知他来，我就不来了。"答得奇而险，几无回旋之地。王府批："更叫人急煞。"宝钗道："我更不解这意。"问得更紧。黛玉笑道："要来一群都来，要不来一个也不来；今儿他来了，明儿我再来，如此间错开了来着，岂不天天有人来了？也不至于太冷落，也不至于太热闹了。姐姐如何反不解这意思？"答得更巧更圆，于极险极仄处忽另辟一径，令人顿觉豁然开朗。吾信黛玉胸有慧珠也，否则何能如此机敏？甲戌批："吾不知颦儿以何物为心为齿，为口为舌，实不知胸中有何丘壑。"

黛玉此答，反使宝钗无话可说。

宝玉因见他外面罩着大红羽缎对衿褂子，因问："下雪了么？"地下婆娘们道："下了这半日雪珠儿了。"宝玉道："取了我的斗篷来不曾？"黛玉便道："是不是我来了，你就该去了？"一句紧似一句。宝玉笑道："我多早晚儿说要去了？不过拿来预备着。"宝玉的奶母李嬷嬷因说道："天又下雪，也好早晚的了，就在这里同姐姐妹妹一处顽顽罢。姨妈那里摆茶果子呢。我叫丫头去取了斗篷来，说给小幺儿们散了罢。"宝玉应允。李嬷嬷出去，命小厮们都各散去不提。

143

> 薛姨妈百依百顺，只要宝玉高兴留下。

> 惹出李嬷嬷的话来。

> "那一个没有调教的"两句，直戳薛姨妈，李嬷嬷粗俗如此。

> 越说越不像话。

> 一顿抱怨，却摆出自己的身份。

> 用酒把李嬷嬷支开。

> 薛姨妈口气。

> 点宝玉杂学旁收。

> 是宝钗的话。说得合情合理。

这里，薛姨妈已摆了几样细巧茶果，留他们吃茶。宝玉因夸前日在那府里珍大嫂子的好鹅掌鸭信。薛姨妈听了，忙也把自己糟的取了些来与他尝。宝玉笑道："这个须得就酒才好。"薛姨妈便令人去灌了最上等的酒来。李嬷嬷便上来道："姨太太，酒倒罢了。"宝玉央道："妈妈，我只喝一钟。"李嬷嬷道："不中用！当着老太太、太太，那怕你吃一坛呢。想那日我眼错不见一会，不知是那一个没有调教的，只图讨你的好儿，不管别人死活，给了你一口酒吃，葬送的我挨了两日骂。姨太太不知道，他性子又可恶，吃了酒更弄性。有一日老太太高兴了，又尽着他吃；什么日子，又不许他吃。何苦我白赔在里面？"薛姨妈笑道："老货，你只放心吃你的去。我也不许他吃多了。便是老太太问，有我呢。"一面令小丫鬟："来，让你奶奶们去，也吃一杯搪搪雪气。"那李嬷嬷听如此说，只得和众人去吃些酒水。这里宝玉又说："不必烫热了，我只爱吃冷的。"薛姨妈忙道："这可使不得，吃了冷酒，写字手打飐儿。"宝钗笑道："宝兄弟，亏你每日家杂学旁收的，难道就不知道酒性最热？若热吃下去，发散的就快；若冷吃下去，便凝结在内：以五脏去暖他，岂不受害？从此还不快不要吃那冷的了。"宝玉听这话有情理，便放下冷酒，命人暖来方饮。

第八回　比通灵金莺微露意　探宝钗黛玉半含酸

黛玉嗑着瓜子儿，只抿着嘴笑。_{写黛玉如画。}可巧黛玉的小丫鬟雪雁走来与黛玉送小手炉，黛玉因含笑问他："谁叫你送来的？难为他费心，那里就冷死了我！"雪雁道："紫鹃姐姐怕姑娘冷，使我送来的。"黛玉一面接了，抱在怀中，笑道："也亏你倒听他的话。我平日和你说的，全当耳旁风。怎么他说了你就依，比圣旨还快些！"_{此话既尖且利，吾不知宝钗听之何以堪也。}宝玉听这话，知是黛玉借此奚落他，也无回复之词，只嘻嘻的笑两声罢了。_{宝玉一笑了之，是化解之法。}宝钗素知黛玉是如此惯了的，也不去睬他。_{"不去睬他"，足见宝钗容量。}薛姨妈因道："你素日身子弱，禁不得冷的，他们记挂着你倒不好？"_{薛姨妈原是外人，自是局外人的话。}黛玉笑道："姨妈不知道。幸亏是姨妈这里，倘或在别人家，人家岂不恼？好说就看的人家连个手炉也没有，巴巴的从家里送个来。不说丫鬟们太小心过余，还只当我素日是这等轻狂惯了呢。"_{又引出黛玉第四段话来。甲戌批："用此一解，真可拍案叫绝，足见其以兰为心，以玉为骨，以莲为舌，以冰为神。真真绝倒天下之裙钗矣。"}薛姨妈道："你是个多心的，有这样想，我就没这样心。"_{"多心的"三字，已点出黛玉，薛姨妈话虽少，却能中也。}

说话时，宝玉已是三杯过去。李嬷嬷又上来拦阻。宝玉正在心甜意洽之时，和宝黛姊妹说说笑笑的，那肯不吃。宝玉只得屈意央告："好妈妈，我再吃两钟就不吃了。"李嬷嬷道："你可仔细老爷今儿在家，堤防问你的书。"_{又说出这样扫兴话来，宝玉哪能不恨？故有以后撵她的文字也。}宝玉听了这话，便心中大不自在，慢慢的放下酒，垂了头。_{活画宝玉。}黛玉先

<small>黛玉一个"冷"字，机锋双关，不着痕迹，难怪雪雁不懂也。</small>

<small>黛玉之话，尖而且利，句句吃紧，寸步不让，以上三段话，一段紧似一段，一段新于一段，一段尖于一段，吾不知黛玉究有多少慧心，吾亦不知作者如何写得出也！</small>

<small>李嬷嬷又来扫兴。活画出一个依仗自己是宝玉奶妈身份的讨厌老嬷嬷来。李嬷嬷与刘姥姥正成对照，李是僵而不化，刘是圆而灵便。</small>

忙的说:"别扫大家的兴!舅舅若叫你,只说姨妈留着呢。这个妈妈,他吃了酒,又拿我们来醒脾了!"一面悄推宝玉,使他赌气;一面悄悄的咕哝说:"别理那老货,_{真是老货。}咱们只管乐咱们的。"_{李嬷嬷扫兴,黛玉鼓兴。}那李嬷嬷不知黛玉的意思,因说道:"林姐儿,你不要助着他了。你倒劝劝他,只怕他还听些。"_{真讨人厌。}林黛玉冷笑道:"我为什么助他?我也不犯着劝他。你这妈妈太小心了,往常老太太又给他酒吃,如今在姨妈这里多吃一口,料也不妨事。必定姨妈这里是外人,不当在这里的,你必要管着,想是怕姨太太这里惯坏了他,〔四〕也未可知。"_{又引出黛玉第五段话来,索性抬出薛姨妈来,使李嬷嬷再不可挡。}

李嬷嬷听了,又是急,又是笑,说道:"真真这林姐儿,说出一句话来,比刀子还尖。你——这算了什么?"_{借李嬷嬷一句话,总括黛玉的五段话,是一个"尖"字。}宝钗也忍不住笑着,把黛玉腮上一拧,_{这一拧,是赞是爱俱在此矣。}说道:"真真这个颦丫头的一张嘴,叫人恨又不是,喜欢又不是。"薛姨妈一面又说:"别怕,别怕,我的儿!来这里没好的你吃,别把这点子东西唬的存在心里,倒叫我不安。只管放心吃,都有我呢。越发吃了晚饭去,便醉了,就跟着我睡罢。"_{索性一醉方休。}因命:"再烫热酒来!姨妈陪你吃两杯,可就吃饭罢。"_{推上高潮,然后趁势落帆。}宝玉听了,方又鼓起兴来。李嬷嬷因吩咐小丫头子们:"你们在这里小心着,我家里换了衣服就来,_{为自己找台阶。}悄悄的回姨太太,别由着他,多给

<sub>借李嬷嬷、薛宝钗的话,来总评以上黛玉的话,何等自然!

然后薛姨妈再来挽回。</sub>

第八回　　比通灵金莺微露意　探宝钗黛玉半含酸

他吃。"说着便家去了。这里虽还有三两个婆子，都是不关痛痒的，见李嬷嬷走了，也都悄悄去寻方便去了。_{可见李嬷嬷确是讨厌货。}只剩了两个小丫头子，乐得讨宝玉的欢喜。幸而薛姨妈千哄万哄的，只容他吃了几杯，就忙收过了。作酸笋鸡皮汤，宝玉痛喝了两碗，_{"痛喝了两碗"，足见宝玉酒喝多了。}吃了半碗碧粳粥。一时薛林二人也吃完了饭，又酽酽的潄上茶来大家吃了，_{确是酒醉饭足的情景。}薛姨妈方放了心。雪雁等三四个丫头已吃了饭，进来伺候。黛玉因问宝玉道："你走不走？"宝玉乜斜倦眼道：_{酒已上头，写得神态逼真。}"你要走，我和你一同走。"黛玉听说，遂起身道："咱们来了这一日，也该回去了。还不知那边怎么找咱们呢。"_{一句话，文章度入"那边"。}说着，二人便告辞。

小丫头忙捧过斗笠来，宝玉便把头略低一低，命他戴上。那丫头便将这大红猩毡斗笠一抖，才往宝玉头上一合，宝玉便说："罢，罢！好蠢东西，你也轻些儿！难道没见过别人戴过的？让我自己戴罢。"黛玉站在炕沿上道："啰唆什么，过来，我瞧瞧罢。"_{何等亲热。}宝玉忙就近前来。黛玉用手整理，轻轻笼住束发冠，将笠沿掖在抹额之上，将那一颗核桃大的绛绒簪缨扶起，颤巍巍露于笠外。整理已毕，端相了端相，说道："好了，披上斗篷罢。"_{活画出黛玉神态。}宝玉听了，方接了斗篷披上。_{真是依贴之极。}薛姨妈忙道："跟你们的妈妈都还没来呢，且略等等不迟。"宝玉道："我们倒去等他们，

可见丫头笨手笨脚

写得仔细，写得亲昵，写出黛玉之亲宝玉，写出宝玉之依贴黛玉，活画出两人亲密无间神态，显见与宝钗有别。

有丫头们跟着也够了。"薛姨妈不放心，到底命两个妇女跟随他兄妹方罢。他二人道了扰，一径回至贾母房中。

贾母尚未用晚饭，知是薛姨妈处来，更加欢喜。因见宝玉吃了酒，遂命他自回房去歇着，不许再出来了，因命人好生看侍着。<small>足见李嬷嬷的拘禁是多余。</small>忽想起跟宝玉的人来，遂问众人："李奶子怎么不见？"众人不敢直说他家去了，只说："才进来的，想有事才去了。"宝玉踉跄回头道："他比老太太还受用呢，问他作什么！没有他只怕我还多活两日。"<small>积怒一齐发出。</small>一面说，一面来至自己的卧室。只见笔墨在案，晴雯先接出来，笑说道："好，好，要我研了那些墨，早起高兴，只写了三个字，丢下笔就走了，哄的我们等了一日。快来与我写完这些墨才罢！"<small>何等亲密的语气。活脱脱是晴雯声口。</small>宝玉忽然想起早起的事来，因笑道："我写的那三个字在那里呢？"晴雯笑道："这个人可醉了。你头里过那府里去，嘱咐贴在这门斗上，<small>补叙前面情节。</small>这会子又这么问。我生怕别人贴坏了，我亲自爬高上梯的贴上，这会子还冻的手僵冷的呢。"<small>可见晴雯之可亲。甲戌批："写晴雯是晴雯走下来，断断不是袭人、平儿、莺儿等语气"</small>宝玉听了，笑道："我忘了。你的手冷，我替你渥着。"说着，便伸手携了晴雯的手，同仰首看门斗上新书的三个字。<small>一段旖旎文字。</small>

一时黛玉来了，宝玉笑道："好妹妹，你别撒谎，你看这三个字那一个好？"黛玉仰头看里间门斗上，

<small>（左侧批注：写晴雯。）</small>
<small>（左侧批注：此处只说是"三个字"，不说究竟是哪"三个字"，故为下文作引。）</small>

第八回　比通灵金莺微露意　探宝钗黛玉半含酸

新贴了三个字，写着"绛芸轩"。黛玉笑道："个个都好。怎么写的这么好了？_{极口而赞之。足见黛玉之心。}明儿也与我写一个匾。"宝玉嘻嘻的笑道："又哄我呢。"说着又问："袭人姐姐呢？"晴雯向里间炕上努嘴。宝玉一看，只见袭人和衣睡着在那里。宝玉笑道："好，太渥早了些。"因又问晴雯道："今儿我在那府里吃早饭，有一碟子豆腐皮的包子，我想着你爱吃，和珍大奶奶说了，只说我留着晚上吃，叫人送过来的，你可吃了？"_{又补一桩前事。}晴雯道："快别提。一送了来，我知道是给我的，偏我才吃了饭，就放在那里。后来李奶奶来了看见，说：'宝玉未必吃了，拿来给我孙子吃去罢。'他就叫人拿了家去了。"_{又是李嬷嬷，读之令人生厌。}接着茜雪捧上茶来。宝玉因让："林妹妹吃茶。"众人笑说："林妹妹早走了，还让呢。"_{足见宝玉真醉了。}

宝玉吃了半碗茶，忽又想起早起的茶来，因问茜雪道："早起沏了一碗枫露茶，我说过，那茶是三四次后才出色的，这会子怎么又沏了这个来？"_{再补一桩前事。}茜雪道："我原是留着的，那会子李奶奶来了，他要尝尝，就给他吃了。"宝玉听了，将手中的茶杯只顺手往地下一掷，豁啷一声，打了个粉碎，泼了茜雪一裙子的茶。又跳起来问着茜雪道："他是你那一门子的奶奶，你们这么孝敬他？不过是仗着我小时候吃过他几日奶罢了。如今逞的他比祖宗还大了。如今我又

"三个字"连提五次，到此处方将"绛芸轩"三字从黛玉眼中托出，然后引出黛玉赞语。真风行水上，自然成文。

甲戌批："奶母之倚势亦是常情，奶母之昏愦亦是常情，然特于此处细写一回，与后文袭卿之酥酪遥遥一对，足见晴卿不及袭卿远矣。余谓晴有林风，袭乃钗副，真真不错。"

甲戌眉批："按警幻情榜，宝玉系'情不情'。凡世间之无知无识，彼俱有一痴情去体贴。今加'大醉'二字于石兄，是因问包子问茶顺手掷

149

吃不着奶了，白白的养着祖宗作什么！撵了出去，大家干净！"〔说得语无伦次，的是醉话。〕说着便要去立刻回贾母，撵他乳母。〔宝玉此时大醉矣！〕

〔杯，问茜雪撵李嬷，乃一部中未有第二次事也。袭人数语，无言而止，石兄真大醉也。余亦云实实大醉也，难辞醉闹，非薛蟠纨裤辈可比。"〕

原来袭人实未睡着，不过故意装睡，引宝玉来怄他顽耍。〔又写袭人之作态，的是写袭人文字，用在他人身上万万不妥。〕先闻得说字、问包子等事，也还可以不必起来；后来摔了茶钟，动了气，遂连忙起来解释劝阻。〔其实袭人句句话都听着，一句不漏。只是要等宝玉来怄她。〕早有贾母遣人来问是怎么了。袭人忙道："我才倒茶来，被雪滑倒了，失手砸了钟子。"〔答得既快且妥，像是真事。〕一面又安慰宝玉道："你立意要撵他，也好，我们也都愿意出去；不如趁势连我们一齐撵了，我们也好，你也不愁再有好的来服侍你。"〔说是安慰他，实是压他。〕

〔一段醉话，将积怒一齐发出。〕

宝玉听了这话，方无了言语，被袭人等扶至炕上，脱换了衣服。不知宝玉口内还说些什么，只觉口齿缠绵，眼眉愈加饧涩，〔两句写醉态如画。〕忙服侍他睡下。袭人伸手从他项上摘下那通灵玉来，用自己的手帕包好，塞在褥下，〔只有袭人才能如此。〕〔甲戌批："交代清楚塞玉一段，又为'误窃'一回伏线。晴雯、茜雪二婢，又为后文先作一引。"〕次日带时便冰不着脖子。那宝玉就枕便睡着了。〔真正醉了。〕彼时李嬷嬷等已进来了，听见醉了，不敢前来再加触犯，只悄悄的打听睡了，方放心散去。

〔再写一笔李嬷嬷，文情俱足。〕

〔紧接写秦钟。〕

次日醒来，就有人回："那边小蓉大爷带了秦相公来拜。"宝玉忙接了出去，领了拜见贾母。贾母见秦钟形容标致，举止温柔，堪陪宝玉读书，心中十

〔再总写秦钟一笔。〕

第八回　比通灵金莺微露意　探宝钗黛玉半含酸

分欢喜，便留茶留饭，又命人带去见王夫人等。众人因素爱秦氏，今见了秦钟是这般人品，也都欢喜，临去时都有表礼。贾母又与了一个荷包并一个金魁星，_{甲戌批："作者今尚记金魁星之事乎？抚今思昔，肠断心摧。"}取"文星和合"之意。又嘱咐他道："你家住的远，或有一时寒热饥饱不便，只管住在这里，不必限定了。只和你宝叔在一处，别跟着那些不长进的东西们学。"秦钟一一的答应，回去禀知他父亲秦业。

这秦业现任营缮郎，年近七十，夫人早亡。因当年无儿女，便向养生堂抱了一个儿子并一个女儿。谁知儿子又死了，只剩女儿，小名唤可儿，_{甲戌批："出名秦氏，究竟不知系出何氏，所谓寓褒贬别善恶是也。秉刀斧之笔，具菩萨之心，亦甚难矣。如此写出，可见来历亦甚苦矣，又知作者是欲天下人共来哭此'情'字。"}长大时，生的形容袅娜，性格风流。_{补写秦可卿身世。后八字是特笔。甲戌批："四字便有隐意。春秋字法。"}因素与贾家有些瓜葛，故结了亲，许与贾蓉为妻。那秦业至五旬之上方得了秦钟。因去岁业师亡故，未暇延请高明之士，只得暂时在家温习旧课。正思要和亲家去商议送往他家塾中，暂且不致荒废，可巧遇见了宝玉这个机会，又知贾家塾中现今司塾的是贾代儒，乃当今之老儒，_{看贾代儒，亦可知雪芹笔下之儒矣！}秦钟此去，学业料必进益，成名可望，因此十分喜悦。只是宦囊羞涩，那贾家上上下下，都是一双富贵眼睛，_{此处点出贾家的富贵眼睛，是恰得其所。}贽见礼必须丰厚，〔五〕容易拿不出来，又恐误了儿子的终身大事，说不得东拼西凑的_{写秦业贫寒。}恭恭敬敬封了二十四两贽见礼，亲自带

补叙一段前情。

甲戌眉批："写可儿出身养生堂，是褒中贬。后死封龙禁尉，是贬中褒。灵巧一至于此。"

秦钟是亲生。

了秦钟,来代儒家拜见了。然后听宝玉上学之日,好一同入塾。正是:

　　早知日后闲争气,岂肯今朝错读书。

第八回　比通灵金莺微露意　探宝钗黛玉半含酸

【回后评】

此回由宝钗索看通灵玉，引出宝玉索看金锁。宝钗索看通灵玉是有意也，宝玉索看金锁是初不知有金锁也。通灵玉是宝玉"落草时衔下来的"，玉及其上文字，均非有意造作也。金锁及其上文字，皆后来造作而成，虽成一对，实非一对，明矣！

黛玉探宝钗，巧遇宝玉先在，由此而引出黛玉五段尖酸文字，如珠走玉盘，圆转灵动，非黛玉锦心绣口、机变敏捷，何能如此活灵？吾叹作者之笔，真无不能达也。

此回中写李嬷嬷，活画出一个背时厌物，与前刘姥姥之灵活圆通恰成对照。虽然刘是村妪，李是世家奶妈，身份不同，然其巧拙自然作比也。

此回写晴雯之贴字，写袭人之装睡怄宝玉，皆各如其分，晴雯固真而纯也，袭人已有偷试事，故其亲而嬷也。雪芹一笔写来，各各不同，各各得其神理，令人无限叹赏。

此回写宝玉出门时遇见清客相公，其趋奉之状，可知雪芹笔下鄙之甚矣，或谓雪芹曾南游为幕僚，吾于此而置疑焉！

【校记】

〔一〕甲戌本回目作"薛宝钗小恙梨香院，贾宝玉大醉绛芸轩"，列藏本、舒本同。唯列本、舒本"小恙"作"小宴"，"大醉"作"逞醉"。己卯、杨本同庚本。蒙本、戚本作"拦酒兴李奶母讨厌，掷茶杯贾公子生嗔"。甲辰、程甲本又作"贾宝玉奇缘识金锁，薛宝钗巧合认通灵"。

〔二〕回前诗，见甲戌本，其他各本皆无。

〔三〕"回家见过众人，宝玉先"九字，庚本无，据甲戌、杨本、蒙府、戚序、甲辰、舒序诸本补。

〔四〕"你必要管着……"两句，各本无，据列藏本增。

〔五〕"赘见礼必须丰厚"七字，据戚、蒙本补。

第九回　　恋风流情友入家塾
　　　　　　起嫌疑顽童闹学堂[一]

话说秦业父子专候贾家的人来送上学择日之信。原来宝玉急于要和秦钟相遇，却顾不得别的，遂择了后日一定上学。"后日一早请秦相公到我这里，会齐了，一同前去。"——打发了人送了信。

至是日一早，宝玉起来时，袭人早已把书笔文物包好，收拾的停停妥妥，坐在床沿上发闷。写袭人如画。见宝玉醒来，只得服侍他梳洗。宝玉见他闷闷的，宝玉亦看出她神情有异。因笑问道："好姐姐，你怎么又不自在了？难道怪我上学去丢的你们冷清了不成？"袭人笑道："这是那里话。读书是极好的事，不然就潦倒一辈子，终久怎么样呢。但只一件：只是念书的时节想着书，不念的时节想着家些。"想着家"者，想着我也。别和他们一处顽闹，碰见老爷不是顽的。虽说是奋志要强，那工课宁可少些，一则贪多嚼不烂，二则身子也要保重。这就是我的意思，我也。何等亲密，何等体贴。你可要体谅。"袭人说一句，宝玉应一句。

王雪香曰："闷闷者，情有异于众也。"

袭人的一番嘱咐，款款温情中，一个是"你"字，一个是"我"字。

第九回　恋风流情友入家塾　起嫌疑顽童闹学堂

袭人又道:"大毛衣服我也^{我也}包好了,交出给小子们去了。学里冷,好歹想着添换,比不得家里有人照顾。脚炉手炉的炭,也交出去了。你^{你也}可逼着他们添。那一起懒贼,你不说,他们乐得不动,白冻坏了你。"^{你也}宝玉道:"你放心,出外头,我自己都会调停的。你们也别闷死在这屋里,长和林妹妹一处去顽笑着才好。"说着,俱已穿戴齐备。

> 袭人如此牵魂黏髓,与其他人迥然有别,读者自明其故。

袭人催他去见贾母、贾政、王夫人等。宝玉又去嘱咐了晴雯、麝月等几句,方出来见贾母。贾母也未免有几句嘱咐的话。然后去见王夫人,又出来到书房中见贾政。

> 一路都很简约,只有前面袭人才如此黏黏连连。

偏生这日贾政回家早些,^{想不到此老偏在。}正在书房中与相公清客们闲谈。忽见宝玉进来请安,回说上学里去,贾政冷笑道:"你如果再提'上学'两个字,连我也羞死了。依我的话,你竟顽你的去是正理。仔细站脏了我这地,靠脏了我的门!"^{语意如此决绝,想贾政之于宝玉积怒久矣,失望亦久矣,非今日为始也。}众清客相公们都早起身笑道:"老世翁何必又如此。今日世兄一去,三二年就可显身成名的了,断不似往年仍作小儿之态了。天也将饭时了,世兄竟快请罢。"说着便有两个年老的携了宝玉出去。

> 贾政对宝玉如此厌弃,可见他早已预感宝玉之不成"材",不能如其所望也。

贾政因问:"跟宝玉的是谁?"只听外面答应了两声,早进来三四个大汉,打千儿请安。贾政看时,认得是宝玉的奶母之子,名唤李贵。因向他道:

> 一个小孩读书,却有三四个大汉跟着,如作者不写出,后人哪能知此派势。

155

"你们成日家跟他上学,他到底念了些什么书!倒念了些流言混语在肚子里,学了些精致的淘气。等我闲一闲,先揭了你的皮,再和那不长进的算账!"〖为宝玉作注解,谁说宝玉不学,惟所学非公所好耳。〗〖先为后文作一引子。〗吓得李贵忙双膝跪下,摘了帽子,碰头有声,连连答应"是",又回说:"哥儿已念到第三本《诗经》,什么'呦呦鹿鸣,荷叶浮萍',小的不敢撒谎。"说的满座哄然大笑起来。〖于肃穆之时,作一发噱语,于"呦呦鹿鸣"下接"荷叶浮萍",亦作者借李贵故作调侃之笔。〗贾政也撑不住笑了。〖难得此公一笑。〗因说道:"那怕再念三十本《诗经》,也都是掩耳偷铃,哄人而已。你去请学里太爷的安,就说我说了:什么《诗经》古文,一概不用虚应故事,只是先把《四书》一气讲明背熟,是最要紧的。"〖还是《四书》要紧,此理学之本也。〗李贵忙答应"是",见贾政无话,方退出去。

此时,宝玉独站在院外屏声静候,待他们出来,便忙忙的走了。李贵等一面掸衣服,一面说道:"哥儿可听见了不曾?先要揭我们的皮呢!人家的奴才跟主子赚些好体面。我们这等奴才白陪着挨打受骂的。从此后也可怜见些才好。"宝玉笑道:"好哥哥,你别委屈,我明儿请你。"李贵道:"小祖宗,谁敢望你请。只求听一句半句话就有了。"说着,又至贾母这边,秦钟已早来候着了,贾母正和他说话儿呢。于是二人见过,辞了贾母。宝玉忽想起未辞黛玉,因又忙至黛玉房中来作辞。彼时,黛玉才在窗下对镜理妆,听宝

第九回　恋风流情友入家塾　起嫌疑顽童闹学堂

玉来说上学去，因笑道："好，这一去，可定是要蟾宫折桂了。_{此语调侃揶揄耳，不能作庄语看。}我不能送你了。"宝玉道："好妹妹，等我下了学再吃晚饭。和胭脂膏子，也等我来再制。"劳叨了半日，方撤身去了。黛玉忙又叫住，问道："你怎么不去辞辞你宝姐姐呢？"_{写黛玉之尖，然此是舒心时语。}宝玉笑而不答，_{不答甚好，亦无可答也。}一径同秦钟上学去了。

原来这贾家之义学，离此也不甚远，不过一里之遥。原系当日始祖所立，恐族中子弟有贫穷不能请师者，即入此中肄业。凡族中有官爵之人，皆供给银两，按俸之多寡帮助，为学中之费。特共举年高有德之人为塾掌，专为训课子弟。如今宝、秦二人来了，一一的都互相拜见过，读起书来。自此以后，他二人同来同往，同坐同起，愈加亲密。又兼贾母爱惜，也时常的留下秦钟，住上三天五日，与自己的重孙一般疼爱。因见秦钟不甚宽裕，更又助他些衣履等物。不上一月之工，秦钟在荣府便熟了。宝玉终是不安本分之人，竟一味的随心所欲，因此又发了癖性，又特向秦钟悄说道："咱们两个人一样的年纪，况又是同窗，以后不必论叔侄，只论弟兄朋友就是了。"_{又是宝玉新论，叔侄者，有辈分之限也。弟兄朋友则无尊卑之限也。宝玉先破尊卑之限。}先是秦钟不肯，当不得宝玉不依，只叫他"兄弟"，或叫他的表字"鲸卿"，秦钟也只得混着乱叫起来。_{自此亲密无间矣。}

_{叙明义学来历制度。}

_{笔墨渐渐转向宝、秦二人。}

原来这学中虽都是本族人丁与些亲戚的子弟，俗语说的好："一龙生九种，种种各别。"未免人多了，就有龙蛇混杂，下流人物在内。自宝、秦二人来了，都生的花朵儿一般的模样；又见秦钟腼腆温柔，未语面先红，怯怯羞羞，有女儿之风；宝玉又是天生成惯能作小服低，赔身下气，情性体贴，话语绵缠。因此二人更加亲厚，也怨不得那起同窗人起了疑，背地里你言我语，诟谇谣诼，布满书房内外。从此天下多事矣。

看两人情景，已可知其大概。

原来薛蟠自来王夫人处住后，便知有一家学，学中广有青年子弟，不免偶动了龙阳之兴，因此也假来上学读书，叙明薛蟠上学是假。不过是三日打鱼，两日晒网，白送些束修礼物与贾代儒，正是薛蟠行径。却不曾有一些儿进益，只图结交些契弟。目的就在此。谁想这学内就有好几个小学生，图了薛蟠的银钱、吃穿，被他哄上手的，到就上手，写透薛蟠。也不消多记。更又有两个多情的小学生，亦不知是那一房的亲眷，亦未考真名姓，只因生得妩媚风流，满学中都送了他两个外号，一号"香怜"，一号"玉爱"。真是好名字，贴切无比。虽都有窃慕之意，将不利于孺子之心，只是都惧薛蟠的威势，不敢来沾惹。如今宝、秦二人一来，见了他两个，也不免绻缱羡慕，亦因知系薛蟠相知，故未敢轻举妄动。香、玉二人心中，也一般的留情与宝、秦。因此四人心中虽有情意，只未发迹。每日一入学中，四处各坐，却八目勾留，或设言托意，或咏

久已不见此人，此人一出，则邪念随之。

写塾中情景，不在读书，却在此等处，真意外奇文。

第九回　恋风流情友入家塾　起嫌疑顽童闹学堂

桑寓柳，遥以心照，却外面自为避人眼目。不意偏又有几个滑贼看出形景来，都背后挤眉弄眼，或咳嗽扬声，这也非止一日。

可巧这日代儒有事，早已回家去了，只留下一句七言对联，命学生对了，明日再来上书；将学中之事，又命贾瑞暂且管理。妙在薛蟠如今不大来学中应卯了，因此秦钟趁此和香怜挤眉弄眼，递暗号儿，二人假装出小恭，走至后院说体己话。秦钟先问他："家里的大人可管你交朋友不管？"一语未了，只听背后咳嗽了一声。二人唬的忙回头看时，原来是窗友名金荣者。香怜有些性急，羞怒相激，问他道："你咳嗽什么？难道不许我两个说话不成？"金荣笑道："许你们说话，难道不许我咳嗽不成？我只问你们：有话不明说，许你们这样鬼鬼祟祟的干什么故事？我可也拿住了，还赖什么！先得让我抽个头儿，咱们一声儿不言语，不然大家就奋起来。"秦、香二人急的飞红的脸，便问道："你拿住什么了？"金荣笑道："我现拿住了是真的。"说着又拍着手笑嚷道："贴的好烧饼！你们都不买一个吃去？"秦钟、香怜二人又气又急，忙进去向贾瑞前告金荣，说金荣无故欺负他两个。

原来这贾瑞最是个图便宜、没行止的人，每在学中以公报私，勒索子弟们请他；后又附助着薛

冯其庸评点《红楼梦》

<small>介绍贾瑞，为后文先作一引，顺便又叙薛蟠。</small>

蟠图些银钱酒肉，一任薛蟠横行霸道，他不但不去管约，反助纣为虐讨好儿。<small>贾瑞亦是此等货色。</small>偏那薛蟠本是浮萍心性，今日爱东，明日爱西，近来又有了新朋友，把香、玉二人又丢开一边。就连金荣亦是当日的好朋友，自有了香、玉二人，便弃了金荣。近日连香、玉亦已见弃。故贾瑞也无了提携帮衬之人。不说薛蟠得新弃旧，只怨香、玉二人不在薛蟠前提携帮补他，因此贾瑞、金荣等一干人，也正在醋妒他两个。<small>一段曲折情事，足见学中何等不堪。</small>今见秦、香二人来告金荣，贾瑞心中便更不自在起来，虽不好呵叱秦钟，却拿着香怜作法，反说他多事，着实抢白了几句。<small>借此发泄私愤。</small>香怜反讨了没趣，连秦钟也讪讪的各归坐位去了。金荣越发得了意，摇头咂嘴的，口内还说许多闲话，玉爱偏又听了不忿，两个人隔座咕咕唧唧的角起口来。金荣只一口咬定说："方才明明的撞见他两个在后院子里亲嘴摸屁股，两个商议定了，一对一肏，撅草棍儿抽长短，谁长谁先干。"<small>采取诬陷恶赖手段。</small>金荣只顾得意乱说，却不防还有别人。谁知早又触怒了一个。你道这个是谁？

<small>贾蔷初见，为下文先作一引。</small>

　　原来这一个名唤贾蔷，亦系宁府中之正派玄孙，父母早亡，从小儿跟着贾珍过活，如今长了十六岁，比贾蓉生的还风流俊俏。他弟兄二人最相亲厚，常相共处。宁府人多口杂，那些不得志的奴仆们，专能造言诽谤主人，因此不知又有什么小人诟谇谣诼之词。

第九回　恋风流情友入家塾　起嫌疑顽童闹学堂

贾珍想亦风闻得些口声不大好，_{原来此二人亦是一路人物。}自己也要避些嫌疑，如今竟分与房舍，命贾蔷搬出宁府，自去立门户过活去了。这贾蔷外相既美，内性又聪明，虽然应名来上学，亦不过虚掩眼目而已，仍是斗鸡走狗，赏花玩柳。总恃上有贾珍溺爱，下有贾蓉匡助，因此族人谁敢来触逆于他。他既和贾蓉最好，今见有人欺负秦钟，如何肯依？如今自己要挺身出来报不平，心中且忖度一番，想道："金荣、贾瑞一干人，都是薛大叔的相知，向日我又与薛大叔相好，倘或我一出头，他们告诉了老薛，我们岂不伤和气？待要不管，如此谣言，说的大家没趣。如今何不用计制伏，又止息口声，又伤不了脸面。"_{写出贾蔷背后用计调拨茗烟，文章越见曲折。}想毕，也装作出小恭，走至外面，悄悄的把跟宝玉的书童名唤茗烟者唤到身边，如此这般，调拨他几句。

贾蔷出来为秦钟抱不平，其中还有与贾蓉交密的原故。

贾蔷想得周密。

这茗烟乃是宝玉第一个得用的，且又年轻不谙世事，如今听贾蔷说金荣如此欺负秦钟，连他爷宝玉都干连在内，不给他个利害，下次越发狂纵难制了。这茗烟无故就要欺压人的，如今得了这个信，又有贾蔷助着，便一头进来找金荣，也不叫金相公了，只说："姓金的，你是什么东西！"_{好声口，来者不善。}贾蔷遂跺一跺靴子，故意整整衣服，看看日影儿，说："是时候了。"遂先向贾瑞说，有事要早走一步。贾瑞不敢强他，只得随他去了。_{已点着了火，可以走了。}

找出茗烟来，无异是点着了火药。文章更趋热闹。

161

这里，茗烟先一把揪住金荣，已经动手了。问道："我们
肏屁股不肏屁股，管你乜乜相干，横竖没肏你爹去就
罢了！说得肮脏而强横，的是茗烟声口。你是好小子，出来动一动你茗大
爷！"唬的满屋中子弟都怔怔的痴望。一笔总写传神。贾瑞忙吆
喝："茗烟不得撒野！"金荣气黄了脸，说："反了！
奴才小子都敢如此，我只和你主子说。"便夺手要去
抓打宝玉、秦钟二人去。金荣亦不示弱。尚未去时，从脑后飕
的一声，早见一方砚瓦飞来，意外之笔，文章热闹至甚。并不知系何人
打来的，幸未打着，却又打在旁人的座上，这座上乃
是贾兰、贾菌。

因飞砚事，带出贾兰、贾菌，原来两人母亲都是早年守寡。

这贾菌亦系荣国府近派的重孙，其母亦少寡，独
守着贾菌。这贾菌与贾兰最好，所以二人同桌而坐。
谁知贾菌年纪虽小，志气最大，极是淘气不怕人的。
他在座上冷眼看见金荣的朋友暗助金荣，飞砚来
打茗烟，原来飞砚是金荣一帮人打来的。偏没打着茗烟，便落在他桌上，
正打在面前，将一个瓷砚水壶打了个粉碎，溅了一书
黑水。正是落花流水。贾菌如何依得，便骂："好囚攮的们，
这不都动了手了么！"骂着，也便抓起砚砖来要打回
去。一场武打好看煞人。贾兰是个省事的，忙按住砚，极口劝道："好
兄弟，不与咱们相干。"贾菌如何忍得住，便两手抱
起书匣子来，照那边抡了去。终是身小力薄，却抡不
到那里，刚到宝玉、秦钟桌案上就落了下来。落得正是地方。
只听哗啷啷一声，砸在桌上，书本纸片等至于笔砚之

第九回　恋风流情友入家塾　起嫌疑顽童闹学堂

物撒了一桌，又把宝玉的一碗茶也砸得碗碎茶流。贾菌便跳出来，要揪打那一个飞砚的。金荣此时随手抓了一根毛竹大板在手，地狭人多，那里经得舞动长板。茗烟早吃了一下，乱嚷："你们还不来动手！"宝玉还有三个小厮：一名锄药，一名扫红，一名墨雨。这三个岂有不淘气的，一齐乱嚷："小妇养的！动了兵器了！"墨雨遂掇起一根门闩，扫红、锄药手中都是马鞭子，蜂拥而上。贾瑞急的拦一回这个，劝一回那个，谁听他的话，肆行大闹。众顽童也有趁势帮着打太平拳助乐的，也有胆小藏在一边的，也有直立在桌上拍着手儿乱笑，喝着声儿叫打的。登时间鼎沸起来。

外边李贵等几个大仆人听见里边作起反来，忙都进来一齐喝住。问是何原故，众声不一，这一个如此说，那一个又如彼说。李贵且喝骂了茗烟四个一顿，撵了出去。秦钟的头早撞在金荣的板上，打起一层油皮，宝玉正拿褂襟子替他揉呢，见喝住了众人，便命："李贵，收书！拉马来，我去回太爷去！我们被人欺负了，不敢说别的，守礼来告诉瑞大爷，瑞大爷反倒派我们的不是，听着人家骂我们，还调唆他们打我们。茗烟见人欺侮我，他岂有不为我的？他们反打伙儿打了茗烟，〔二〕连秦钟的头也打破了。还在这里念什么书！茗烟他也是为有人欺负我的。不如散了

正是落花流水皆文章，不亦乐乎！

打着茗烟，无异是火上浇油。

下了总动员令。

文章亦如潮涌。急煞贾瑞。

忙里偷闲。着此一笔，文章更见生色。

文章暂一收势，又生波澜。

闹学堂进入全武行大打出手，一边是飞匣掷书，碗碎茶流；一边是舞动长板，横扫茗烟，于是文章进入最高潮，令人眼花缭乱，好看煞人。

由里及外，再写李贵。李贵是上等奴仆，身份不同。李贵一喝，文势顿歇。文章如潮，其来也汹涌澎湃，其歇也潮去浪平。

罢。"^{句句针对贾瑞。}李贵劝道:"哥儿不要性急。太爷既有事回家去了,这会子为这点子事去聒噪他老人家,倒显的咱们没理。依我的主意,那里的事情那里了结好,^{提出了结的方案。}何必去惊动他老人家。这都是瑞大爷的不是。太爷不在这里,你老人家就是这学里的头脑了,众人看着你行事。众人有了不是,该打的打,该罚的罚,如何等闹到这步田地还不管?"^{一场风波,又落到贾瑞头上。}贾瑞道:"我吆喝着都不听。"^{你自身是何行径?谁能听你?}李贵笑道:"不怕你老人家恼我,素日你老人家到底有些不正经,所以这些兄弟才不听。^{直言相告,当面开拆。}就闹到太爷跟前去,连你老人家也是脱不过的。还不快作主意撕罗开了罢。"^{着贾瑞了结此事。}宝玉道:"撕罗什么?我必是回去的!"^{一个要了结,一个还不让了结。}秦钟哭道:"有金荣,我是不在这里念书的。"^{咬定金荣。}宝玉道:"这是为什么?难道有人家来的,咱们倒来不得?我必回明白众人,撵了金荣去。"又问李贵:"金荣是那一房的亲戚?"李贵想了一想道:"也不用问了。若问起那一房的亲戚,更伤了兄弟们的和气。"

^{文章骤起骤落,落后又余波横生,所谓"余霞散成绮"也。}

茗烟在窗外道:"他是东胡同子里璜大奶奶的侄儿。^{天外飞来信息。}那是什么硬正仗腰子的,也来唬我们。璜大奶奶是他姑娘。你那姑妈只会打旋磨子,给我们琏二奶奶跪着借当头。^{一下揭了老底。}我眼里就看不起他那样的主子奶奶!"^{李贵原想按住不说,不想被茗烟说破。}李贵忙断喝不止,说:"偏你这小狗肏的知道,有这些蛆嚼!"宝玉冷笑道:"我

第九回　恋风流情友入家塾　起嫌疑顽童闹学堂

只当是谁的亲戚，原来是璜嫂子的侄儿，我就去问问他来！"_{底细既被宝玉得知，便不易收场矣！}说着，便要走，叫茗烟进来包书。茗烟包着书，又得意道："爷也不用自己去见，等我到他家，就说老太太有说的话问他呢，_{又写茗烟一笔，抬出老太太来，犹如泰山压顶。}雇上一辆车拉进去，当着老太太问他，岂不省事。"_{正是省事，但于璜大奶奶却不省事耳！}李贵忙喝道："你要死！仔细回去我好不好先捶了你，然后再回老爷、太太，就说宝玉全是你调唆的。我这里好容易劝哄好了一半了，你又来生个新法子。你闹了学堂，不说变法儿压息了才是，倒要往大里闹！"茗烟方不敢作声儿了。_{再施大压力，将风波压住。}

此时贾瑞也怕闹大了，自己也不干净，只得委屈着来央告秦钟，又央告宝玉。先是他二人不肯，后来，宝玉说："不回去也罢了，只叫金荣赔不是便罢。"_{宝玉提出条件。}金荣先是不肯，后来禁不得贾瑞也来逼他去赔不是，李贵等只得好劝金荣说："原是你起的端，你不这样，怎得了局？"金荣强不得，只得与秦钟作了揖。宝玉还不依，偏定要磕头。_{不能降价以待。}贾瑞只要暂息此事，又悄悄的劝金荣说："俗语说的好：'杀人不过头点地。'你既惹出事来，少不得下点气儿，磕个头就完事了。"_{再施压力。}金荣无奈，只得进前来与秦钟磕头。_{"在人矮檐下，不敢不低头"耳！然金荣亦自恶赖，此回却只能认输也。}且听下回分解。

_{此时代儒不在，贾瑞为首，贾瑞自然怕闹大于己不利，于是由贾瑞出面央求平息，文如游丝，一丝不乱。
"解铃还须系铃人"也。此事原由金荣而起，现仍由金荣而息。文章如行云流水，行于所当行，止于不可不止耳！}

【回后评】

此回以闹学堂为主，宝玉上学，辞别众人，又辞别贾政，遇清客相公等，皆行文过脉。故文笔叙事流走而简洁。

袭人嘱咐一段，袭人始而闷闷，继而叮咛嘱咐，情意缠绵，千言万语，实只"你""我"二字而已。其所以然者，以袭人已经初试也，故其语言心理，与诸婢迥别。雪芹之笔，如鬼斧神工，能入骨髓耳。

贾政厌恶宝玉，竟谓其不必读书云云，当是积厌所至，非此第一回而云然也。然则，贾政已预感宝玉不可能是其官僚"书礼"之家之继世者，此已预为以后三十三回伏线矣，然贾政仍嘱"只是先把《四书》一气讲明背熟，是最要紧的"，则亦如宁、荣二公之灵之所嘱望也。

闹学堂一段是本回大文章，亦是全书高潮之一，雪芹以特笔写学堂，既是写实（社会现实），更是对儒家正统之揭露批判，学堂之长贾代儒，是"师"也，列于"天""地""君""亲"之下者也。然代儒仅虚有其名位耳。替之者贾瑞也，贾瑞何许人也，本回已有交代，而以后更有其出丑文字，则儒者之"学"可以知矣！雪芹揭"儒"揭"学"，亦其反程朱之一端，因《四书》《五经》乃程朱之本也，今"学"中情状如此，复何有于《四书》《五经》哉！

闹学堂薛蟠、贾瑞、贾蔷、秦钟、宝玉、茗烟、香怜、玉爱、金荣诸人之行径，特别是金荣、茗烟所说之脏话、脏事，亦当时社会实相也。勿作游戏笔墨看！

第九回　　恋风流情友入家塾　起嫌疑顽童闹学堂

【校记】

〔一〕回目：庚辰、己卯、杨本、蒙本、戚本、列本同。舒本上句作"学堂"，下句作"家塾"。

〔二〕"见人欺侮我，……"二十二字，庚本无，据己卯本增。

第十回　　金寡妇贪利权受辱
　　　　　　张太医论病细穷源[一]

话说金荣因人多势众，又兼贾瑞勒令，赔了不是，给秦钟磕了头，金荣虽磕了头，心仍不服，不服者，因宝、秦等亦确有其事也。观上回文字可知矣。此处作者只用暗写法，要读者自思耳。宝玉方才不吵闹了。大家散了学，金荣回到家中，越想越气，说："秦钟不过是贾蓉的小舅子，又不是贾家的子孙，附学读书，也不过和我一样。他因仗着宝玉和他好，他就目中无人。他既是这样，就该行些正经事，人也没的说。他素日又和宝玉鬼鬼祟祟的，只当人都是瞎子，看不见。此处补写宝、秦二人情状。今日他又去勾搭人，偏偏的撞在我眼睛里。就是闹出事来，我还怕什么不成？"

上回未正写宝、秦情状，此回却于金荣口中补出。亦《史记》互见法也。

金荣到底不服。

他母亲胡氏听见他咕咕嘟嘟的说，因问道："你又要争什么闲气？好容易我望你姑妈说了，你姑妈千方百计的才向他们西府里的琏二奶奶跟前说了，你才得了这个念书的地方。金荣入学，也非正经名分。若不是仗着人家，咱原来也是走的熙凤的门路。们家里还有力量请的起先生？况且人家学里，茶也是补叙学里供应。

第十回　金寡妇贪利权受辱　张太医论病细穷源

现成的，饭也是现成的。你这二年在那里念书，家里也省好大的嚼用呢。_{穷人家口气。}省出来的，你又爱穿件鲜明衣服。再者，不是因你在那里念书，你就认得什么薛大爷了？那薛大爷一年不给不给，这二年也帮了咱们有七八十两银子。你如今要闹出了这个学房，再要找这么个地方，我告诉你说罢，比登天还难呢！你给我老老实实的顽一会子睡你的觉去，好多着呢。"_{穷人家口气，摹写逼真。}于是金荣忍气吞声，不多一时他自去睡了。次日仍旧上学去了。不在话下。

　　且说他姑娘，原聘给的是贾家玉字辈的嫡派，名唤贾璜。但其族人那里皆能像宁、荣二府的富势，原不用细说。这贾璜夫妻守着些小的产业，又时常到宁、荣二府里去请请安，又会奉承凤姐儿并尤氏，所以凤姐儿、尤氏也时常资助资助他，方能如此度日。_{补叙金氏与尤、凤二人之关系，为下文作引。}今日正遇天气晴明，又值家中无事，遂带了一个婆子，坐上车，来家里走走，瞧瞧寡嫂并侄儿。

　　闲话之间，金荣的母亲偏提起昨日贾家学房里的那事，从头至尾，一五一十都向他小姑子说了。这璜大奶奶不听则已，听了，一时怒从心上起，_{何兴之暴也。}说道："这秦钟小崽子是贾门的亲戚，难道荣儿不是贾门的亲戚？人都别忒势利了，况且都作的是什么有脸的好事！_{再用侧笔评之。}就是宝玉，也犯不上向着他到这个样。等

　　　　七八十两银子，不算小数，金荣何以得之，薛蟠因何给他，读者细思。

　　　　闹学堂事，至此全告结束。

　　　　再叙贾璜夫妻。

　　　　再提学堂事，不过雨过后之余雷声而已。然文章却摇曳有致。

169

我去到东府瞧瞧我们珍大奶奶,再向秦钟他姐姐说说,叫他评评这个理。"_{璜大奶奶好撑面子,不自量力。}这金荣的母亲听了这话,急的了不得,_{急死了胡氏,怕丢掉衣食也。}忙说道:"这都是我的嘴快,告诉了姑奶奶了,求姑奶奶别去,别管他们谁是谁非。倘或闹起来,怎么在那里站得住?_{实情可怜。}若是站不住,家里不但不能请先生,反倒在他身上添出许多嚼用来呢。"_{说得可怜,却是穷人实情。}^{硬充好汉,气倒很足。}璜大奶奶听了,说道:"那里管得许多。你等我说了,看是怎么样!"也不容他嫂子劝,一面叫老婆子瞧了车,就坐上往宁府里来。_{写得怒气十足,以为必有一场大闹。岂知却悄然而收。此文章之波澜也。亦曰空雷传声,但听声响,并无雨点也。}

到了宁府,进了车门,到了东边小角门前下了车,进去见了贾珍之妻尤氏。也未敢气高,_{气已不敢高了。}殷殷勤勤叙过寒温,说了些闲话,方问道:"今日怎么没见蓉大奶奶?"_{先由金氏动问,似将发作,岂知文却逆转。}^{文章渐渐过脉到秦氏。}尤氏说道:"他这些日子不知是怎么着,经期有两个多月没来。叫大夫瞧了,又说并不是喜。那两日,到了下半天就懒待动,话也懒待说,眼神也发眩。^{先叙秦氏症候。}我说他:'你且不必拘礼,早晚不必照例上来,你就好生养养罢。就是有亲戚一家儿来,有我呢。就有长辈们怪你,等我替你告诉。'连蓉哥我都嘱咐了,我说:'你不许累掯他,不许招他生气,叫他静静的养养就好了。他要想什么吃,只管到我这里取来。倘或我这里没有,只管望你琏二婶子那里要去。倘或他有个好和歹,^{一段议论,可见秦氏病得不轻。}_{连这样的话都说了,可见病势沉重。}你再要娶

第十回　金寡妇贪利权受辱　张太医论病细穷源

这么一个媳妇，这么个模样儿，这么个性情的人儿，打着灯笼也没地方找去。'他这为人行事，那个亲戚，那个一家的长辈不喜欢他？<small>用明笔极赞秦氏。</small>所以我这两日好不烦心，焦的我了不得。偏偏今日早晨他兄弟来瞧他，谁知那小孩子家不知好歹，<small>自然说到秦钟。岂知还有一个不知好歹的就在身旁。</small>看见他姐姐身上不大爽快，就有事也不当告诉他，别说是这么一点子小事，就是你受了一万分的委屈，也不该向他说才是。<small>秦钟尚不该说，哪有你说话的余地？此话无意中直指金氏。</small>谁知他们昨儿学房里打架，不知是那里附学来的一个人欺负了他了。<small>歪打正着，句句都入璜大奶奶心里。</small>里头还有些不干不净的话，都告诉了他姐姐。<small>可见金荣所说，秦钟已句句上告。至使本来"心重""思虑"过度的秦氏，愈加"思虑"矣。何者？因其心虚也！</small>婶子，你是知道那媳妇的：虽则见了人有说有笑，会行事儿，他可心细，心又重，不拘听见个什么话儿，都要度量个三日五夜才罢。<small>是可卿的脾气。</small>这病就是打这个秉性上头思虑出来的。<small>思虑确是思虑，但究竟思虑什么，却非尤氏所知。</small>今儿听见有人欺负了他兄弟，又是恼，又是气：恼的是那群混账狐朋狗友的扯是搬非、调三惑四的那些人；气的是他兄弟不学好，不上心念书，以致如此学里吵闹。他听了这事，今日索性连早饭也没吃。<small>听了学里那些不干不净的话，便愈加思虑。可知其由彼及此矣！所谓"风声鹤唳，草木皆兵"也！</small>我听见了，我方到他那边安慰了他一会子，又劝解了他兄弟一会子。我叫他兄弟到那边府里找宝玉去了，我才看着他吃了半盏燕窝汤，我才过来了。婶子，你说我心焦不心焦？<small>尤氏如此心焦，金氏如何敢再说话。</small>况且如今又没个好大夫，我想到他

<small>偏偏先由尤氏说出学堂之事。且因秦氏故，又埋怨秦钟不该告诉此事。至使璜大奶奶着着让人占先，完全处在被动地位。于是原先那股气更不敢出了。</small>

这病上，我心里倒像针扎似的。你们知道有什么好大夫没有？" ^{一席话，璜大奶奶哪里还敢说学里的事。}

金氏听了这半日话，把方才在他嫂子家的那一团要向秦氏理论的盛气，早吓的都丢在爪洼国去了。^{来如疾风，去如游丝。}听见尤氏问他有知道的好大夫的话，连忙答道："我们这么听着，实在也没见人说有个好大夫。如今听起大奶奶这个来，定不得还是喜呢。嫂子倒别教人混治。倘或认错了，这可是了不得的。"^{只好用家常话扯开}尤氏道："可不是呢。"正是说话间，贾珍从外进来，见了金氏，便向尤氏问道："这不是璜大奶奶么？"金氏向前给贾珍请了安。贾珍向尤氏说道："让这大妹妹吃了饭去。"贾珍说着话，就过那屋里去了。金氏此来，原要向秦氏说说秦钟欺负了他侄儿〔二〕之事，听见秦氏有病，不但不能说，亦且不敢提了。况且贾珍、尤氏又待的很好，反转怒为喜，又说了一会子话儿，方家去了。

金氏去后，贾珍方过来坐下，问尤氏道："今日他来，有什么说的事情呢？"尤氏答道："倒没说什么。一进来的时候，脸上倒像有些着了恼的气色似的，及说了半天话，又提起媳妇这病，他倒渐渐的气色平定了。^{侧写一笔金氏内心情绪的变化。}你又叫让他吃饭，他听见媳妇这么病，也不好意思只管坐着，又说了几句闲话儿就去了，倒没求什么事。^{气色变化，尤氏亦已看出，文笔细。}如今且说媳妇这病，你到那

边注（左）：
一肚子的气全被吓跑了。

用贾珍进来，截止尤、金二人谈话，最为得体。

来时怒气冲冲，去时喜气盈盈，人情之变，倏忽阴晴，令人可叹！而雪芹之笔，实能探人心肝也。

第十回　金寡妇贪利权受辱　张太医论病细穷源

里寻一个好大夫来与他瞧瞧要紧，可别耽误了。现今咱们家走的这群大夫，那里要得？一个个都是听着人的口气儿，人怎么说，他也添几句文话儿说一遍。_{骂死世之庸医。}可倒殷勤的很，三四个人一日轮流着倒有四五遍来看脉。_{本领没有，全靠殷勤。写透庸医。}他们大家商量着立个方子，吃了也不见效，倒弄得一日换四五遍衣裳，坐起来见大夫，其实于病人无益。"_{说得极合情理。}贾珍说道："可是。这孩子也糊涂，何必脱脱换换的，倘再着了凉，更添一层病，那还了得？_{全由公公操心。作者用暗笔，读者可以自思。}衣裳任凭是什么好的，可又值什么？孩子的身子要紧，就是一天穿一套新的，也不值什么。_{是贾珍的口气。}我正进来要告诉你：方才冯紫英来看我，他见我有些抑郁之色，_{抑郁之色，连冯紫英都看出。作者用侧笔写贾珍。}问我是怎么了。我才告诉他说，媳妇忽然身子有好大的不爽快，因为不得个好太医，断不透是喜是病，又不知有妨碍无妨碍，所以我这两日心里着实着急。_{确是着急得很。}冯紫英因说起他有一个幼时从学的先生，姓张名友士，学问最渊博的，更兼医理极深，且能断人的生死。今年是上京给他儿子来捐官，现在他家住着呢。_{住在冯紫英家。}这么看来，竟是合该媳妇的病在他手里除灾亦未可知。我即刻差人拿我的名帖请去了。今日倘或天晚了不能来，明日想必一定来。况且冯紫英又即刻回家，亲自去求他，务必叫他来瞧瞧。等这个张先生来瞧了再说罢。"

_{先是尤氏愁秦氏病，继以贾珍愁秦氏病，笔锋渐渐转向秦氏。}

_{儿媳有病，儿子倒不见着急，倒是公公着急。}

_{能断人生死，张友士医道不凡，则可卿之生死亦可为断定矣。然则可卿之病因亦不可隐矣！此处为"细穷源"先着一笔。}

尤氏听了，心中甚喜，因说道："后日是太爷的寿日，到底怎么办？"<small>此处顺笔又带出贾敬生日。</small>贾珍说道："我方才到了太爷那里去请安，兼请太爷来家来受一受一家子的礼。太爷因说道：'我是清净惯了的，我不愿意往你们那是非场中去闹去，你们必定说是我的生日，要叫我去受众人些头，莫过你把我从前注的《阴骘文》给我令人好好的写出来刻了，比叫我无故受众人的头还强百倍呢。倘或明日后日这两日一家子要来，你就在家里好好的款待他们就是了。也不必给我送什么东西来，连你后日也不必来；你要心中不安，你今日就给我磕了头去。倘或后日你要来，又跟随多少人来闹我，我必和你不依。'如此说了又说，后日我是再不敢去的了。且叫来升来，吩咐他预备两日的筵席。"尤氏因叫人叫了贾蓉来："吩咐来升照旧例预备两日的筵席，要丰丰富富的。你再亲自到西府里去请老太太、大太太、二太太和你琏二婶子来逛逛。你父亲今日又听见一个好大夫，业已打发人请去了，想必明日必来。你可将他这些日子的病症细细的告诉他。"<small>由尤氏转告其父已为请医之事，以作交代。</small>

贾蓉一一的答应着出去了。正遇着方才去冯紫英家请那先生的小子回来了，因回道："奴才方才到了冯大爷家，拿了老爷的名帖请那先生去。<small>因张友士住冯紫英家。故如此写。</small>那先生说道：'方才这里大爷也向我说了。但是今日

<small>贾敬是贾府长房中现存最长一辈，但却是另一类人物，只梦想飞升成仙，可见贾府长房连守业之人也没有了。

写贾敬好道，梦想成仙，终于服丹而死，亦雪芹对江湖道士之批判也。

贾敬寿日是如此过法。</small>

第十回　金寡妇贪利权受辱　张太医论病细穷源

拜了一天的客，才回到家，此时精神实在不能支持，就是去到府上也不能看脉。'他说等调息一夜，明日务必到府。他又说，他'医学浅薄，本不敢当此重荐，看来此人确是良医。因我们冯大爷和府上的大人既已如此说了，又不得不去，你先替我回明大人就是了。大人的名帖实不敢当'可见张友士谦谦有礼，绝非江湖郎中。仍叫奴才拿回来了。哥儿替奴才回一声儿罢。"贾蓉转身复进去，回了贾珍、尤氏的话，方出来叫了来升来，吩咐他预备两日的筵席的话。来升听毕，自去照例料理。不在话下。

一边是急煞，一边却要养神，必须明日方能去，真是急毛病碰着慢郎中也。然如此写一是显出张友士之身份，二是文章有波澜，有起伏。所谓文如看山不喜平也。

且说次日午间，人回道："请的那张先生来了。"贾珍遂延入大厅坐下，茶毕，方开言道："昨承冯大爷示知老先生人品学问，又兼深通医学，小弟不胜钦仰之至。"张先生道："晚生粗鄙下士，本知见浅陋，昨因冯大爷示知，大人家第谦恭下士，又承呼唤，敢不奉命。但毫无实学，倍增颜汗。"贾珍道："先生何必过谦。就请先生进去看看儿妇，仰仗高明，以释下怀。"

张友士一番谦词，绝无江湖气。

于是，贾蓉同了进去。到了贾蓉居室，见了秦氏，向贾蓉说道："这就是尊夫人了？"贾蓉道："正是。请先生坐下，让我把贱内的病症说一说再看脉如何？"那先生道："依小弟的意思，竟先看过脉再说的为是。不须先说，径先按脉，足见其胸有成竹。我是初造尊府的，本也不晓得什么，但

不须先讲病情，便与人不同。

175

是我们冯大爷务必叫小弟过来看看,小弟所以不得不来。再次谦逊,为自己多留地步。如今看了脉息,看小弟说的是不是,足见其脉案高明,有把握。再将这些日子的病势讲一讲,大家斟酌一个方儿,可用不可用,那时大爷再定夺。"贾蓉道:"先生实在高明,如今恨相见之晚。就请先生看一看脉息,可治不可治,以便使家父母放心。"于是家下媳妇们捧过大迎枕来,一面给秦氏拉着袖口,露出脉来。先生方伸手按在右手脉上,调息了至数,凝神细诊了有半刻的工夫,方换过左手,亦复如是。诊脉亦很慎重。诊毕脉息,说道:"我们外边坐罢。"已心中有数矣。

的是名医声口,凡有真才实学者,必谦退也。

贾蓉于是同先生到外间房里床上坐下,一个婆子端了茶来。贾蓉道:"先生请茶。"于是陪先生吃了茶,遂问道:"先生看这脉息,还治得治不得?"是急于动问矣。先生道:"看得尊夫人这脉息:左寸沉数,左关沉伏;右寸细而无力,无力。右关濡而无神。无神。其左寸沉数者,乃心气虚而生火;心虚而有火。左关沉伏者,乃肝家气滞血亏。肝火亦旺也。右寸细而无力者,乃肺经气分太虚;右关濡而无神者,乃脾土被肝木克制。心气虚而生火者,应现经期不调,夜间不寐。肝家血亏气滞者,必然肋下疼胀,月信过期,心中发热。肺经气分太虚者,头目不时眩晕,寅卯间必然自汗,如坐舟中。脾土被肝木克制者,必然不思饮食,精神倦怠,四肢酸软。据我看这脉息,应当有这些症候才对。或以这个脉为喜脉,则小弟不

无力无神心气虚而肝火旺,则病因得其要矣!

以上张友士评论病情症候,则已得其要,实则未能穷源也。

第十回　金寡妇贪利权受辱　张太医论病细穷源

敢从其教也。"旁边一个贴身服侍的婆子道："何尝不是这样呢。真正先生说的如神，_{借下人之口一赞。}倒不用我们告诉了，如今我们家里现有好几位太医老爷瞧着呢，都不能的当真切的这么说。有一位说是喜，有一位说是病；这位说不相干，那位说怕冬至：总没有个准话儿。_{几句话骂尽庸医。}求老爷明白指示指示。"

那先生笑道："大奶奶这个症候，可是那众位耽搁了。_{所谓庸医杀人也。}要在初次行经的日期就用药治起来，不但断无今日之患，而且此时已全愈了。如今既是把病耽误到这个地位，也是应有此灾。依我看来，这病尚有三分治得。_{略加安慰而已。}吃了我的药看，若是夜里睡的着觉，那时又添了二分拿手了。据我看这脉息：大奶奶是个心性高强、聪明不过的人；聪明忒过，则不如意事常有；不如意事常有，则思虑太过。此病是忧虑伤脾，_{句句话说中，可见张大夫确是国手。}肝木忒旺，经血所以不能按时而至。大奶奶从前行经的日子，问一问，断不是常缩，必是常长的。是不是？"这婆子答道："可不是？从没有缩过，或是长两日三日，以至十日都长过。"_{愈说愈中。}先生听了道："妙啊！这就是病源了。_{此处说是病源，实尚隔一层不可再说也。}从前若能够以养心调经之药服之，何至于此。这如今明显出一个水亏木旺的症候来。待用药看看。"于是写了方子，递与贾蓉，上写的是：

益气养荣补脾和肝汤

用身边服侍人称赞张友士之诊脉，则又见语语中肯。

已说到病源，实亦不能再说矣。

人参 二钱　　白术 二钱土炒　　云苓 三钱　　熟地 四钱

归身 二钱酒洗　　白芍 二钱炒　　川芎 钱半　　黄芪 三钱

香附米 二钱制　　醋柴胡 八分　　怀山药 二钱炒

真阿胶 二钱蛤粉炒　　延胡索 钱半酒炒　　炙甘草 八分

引用建莲子七粒去心　　红枣二枚

贾蓉看了，说："高明的很。还要请教先生，这病与性命终久有妨无妨？"_{还要追根究底}先生笑道："大爷是最高明的人。_{其实已经不必明说了。}人病到这个地位，非一朝一夕的症候，吃了这药也要看医缘了。_{绝妙词令。不说不能治，让人略存希望。}依小弟看来，今年一冬是不相干的。总是过了春分，就可望全愈了。"贾蓉也是个聪明人，也不往下细问了。_{到此贾蓉也明白了。}

> 非一朝一夕的症候，则其病由来已久矣。

于是贾蓉送了先生去了，方将这药方子并脉案都给贾珍看了，说的话也都回了贾珍并尤氏了。尤氏向贾珍说道："从来大夫不像他说的这么痛快，想必用的药也不错。"贾珍道："人家原不是混饭吃、久惯行医的人。因为冯紫英与我们好，他好容易求了他来了。既有这个人，媳妇的病或者就能好了。他那方子上有人参，就用前日买的那一斤好的罢。"贾蓉听毕话，方出来叫人打药去煎给秦氏吃。不知秦氏服了此药病势如何，下回分解。

> 再用贾珍为张友士一评，则其所断更定生死矣。

第十回　金寡妇贪利权受辱　张太医论病细穷源

【回后评】

此回先写金荣回家愤愤不平，引其母胡氏一段困苦之言，要金荣自惜，又引出薛蟠每年赒给七八十两银子。何以能得薛蟠赒给，其母未说，读者亦自明矣。

由胡氏又引出金氏欲抱不平，直赴贾府找尤氏，恰遇秦可卿病重，尤氏为此着急。又由秦钟已先将学堂之事并金荣等人许多脏话一并告知秦氏，更使秦氏添病，秦钟因遭尤氏埋怨。金氏见此情景，更不能再言学堂之事矣，又见尤氏问她有没有好大夫，足见尤氏与她亲近，因此又转怒为喜，原先一腔愤怒之气，一泄无余。文章如流水蜿蜒，曲折自如，无不达情，足见雪芹如椽之笔，洞察幽微也。

由金氏问起秦氏如何不见，然后引出秦氏病情严重，尤氏焦急，再引出贾珍焦急，文章一步紧似一步，但重点却写贾珍焦急，为之多方请医，而不写贾蓉，是作者深笔，留待读者自思也。

由尤氏与贾珍商量请医之事，又过渡到贾敬的生日，然后说出贾敬一味好道避世，为后回贾敬服丹砂而死先作一引。

张友士论病细穷源。张友士确是良医，其脉案高明，一经切脉，已心知其病因，虽长篇大论，论说病理，实只是医者之常言，虽已言中，而未再深入。非张友士未穷源也，是源已穷于心而不能言于口也。故所谓"过了春分，就可望全愈了"，亦是意在言外也，盖已穷其源而决其生死也。

【校记】

〔一〕回目:各本同,蒙本、戚本"源"作"原"。

〔二〕庚辰本作"兄弟",据蒙府、戚序、舒序本改。

第十一回　　庆寿辰宁府排家宴
　　　　　　见熙凤贾瑞起淫心〔一〕

话说是日贾敬的寿辰，贾珍先将上等可吃的东西、稀奇些的果品，装了十六大捧盒，着贾蓉带领家下人等与贾敬送去，向贾蓉说道："你留神看太爷喜欢不喜欢，你就行了礼来。你说：'我父亲遵太爷的话未敢来，在家里率领合家都朝上行了礼了。'"贾蓉听罢，即率领家人去了。

表面看来，一派书礼孝义，何等堂皇。

这里渐渐的就有人来了。先是贾琏、贾蔷到来，先看了各处的座位，并问："有什么顽意儿没有？"家人答道："我们爷原算计请太爷今日来家来，所以并未敢预备顽意儿。前日听见太爷又不来了，现叫奴才们找了一班小戏儿并一档子打十番的，都在园子里戏台上预备着呢。"

先问有没有顽意儿。

雪芹旧家原有戏班，此是信手拈来。

次后邢夫人、王夫人、凤姐儿、宝玉都来了，贾珍并尤氏接了进去。尤氏的母亲已先在这里呢。大家见过了，彼此让了坐。贾珍、尤氏二人亲自递了茶，

贾敬寿辰又是一种写法。因贾敬自谓已出世，不与红尘也。

此处先带叙尤氏之母尤老娘。

因说道:"老太太原是老祖宗,我父亲又是侄儿,这样日子,原不敢请他老人家;但是这个时候,天气正凉爽,满园的菊花又盛开,_{点明时令。}请老祖宗过来散散闷,看着众儿孙热闹热闹,是这个意思。谁知老祖宗又不肯赏脸。"凤姐儿未等王夫人开口,先说道:"老太太昨日还说要来着呢,因为晚上看着宝兄弟他们吃桃儿,老人家又嘴馋,吃了有大半个,五更天的时候就一连起来了两次,今日早晨略觉身子倦些。因叫我回大爷,今日断不能来了,说有好吃的要几样,还要很烂的。"叙明贾母不来的原因。贾珍听了笑道:"我说老祖宗是爱热闹的,今日不来,必定有个原故,若是这么着就是了。"

王夫人道:"前日听见你大妹妹说,蓉哥儿媳妇儿身上有些不大好,到底是怎么样?"又将话题过渡到秦氏之病。尤氏道:"他这个病得的也奇,_{说病得的奇,也是疑笔。}上月中秋还跟着老太太、太太们顽了半夜,回家来好好的。到了二十后,一日比一日觉懒,也懒待吃东西,这将近有半个多月了。经期又有两个月没来。"邢夫人接着说道:"别是喜罢?"

正说着,外头人回道:"大老爷、二老爷并一家子的爷们都来了,在厅上呢。"贾珍连忙出去了。这里尤氏方说道:"从前大夫也有说是喜的,昨日冯紫英荐了他从学过的一个先生,医道很好,瞧了说不是喜,竟是很大的一个症候。昨日开了方子,吃了一剂

第十一回　　庆寿辰宁府排家宴　见熙凤贾瑞起淫心

药，今日头眩的略好些，别的仍不见怎么样大见效。"凤姐儿道："我说他不是十分支持不住，今日这样的日子，再也不肯不扎挣着上来。"尤氏道："你是初三日在这里见他的，他强扎挣了半天，也是因你们娘儿两个好的上头，他才恋恋的舍不得去。"凤姐儿听了，眼圈儿红了半天，_{可见秦氏之病已难有望。}半日方说道："真是'天有不测风云，人有旦夕祸福'。这个年纪，倘或就因这个病上怎么样了，人还活着有甚么趣儿！"_{已是绝望之语。}

秦氏之病愈加沉重。

正说话间，贾蓉进来，给邢夫人、王夫人、凤姐儿前都请了安，方回尤氏道："方才我去给太爷送吃食去，并回说我父亲在家中伺候老爷们，款待一家子的爷们，遵太爷的话并未敢来。太爷听了甚喜欢，说：'这才是。'叫告诉父亲母亲好生伺候太爷、太太们，叫我好生伺候叔叔婶子们并哥哥们。还说那《阴骘文》，叫急急的刻出来，印一万张散人。我将此话都回了我父亲了。我这会子得快出去打发太爷们并合家爷们吃饭。"凤姐儿说："蓉哥儿，你且站住。_{凤姐声口，如闻如见。}你媳妇今日到底是怎么着？"贾蓉皱皱眉说道："不好么！婶子回来瞧瞧去就知道了。"_{侧写一笔，秦氏病重。}于是贾蓉出去了。

这里尤氏向邢夫人、王夫人道："太太们在这里吃饭啊，还是在园子里吃去好？小戏儿现预备在园子里呢。"王夫人向邢夫人道："我们索性吃了饭再过去罢，也省好些事。"邢夫人道："很好。"于是尤氏就吩咐媳妇婆子们："快送饭来。"门外一齐答应了一声，都各人端各人的去了。不多一时，摆上了饭。尤氏让邢夫人、王夫人并他母亲都上坐了，他与凤姐儿、宝玉侧席坐了。邢夫人、王夫人道："我们来原为给大老爷拜寿，这不竟是我们来过生日来了么？"凤姐儿说道："大老爷原是好养静的，已经修炼成了，也算得是神仙了。太太们这么一说，这就叫作'心到神知'了。"_{凤姐随机应变，机灵聪明，总能得人欢心，无怪贾母喜欢也。}一句话说的满屋里的人都笑起来了。

于是，尤氏的母亲并邢夫人、王夫人、凤姐儿都吃毕饭，漱了口，净了手。才说要往园子里去，贾蓉进来向尤氏说道："老爷们并众位叔叔、哥哥、兄弟们也都吃了饭了。大老爷说家里有事，二老爷是不爱听戏，又怕人闹的慌，都才去了。别的一家子的爷们都被琏二叔并蔷兄弟让过去听戏去了。方才南安郡王、东平郡王、西宁郡王、北静郡王四家王爷，并镇国公牛府等六家，忠靖侯史府等八家，都差人持了名帖送寿礼来，俱回了我父亲，先收在账房里了，礼单都上了档子了。老爷的领谢的名帖都交给各家的来人了，各家来人也都照旧例赏了，众来人都让吃了饭才去了。母亲该请二位太太、老娘、婶子都过园子里坐着去罢。"尤氏道："也是，才吃完了饭，就要过去了。"

凤姐儿说："我回太太，我先瞧瞧蓉哥儿媳妇，

_{以上一段交代过寿诞情景。来客俱是豪门显宦，具见宁府豪势。以下再回到秦氏之病。}

第十一回　　庆寿辰宁府排家宴　见熙凤贾瑞起淫心

我再过去。"王夫人道："很是，我们都要去瞧瞧他，倒怕他嫌闹的慌，说我们问他好罢。"尤氏道："好妹妹，媳妇听你的话，你去开导开导他，我也放心。你就快些过园子里来。"宝玉也要跟了凤姐儿去瞧秦氏去，王夫人道："你看看就过去罢，那是侄儿媳妇。"于是尤氏请了邢夫人、王夫人并他母亲都过会芳园去了。撇过众人。

凤姐儿、宝玉方和贾蓉到秦氏这边来了。进了房门，悄悄的走到里间房门口，秦氏见了，就要站起来，凤姐儿说："快别起来，看起猛了头晕。"于是凤姐儿就紧走了两步，拉住秦氏的手，说道："我的奶奶！怎么几日不见，就瘦的这么着了！"可见病情急转。于是就坐在秦氏坐的褥子上。宝玉也问了好，坐在对面椅子上。贾蓉叫："快倒茶来，婶子和二叔在上房还未喝茶呢。"秦氏拉着凤姐儿的手，强笑道："这都是我没福。这样人家，公公、婆婆当自己的女孩儿似的待。婶娘的侄儿虽说年轻，却也是他敬我，我敬他，从来没有红过脸儿。就是一家子的长辈、同辈之中，除了婶子倒不用说了，别人也从无不疼我的，也无不和我好的。这如今得了这个病，把我那要强的心一分也没了。一段呜呜切切，恰合两人素日情状。秦氏历数一一，令人感到已临尽日。一篇低诉，真如宛转哀鸣，令人伤感！公婆跟前未得孝顺一天；就是婶娘这样疼我，我就有十分孝顺的心，如今也不能够了。我自想着，未必熬的过年去呢。""人之将死，其言也善。鸟之将亡，其鸣也哀。"此善言亦哀音也。

宝玉正眼瞅着那《海棠春睡图》，并那秦太虚写的"嫩寒锁梦因春冷，芳气笼人是酒香"的对联，不觉想起在这里睡晌觉，梦到"太虚幻境"的事来。一事点醒太虚幻境，虚而实，实而虚也。正自出神，听得秦氏说了这些话，如万箭攒心，那眼泪不知不觉就流下来了。何以"万箭攒心"？梦中之事，虚耶实耶，费人疑思。

作者文笔，于极写实中忽出幻笔，将梦中之情、幻境之事又一点染，是耶非耶，令人迷惘。

然幻境之梦，宝玉朦胧之性觉醒也。故思之念之，其情特真也。

凤姐儿心中虽十分难过，但恐怕病人见了众人这个样儿反添心酸，倒不是来开导劝解的意思了。见宝玉这个样子，因说道："宝兄弟，你忒婆婆妈妈的了。他病人不过是这么说，那里就到得这个田地了。警解得好，一笔荡开。况且能多大年纪的人，略病一病儿就这么想那么想的，这不是自己倒给自己添病了么？"说得极是，的是问病人口气。贾蓉道："他这病也不用别的，只是吃得些饮食就不怕了。"凤姐儿道："宝兄弟，太太叫你快过去呢。你别在这里只管这么着，倒招的媳妇也心里不好。一语又触及可卿。太太那里又惦着你。"因向贾蓉说道："你先同你宝叔叔过去罢，让宝玉先走，才有后来贾瑞之事。我还略坐一坐儿。"贾蓉听说，即同宝玉过会芳园来了。

贾蓉、宝玉二人既去，就剩秦、凤二人矣，于是可以"低低的说了许多衷肠话"矣。可见这些"衷肠话"，蓉、宝二人在时不能说也。于此读者可以思过半矣。

这里凤姐儿又劝解了秦氏一番，又低低的说了许多衷肠话儿。正是一言难尽。或曰：此处直射焦大醉骂等情节，故须凤姐为其警解慰安也。尤氏打发人请了两三遍，请了两三遍，情有不舍也，此是生离，实亦无异死别。凤姐儿才向秦氏说道："你好生养着罢，我再来看你。合该你这病要好，所以前日就有人荐了这个好大夫来，再也是不怕的了。"

第十一回　庆寿辰宁府排家宴　见熙凤贾瑞起淫心

^{慰之甚切，情意盈盈。}秦氏笑道："任凭神仙也罢，治得病治不得命。^{无奈秦氏自知已到尽日。}婶子，我知道我这病不过是挨日子。"凤姐儿说道："你只管这么想着，病那里能好呢。总要想开了才是。况且听得大夫说，若是不治，怕的是春天不好呢。如今才九月半，还有四五个月的工夫，什么病治不好呢？〔二〕^{再宽一层慰之。}咱们若是不能吃人参的人家，这也难说了；你公公婆婆听见治得好你，别说一日二钱人参，就是二斤也能够吃的起。好生养着罢，我过园子里去了。"^{先点园子一笔。}秦氏又道："婶子，恕我不能跟过去了。闲了时候，还求婶子常过来瞧瞧我，咱们娘儿们坐坐，多说几遭话儿。"^{哀音如诉。}凤姐儿听了，不觉得又眼圈儿一红，^{其实凤姐心里早已明白。}遂说道："我得了闲儿必常来看你。"于是凤姐儿带领跟来的婆子丫头并宁府的媳妇婆子们，从里头绕进园子的便门来。但只见：

　　黄花满地，白柳横坡。小桥通若耶之溪，曲径接天台之路。石中清流激湍，篱落飘香；树头红叶翩翩，疏林如画。西风乍紧，初罢莺啼；暖日当暄，又添蛩语。遥望东南，建几处依山之榭；纵观西北，结三间临水之轩。笙簧盈耳，别有幽情；罗绮穿林，倍添韵致。

凤姐儿正自看园中的景致，一步步行来赞赏。^{原先跟随众人想俱在后乎？}猛然从假山石后走过一个人来，向前对凤姐儿说道："请嫂子安。"^{意外之事，意外之文。}凤姐儿猛然见了，将身

秦氏自知病已不治，加重病情一笔。

一段四六文字，恰是一篇秋色赋，不是春色撩人，倒是秋色撩人。

子望后一退，说道："这是瑞大爷不是？"贾瑞说道："嫂子连我也不认得了？不是我是谁！"凤姐儿道："不是不认得，猛然一见，不想到是大爷到这里来。"_{确是实话。}贾瑞道："也是合该我与嫂子有缘。我方才偷出了席，在这个清净地方略散一散，不想就遇见嫂子也从这里来。这不是有缘么？"_{岂知这竟是死缘而不是生缘，更不是"姻缘"。}一面说着，一面拿眼睛不住的觑着凤姐儿。_{一副贼相逼真。}

凤姐儿是个聪明人，见他这个光景，如何不猜透八九分呢。_{世上哪有凤姐猜不透的事，何况此类事乎？}因向贾瑞假意含笑道："怨不得你哥哥时常提你，说你很好。今日见了，听你说这几句话儿，就知道你是个聪明和气的人了。这会子我要到太太们那里去，不得和你说话儿，等闲了，咱们再说话儿罢。"贾瑞道："我要到嫂子家里去请安，又恐怕嫂子年轻，不肯轻易见人。"_{得寸进尺，步步紧逼。}凤姐儿假意笑道："一家子骨肉，说什么年轻不年轻的话。"_{先给几句甜话一诱。凤姐已不怀好意。}_{言语愈甜，其心愈辣。}贾瑞听了这话，再不想到今日得这个奇遇，那神情光景亦发不堪难看了。_{总写贾瑞一笔。}凤姐儿说道："你快入席去罢，仔细他们拿住罚你酒。"_{其话如蜜如酒，贾瑞焉得不醉？}贾瑞听了，身上已木了半边，_{刻画入骨。}慢慢的一面走着，一面回过头来看。凤姐儿故意的把脚步放迟了些儿，_{一言一动，皆是诱饵。}见他去远了，心里暗忖道："这才是知人知面不知心呢。那里有这样禽兽样的人呢。他如果如此，几时叫他死在我的手里，他才知道我的手段！"_{已下狠心矣。}_{贾瑞非礼，拒之责之可矣，乃诱而导之，终而杀之，可见凤姐之毒，然则贾瑞固自取其祸也。}

第十一回　　庆寿辰宁府排家宴　　见熙凤贾瑞起淫心

于是凤姐儿方移步前来。将转过了一重山坡，_{原来被山坡挡住，贾瑞故敢如此也。}见两三个婆子慌慌张张的走来，见了凤姐儿，笑说道："我们奶奶见二奶奶只是不来，急的了不得，叫奴才们又来请奶奶来了。"凤姐儿说道："你们奶奶就是这么急脚鬼似的。"凤姐儿慢慢的走着，问："戏唱了几出了？"那婆子回道："有八九出了。"说话之间，已来到了天香楼的后门，_{天香楼事已删去，此处尚存其名。}见宝玉和一群丫头们在那里顽呢。凤姐儿说道："宝兄弟，别忒淘气了。"有一个丫头说道："太太们都在楼上坐着呢，请奶奶就从这边上去罢。"

^{可知与贾瑞故意兜兜搭搭，已有一些时间，致使尤氏等急了。}

凤姐儿听了，款步提衣上了楼，见尤氏已在楼梯口等着呢。_{可见等急了。}尤氏笑说道："你们娘儿两个忒好了，见了面总舍不得来了。你明日搬来和他住着罢。你坐下，我先敬你一钟。"于是凤姐儿在邢、王二夫人前告了坐，又在尤氏的母亲前周旋了一遍，仍同尤氏坐在一桌上吃酒听戏。

尤氏叫拿戏单来，让凤姐儿点戏，凤姐儿说道："亲家太太和太太们在这里，我如何敢点？"邢夫人、王夫人说道："我们和亲家太太都点了好几出了，你点两出好的我们听。"凤姐儿立起身来答应了一声，方接过戏单，从头一看，点了一出《还魂》，一出《弹词》，递过戏单去说："现在唱的这《双官诰》，唱完了，再唱这两出，也就是时候了。"王夫人道："可不是呢，

^{《还魂》写生生死死，杜丽娘因情而死也；《弹词》写明皇之盛衰，贵妃之因爱致死也；《双官诰》写寡妇守节，寓意皆指贾府后事。}

也该趁早叫你哥哥嫂子歇歇，他们又心里不静。"尤氏说道："太太们又不常过来，娘儿们多坐一会子去，才有趣儿，天还早呢。"凤姐儿立起身来，望楼下一看，说："爷们都往那里去了？"旁边一个婆子道："爷们才到凝曦轩，带了打十番的那里吃酒去了。"凤姐儿说道："在这里不便宜，背地里又不知干什么去了！"尤氏笑道："那里都像你这么正经人呢！"

于是说说笑笑，点的戏都唱完了，方才撤下酒席，摆上饭来。吃毕，大家才出园子来，到上房坐下，吃了茶，方才叫预备车，向尤氏的母亲告了辞。尤氏率同众姬妾并家下婆子媳妇们方送出来，贾珍率领众子侄都在车旁侍立，等候着呢，见了邢夫人、王夫人道："二位婶子明日还过来逛逛。"王夫人道："罢了，我们今日整坐了一日，也乏了，明日歇歇罢。"于是都上车去了。贾瑞犹不时拿眼睛觑着凤姐儿。再写贾瑞一笔。贾珍等进去后，李贵才拉过马来，宝玉骑上，随了王夫人去了。这里贾珍同一家子的弟兄子侄吃过了晚饭，方大家散了。

贾敬寿诞于此结束，以下接写可卿之病，写她交冬至节气未添病。似有好转希望，实为后文反照。

次日，仍是众族人等闹了一日，不必细说。此后凤姐儿不时亲自来看秦氏。秦氏也有几日好些，也有几日仍是那样。贾珍、尤氏、贾蓉好不焦心。

且说贾瑞到荣府来了几次，偏都遇见凤姐儿往宁

第十一回　庆寿辰宁府排家宴　见熙凤贾瑞起淫心

府那边去了。_{补叙贾瑞，一笔不漏。}这年正是十一月三十日冬至。到交节的那几日，贾母、王夫人、凤姐儿日日差人去看秦氏，回来的人都说："这几日也没见添病，也不见甚好。"王夫人向贾母说："这个症候，遇着这样大节不添病，就有好大的指望了。"_{总是往好处想，人之常情也。}贾母说："可是呢，好个孩子，要是有些原故，可不叫人疼死。"说着，一阵心酸，_{写贾母，可见可卿亦得贾母之欢心也。}叫凤姐儿说道："你们娘儿两个也好了一场，明日大初一，过了明日，你后日再去看一看他去。你细细的瞧瞧他那光景，倘或好些儿，你回来告诉我，我也喜欢喜欢。那孩子素日爱吃的，你也常叫人做些给他送过去。"_{句句是老人声口。句句见可卿病呕。}凤姐儿一一的答应了。_{凤、秦二人交厚，连贾母亦深知。贾母一番嘱咐，实亦写出可卿病已垂危也。}

到了初二日，吃了早饭，来到宁府，看见秦氏的光景，虽未甚添病，但是那脸上身上的肉全瘦干了。_{实已病入骨髓也。}于是和秦氏坐了半日，说了些闲话儿，又将这病无妨的话开导了一遍。_{聊以慰情而已。}秦氏说道："好不好，春天就知道了。如今现过了冬至，又没怎么样，或者好的了也未可知。_{写病人心理逼真。}婶子回老太太、太太放心罢。昨日老太太赏的那枣泥馅的山药糕，我倒吃了两块，倒像克化的动似的。"凤姐儿说道："明日再给你送来。我到你婆婆那里瞧瞧，就要赶着回去回老太太的话去。"秦氏道："婶子替我请老太太、太太安罢。"_{病至此，仍不减礼数，贾母安能不疼？}

凤姐儿答应着就出来了，到了尤氏上房坐下。尤氏道："你冷眼瞧媳妇是怎么样？"凤姐儿低了半日头，说道："这实在没法儿了，_{确实没法说也，说不治则不忍，说可治则实不可治也。}你也该将一应的后事用的东西给他料理料理，冲一冲也好。"_{实际是说已无望了。}尤氏道："我也叫人暗暗的预备了。就是那件东西不得好木头，_{先提一笔，为后文薛蟠之事作余地。}暂且慢慢的办罢。"_{尤氏也心里明白，故已作准备。}于是凤姐儿吃了茶，说了一会子话儿，说道："我要快回去回老太太的话去呢。"尤氏道："你可缓缓的说，别吓着老太太。"_{可见事已不可挽回也。}凤姐儿道："我知道。"

于是，凤姐儿就回来了。到了家中，见了贾母，说："蓉哥儿媳妇请老太太安，给老太太磕头。说他好些了，求老祖宗放心罢。_{聊以安慰而已。}他再略好些，还要给老祖宗磕头请安来呢。"贾母道："你看他是怎么样？"凤姐儿说："暂且无妨，精神还好呢。"_{只好如此说耳。}贾母听了，沉吟了半日，_{贾母亦心中有数也。}因向凤姐儿说："你换换衣服，歇歇去罢。"凤姐儿答应着出来，见过了王夫人，到了家中，平儿将烘的家常的衣服给凤姐儿换了，_{写得细。}凤姐儿方坐下，问道："家里没有什么事么？"平儿方端了茶来，递了过去，说道："没有什么事。就是那三百银子的利银，旺儿媳妇送进来，我收了。再有瑞大爷使人来打听奶奶在家没有，他要来请安说话。"_{再写贾瑞，一笔不漏，实写凤姐几句甜话引诱之力也。}凤姐儿听了，哼了一声，说道："这畜生合该作死，看他来了怎么样！"平儿因问道："这

第十一回　庆寿辰宁府排家宴　见熙凤贾瑞起淫心

瑞大爷是因什么只管来？"凤姐儿遂将九月里宁府园子里遇见他的光景，他说的话，都告诉了平儿。平儿是凤姐的左右手，事事都经。平儿说道："癞蛤蟆想天鹅肉吃，没人伦的混账东西，起这个念头，叫他不得好死！"平儿也下狠心，可见贾瑞之为人。凤姐儿道："等他来了，我自有道理。"早已机关算尽！就等上钩矣！不知贾瑞来时作何光景，且听下回分解。

193

【回后评】

　　本回开头写贾珍一家为贾敬庆寿辰，而贾敬又避而不到：一是写贾敬不务正事，不管一切，只图飞升，遂使贾珍得以恣意妄为，所谓"箕裘颓堕皆从敬，家事消亡首罪宁"也。写宁府之"箕裘颓堕""家事消亡"，实亦写诗礼之家之金玉其外、败絮其中，其笔锋实直指孔孟之道和程朱理学也。二是写因贾敬之寿诞，凤姐、宝玉得再至秦氏房中，再点警幻所训之事，则幻境中之可卿，与眼前病中之可卿，虚而实，实而虚矣。雪芹惯用此虚实相生笔法，使读者虚虚实实，可以意会而不可实指也。三是借寿诞，贾瑞始能得其机而启其邪心也，凤姐始能得其机而施其狡诈狠毒之计也。

　　可卿之死，原为天香楼悬梁自尽，后将此情节改写，遂有此回之病，然文中仍留天香楼之名，作者故留鸿爪也。写可卿之病，虽是后来改笔，但病势恹恹，写得哀哀欲绝，缠绵不已，的是真病，足见雪芹生花之笔，笔笔无懈也。写凤姐与可卿衷肠低语，喁喁切切，不为外人所闻，读者遂以为是为解焦大之骂云云。雪芹擅着此虚空之笔，令读者揣摹遐想，而自己不留痕迹，真所谓"不着一字，尽得风流"也。

　　本回写贾瑞邪念，只是开端，然贾瑞之沉溺、凤姐之恶意引诱，凤、平之欲死贾瑞，均已可见矣！然凤将何以诱之，瑞将何以迷之恋之，平将何以酷之，皆为下文之悬念，于是读者急欲看下回矣，足见雪芹深知文章擒拿之法！

【校记】

　　〔一〕回目：各本同。列藏"寿"作"生"。

　　〔二〕"如今才九月半"三句，共二十二字，庚辰本无，据蒙本、戚序、舒序本补。

第十二回　　王熙凤毒设相思局
　　　　　　贾天祥正照风月鉴[一]

话说凤姐正与平儿说话，只见有人回说："瑞大爷来了。"凤姐急命："快请进来。"_{脂批："立意追命。}贾瑞见往里让，心中喜出望外，_{贼心贼念，不知更有其他也。}急忙进来，见了凤姐，满面陪笑，连连问好。凤姐儿也假意殷勤，让茶让坐。_{一步。}

贾瑞见凤姐如此打扮，亦发酥倒，_{写贾瑞入骨。}因饧了眼问道："二哥哥怎么还不回来？"_{最关心者此也。}凤姐道："不知什么原故。"贾瑞笑道："别是在路上有人绊住了脚了，舍不得回来，也未可知。"_{贾瑞先以言挑之。}凤姐道："也未可知。男人家见一个爱一个也是有的。"_{不想凤姐竟反挑，贾瑞安得不上钩？二步。}贾瑞笑道："嫂子这话说错了，我就不这样。"_{直说到我上，越说越近。}凤姐笑道："像你这样的人能有几个呢？_{畸批："勿作正面看为幸。畸笏。"}十个里也挑不出一个来。"_{三步。再加迷魂药，贾瑞不能醒矣！}贾瑞听了，喜的抓耳挠腮，又道："嫂子天天也闷的很。"凤姐道："正是呢，只盼个人来说话，解解闷儿。"_{罗网之口大开，只等你进来。}贾瑞笑道："我倒天天闲着，天天过来替嫂子解解闲闷，可好不好？"

_{早已设就陷阱，专等你来了。}

_{请看贾瑞步步入网，煞是有趣。}

凤姐笑道:"你哄我呢,你那里肯往我这里来!"贾瑞道:"我在嫂子跟前,若有一点谎话,天打雷劈!只因素日闻得人说,嫂子是个利害人,在你跟前一点也错不得,所以唬住了我。如今见嫂子最是个有说有笑极疼人的,我怎么不来?死了也愿意!"凤姐笑道:"果然你是个明白人,比贾蓉、贾蔷两个强远了。我看他那样清秀,只当他们心里明白,谁知竟是两个糊涂虫,一点不知人心。"

> 四步。其言如蜜,其心如刀。
> 素日所闻之言不假,只是终于未被唬住耳。
> 糖里的毒药,虽毒死人仍甜也。
> 愿者上钩也。
> 公然说出贾蓉两个,更使贾瑞放胆也。
> 五步。其言更比蜜甜,贾瑞岂能不为所迷?

> 如鱼吞钩,愈吞愈牢,不可脱矣。凤姐则持竿垂饵,轻轻提引,遂使此鱼不致脱钩耳。

贾瑞听了这话,越发撞在心坎儿上,由不得又往前凑了一凑,觑着眼看凤姐带的荷包,然后又问带着什么戒指。凤姐悄悄道:"放尊重着,别叫丫头们看了笑话。"贾瑞如听纶音佛语一般,忙往后退。凤姐笑道:"你该走了。"贾瑞说:"我再坐一坐儿。好狠心的嫂子。"凤姐又悄悄的道:"大天白日,人来人往,你就在这里也不方便。你且去,等着晚上起了更你来,悄悄的在西边穿堂儿等我。"贾瑞听了,如得珍宝,忙问道:"你别哄我。但只那里人过的多,怎么好躲的?"凤姐道:"你只放心。我把上夜的小厮们都放了假,两边门一关,再没别人了。"贾瑞听了,喜之不尽,忙忙的告辞而去,心内以为得手。

> 越加放肆,已不可耐矣。
> 六步,其言仍甜。
> 如画。
> 如闻柔音,直如叫他再来耳。脂批:"叫去,正是叫来也。"
> 其状想更不堪矣!
> 已说到妙处。"这里也不方便",是何言欤!
> "你来"两字,无异勾魂权杖!
> 贾瑞听"等我"两字,便如醉如痴了!
> 七步。让贾瑞放心上钩。
> 人虽暂去,而心已入牢笼矣!

> 一段凤姐与贾瑞谈话,句句勾引,步步牢笼,直是怕贾瑞不上钩耳。于此可见凤姐之毒,亦可见贾瑞之愚蠢而下作也。

第十二回　　王熙凤毒设相思局　　贾天祥正照风月鉴

盼到晚上，果然黑地里摸入荣府，趁掩门时，钻入穿堂。果见漆黑无一人，往贾母那边去的门户已锁倒，只有向东的门未关。贾瑞侧耳听着，半日不见人来，忽听咯噔一声，东边的门也倒关了。情景如画。初见漆黑无人一喜，忽听咯噔一声一惊，描摹贾瑞贼心如画。贾瑞急的也不敢则声，只得悄悄的出来，将门撼了撼，关的铁桶一般。此时要求出去亦不能够，南北皆是大房墙，要跳亦无攀援。这屋内又是过门风，空落落。现是腊月天气，夜又长，朔风凛凛，侵肌裂骨，一夜几乎不曾冻死。数句可见贾瑞狼狈凄苦之状。好容易盼到早晨，只见一个老婆子先将东门开了，进去又叫西门。贾瑞瞅他背着脸，一溜烟抱着肩跑了出来。活画贾瑞,"抱着肩"三字尤传神。幸而天气尚早，人都未起，从后门一径跑回家去。

原来贾瑞父母早亡，只有他祖父代儒教养。那代儒素日教训最严，不许贾瑞多走一步，生怕他在外吃酒赌钱，有误学业。今忽见他一夜不归，只料定他在外非饮即赌，嫖娼宿妓，那里想到这段公案。因此气了一夜。贾瑞也捻着一把汗，少不得回来撒谎，只说："往舅舅家去了，天黑了，留我住了一夜。"代儒道："自来出门，非禀我不敢擅出，如何昨日私自去了？据此亦该打，何况是撒谎！"因此发狠，到底打了三四十板，不许吃饭，令他跪在院内读文章，定要补出十天的工课来方罢。贾瑞直冻了一夜，今又遭了苦打，且饿着肚子，跪着在风地里读文章，其苦万状。真是活受罪也。

"摸"字"钻"字，均活画出贾瑞一路藏藏躲躲情状。

诸葛亮有七擒孟获，王熙凤则有七擒贾瑞。诸葛亮是七擒七纵，王熙凤是只擒不纵，诸葛亮是擒而令其心伏归降，王熙凤是擒而令其迷恋不舍以至于死！

此兽已入捕笼矣。

书中代儒，自是儒者之代表，在此儒者亲自教育下之贾瑞，却是如此行径，此亦作者对儒家之辛辣讽刺也。

庚辰眉批："处处点父母痴心，子孙不肖——此书系自愧而成。"

此时贾瑞前心犹是未改,再想不到是凤姐捉弄他。过后两日,得了空,便仍来找凤姐,凤姐故意抱怨他失信,贾瑞急的赌身发誓。_{可见其愚至甚。畸批:"苦海无边,回头是岸。若个能回头也,叹叹。壬午春,畸笏。"} _{凤姐之诈,令人悚然。此处既许之,复诱之,贾瑞再不能出其牢笼矣。} _{死到临头尚不觉悟。}凤姐因见他自投罗网,少不得再寻别计令他知改,故又约他道:"今日晚上,你别在那里了。你在我这房后小过道子里那间空屋里等我,可别冒撞了。"_{一计已过,再生一计,先说"别冒撞了",正是令其必来也。}贾瑞道:"果真?"凤姐道:"谁可哄你?_{已经哄过,只恨贾瑞不悟耳。}你不信就别来。"贾瑞道:"来,来,来。死也要来!"_{说得一点不差。}凤姐道:"这会子你先去罢。"贾瑞料定晚间必妥,_{写贾瑞愚而蠢至极矣。}此时先去了。凤姐在这里便点兵派将,设下圈套。_{再张捕网之口而待之。}

那贾瑞只盼不到晚上,_{真是度日如年。}偏生家里亲戚又来了,直等吃了晚饭才去,_{偏于忙中着此闲笔。}那天已有掌灯时候。又等他祖父安歇了,方溜进荣府,直往那夹道中屋子里来等着,热锅上的蚂蚁一般,_{形容如画。真心急不可耐也。}只是干转。_{此段直是一幅画图。活画贾瑞,好看煞人。}左等不见人影,右听也没声响,心下自思:"别是又不来了,又冻我一夜不成?"_{四字绝妙图画。}_{此时仍不觉悟。}正自胡猜,只见黑魆魆的来了一个人,_{好不容易总算盼到了。}贾瑞便意定是凤姐,不管青红皂白,饿虎一般,_{四字形容淋漓尽致。}等那人刚至门前,便如猫捕鼠的一般抱住,_{恨不得一口吞下去也。}叫道:"亲嫂子,等死我了。"_{丑极!雪芹此等文字,也能一丝不走,真写生妙手也。}说着抱到屋里炕上,就亲嘴扯裤子,满口里"亲娘""亲爹"的乱叫起来。那人只不作声。_{贾瑞已饥不择食矣。}_{妙极。}贾瑞拉了自己裤子,硬帮

第十二回　王熙凤毒设相思局　贾天祥正照风月鉴

帮的就想顶入。_{亏作者形容得出。}忽见灯光一闪，_{此灯光胜如电闪雷鸣。}只见贾蔷举着个捻子照道："谁在屋里？"_{于紧张处着此闲笔，文章更见波澜。}只见炕上那人笑道："瑞大叔要臊我呢。"_{意外之事，意外之文。}贾瑞一见，却是贾蓉，_{奇绝幻绝。在贾瑞明明是抱的凤姐，何以忽变贾蓉？}真臊的无地可入，不知要怎么样才好，_{此时真少个地洞可钻也。}回身就要跑，被贾蔷一把揪住，_{此时回身已迟矣！}道："别走！如今琏二婶已经告到太太跟前，说你无故调戏他。他暂用了个脱身计，哄你在那边等着，太太气死过去，因此叫我来拿你。刚才你又拦住他，没的说，跟我去见太太。"

贾瑞听了，魂不附体，_{其实魂早已丢了。}只说："好侄儿，只说没有见我，明日我重重的谢你。"贾蔷道："你若谢我，放你不值什么，只不知你谢我多少。况且口说无凭，写一文契来。"贾瑞道："这如何落纸呢？"贾蔷道："这也不妨，写一个赌钱输了外人账目，借头家银若干两便罢。"_{一切都早已为你想好。}贾瑞道："这也容易。只是此时无纸笔。"_{不必发愁。}贾蔷道："这也容易。"说罢，翻身出来，纸笔现成，拿来命贾瑞写。_{可见早已准备好了。}他俩作好作歹，只写了五十两，_{便宜了。}然后画了押，贾蔷收起来。然后撕逻贾蓉。贾蓉先咬定牙不依，只说："明日告诉族中的人评评理。"_{来势更加严重。}贾瑞急的至于叩头。贾蔷作好作歹的，也写了一张五十两欠契才罢。_{总算也只五十两。如要一百两，贾瑞也只得应承，然未必能兑现也。}贾蔷又道："如今要放你，我就担着不是。老太太那边的门早已关了，老爷正在厅上看南京的东西，

_{此时贾瑞才如梦初醒。}

那一条路定难过去，如今只好走后门。〖指给一条绝妙之路。〗若这一走，倘或遇见了人，连我也完了。等我们先去哨探哨探，再来领你。〖其实先去作安排。〗这屋你还藏不得，少时就来堆东西。等我寻个地方。"〖还要给找个好地方。〗说毕，拉着贾瑞，仍熄了灯，出至院外，摸着大台矶底下，说道："这窝儿里好，你只蹲着，别哼一声，〖贾瑞此时已只好由他摆布。〗等我们来再动。"说毕，二人去了。

贾瑞此时身不由己，只得蹲在那里。心下正盘算，只听头顶上一声响，滑拉拉一净桶尿粪从上面直泼下来，可巧浇了他一身一头，〖想不到天赐黄金一百两已足矣！〗贾瑞撑不住嗳哟了一声，忙又掩住口，不敢声张，〖只好闷声吃屎也。〗满头满脸浑身皆是尿屎，冰冷打战。〖脂批："余料必有新奇解恨文字收场，方是《石头记》笔力。"〗只见贾蔷跑来叫："快走，快走！"贾瑞如得了命一般，三步两步从后门跑到家里。〖其狼狈之状，可以想见。〗天已三更，只得叫门，开门人见他这般景况，问是怎的。少不得扯谎说："黑了，失脚掉在茅厕里了。"〖不是掉在茅厕里，而是茅厕掉在他身上了。〗一面到了自己房中更衣洗濯，心下方想到是凤姐顽他，〖此时方悟，悟亦晚矣！〗因此发一回恨；再想想凤姐的模样儿，又恨不得一时搂在怀内。〖至此仍不能悔，安得不死？可见美色之迷人也。雪芹之笔，胜过佛家。〗胡思乱想，一夜竟不曾合眼。

自此满心想凤姐，只不敢往荣府去了。〖虽不能至，心向往之。〗贾蓉两个又常常的来索银子，他又怕祖父知道，正是相思尚且难禁，更又添了债务。日间工课又紧，他二十

〖凤姐、平儿如此"惩戒"贾瑞，贾瑞安得不死！〗

〖庚辰眉批："瑞奴实当如是报之。"〗

〖畸批："此一节可入《西厢记》批评内十大快中。畸笏。"〗

〖庚辰眉批："此刻还不回头。真自寻死路矣。"〗

第十二回　王熙凤毒设相思局　贾天祥正照风月鉴

来岁的人，尚未娶过亲，迩来想着凤姐，未免有那指头儿告了消乏等事。更兼两回冻恼奔波，因此三五下里夹攻，不觉就得了一病：心内发膨胀，口中无滋味；脚下如绵，眼中似醋；黑夜作烧，白昼常倦，下溺连精，嗽痰带血。诸如此症，不上一年都添全了。_{此皆凤姐之功劳也。}于是不能支持，一头睡倒，合上眼还只梦魂颠倒，_{至死不悟。}满口乱说胡话，惊怖异常。百般请医疗治，诸如肉桂、附子、鳖甲、麦冬、玉竹等药，吃了有几十斤下去，也不见个动静。

_{相思债、银债、功课债，一齐逼来，再加指头债，贾瑞从此死矣！}

倏又腊尽春回，这病更又沉重，代儒也着了忙，各处请医疗治，皆不见效。因后来吃"独参汤"，代儒如何有这力量？只得往荣府来寻。王夫人命凤姐秤二两给他，凤姐回说："前儿新近都替老太太配了药。那整的，太太又说留着送杨提督的太太配药，偏生昨儿我已送了去了。"_{偏不肯给而已。}王夫人道："就是咱们这边没了，你打发个人往你婆婆那边问问，或是你珍大哥哥那府里再寻些来，凑着给人家。吃好了，救人一命，也是你的好处。"_{岂有宁、荣二府，竟找不出人参之理？王夫人此话，已触及凤姐矣！}凤姐听了，也不遣人去寻，只得将些渣末泡须凑了几钱，命人送去。只说："太太送来的，再也没了。"_{一口回绝了。}然后回王夫人，只说："都寻了来，共凑了有二两送去。"_{脂批："然便有二两'独参汤'，贾瑞固亦不能微好，又岂能望好！但凤姐之毒何如是！瑞之自失也。"当时发誓"死也要来"，此时又"要命心甚切"了，可见还是要活。}那贾瑞此时要命心甚切，无药不吃，只是白花钱，不见效。

_{凤姐狠心，至此极矣！}

203

忽然这日有个跛足道人来化斋，口称专治冤业之症。_{确是冤业之症，一句就说着。}贾瑞偏生在内就听见了，_{要命心切，故耳朵特灵也。}直着声叫喊，_{其声凄惨。}说："快请进那位菩萨来救我！"一面叫，〔二〕一面在枕上叩首。_{其状哀哀。脂批："如见其形，吾不忍看也。"}众人只得带了那道士进来。贾瑞一把拉住，连叫"菩萨救我！"_{惨极！如溺水之人拉住稻草，不肯松手矣。脂批："人之将死，其言也哀。作者如何下笔。"}那道士叹道："你这病非药可医。我有个宝贝与你，你天天看时，此命可保矣。"说毕，从褡裢中取出一面镜子来——_{脂批："凡看书人从此细心体贴，方许你看，否则此书哭矣。"}两面皆可照人，_{脂批："此书表里皆有喻也。"}镜把上面錾着"风月宝鉴"四字——递与贾瑞道："这物出自太虚玄境空灵殿上，警幻仙子所制，_{脂批："言此书原系空虚幻设。"}专治邪思妄动之症，_{此病确是"邪思妄动之症"，可见对症下药矣！}有济世保生之功。所以带他到世上，单与那些聪明俊杰、风雅王孙等看照。_{因此类人皆得此症也。}千万不可照正面，只照他的背面，要紧，要紧！三日后吾来收取，管叫你好了。"说毕，佯常而去，众人苦留不住。

贾瑞收了镜子，想道："这道士倒有意思，我何不照一照试试。"想毕，拿起"风月鉴"来，向反面一照，只见一个骷髅立在里面，_{警醒世人。如都能从美色中见骷髅，于富贵时见贫穷，于繁华时见凋零，则能自得超度矣！脂批："所谓'好知青冢骷髅骨，就是红楼掩面人'是也。作者好苦心思。"}唬得贾瑞连忙掩了，骂："道士混账，如何吓我！_{你自己混账，如何吓不醒呢！}我倒再照照正面是什么。"想着，又将正面一照，只见凤姐站在里面招手叫他。_{可怕至极。是招他的命也！脂批："可怕是招手二字。"}贾瑞心中一喜，荡悠悠的觉得进了镜子，_{脂批："写得奇峭，真好笔墨。"}与凤姐云雨一番，凤姐仍送他

又是跛足道人，甄士隐已随他而去，现在又来找贾瑞，无奈去法各不相同何！

脂批："与红楼梦呼应。"

脂评于"千万不可照正面，只照他的背面"句下批云："观者记之，不要看这书正面方是会看。"此批可与雪芹所说"假语村言""真事隐去"相发明。

如看反面，或能有救，无奈贾瑞至死不悟何！

第十二回　王熙凤毒设相思局　贾天祥正照风月鉴

出来。到了床上，嗳哟了一声，一睁眼，镜子从手里掉过来，仍是反面立着一个骷髅。再次警醒，仍不觉悟！王府批："此一句力如龙象，意谓正面你方才已自领略了，你也当思想反面才是。"贾瑞自觉汗津津的，底下已遗了一滩精。心中到底不足，虽死仍不足，甚矣，色之迷人也！又翻过正面来，只见凤姐还招手叫他，他又进去。真是"死也要来"也。如此三四次。到了这次，刚要出镜子来，只见两个人走来，拿铁锁把他套住，拉了就走。贾瑞叫道："让我拿了镜子再走。"可谓至死不悟。脂批："可怜，大家齐来看此。"只说了这句，就再不能说话了。旁边服侍贾瑞的众人，只见他先还拿着镜子照，落下来，仍睁开眼拾在手内，末后镜子落下来便不动了。众人上来看看，已没了气，身子底下冰凉〔三〕渍湿一大滩精，这才忙着穿衣抬床。代儒夫妇哭的死去活来，大骂道士："是何妖镜！脂批："此书不免腐儒一谤。"若不早毁此物，脂批："凡野史俱可毁，独此书不可毁。"遗害于世不小。"脂批："腐儒。"遂命架火来烧。只听镜内哭道：谁叫你们瞧正面了？你们自己以假为真，何苦来烧我？"此书开头即有"假作真时真亦假"一联，讽刺世情。此处再加一笔。正哭着，只见那跛足道人从外面跑来，喊道："谁毁'风月鉴'？吾来救也！"说着，直入中堂，抢入手内，飘然去了。

当下，代儒料理丧事，各处去报丧。三日起经，七日发引，寄灵于铁槛寺，日后带回原籍。当下贾家众人齐来吊问，荣国府贾赦赠银二十两，贾政亦是二十两，宁国府贾珍亦有二十两。别者族中贫富不等，或三两五两，不可胜数。另有各同窗家分资，也凑了

镜子之照，实亦凤姐之招也，阿凤当初如不甘辞引诱，则贾瑞何能陷溺至此！

以假为真，骂透世情。雪芹此书，固亦讽世之作也。

代儒报丧，各处皆来送礼，遂使"丰丰富富完了此事"，作者以冷峻之笔，揭儒之虚假也。

205

二三十两。代儒家道虽然淡薄，倒也丰丰富富完了此事。再加一笔讽刺。张新之云："一篇细账，调侃假道学不少。"

谁知这年冬底，林如海的书信寄来，却为身染重疾，写书特来接林黛玉回去。贾母听了，未免又加忧闷，只得忙忙的打点黛玉起身。宝玉大不自在，争奈父女之情，也不好拦劝。于是贾母定要贾琏送他去，仍叫带回来。可见贾母此时视黛玉一如亲生。一应土仪盘缠，不消烦说，自然要妥贴。作速择了日期，贾琏与林黛玉辞别了众人，带领仆从，登舟往扬州去了。要知端的，且听下回分解。

黛玉重回扬州。

第十二回　　王熙凤毒设相思局　贾天祥正照风月鉴

【回后评】

　　此回专写凤姐、贾瑞。写凤姐毒设相思局，步步勾引，处处设陷，如凤姐一开始即予贾瑞严斥之，则贾瑞何至于此？则风月鉴中之招手，亦即凤姐家中之招手也。凤姐之毒，于甘辞引诱中见之，于设计侮弄中见之，于蓉、蔷计捉中见之，于蓉、蔷诈财中见之，于平儿泼粪中见之，于贾瑞病重拒给人参中见之。故此回实写凤姐之重要文字也。或谓凤姐不受贾瑞之非礼是正，贾瑞只是自取其亡。此论偏矣。须知整回故事，皆凤姐导而演之，如无凤姐之导演，则无贾瑞之结果也。此事之因与果也，读者不能不明。虽然，贾瑞固亦自取其祸也。

　　此回写贾瑞亦尽淋漓之致，好色好淫而至于此，亦已甚矣！观其屡次上当之狼狈相，亦可知其下流到何等地步！然贾瑞一意淫邪，虽遭弄而终不悟，临死前已知凤姐弄之，而仍迷恋不舍，以至于死。世间固有此等淫滥之徒。雪芹写此，亦为世写照也。且贾瑞之祖父为代儒，为塾师，为师之代儒之代，则当世之儒师为何如，亦可知矣！

　　此回风月鉴于火中说："你们自己以假为真，何苦来烧我？"此雪芹讽世之笔也，世风不仅以假为真，亦且以真为假，代儒之焚风月鉴，即此类也。风月鉴，警世之物也，是真也，而代儒以火焚之，代儒之以真为假，以有用作无用，亦已明矣！

　　庚辰本回末批云："此回忽遣黛玉去者，正为下回可儿之文也。若不遣去，只写可儿阿凤等人，却置黛玉于荣府，成何文哉？故必遣去，方好放笔写秦，方不脱发。况黛玉乃书中正人，秦为陪客，岂因陪而失正耶？后大观园方是宝玉、宝钗、黛玉等正紧文字，前皆系陪衬之文也。"

【校记】

〔一〕回目：各本同。杨本"相"作"想"。

〔二〕"一面叫"三字，庚辰本无，据各本增。

〔三〕"冰凉渍湿"，庚辰本原作"水渍湿"，"湿"字被后人误点去。已卯本作"冰渍湿"，"渍"下又旁添两点，连读为"冰渍渍湿"。显系衍一"渍"字。按："水"字当原系"冰"字笔误，"凉"字据杨本、蒙府、戚序、甲辰诸本增。

第十三回　　秦可卿死封龙禁尉
　　　　　　王熙凤协理宁国府

话说凤姐儿自贾琏送黛玉往扬州去后，心中实在无趣，每到晚间，不过和平儿说笑一回，就胡乱睡了。_{"胡乱睡了"，奇语。}

这日夜间，正和平儿灯下拥炉倦绣，早命浓熏绣被，二人睡下，屈指算行程该到何处，_{是旅人在外，家人悬念情形。}不知不觉已交三鼓。平儿已睡熟了。凤姐方觉星眼微朦，恍惚只见秦氏从外走来，_{一片迷离梦境。}含笑说道："婶子好睡！我今日回去，你也不送我一程。因娘儿们素日相好，我舍不得婶子，故来别你一别。还有一件心愿未了，非告诉婶子，别人未必中用。"_{脂批："一语贬尽贾家一族空顶冠束带者。"}

凤姐听了，恍惚问道："有何心愿，你只管托我就是了。"_{梦中恍惚，何曾想及其他。}秦氏道："婶婶，你是个脂粉队里的英雄，连那些束带顶冠的男子也不能过你，_{以凤姐之能言之，此话并非过誉。}你如何连两句俗语也不晓得？常言'月满则亏，水满则溢'；又道是'登高必跌重'。如今我

庚辰本回前批："此回可卿梦阿凤，盖作者大有深意存焉。可惜生不逢时，奈何奈何！然必写出自可卿之意也。""荣、宁家世未有不尊家训者，虽贾珍尚奢，岂明逆父哉？故写敬老不管，然后恣意，方见笔笔周到。"

几笔冷淡文字，反衬贾琏平时在家情景。

"也不送我一程"，"故来别你一别"，劈空而来，奇语，然恰是梦境中语，亦真实生活中能有之事。此类事尚不可解，读者有此体会否？

千载警世之语。

脂批："'树倒猢狲散'之语，今犹在耳，屈指卅五年矣，哀哉伤哉，宁不痛杀！"

可卿一段嘱咐，预为日后家败一提，"树倒猢狲散"，原是曹寅之语，作者故意写入，亦真事之一鳞半爪也。

可卿一段话，想得周到，亦预为后文伏笔，然后来李煦抄家，家人被发卖，李煦发东北冻饿而死。曹家抄家，全部家产均归隋赫德，曹家从此"落了片白茫茫大地真干净"，故可卿之预谋，实亦无据也。

松斋批："语语见道，字字伤心，读此一段几不知此身为何物矣！松斋。"

们家赫赫扬扬，已将百载，^{一段曹家百年兴旺史又被重提，与前第五回宁、荣二公之灵所言相同，可以参看。}一日倘或乐极悲生，若应了那句'树倒猢狲散'的俗语，岂不虚称了一世的诗书旧族了！"凤姐听了此话，心胸大快，^{可见凤姐亦有此虑矣。}十分敬畏，忙问道："这话虑的极是，但有何法可以永保无虞？"秦氏冷笑道："婶子好痴也。否极泰来，荣辱自古周而复始，岂人力能可保常的？^{可见家败已是事之必然。}但如今能于荣时筹划下将来衰时的世业，^{于荣时而能预知衰时，亦已难得矣！}亦可谓常保永全了。即如今日诸事都妥，只有两件未妥，若把此事如此一行，则后日可保永全了。"凤姐便问何事。秦氏道："目今祖茔虽四时祭祀，只是无一定的钱粮；第二，家塾虽立，无一定的供给。依我想来，如今盛时固不缺祭祀供给，但将来败落之时，此二项有何出处？莫若依我定见，趁今日富贵，将祖茔附近多置田庄、房舍、地亩，以备祭祀供给之费皆出自此处，将家塾亦设于此。合同族中长幼，大家定了则例，日后按房掌管这一年的地亩、钱粮、祭祀、供给之事。如此周流，又无争竞，亦不有典卖诸弊。便是有了罪，凡物可入官，这祭祀产业连官也不入的。便败落下来，子孙回家读书务农，也有个退步，祭祀又可永继。若目今以为荣华不绝，不思后日，终非长策。眼见不日又有一件非常喜事，^{喜事尚未到，却先叙悲事。则喜中已预含悲矣！}真是烈火烹油、鲜花着锦之盛。要知道，也不过是瞬息的繁华，一

第十三回　秦可卿死封龙禁尉　王熙凤协理宁国府

时的欢乐，（两句将一场喜事，又轻轻勾消）万不可忘了那'盛筵必散'的俗语。此时若不早为后虑，临期只恐后悔无益了。"（喜事尚未到，悲事已迫在眉睫了。）凤姐忙问："有何喜事？"秦氏道："天机不可泄漏。只是我与婶子好了一场，临别赠你两句话，须要记着。"因念道：

　　三春去后诸芳尽，各自须寻各自门。（脂批："此句令批书人哭死。"）

凤姐还欲问时，（话已说透，不必再问了。）只听二门上传事云板连叩四下，将凤姐惊醒。人回："东府蓉大奶奶没了。"（话音方落，而人已没了，令人悚然。）凤姐闻听，吓了一身冷汗，（难怪她要吓出一身冷汗。）出了一回神，只得忙忙的穿衣，往王夫人处来。（数句传神。）

彼时合家皆知，无不纳罕，都有些疑心。（疑心什么，令人悬想。甲戌本批："九个字写尽天香楼事，是不写之写。"）那长一辈的想他素日孝顺，平一辈的想他素日和睦亲密，下一辈的想他素日慈爱，以及家中仆从老小想他素日怜贫惜贱、慈老爱幼之恩，莫不悲嚎痛哭者。（连接数语，将疑心之事掩过。）

闲言少叙，却说宝玉因近日林黛玉回去，剩得自己孤恓，也不和人顽耍，（脂批："与凤姐反对。淡淡写来，方是二人自幼气味相投，可知后文皆非突然文字。"）每到晚间便索然睡了。（可见真正孤单至极。）如今从梦中听见说秦氏死了，连忙翻身爬起来，只觉心中似戳了一刀的，忍不住哇的一声，直喷出一口血来。（作者于此处特用重笔，回应第五回梦中之情。）袭人等慌慌忙忙上来搀扶，问是怎么样，又要回贾母来请大夫。宝玉笑道："不用忙，不相干，这是急火攻心，血不归经。"说着便爬起来，要衣服换了，来见贾母，

梅溪批："不必看完，见此二句，即欲堕泪。梅溪。"

脂批："可从此批。"

靖本眉批："可从此批，通回将可卿如何死故隐去，是余大发慈悲也。叹叹！壬午季春，畸笏。"

"三春去后"两句悲凉之雾，已笼罩全局，可卿看似来报喜事，实则预报祸事也，看此最后两句可知。近王玉林君撰文云：三春是指曹玺、曹寅、曹颙祖孙三代，至第三代则已抄家败落"诸芳尽"矣。此说可参。

甲戌眉批："九个字写尽天香楼事，是不写之写。"靖藏本同，但多"常（棠）村"两字署名。均批在"无不纳罕，都有些疑心"九个字之上。

脂批："松斋云好笔力，此方是文字佳处。"

脂批："如在。总是淡描轻写，全无痕迹，方见得有生一（以）来，天分中自然所赋之性如此，非因色所感也。"

"都有些疑心"一句，作者故留端倪也，盖可卿之死，原为淫丧，作者遵畸笏之嘱改去，而留此蛛丝马迹，以为有心人沿波讨源也。

前文说贾琏走后凤姐无味，此处却说黛玉回去，宝玉孤恓，脂批

> :"与凤姐反对（对照）。"又云"淡淡写来，方是二人自幼气味相投，可知后文皆非突然文字。"此批深得作者之意。

实时要过去。袭人见他如此，心中虽放不下，又不敢拦，只是由他罢了。贾母见他要去，因说："才咽气的人，那里不干净；二则夜里风大，等明早再去不迟。"宝玉那里肯依。贾母命人备车，多派跟随人役，拥护前来。

> 初写富贵之家丧事气派。

一直到了宁国府前，只见府门洞开，两边灯笼照如白昼，乱烘烘人来人往，里面哭声摇山震岳。宝玉下了车，忙忙奔至停灵之室，痛哭一番。然后见过尤氏。谁知尤氏正犯了胃疼旧疾，睡在床上。然后又出来见贾珍。彼时贾代儒、代修、贾敕、贾效、贾敦、

> 脂批："所谓层峦叠翠之法也。野史中从无此法。即观者到此，亦为写秦氏未必全到，岂料更又写一尤氏哉！"

贾赦、贾政、贾琮、贾瑞、贾珩、贾珖、贾琛、贾琼、贾璘、贾蔷、贾菖、贾菱、贾芸、贾芹、贾蓁、贾萍、贾藻、贾蘅、贾芬、贾芳、贾兰、贾菌、贾芝等都来了。

> 《石头记》文字，多有言外之意，此处写贾珍文字，即是一例。

贾珍哭的泪人一般，_{甲戌本批："可笑，如丧考妣，此作者刺心笔也。"}正和贾代儒等说道："合家大小，远近亲友，谁不知我这媳妇比儿子还强十倍！如今伸腿去了，可见这长房内绝灭无人了。"说着又哭起来。_{不写贾蓉，却重写贾珍之哭，亦不写之写。}众人忙劝："人已辞世，哭也无益，且商议如何料理要紧。"

脂批："淡淡一句，勾出贾珍多少文字来。"贾珍拍手道："如何料理，不过尽我所有罢了！"_{是何言欤！贾珍语多有不伦不类，是作者特写也。王府本批："'尽我所有'为媳妇，是非礼之谈，父母又将何以待之？故前此有恶奴酒后狂言，及今复见此语，含而不露，吾不能为贾珍隐讳。"}

正说着，只见秦业、秦钟并尤氏的几个眷属尤氏姊妹也都来了。贾珍便命贾琼、贾琛、贾璘、贾蔷

第十三回　秦可卿死封龙禁尉　王熙凤协理宁国府

四个人去陪客，一面吩咐去请钦天监阴阳司来择日，择准停灵七七四十九日，三日后开丧送讣闻。这四十九日，单请一百单八众禅僧在大厅上拜大悲忏，超度前亡后化诸魂，以免亡者之罪；另设一坛于天香楼上，【甲戌脂批："删却，是未删之笔。"】是九十九位全真道士，打四十九日解冤洗业醮。然后停灵于会芳园中，灵前另外五十众高僧、五十众高道，对坛按七作好事。那贾敬闻得长孙媳妇死了，因自为早晚就要飞升，如何肯又回家染了红尘，将前功尽弃呢，因此并不在意，只凭贾珍料理。

贾珍见父亲不管，亦发恣意奢华。广告牌时，几副杉木板皆不中用。可巧薛蟠来吊问，因见贾珍寻好板，便说道："我们木店里有一副板，叫作什么樯木，【脂批："樯者，舟具也，所谓人生若泛舟而已，宁不可叹！"】出在潢海铁网山上，【脂批："所谓迷津易堕，尘网难逃也。"】作了棺材，万年不坏。这还是当年先父带来，原系义忠亲王老千岁要的，因他坏了事，【王府本批："'坏了事'等字毒极，写尽势利场中故套。"】就不曾拿去。现在还封在店内，也没有人出价敢买。你若要，就抬来使罢。"贾珍听说，喜之不尽，即命人抬来。大家看时，只见帮底皆厚八寸，纹若槟榔，味若檀麝，以手扣之，玎珰如金玉。大家都奇异称赞。贾珍笑问："价值几何？"薛蟠笑道："拿一千两银子来，只怕也没处买去。什么价不价，赏他们几两工钱就是了。"【确是薛蟠口气。】贾珍听说，忙谢不尽，即命解锯糊漆。贾政因

作者于平叙贾敬之事中，又寓讽刺之意。

按，世间并无此木，樯即桅樯，立帆之竖木。故庚辰本脂批云："樯者，舟具也。"《康熙字典》注："船樯帆柱也。"《玉篇·木部》："樯，船樯，帆柱也。"《文选·郭璞〈江赋〉》："舳舻相属，万里连樯"，李善注引《埤苍》曰："樯，帆柱也。"故"樯"字只作"帆柱"解，更无别解，邱华东有文详考之。乃有人竟以为是"梓木"，并以"梓宫"为解，更是妄说。且此处"樯木"云云，全是薛蟠所说，其不可信也明矣。

义忠亲王，亦是随笔成文。

按旧时棺木，皆以杉木为上，以其不腐也。其最珍者为金丝楠木，数千年不腐，扬州近年发掘汉广陵王墓，皆为金丝楠木，予曾亲见，现此木存于扬州博物馆。

劝道:"此物恐非常人可享者,殓以上等杉木也就是了。"此时贾珍恨不能代秦氏之死,_{再刺贾珍一笔。}这话如何肯听。

因忽又听得秦氏之丫鬟名唤瑞珠者,见秦氏死了,他也触柱而亡。此事可罕,合族人也都称叹。_{又为天香楼事留一蛛丝马迹。甲戌脂批:"补天香楼未删之文。"}贾珍遂以孙女之礼殓殡,一并停灵于会芳园中之登仙阁。小丫鬟名宝珠者,因见秦氏身无所出,乃甘心愿为义女,誓任摔丧驾灵之任。贾珍喜之不尽,实时传下,从此皆呼宝珠为小姐,那宝珠按未嫁女之丧,在灵前哀哀欲绝。于是,合族人丁并家下诸人,都各遵旧制行事,自不得紊乱。贾珍因想着贾蓉不过是个黉门监,灵幡经榜上写时不好看,便是执事也不多,因此心下甚不自在。可巧这日正是首七第四日,早有大明宫掌宫内相戴权,_{脂批:"妙。大权也。"则可见雪芹涉笔成刺,随处皆可讽谕。}先备了祭礼遣人来,次后坐了大轿,打伞鸣锣,亲来上祭。贾珍忙接着,让至逗蜂轩献茶。贾珍心中打算定了主意,因而趁便就说要与贾蓉蠲个前程的话。戴权会意,因笑道:"想是为丧礼上风光些。"_{一语说着。}贾珍忙笑道:"老内相所见不差。"戴权道:"事倒凑巧,正有个美缺。如今三百员龙禁尉短了两员,昨儿襄阳侯的兄弟老三来求我,现拿了一千五百两银子,_{先讲市价。}送到我家里。你知道,咱们都是老相与,不拘怎么样,看着他爷爷的分上,胡乱应了。还剩了一个缺,谁知

> 一场丧事,独写贾珍,既写贾珍之哭,复写贾珍之筹划异材为棺木,此处又写贾珍筹划灵幡榜题,写贾珍事事经心,而不着贾蓉一笔。
>
> 戴权之来,亦作者随笔成文,意在讽刺耳。

第十三回　秦可卿死封龙禁尉　王熙凤协理宁国府

永兴节度使冯胖子来求，要与他孩子捐，我就没工夫应他。_{可见市价甚俏，买也不易。一番生意经，另是一种笔墨。}既是咱们的孩子要捐，快写个履历来。"贾珍听说，忙吩咐："快命书房里人恭敬写了大爷的履历来。"小厮不敢怠慢，去了一刻，便拿了一张红纸来与贾珍。贾珍看了，忙送与戴权。看时，上面写道：

江南〔一〕江宁府江宁县监生贾蓉，年二十岁。曾祖，原任京营节度使世袭一等神威将军贾代化；祖，乙卯科进士贾敬；父，世袭三品爵威烈将军贾珍。

戴权看了，回手便递与一个贴身的小厮收了，说道："回来送与户部堂官老赵，说我拜上他，起一张五品龙禁尉的票，再给个执照，就把这履历填上，明儿我来兑银子送去。"_{特提一笔银子。}小厮答应了，戴权也就告辞了。贾珍十分款留不住，只得送出府门。临上轿，贾珍因问："银子还是我到部兑，还是一并送入老内相府中？"戴权道："若到部里，你又吃亏了。不如平准一千二百银子，_{便宜了三百两。}送到我家就完了。"_{其实是送到我口袋里就完了。}贾珍感谢不尽，只说："待服满后，亲带小犬到府叩谢。"于是作别。

接着，便又听喝道之声，原来是忠靖侯史鼎的夫人来了。_{脂批："伏史湘云。"}王夫人、邢夫人、凤姐等刚迎入上房，又见锦乡侯、川宁侯、寿山伯三家祭礼摆在灵前。少

> 雪芹以冷峻之笔，写一段官场买卖，不觉其讽刺，而讽刺已入骨矣。
>
> "忠靖侯史鼎的夫人来了"句下，有脂批云："伏史湘云。"此四字庚辰本误抄成正文。今已校正。甲戌本旁批云："史小姐湘云消息也。"与庚辰本脂批同一意思。今查本回甲戌、己卯、庚辰、蒙府、戚序、列藏、甲辰、程甲各本皆无歧异，又后面四十九回有"保龄侯史鼐又迁委了外省大员，不日要带了家眷上任。贾母因舍不得湘云，便留下他了"一段情节。按史鼎、史鼐是两人，爵位亦不同，而且都是史湘云一家。后来各本均将史鼐改为史鼎，变成一人，这是误改。又史湘云的素材取自李煦家，李煦的两个儿子恰好一个叫李鼎，一个叫李鼐，可以参考。

215

时，三人下轿，贾政等忙接上大厅。如此亲朋你来我去，也不能胜数。只这四十九日，宁国府街上一条白漫漫人来人往，脂批："是有服亲朋并家下人丁之盛。"花簇簇官去官来。脂批："是来往祭吊之盛。"

写宁府丧事，历历有序。

贾珍命贾蓉次日换了吉服，领凭回来。灵前供用执事等物，俱按五品职例。灵牌疏上皆写"天朝诰授贾门秦氏恭人之灵位"。会芳园临街大门洞开，旋在两边起了鼓乐厅，两班青衣按时奏乐，一对对执事摆的刀斩斧齐。更有两面朱红销金大字牌对竖在门外，上面大书："防护内廷紫禁道御前侍卫龙禁尉。"对面高起着宣坛，僧道对坛榜文，榜上大书"世袭宁国公冢孙妇、防护内廷御前侍卫龙禁尉贾门秦氏恭人之丧。脂批："贾珍是乱费，可卿却实如此。"四大部洲至中之地、奉天永建太平之国，总理虚无寂静教门僧录司正堂万虚、总理元始三一教门道录司正堂叶生等，敬谨修斋，朝天叩佛"，以及"恭请诸伽蓝、揭谛、功曹等神，圣恩普锡，神威远镇，四十九日消灾洗业平安水陆道场"等语，亦不消烦记。

脂批："奇文。若明指一州名，似若西游之套，故曰至中之地，不待言可知是光天化日，仁风德雨之下矣。不云国名更妙，可知是尧街舜巷衣冠礼义之乡矣。直与第一回呼应相接。"

只是贾珍虽然此时心意满足，但里面尤氏又犯了旧疾，为凤姐协理先按一笔。不能料理事务，惟恐各诰命来往，亏了礼数，怕人笑话，因此心中不自在。当下正忧虑时，因宝玉在侧问道："事事都算安贴了，大哥哥

第十三回　秦可卿死封龙禁尉　王熙凤协理宁国府

还愁什么？"贾珍见问，便将里面无人的话说了出来。宝玉听说笑道："这有何难？我荐一个人与你权理这一个月的事，管必妥当。"贾珍忙问："是谁？"宝玉见座间还有许多亲友，不便明言，走至贾珍耳边说了两句。贾珍听了喜不自禁，连忙起身笑道："果然安贴，如今就去。"说着拉了宝玉，辞了众人，便往上房里来。

可巧这日非正经日期，亲友来的少，里面不过几位近亲堂客，邢夫人、王夫人、凤姐并合族中的内眷陪坐。闻人报："大爷进来了。"唬的众婆娘唿的一声，往后藏之不迭，[脂批："素日行止可知。"]独凤姐款款站了起来。[特写凤姐一笔]贾珍此时也有些病症在身，二则过于悲痛了，因拄个拐踱了进来。邢夫人等因说道："你身上不好，又连日事多，该歇歇才是，又进来做什么？"贾珍一面扶拐，扎挣着要蹲身跪下请安道乏。邢夫人等忙叫宝玉搀住，命人挪椅子来与他坐。贾珍断不肯坐，因勉强陪笑道："侄儿进来，有一件事，要求二位婶子并大妹妹。"邢夫人等忙问："什么事？"贾珍忙笑道："婶子自然知道，如今孙子媳妇没了，侄儿媳妇偏又病倒，我看里头着实不成个体统。怎么屈尊大妹妹一个月，在这里料理料理，我就放心了。"邢夫人笑道："原来为这个。你大妹妹现在你二婶子家，只和你二婶子说就是了。"

王夫人忙道："他一个小孩子家，何曾经过这些事。倘或料理不清，反叫人笑话，倒是再烦别人好。"贾珍笑道："婶子的意思侄儿猜着了，是怕大妹妹劳苦了。若说料理不开——我包管必料理的开，便是错一点儿，别人看着还是不错的。从小儿大妹妹顽笑着就有杀伐决断，如今出了阁，又在那府里办事，越发历练老成了。我想了这几日，除了大妹妹再无人了。婶子不看侄儿、侄儿媳妇的分上，只看死了的分上罢！"说着滚下泪来。贾珍一提起死者就落泪。脂批曰："好笔力。""好笔力"者，直刺贾珍之心也。

凤姐正愁没有机会舒展，作者亦可借此重写凤姐一笔。王夫人心中怕的是凤姐儿未经过丧事，怕他料理不清，惹人耻笑。今见贾珍苦苦的说到这步田地，心中已活了几分，却又眼看着凤姐出神。那凤姐素日最喜揽事办，一语说透凤姐。好卖弄才干，虽然当家妥当，也因未办过婚丧大事，恐人还不服，巴不得遇见这事，今见贾珍如此一来，他心中早已欢喜。先见王夫人不允，后见贾珍说的情真，王夫人有活动之意，便向王夫人道："大哥哥说的这么恳切，太太就依了罢。"忍不住自告奋勇。王夫人悄悄的道："你可能么？"凤姐道："有什么不能的。外面的大事已经大哥哥料理清了，不过是里头照管照管，便是我有不知道的，问问太太就是了。"此句重要，王夫人焉得不允！王夫人见说的有理，便不作声。贾珍见凤姐允了，又陪笑道："也管不得许多了，横竖要求大妹妹辛苦辛苦。我这里先与妹妹行礼，等事完了，我再

第十三回　秦可卿死封龙禁尉　王熙凤协理宁国府

到那府里去谢。"说着，就作揖下去，凤姐儿还礼不迭。

贾珍便忙向袖中取了宁国府对牌出来，命宝玉送与凤姐，又说："妹妹爱怎样就怎样，要什么只管拿这个取去，也不必问我。只求别存心替我省钱，只要好看为上；二则也要同那府里一样待人才好，不要存心怕人抱怨。只这两件外，我再没不放心的了。"_{贾珍全权委托，凤姐便可放手施行。}凤姐不敢就接牌，只看着王夫人。_{不敢接好，看王夫人更好，凤姐深通"将欲取之，必先与之"之道。王夫人焉得不与！}王夫人道："你哥哥既这么说，你就照看照看罢了。_{王夫人终于下令。}只是别自作主意，有了事，打发人问你哥哥、嫂子要紧。"宝玉早向贾珍手里接过对牌来，强递与凤姐了。_{用宝玉代接，最是得体。}贾珍又问："妹妹住在这里，还是天天来呢？若是天天来，越发辛苦了。不如我这里赶着收拾出一个院落来，妹妹住过这几日倒安稳。"凤姐笑道："不用。那边也离不得我，倒是天天来的好。"贾珍听说，只得罢了。然后又说了一回闲话，方才出去。

一时女眷散后，王夫人因问凤姐："你今儿怎么样？"凤姐儿道："太太只管请回去，我须得先理出一个头绪来，才回去得呢。"_{才刚接手，立即动手，写透凤姐性格。}王夫人听说，便先同邢夫人等回去，不在话下。

这里凤姐儿来至三间一所抱厦内坐了，因想：头一件是人口混杂，遗失东西；第二件，事无专执，临期推委；第三件，需用过费，滥支冒领；第四件，任

> 脂批："读五件事未完，余不禁失声大哭，三十年前作书人在何处耶？"

> 凤姐才接事，便看透宁府积弊，实则凤姐亦早知宁府之弊也。

> 甲戌批："旧族后辈受此五病者颇多，余家更甚，三十年前事见书于三十年后，令余悲痛血泪盈面。"（据靖本校）

无大小，苦乐不均；第五件，家人豪纵，有脸者不服钤束，无脸者不能上进。此五件实是宁国府中风俗，不知凤姐如何处治，且听下回分解。正是：

　　金紫万千谁治国？裙钗一二可齐家。

第十三回　秦可卿死封龙禁尉　王熙凤协理宁国府

【回后评】

此回写秦可卿之死，作者原稿当是正面直写，直接揭露，故甲戌回末脂批云："秦可卿淫丧天香楼，作者用史笔也。老朽因有魂托凤姐贾家后事二件，嫡是安富尊荣坐享人（不）能想得到处。其事虽未漏，其言其意则令人悲切感服，姑赦之，因命芹溪删去。"又甲戌本回末眉批云："此回只十页，因删去天香楼一节，少却四五页也。"又庚辰本此回回末批云："通回将可卿如何死故隐去，是大发慈悲心也，叹叹！壬午春。"以上各批可证此回原回目上联是"秦可卿淫丧天香楼"，后经畸笏等人提意见，才将此段揭露性强的文字删去，故此回可卿如何死法，没有一笔交代，显然是删去后未再补写。

此回是从可卿死到大出丧之间的过渡文字，重点是可卿之死，可惜已经删去。其次是可卿所用棺木，今已写出；再次是出丧时死者的身份、品级，今亦已写出；更次是由何人来主持办理这次大丧，最后是由凤姐来任其事。故下回出丧之事，此回已件件写到，已为下回铺垫周全。

此回特写可卿托梦事，已预示贾家之败，故红楼一书，往往悲喜并举，此处于可卿预告将有"非常喜事"之先，却先提贾家之败，于可卿大丧之前又预示将有"烈火烹油，鲜花着锦之盛"之大事，然后笔锋又一转，说"也不过是瞬息的繁华，一时的欢乐，万不可忘了那'盛筵必散'的俗语"，则又在喜事上重重加上一层悲凉之雾。故红楼一书，更令人感慨无穷也。何则？因作者是悲剧之承受者，一切已经过来，故虽叙喜事，亦悲从中来也。

自开头至此，凤姐才能尚未得显露，作者借可卿之丧，亦令凤姐一展其才耳，然其苛酷处，亦一并展示矣。

此回虽已将可卿之死删去，然于写贾珍处俱用特笔，而不着贾蓉一字，此亦于天香楼事不写之写也，读者细思当能悟作者深意。

写戴权卖官受贿，亦书中特笔。作者以平淡冷峻之笔，于谈笑之间，写官场之黑暗腐败，令人觉得此类事已是平淡无奇矣，则愈见其腐败之甚也。

脂批云："'树倒猢狲散'之语，今犹在耳，屈指卅五年矣，哀哉伤哉，宁不痛杀！"施瑮《隋村先生遗集》卷六《病中杂赋》云："楝子花开满院香。幽魂夜夜楝亭旁。廿年树倒西堂闭，不待西州泪万行。曹楝亭公时拈佛语对坐客云：'树倒猢狲散'，今忆斯言，车轮腹转，以瑮受公知最深也。楝亭、西堂皆署中斋名。"这条脂批，再对照施隋村的记载，则可知可卿梦中所说"树倒"之语，确是曹寅平日常说之语，脂批所记亦是事实。曹寅所说之"树"，当然是指康熙。曹寅四次接驾，亏空巨额国帑，赖康熙维持，康熙一死，则曹家再无靠山矣，故曹寅时时以此为虑也。雪芹于此处书此一笔，脂砚又加批，则更证曹家之事。然"屈指卅五年"之事，难定从何时算起，因曹寅讲此话未有时间记录，但曹寅死于康熙五十一年（一七一二年），下推三十五年，则是乾隆十一年（一七四六年），此时《石头记》刚开始写，当然不可能加批，因此如以"树倒"即康熙去世之年算起，则下推卅五年，当是乾隆二十一年丙子。按庚辰本第七十五回回前有题记云"乾隆二十一年五月初七日对清，缺中秋诗，俟雪芹"，下面还有"开夜宴"等的拟目。此时《石头记》正在批阅定稿过程，丙子是二评以后，此年未留评语，到下一年丁丑，乾隆二十二年，即有畸笏的批语，这是第三次批，乾隆二十四年己卯到乾隆二十五年庚辰，是第四次批。己卯年有批语二十四条，

第十三回　　秦可卿死封龙禁尉　　王熙凤协理宁国府

庚辰年有"庚辰秋月定本"的记载。据此则这条"树倒猢狲散"的批语，也可能是乾隆二十二年到二十三年所批。总之是有关曹家史事的一条重要记录。

【校记】

〔一〕"江南"，庚本无，据甲戌、梦稿、戚序本补。

第十四回　　林如海捐馆扬州城
　　　　　　　贾宝玉路谒北静王〔一〕

<small>先用来升一提凤姐声威。</small>

话说宁国府中都总管来升闻得里面委请了凤姐，因传齐同事人等说道："如今请了西府里琏二奶奶管理内事，倘或他来支取东西，或是说话，我们须要比往日小心些。每日大家早来晚散，宁可辛苦这一个月，过后再歇着，不要把老脸丢了。那是个有名的烈货，脸酸心硬，一时恼了，不认人的。"众人都道："有理。"又有一个笑道："论理，我们里面也须得他来整治整治，<small>脂批："伏线在二十板之误差妇人。"</small>都忒不像了。"<small>可见宁府早已混乱不成体统。</small>

正说着，只见来旺媳妇拿了对牌来领取呈文、京榜、纸札，票上批着数目。众人连忙让坐倒茶，一面命人按数取纸来抱着，同来旺媳妇一路来至仪门口，方交与来旺媳妇自己抱进去了。

<small>可见大家气派。</small>

<small>甲戌眉批："宁府如此大家，阿凤如此身份，岂有使贴身丫头与家里男人答话交事之理呢？此作者忽略之处。"</small>

凤姐即命彩明钉造簿册；实时传来升媳妇，兼要家口花名册来查看；又限于明日一早传齐家人媳妇进来听差等语。大概点了一点数目单册，问了来升媳妇

第十四回　林如海捐馆扬州城　贾宝玉路谒北静王

几句话,便坐车回家。一宿无话。

至次日,卯正二刻便过来了。那宁国府中婆娘、媳妇闻得到齐,只见凤姐正与来升媳妇分派,众人不敢擅入,只在窗外听觑。_{何等威严。}只听凤姐与来升媳妇道:"既托了我,我就说不得要讨你们嫌了。我可比不得你们奶奶好性儿,由着你们去。再不要说你们'这府里原是这样'的话,如今可要依着我行,错我半点儿,管不得谁是有脸的,谁是没脸的,一例现清白处治。"_{有言在先,莫怪无情也。}说着,便吩咐彩明念花名册,按名一个一个的唤进来看视。

一时看完,便又吩咐道:"这二十个分作两班,一班十个,每日在里头单管人客来往倒茶,别的事不用他们管。这二十个也分作两班,每日单管本家亲戚茶饭,别的事也不用他们管。这四十个人也分作两班,单在灵前上香添油,挂幔守灵,供饭供茶,随起举哀,别的事也不与他们相干。这四个人单在内茶房收管杯碟茶器,若少一件,便叫他四个描赔。这四个人单管酒饭器皿,少一件,也是他四个描赔。这八个单管监收祭礼。这八个单管各处灯油、蜡烛、纸札,我总支了来,交与你八个,然后按我的定数再往各处去分派。这三十个每日轮流各处上夜,照管门户,监察火烛,打扫地方。这下剩的按着房屋分开,某人守某处,某处所有桌椅古董起,至于痰盒掸帚,一草一苗,或丢

> "彩明系未冠小童,阿凤便于出入使令者,老兄并未前后看明是男是女,乱加批驳。可笑。"庚辰墨笔眉批。

> 脂批:"且明写阿凤不识字之故。壬午春。"

> 分工既明,职责亦严,竟是包干到户。

> 竟如点将发兵,事事分明,赏罚不苟。

或坏,就和守这处的人算账描赔。来升家的每日揽总查看,或有偷懒的,赌钱吃酒的,打架拌嘴的,立刻来回我。你有徇情,经我查出,三四辈子的老脸就顾不成了。如今都有定规,以后那一行乱了,只和那一行说话。素日跟我的人,随身自有钟表,不论大小事,我是皆有一定的时辰。横竖你们上房里也有时辰钟。卯正二刻我来点卯,巳正吃早饭,凡有领牌回事的,只在午初刻。戌初烧过黄昏纸,我亲到各处查一遍,回来上夜的交明钥匙。第二日仍是卯正二刻过来。说不得咱们大家辛苦这几日罢<u>甲戌批:"是协理口气,好听之至。"</u>事完了,你们家大爷自然赏你们。"

> 按时上班,一丝不苟,于此亦可见纪律。

说罢,又吩咐按数发与茶叶、油烛、鸡毛掸子、笤帚等物。一面又搬取家伙:桌围、椅搭、坐褥、毡席、痰盒、脚踏之类。一面交发,一面提笔登记,某人管某处,某人领某物,开得十分清楚。众人领了去,也都有了投奔,不似先时只拣便宜的做,剩下的苦差没个招揽。各房中也不能趁乱失迷东西。便是人来客往,也都安静了,不比先前一个正摆茶,又去端饭,正陪举哀,又顾接客。如这些无头绪、荒乱、推托、偷闲、窃取等弊,次日一概都蠲了。

> 初试手段,便见条理分明,事事不乱。

凤姐儿见自己威重令行,心中十分得意。<u>于紊乱中初见头绪。</u>因见尤氏犯病,贾珍又过于悲哀,不大进饮食,<u>再写贾珍。</u>自己每日从那府中煎了各样细粥,精致小菜,命人送

> 脂批:"写凤之珍贵,写凤之英气,写凤之声势,写凤之心机,写凤之骄大。如此写得可叹可笑。"按此条据甲戌、庚辰合校。

第十四回　林如海捐馆扬州城　贾宝玉路谒北静王

来劝食。贾珍也另外吩咐每日送上等菜到抱厦内，单与凤姐。那凤姐不畏勤劳，天天于卯正二刻就过来点卯、理事，独在抱厦内起坐，不与众妯娌合群，便有堂客来往，也不迎会。

这日乃五七正五日上，那应佛僧正开方破狱，传灯照亡，参阎君，拘都鬼，筵请地藏王，开金桥，引幢幡；那道士们正伏章申表，朝三清，叩玉帝；禅僧们行香，放焰口，拜水忏；又有十三众尼僧，搭绣衣，靸红鞋，在灵前默诵接引诸咒，十分热闹。丧事种种细节，亏作者写得出。

那凤姐必知今日人客不少，在家中歇宿一夜，至寅正，平儿便请起来梳洗。及收拾完备，更衣盥手，吃了两口奶子糖粳米粥，漱口已毕，已是卯正二刻了。来旺媳妇率领诸人伺候已久。凤姐出至厅前，上了车，前面打了一对明角灯，大书"荣国府"三个大字，款款来至宁府。写凤姐之派势。

大门上门灯朗挂，两边一色戳灯，照如白昼，白汪汪穿孝仆从两边侍立。请车至正门上，小厮等退去，众媳妇上来揭起车帘。凤姐下了车，一手扶着丰儿，两个媳妇执着手把灯罩，簇拥着凤姐进来。写凤姐何等气派。宁府诸媳妇迎来请安接待。凤姐缓缓走入会芳园中登仙阁灵前，一见了棺材，那眼泪恰似断线之珠，滚将下来。院中许多小厮垂手伺候烧纸。凤姐吩咐得一声："供茶烧纸。"只听一棒锣鸣，诸乐齐奏，早有人端过大家丧事，何等气派。

一张大圈椅来,放在灵前,凤姐坐了,^{脂批:"谁家行事,宁不堕泪。"}放声大哭。于是里外男女上下,见凤姐出声,都忙忙接声嚎哭。一时贾珍、尤氏遣人来劝,凤姐方才止住。

来旺媳妇献茶漱口毕,凤姐方起身,别过族中诸人,自入抱厦内来。按名查点,各项人数都已到齐,只有迎送亲客上的一人未到,^{脂批:"须得如此,方见文章妙用,余前批非谬。"}即命传到,那人已张惶愧惧。凤姐冷笑道:^{脂批:"凡凤姐恼时,偏偏用'笑'字,是章法。"}"我说是谁误了,原来是你!^{脂批:"四字有神,是有名姓上等人口气。"}你原比他们有体面,所以才不听我的话!"那人道:"小的天天都来的早,只有今儿醒了觉得早些,因又睡迷了,来迟了一步,求奶奶饶过这次。"正说着,只见荣国府中的王兴媳妇来了,在前探头。

> 说哭就哭,说收就收,宛如做戏。

凤姐且不发放这人,却先问:"王兴媳妇作什么?"王兴媳妇巴不得先问他完了事,连忙进去说:"领牌取线,打车轿网络。"说着,将个帖儿递上去。凤姐命彩明念道:^{写凤姐不识字。}"大轿两顶,小轿四顶,车四辆,共享大小络子若干根,用珠儿线若干斤。"凤姐听了,数目相合,便命彩明登记,取荣国府对牌掷下。王兴家的去了。

> 脂批云:"惯起波澜,惯能忙中写闲,又惯用曲笔,又惯错综。真妙。"按脂批是。此处着一闲笔,顿使神情顿挫,且用王兴媳妇来截断众流,文章顿现曲折。

凤姐方欲说话时,见荣国府的四个执事人进来,都是要支取东西领牌来的。凤姐命彩明〔二〕要了帖子念过,听了一共四件,指两件说道:"这两件开销错了,再算清了来取。"说着掷下帖子来。那二人扫兴而去。^{再生波澜。}

第十四回　林如海捐馆扬州城　贾宝玉路谒北静王

凤姐因见张材家的在旁，因问："你有什么事？"张材家的忙取帖儿回说："就是方才车轿围作成，领取裁缝工银若干两。"凤姐听了，便收了帖子，命彩明登记。待王兴家的交过牌，得了买办的回押，相符，然后方与张材家的去领。一面又命念那一个，是为宝玉外书房完竣，支买纸料糊裱。凤姐听了，即命收帖儿登记，待张材家的缴清，又发与这人去了。

_{索性按下前事。则可见前事当重处也。}

凤姐便说道："明儿他也睡迷了，后儿我也睡迷了，将来都没了人了。本来要饶你，只是我头一次宽了，下次人就难管，不如现开发的好。"登时放下脸来，喝命："带出去，打二十板子！"一面又掷下宁国府对牌："出去说与来升，革他一月银米！"众人听说，又见凤姐眉立，知是恼了，不敢怠慢，拖人的出去拖人，执牌传谕的忙去传谕。那人身不由己，已拖出去挨了二十大板，还要进来叩谢。凤姐道："明日再有误的，打四十，后日的六十，有不怕挨打的，只管误！"说着，吩咐："散了罢。"

_{抓住一例，先行开刀。}

_{既打且罚，谁敢再犯？}

_{威重令行，不可犯也！观凤姐理事，如孙子治军，法令严明，秋毫无犯。}

窗外众人听说，方各自执事去了。彼时宁国、荣国两处执事领牌交牌的，人来人往不绝，那抱愧被打之人含羞去了。_{脂批："又伏下文，非独为阿凤之威势费此一段笔墨。"}这才知道凤姐利害。众人不敢偷闲，自此兢兢业业，执事保全。不在话下。

_{总写一笔凤姐威势。}

如今且说宝玉,因见今日人众,恐秦钟受了委屈,因默与他商议,要同他往凤姐处来坐。秦钟道:"他的事多,况且不喜人去,咱们去了,他岂不烦腻?"宝玉道:"他怎好腻我们。不相干,只管跟我来。"说着,便拉了秦钟,直至抱厦。凤姐才吃饭,见他们来了,便笑道:"好长腿子,快上来罢。"宝玉道:"我们偏了。"凤姐道:"在这边外头吃的,还是那边吃的?"宝玉道:"这边同那些浑人吃什么!原是那边,我们两个同老太太吃了来的。"一面归座。

凤姐吃毕饭,就有宁国府中的一个媳妇来领牌,为支取香灯事。凤姐笑道:"我算着你们今儿该来支取,总不见来,想是忘了。这会子到底来取,要忘了,自然是你们包出来,都便宜了我。"那媳妇笑道:"何尝不是忘了。方才想起来,再迟一步,也领不成了。"说罢,领牌而去。

前者迟到,既打且罚,此人索性忘了,反倒有说有笑,盖凤姐打罚是为当众立威也。

一时登记交牌。秦钟因笑道:"你们两府里都是这牌,倘或别人私弄一个,支了银子跑了,怎样?"凤姐笑道:"依你说,都没王法了。"宝玉因道:"怎么咱们家没人领牌子做东西?"凤姐道:"人家来领的时候,你还做梦呢。我且问你,你们这夜书多早晚才念呢?"宝玉道:"巴不得这如今就念才好,他们只是不快收拾出书房来,这也无法。"凤姐笑道:"你请我一请,包管就快了。"宝玉道:"你要快也不中用,

第十四回　林如海捐馆扬州城　贾宝玉路谒北静王

他们该作到那里的，自然就有了。"凤姐笑道："便是他们作，也得要东西，搁不住我不给对牌是难的。"宝玉听说，便猴〖脂批："诗中知有炼字一法，不期于《石头记》中多得其妙。"〗向凤姐身上立刻要牌，说："好姐姐，给出牌子来，叫他们要东西去。"凤姐道："我乏的身子上生疼，还搁的住你揉搓。〖一段筛旎文字。〗你放心罢，今儿才领了纸裱糊去了，他们该要的还等叫去呢，可不傻了？"宝玉不信，凤姐便叫彩明查册子与宝玉看了。

正闹着，人回："苏州去的人昭儿来了。"〖一丝不漏，接得紧！〗凤姐急命唤进来。昭儿打千儿请安。凤姐便问："回来做什么的？"昭儿道："二爷打发回来的。林姑老爷是九月初三日巳时没的。〔三〕二爷带了林姑娘同送林姑老爷灵到苏州，大约赶年底就回来。二爷打发小的来报个信请安，讨老太太示下，还瞧瞧奶奶家里好，叫把大毛衣服带几件去。"凤姐道："你见过别人了没有？"昭儿道："都见过了。"说毕，连忙退去。凤姐向宝玉笑道："你林妹妹可在咱们家住长了。"〖此时黛玉尚未冷落，如海一去，黛玉便成孤女，从此身世之感益重矣。〗宝玉道："了不得，想来这几日他不知哭的怎样呢。"〖宝玉心系黛玉于此可见。〗说着，蹙眉长叹。

凤姐见昭儿回来，因当着人未及细问贾琏，心中自是记挂，待要回去，争奈事情繁杂，一时去了，恐有延迟失误，惹人笑话。少不得耐到晚上回来，复令昭儿进来，细问一路平安信息。〖补叙凤姐一笔，写得周到。凤姐心事不可不写也。〗连夜

〖甲戌批："昭儿回，并非林文珑文，是黛玉正文。"〗

〖脂批："颦儿方可长居荣府之文。"〗

〖先报林如海消息，则从此黛玉长居荣府矣。〗

打点大毛衣服,和平儿亲自检点包裹,再细细追想所需何物,一并包藏交付昭儿。又细细吩咐昭儿"在外好生小心服侍,不要惹你二爷生气;时时劝他少吃酒,别勾引他认得混账老婆,〖此是最关心之事。〗果然有这些事,〔四〕回来打折你的腿"等语。赶乱完了,天已四更将尽,纵睡下,又走了困,不觉天明鸡唱,忙梳洗过宁府中来。

> 写得周到,的是凤姐口气。

> 数语连接,写得匆忙急遽,的是当时情景。

那贾珍因见发引日近,亲自坐车,带了阴阳司吏,往铁槛寺来踏看寄灵所在,又一一嘱咐住持色空,好生预备新鲜陈设,多请名僧,以备接灵使用。色空忙看晚斋。贾珍也无心茶饭,因天晚不得进城,就在净室胡乱歇了一夜。次日早,便进城来料理出殡之事,一面又派人先往铁槛寺,连夜另外修饰停灵之处,并厨茶等项,接灵人口。

> 又特笔写贾珍。

里面凤姐见日期有限,也预先逐细分派料理,一面又派荣府中车轿人从跟王夫人送殡,又顾自己送殡去占下处。目今正值缮国公诰命亡故,王、邢二夫人又去打祭送殡;西安郡王妃华诞,送寿礼;镇国公诰命生了长男,预备贺礼;又有胞兄王仁连家眷回南,一面写家信禀叩父母并备带往之物;又有迎春染病,每日请医服药,看医生启帖、症源、药案等事,亦难尽述。又兼发引在迩,因此忙的凤姐茶饭也没工夫吃得,坐卧不能清净。刚到了宁府,荣府的人又跟到宁府;既回到荣府,宁府的人又找到荣府。凤姐见如此,

> 大丧在即,显得里外匆忙。

第十四回　林如海捐馆扬州城　贾宝玉路谒北静王

心中倒十分欢喜，并不偷安推托，恐落人褒贬，因此日夜不暇，筹划得十分的整肃。于是合族上下无有不称叹者。凤姐才能得以充分发挥，故其喜忙不喜闲也。

这日伴宿之夕，里面两班小戏并耍百戏的与亲朋堂客伴宿，尤氏犹卧于内室，尤氏仍在卧病。一应张罗款待，独是凤姐一人周全承应。合族中虽有许多妯娌，但或有羞口的，或有羞脚的，或有不惯见人的，或有惧贵怯官的，种种之类，俱不及凤姐举止舒徐，言语慷慨，珍贵宽大；因此也不把众人放在眼里，挥霍指示，任其所为，目若无人。所谓指挥若定也。一夜中灯明火彩，客送官迎，那百般热闹，自不用说的。至天明，吉时已到，一班六十四名青衣请灵，前面铭旌上大书：

奉天洪建兆年不易之朝，朝代奇，不欲着一丝痕迹也。诰封一等宁国公冢孙妇，防护内廷紫禁道御前侍卫龙禁尉享强寿贾门秦氏恭人之灵柩。脂批："兆年不易之朝，永治太平之国。奇甚妙甚。"

一应执事陈设，皆系现赶着新做出来的，一色光艳夺目。宝珠自行未嫁女之礼外，摔丧驾灵，十分哀苦。

那时官客送殡的，有镇国公牛清之孙现袭一等伯牛继宗，理国公柳彪之孙现袭一等子柳芳，齐国公陈翼之孙世袭三品威镇将军陈瑞文，治国公马魁之孙世袭三品威远将军马尚，修国公侯晓明之孙世袭一等子侯孝康；缮国公诰命亡故，故其孙石光珠守孝不曾来得。这六家与宁、荣二家，当日所称"八公"的便是。写得浩浩荡荡，何等气派！

余者更有南安郡王之孙，西宁郡王之孙，忠靖侯史鼎，平原侯之孙世袭二等男蒋子宁，定城侯之孙世袭二等男兼京营游击谢鲸，襄阳侯之孙世袭二等男戚建辉，景田侯之孙五城兵马司裘良。余者锦乡伯公子韩奇，神武将军公子冯紫英，陈也俊、卫若兰等诸王孙公子，不可枚数。堂客算来亦有十来顶大轿，三四十小轿，连家下大小轿车辆，不下百余十乘。连前面各色执事、陈设、百耍，浩浩荡荡，一带摆三四里远。

一路写来，浩浩荡荡，他书中何曾见此排场！

走不多时，路旁彩棚高搭，设席张筵，和音奏乐，俱是各家路祭：第一座是东平王府祭棚，第二座是南安郡王祭棚，第三座是西宁郡王，第四座是北静郡王的。原来这四王，当日惟北静王功高，及今子孙犹袭王爵。现今北静王水溶年未弱冠，生得形容秀美，情性谦和。特写北静王。近闻宁国公冢孙妇告殂，因想当日彼此祖父相与之情，同难同荣，未以异姓相视，因此不以王位自居，上日也曾探丧上祭，如今又设路奠，命麾下各官在此伺候。自己五更入朝，公事已毕，便换了素服，坐大轿鸣锣张伞而来，至棚前落轿。手下各官两旁拥侍，军民人众不得往还。

一时只见宁府大殡浩浩荡荡，压地银山一般，从北而至。早有宁府开路传事人看见，连忙回去报与贾珍。贾珍急命前面驻扎，同贾赦、贾政三人连忙迎来，以国礼相见。水溶在轿内欠身含笑答礼，仍以世交称呼接待，并不妄自尊大。贾珍道："犬妇之丧，累蒙郡驾下临，荫生辈何以克当。"水溶笑道："世交之谊，何出此言。"遂回头命长府官主祭代奠。贾赦等一旁还礼毕，复身又来谢恩。

水溶十分谦逊，因问贾政道："那一位是衔宝而诞者？几次要见一见，都为杂冗所阻，想今日是来的，何不请来一会？"贾政听说，忙回去，急命宝玉脱去孝服，领他前来。那宝玉素日就曾听得父兄亲友人等说闲话时，赞水溶是个贤王，且生得才貌双全，风流潇洒，每不以官俗国体所缚。每思相会，只是父亲拘束严密，无由得会，今见反来叫他，自是欢喜。一面走，一面早瞥见那水溶坐在轿内，好个仪表人材。不知近看时又是怎样，且听下回分解。

【回后评】

此回写宁府丧事，显出大家气派，诸事错综复杂，千头万绪。作者一枝笔，恰如指挥千军万马，事事有序，笔笔周到，一丝不乱，令人如在当场。只见大队人马，素衣白裳，车马舆轿，缤纷齐作，浩浩荡荡，一如流水马龙，好看煞人。此回庚辰回末评云："此回将大家丧事详细剔尽，如见其气概，如闻其声音，丝毫不错，作者不负大家后裔。""写秦死之盛，贾珍之奢，实是却写得一个凤姐。"

写此出丧大场面，笔笔有力，一丝不乱，实亦写凤姐之指挥有序，才有余裕也。

作者于此热闹中，一笔不漏贾珍，而又无一笔涉及贾蓉，可卿之死，贾珍痛哭，贾蓉不见，是不写之写，读者自能神悟。

此回插写林如海去世，黛玉即随贾琏回来，从此黛玉真成孤女，其孤凄身世之感更甚矣。

此回北静王见宝玉，是作者特笔，作者当有深意，惜未见后文耳。

【校记】

〔一〕回目：诸本同。己卯、庚辰、蒙府本"如"作"儒"，据其余诸本改。

〔二〕"彩明"，庚本作"他们"。据甲戌本改。

〔三〕按"九月初三日巳时没的"这句话，在时间上与上下文情节有矛盾。第十二回说"谁知这年冬底，林如海……身染重疾，写书特来接林黛玉回去。"这里的"这年冬底"，也即是秦可卿病重的时间，所以第十回张太医说"今年一冬是不相干的，总是过了春分，就可望全愈了。"

第十四回　林如海捐馆扬州城　贾宝玉路谒北静王

这是医生的隐语，实际上是说秦氏过不了第二年的春分了。秦氏也确于第二年的春分前去世了。作者在第十二回末就写了，贾瑞于上年十二月得病，"倏忽又腊尽春回"，病势又愈加沉重，终于死去。这与秦氏之死，是在同一年的春天。所以下文接写秦可卿之死。那么林如海于"这年冬底"病重，黛玉即随贾琏去扬州，昭儿从扬州回来报信之时，正是秦可卿大丧之期，可见昭儿说林如海是"九月初三日巳时没的"，"二爷带了林姑娘同送林姑老爷的灵到苏州，大约赶年底就回来"，这些叙述，在时间上都有矛盾，这是原作本身的问题，而且没有别本可校，只能提醒读者注意。

〔四〕以上六字据杨藏、列藏、甲辰、程甲各本增。

第十五回　　王凤姐弄权铁槛寺
　　　　　　　秦鲸卿得趣馒头庵[一]

甲戌回前批："宝玉谒北静王辞对神色，方露出本来面目，迥非在闺阁中之形景。北静王问玉上字果验否，政老对以未曾试过，是隐却多少捕风捉影闲文。凤姐另住，明明系秦玉智能幽事，却是为净虚钻营凤姐大大一件事作引。"

《红楼梦》中提到的王爷，皆一笔而过，唯北静王作者予以特笔。

两个秀丽人物，合在一起，令人如看朝花，如赏秋月。

脂批："八字道尽玉兄，如此等方是玉兄正文写照。王文（壬午）季春。"

此评甚是。按以前《西江月》等皆以世俗之

　　话说宝玉举目见北静王水溶头上戴着洁白簪缨银翅王帽，穿着江牙海水五爪坐龙白蟒袍，系着碧玉红鞓带，面如美玉，目似明星，真好秀丽人物。宝玉忙抢上来参见，水溶连忙从轿内伸出手来挽住。见宝玉戴着束发银冠，勒着双龙出海抹额，穿着白蟒箭袖，围着攒珠银带，面若春花，目如点漆。脂批："又换此一句，如见其形。"靖本批："伤心笔。"水溶笑道："名不虚传，果然如'宝'似'玉'。"因问："衔的那宝贝在那里？"此问自是必然。宝玉见问，连忙从衣内取了递与过去。水溶细细的看了，又念了那上头的字，因问："果灵验否？"贾政忙道："虽如此说，只是未曾试过。"后文自然要试。水溶一面极口称奇道异，一面理好彩绦，亲自与宝玉带上，又携手问宝玉几岁，读何书。宝玉一一的答应。如此举止，可见情亲之至，窃以为后面必有重要文字，惜不得见后文耳。

　　水溶见他语言清楚，谈吐有致，一面又向贾政笑道："令郎真乃龙驹凤雏，非小王在世翁前唐突，将

第十五回　　王凤姐弄权铁槛寺　　秦鲸卿得趣馒头庵

来'雏凤清于老凤声',未可量也。"贾政忙陪笑道:"犬子岂敢谬承金奖。赖藩郡余祯,果如是言,亦荫生辈之幸矣。"水溶又道:"只是一件,令郎如是资质,想老太夫人、夫人辈自然钟爱极矣;但吾辈后生,甚不宜钟溺,钟溺则未免荒失学业。昔小王曾蹈此辙,想令郎亦未必不如是也。若令郎在家难以用功,不妨常到寒第。小王虽不才,却多蒙海上众名士凡至都者,未有不另垂青目,是以寒第高人颇聚。令郎常去谈会谈会,则学问可以日进矣。"贾政忙躬身答应。眼看宝玉,非作者之正写,此处方是"正文写照"。则宝玉自然胜于贾政,其实何止胜于贾政?直是另一流人物,不屑于贾政耳。

水溶又将腕上一串念珠卸了下来,递与宝玉道:"今日初会,仓促竟无敬贺之物,此系前日圣上亲赐鹡鸰香念珠一串,权为贺敬之礼。"所谓"分手脱相赠,平生一片心"也。宝玉连忙接了,回身奉与贾政。贾政与宝玉一齐谢过。于是贾赦、贾珍等一齐上来请回舆。水溶道:"逝者已登仙界,非碌碌你我尘寰中之人也。小王虽上叨天恩,虚邀郡袭,岂可越仙辀而进也?"谦谦有礼。贾赦等见执意不从,只得告辞谢恩回来,命手下掩乐停音,脂批:"有层次,好看煞。"滔滔然将殡过完,"掩乐"两句,又换一副笔墨,又是一样场面气势。方让水溶回舆去了。不在话下。

北静王书斋中,不知是何等样高人,能有深沟大壑中人否?北静王之语,未能深入,故不能明其究竟,恐是雨村所说"正派"中人耳。

荇,《集韵》资昔切。草名。苓,卷耳也,亦通蓋。《诗·邶风·简兮》:"隰有苓。"传:"苓,大苦。"按:"蓣苓"与"鹡鸰"音同,作者似有深意。见下回"鹡鸰香串"眉批。

前面特写北静王,此处泛写众家,两相照应,俱不可缺。

且说宁府送殡,一路热闹非常。刚至城门前,又有贾赦、贾政、贾珍等诸同僚属下各家祭棚接祭,一一的谢过,然后出城,竟奔铁槛寺大路行来。彼时贾珍带贾蓉来到诸长辈前，让坐轿上马，因而贾赦一辈的各自上了车轿，贾珍一辈的也将要上马，写得细。凤姐儿因记挂着宝玉，怕他在郊外纵性逞强，脂批："细心人自应如是。"甲戌批："千百件忙事内不漏一笔。"不服家人的话，贾政管不着这些小事，惟恐有个失闪，难见贾母，凤姐总以宝玉为念，因贾母也。因此便命小厮来唤他。宝玉只得来到他车前。凤姐笑道："好兄弟，你是个尊贵人，女孩儿一样的人品，脂批："非此一句宝玉必不依，阿凤真好才情。"别学他们猴在马上。下来，咱们姐儿两个坐车，岂不好？"宝玉听说，忙下了马，爬入凤姐车上，二人说笑前来。

　　不一时，只见从那边两骑马压地飞来，四个字，写出飞骑来势，真好笔力。脂批："有气有势有形有影。"离凤姐车不远，一齐蹲下来，扶车回说："这里有下处，奶奶请歇更衣。"安排周到。凤姐急命请邢夫人、王夫人的示下，那人回来说："太太们说不用歇了，叫奶奶自便罢。"凤姐听了，便命歇了再走。众小厮听了，一带辔马，岔出人群，往北飞走。宝玉在车内急命请秦相公。不能忘却秦钟。那时秦钟正骑马随着他父亲的轿，忽见宝玉的小厮跑来，请他去打尖。秦钟看时，只见凤姐儿的车往北而去，后面拉着宝玉的马，搭着鞍笼，便知宝玉同凤姐坐车，宝玉坐车，坐骑相随，情景逼真，俱从秦钟眼中看出。自己也便带马赶上来，同入一庄门内。"旧时王谢堂前燕，飞入寻常百姓家"也。早有家人将众庄汉撵尽。那庄农人家无多房舍，婆娘们无处回避，只得由他们去了。那些村姑庄妇见了凤姐、宝玉、秦钟的人品衣服，礼数款段，岂有不

第十五回　王凤姐弄权铁槛寺　秦鲸卿得趣馒头庵

爱看的。

一时凤姐进入茅堂，因命宝玉等先出去顽顽。宝玉等会意，〖写得周到。〗因同秦钟出来，带着小厮们各处游玩。凡庄农动用之物，皆不曾见过。〖脂批："真毕真。"〗宝玉一见了锹、镢、锄、犁等物，皆以为奇，不知何项所使，其名为何。〖脂批："凡膏粱子弟齐来着眼。"〗小厮在旁一一的告诉了名色，说明原委。宝玉听了，因点头叹道："怪道古人诗上说，'谁知盘中餐，粒粒皆辛苦'，正为此也。"〖足见作者深谙稼穑之艰难。脂批："聪明人自是一喝即悟。"〗一面说，一面又至一间房前，只见炕上有个纺车，宝玉又问小厮们："这又是什么？"小厮们又告诉他原委。宝玉听说，便上来拧转作耍，自为有趣。只见一个约有十七八岁的村庄丫头跑了来乱嚷："别动坏了！"〖脂批："天生地设之文。"〗众小厮忙断喝拦阻。宝玉忙丢开手，陪笑说道："我因为没见过这个，所以试他一试。"那丫头道："你们那里会弄这个？站开了，〖脂批："三字如闻。"〗我纺与你瞧。"〖虽是村庄丫头，却落落大方。〗秦钟暗拉宝玉笑道："此卿大有意趣。"〖只此一语，便见秦钟轻薄。脂批："忙中闲笔，却伏下文。"〗宝玉一把推开，笑道："该死的！再胡说，我就打了。"〖宝玉骂得好。于此可见渭浊泾清之分。脂批："玉兄身份本心如此。"甲戌批："的是宝玉生性之言。"〗说着，只见那丫头纺起线来。宝玉正要说话时，〖不知宝玉要说何话，当是有所问询也。作者一笔煞住，令人有有余不尽之意。〗只听那边老婆子叫道："二丫头，快过来！"那丫头听见，丢下纺车，一径去了。

宝玉怅然无趣。〖此处脂批云："处处点情，又伏下一段后文。"则二丫头于后文当重出。惜未见后文耳。〗只见凤姐儿打发人来叫他两个进去。凤姐洗了手，换衣服抖

〖前面极写大富大贵，豪华至极，此处却忽入贫寒庄农之家，作者文笔，于悬河泻瀑、浩荡奔腾处却忽作分流，渊停小注，真行于所当行，止于不可不止也。〗

〖脂批："写玉兄正文总于此等处，作者良苦。壬午季春。"〗

〖脂批："一'忙'字，二'陪笑'字，写玉兄是在女儿分上。壬午季春。"〗

〖脂批："若说话，便不是《石头记》中文字也。"〗

灰,"换衣服抖灰",一路风尘可见。问他们换不换。宝玉不换,
写凤姐等至郊区农村,情景逼真。
只得罢了。家下仆妇们将带着行路的茶壶茶杯、十锦
屉盒、各样小食端来,一切应用各物,俱随身自带,与农村贫苦生活,恰成对照。是作者特笔,勿作闲文看也。凤
姐等吃过茶,待他们收拾完备,便起身上车。外面旺
儿预备下赏封,赏了本村主人。庄妇等来叩赏。凤姐
并不在意,宝玉却留心看时,写宝玉。内中并无二丫头。
脂批:"妙在不见。"一时上了车,出来走不多远,只见迎头二丫头
怀里抱着他小兄弟,脂批:"妙在此时方见,错综之妙如此。"同着几个小女孩子
说笑而来。"众里寻他千百度"也。宝玉恨不得下车跟了他去,料是
众人不依的,少不得以目相送,怎奈车轻马快,
写宝玉总是一番痴意。脂批:"四字有文章,人生离聚亦未尝不如此也。"一时转眼无踪。

"车轻马快,一时转眼无踪"两句,令人如读古诗"人生寄一世,奄忽若飙尘"之感。盖人生亦是"车轻马快,转眼无踪"也。

　　走不多时,仍又跟上大殡了。早有前面法鼓金铙,
幢幡宝盖;铁槛寺接灵众僧齐至。逆写一笔铁槛寺众僧。少时到入寺
中,另演佛事,重设香坛。安灵于内殿偏室之中,宝
珠安于里寝室相伴。外面贾珍款待一应亲友,也有扰
饭的,也有不吃饭而辞的,一应谢过乏,从公侯伯子
男一起一起的散去,至未末时分方才散尽了。里面的
堂客皆是凤姐张罗接待,先从显官诰命散起,也到晌

其来也如风起云涌,重重叠叠,其去也如雪消冰解,各自星散。

午大错时方散尽了。只有几个亲戚是至近的,等做过
三日安灵道场方去。那时邢、王二夫人知凤姐必不能
来家,也便宜要进城。王夫人要带宝玉去,宝玉乍到
郊外,那里肯回去,宝玉于花团锦簇中忽入清凉世界。只要跟凤姐住着。王
夫人无法,只得交与凤姐便回来了。

第十五回　王凤姐弄权铁槛寺　秦鲸卿得趣馒头庵

原来这铁槛寺原是宁荣二公当日修造，现今还是有香火地亩布施，以备京中老了人口，在此便宜寄放。其中阴阳两宅俱已预备妥贴，好为送灵人口寄居。不想如今后辈人口繁盛，其中贫富不一，或性情参商：脂批："所谓源远则浊，枝繁果则稀。余为天下瘵心祖宗，为子孙谋千年业者痛哭。"有那家业艰难安分的，便住在这里了；有那尚排场、有钱势的，只说这里不方便，一定另外或村庄或尼庵寻个下处，为事毕宴退之所。即今秦氏之丧，族中诸人皆权在铁槛寺下榻，独有凤姐嫌不方便，凤姐就不愿居此。因而早遣人来和馒头庵的姑子净虚说了，腾出两间房子来作下处。

原来这馒头庵就是水月庵，因他庙里做的馒头好，就起了这个浑号，离铁槛寺不远。当下和尚工课已完，奠过晚茶，贾珍便命贾蓉请凤姐歇息。凤姐见还有几个妯娌陪着女亲，自己便辞了众人，带了宝玉、秦钟往水月庵来。原来秦业年迈多病，不能在此，只命秦钟等待安灵罢了。交代过秦业，单叙秦钟。那秦钟便只跟着凤姐、宝玉，一时到了水月庵，净虚带领智善、智能两个徒弟出来迎接，大家见过。凤姐等来至净室更衣净手毕，因见智能儿越发长高了，模样儿越发出息了，特写智能。因说道："你们师徒怎么这些日子也不往我们那里去？"净虚道："可是；这几天都没工夫，因胡老爷府里产了公子，太太送了十两银子来这里，叫请几位师父念三日《血盆经》，忙的没个空儿，就没来请奶奶的安。"

补叙铁槛寺，脂批云："大凡创业之人，无有不为子孙深谋至细，奈后辈仗一时之荣显，犹为不足，另生枝叶，虽华丽近先，奈不常保，亦足可叹。争及先人之常保其朴哉！近世浮华子弟齐来着眼。"又批云："祖宗为子孙之心细到如此。则可见可卿之嘱，其先人亦早已措施矣，铁槛寺是其一也。"

脂批："《石头记》总于没要紧处闲三二笔，写正文筋骨，看官当用巨眼，不为彼瞒过方好。壬午季春。"

脂批云："前人诗云'纵有千年铁门限，终须一个土馒头'，是此意，故'不远'二字有文章。"

大家子孙漫延，贫富贵贱不均，贫者即以此为居，富贵者犹嫌不足，虽祖宗之尽心谋画，总不能餍子孙之望耳。

不言老尼陪着凤姐，且说秦钟、宝玉二人正在殿上顽耍，因见智能过来，宝玉笑道："能儿来了。"秦钟道："理那东西作什么.."〖秦钟故意岔开。〗宝玉笑道："你别弄鬼，那一日在老太太屋里，一个人没有，你搂着他作什么？这会子还哄我。"〖补出秦钟、智能以往之事，则可知今日矣。脂批云："补出前文未到处，思秦钟近日在荣府所为，可知矣。"〗秦钟笑道："这可是没有的话。"宝玉笑道："有没有也不管你，你只叫住他倒碗茶来我吃，就丢开手。"秦钟笑道："这又奇了，你叫他倒去，还怕他不倒？何必要我说呢。"宝玉道："我叫他倒的是无情意的，不及你叫他倒的是有情意的。"秦钟只得说道："能儿，倒碗茶来给我。"

那智能儿自幼在荣府走动，无人不识，因常与宝玉、秦钟顽笑。他如今大了，渐知风月，便看上了秦钟人物风流，那秦钟也极爱他妍媚，二人虽未上手，却已情投意合了。〖再特补智能一笔。脂批云："不爱宝玉，却爱秦钟，亦是各有情孽。"〗今智能见了秦钟，心眼俱开，〖写初恋之智能。〗走去倒了茶来。秦钟笑说："给我。"宝玉叫："给我！"〖如见如闻。〗智能儿抿嘴笑道："一碗茶也争，我难道手里有蜜！"〖智能亦是一风情女子，听其一言可知，不幸如此身世，作者写此一笔，亦为普天下女子命运一叹耳。〗〖脂批云："一语毕肖，如闻其语，观者已自酥倒，不知作者从何着想。"〗宝玉先抢得了，吃着，方要问话，只见智善来叫智能去摆茶碟子，一时来请他两个去吃茶果点心。他两个那里吃这些东西，坐一坐仍出来顽耍。

凤姐也略坐片时，便回至净室歇息，老尼相送。

第十五回　王凤姐弄权铁槛寺　秦鲸卿得趣馒头庵

此时众婆娘媳妇见无事，都陆续散了，自去歇息，跟前不过几个心腹常侍小婢，老尼便趁机说道："我正有一事，要到府里求太太，先请奶奶一个示下。"凤姐因问："何事？"老尼道："阿弥陀佛！只因当日我先在长安县内善才庵内出家的时节，那时有个施主姓张，是大财主。他有个女儿小名金哥，那年都往我庙里来进香，不想遇见了长安府府太爷的小舅子李衙内。那李衙内一心看上，要娶金哥，打发人来求亲，不想金哥已受了原任长安守备的公子的聘定。张家若退亲，又怕守备不依，因此说已有了人家。谁知李公子执意不依，定要娶他女儿，张家正无计策，两处为难。不想守备家听了此信，也不管青红皂白，便来作践辱骂，说一个女儿许几家，偏不许退定礼，就打官司告状起来。那张家急了，只得着人上京来寻门路，赌气偏要退定礼。我想如今长安节度云老爷与府上最契，可以求太太与老爷说声，打发一封书去，求云老爷和那守备说一声，不怕那守备不依。若是肯行，张家连倾家孝顺也都情愿。"凤姐听了笑道："这事倒不大，只是太太再不管这样的事。"老尼道："太太不管，奶

（旁批）遣去众人，好计老尼与凤姐说话。

（旁批）口里是佛，心里是贼。

（旁批）是李衙内，亦是杨衙内，亦是高衙内，总之是衙内便是祸端。

（脂批）"守备一闻便问（闹），断无此理。此必是张家惧府尹之势，必先退定礼，守备方不从，或有之。此时老尼只欲与张家完事，故将此言遮饰，以便退亲，受张家之赂也。"此段脂批，能得事理之隐曲。

（脂批）"如何便急了？话无头绪，可知张家礼缺。此系作者巧摹老尼无头绪之语，莫认作者无头绪，正是神处奇处，摹一人一人必到纸上活现。"评得好，能得其神理。

（脂批）"如何？的是张家要与府尹攀亲。"评亦是。

（旁批）以权势相压，哪怕他不依？

（脂批）"坏极，妙极。若与府尹攀了亲，何惜张财不能再得？小人之心如此，良民遭害如此！"此批深得作者之意。

这样横行不法，她倒说"事倒不大"，凤姐于荣府内、于宁府丧事中已深知权势之厉害，得此机会，岂能不弄权受贿！

奶也可以主张了。"〖本来不是要太太管，只要"奶奶"管就必成了。〗凤姐听说笑道："我也不等银子使，〖脂批："口是心非，如闻已（如）见。"〗也不做这样的事。"〖欲擒故纵也。〗净虚听了，打去妄想，半晌叹道："虽如此说，张家已知我来求府里，如今不管这事，张家不知道没工夫管这事，不希罕他的谢礼，倒像府里连这点子手段也没有的一般。"〖此老尼亦是以退为进，以反说作正说也。可见老尼实精贼也。可不惧哉！〗

凤姐听了这话，便发了兴头，说道：〖不是凤姐经不起她激，实是凤姐需要借口耳。〗"你是素日知道我的，从来不信什么是阴司地狱报应的，〖事到关键处，凤姐便原形毕露矣！脂批："批书人深知卿有是心。叹叹！"〗凭是什么事，我说要行就行。〖迷信权力，一至于此。〗你叫他拿三千银子来，我就替他出这口气。"〖到底开价了，还是银子的作用。〗老尼听说，喜不自禁，忙说："有，有！这个不难。"〖区区三千两，何足挂齿！〗凤姐又道："我比不得他们扯蓬拉纤的图银子。这三千银子，不过是给打发说去的小厮做盘缠，使他赚几个辛苦钱，我一个钱也不要他的。便是三万两，我此刻也拿的出来。"〖脂批："阿凤欺人如此。"〗老尼连忙答应，又说道："既如此，奶奶明日就开恩也罢了。"〖趁热打铁，老尼一丝不松。〗凤姐道："你瞧瞧我忙的，那一处少了我？既应了你，自然快快的了结。"老尼道："这点子事，在别人的跟前就忙的不知怎么样，若是奶奶的跟前，再添上些也不够奶奶一发挥的。〖老尼之言，甜胜于蜜，读者千万谨防此类人也。〗只是俗语说的，'能者多劳'，太太因大小事见奶奶妥贴，越性都推给奶奶了，奶奶也要保重金体才是。"一路话奉承的凤姐越发受用，也不顾劳乏，更攀谈起

〖自己开了价，还要撇清，凤姐聪明过头矣。〗

第十五回　王凤姐弄权铁槛寺　秦鲸卿得趣馒头庵

来。*此尼是世俗中之精而贼者，虽一路奉承，而句句能打中凤姐心坎，凤姐安得不堕其术中？然凤姐之病在贪在权，如无此内病，虽甘言亦何惧哉！*

谁想秦钟趁黑无人，来寻智能。*换笔紧写秦钟。* 刚至后面房中，只见智能独在房中洗茶碗，*好机会。* 秦钟跑来便搂着亲嘴。智能急的跺脚说："这算什么！再这么我就叫唤。"秦钟求道："好人，我已急死了。*写秦钟如画。又像一个贾瑞。* 你今儿再不依，我就死在这里。"*居然以死相逼，奇事怪事。* 智能道："你想怎样？除非等我出了这牢坑，离了这些人，*"牢坑"，馒头庵也；"人"，老尼也。* 才依你。"秦钟道："这也容易，只是远水救不得近渴。"说着，一口吹了灯，满屋漆黑，将智能抱到炕上，就云雨起来。那智能百般的挣挫不起，又不好叫的，少不得依他了。*又一段风月故事。* 正在得趣，只见一人进来，将他二人按住，也不则声。*意外之文，奇极怪极，绝非贾瑞之事重演。* 二人不知是谁，唬的不敢动一动。*脂批："请掩卷细思此刻形景，真可喷饭。历来风月文字，可得如此趣味者？"* 只听那人嗤的一声，撑不住笑了，*绝妙文字，令人万万想不到。* 二人听声方知是宝玉。*松下一口气来，真是恶作剧也，只是智能何以堪此！* 秦钟连忙起身，抱怨道："这算什么？"宝玉道："你倒不依，咱们就叫喊起来。"羞的智能趁黑地跑了。*此一笔紧要！*

宝玉拉了秦钟出来道："你可还和我强？"秦钟笑道："好人，你只别嚷的众人知道，你要怎样我都依你。"宝玉笑道："这会子也不用说，等一会睡下，再细细的算账。"一时宽衣安歇的时节，凤姐在里间，秦钟、宝玉在外间，满地下皆是家下婆子，打铺坐更。凤姐因怕通灵玉失落，便等宝玉睡下，命人拿来塞在

脂批："实表奸淫，尼庵之事如此。壬午季春。"

脂批："若历写完，则不是《石头记》文字了。壬午季春。"

253

甲戌回前批："秦智幽情，忽写宝秦事云：'不知算何账目，未见真切，不曾记得，此系疑案，（不敢）纂创。'是不落套中，且省却多少累赘笔墨。昔安南国使有题一丈红句云：'五尺墙头遮不得，留将一半与人看。'"按：此诗见明杨穆《西墅杂记》。

脂批："忽又作如此评断，似自相矛盾，却是最妙之文。若不如此隐去，则又有何妙文可写哉。这方是世人意料不到之大奇笔。若通部中万万件细微之事俱备，《石头记》真亦觉太死板矣，故特用此二三件隐事，借石之未见真切，淡淡隐去，越觉得云烟渺茫之中，无限丘壑在焉。"

多留一天，有如许好处，阿凤真会细算，真"机关算尽太聪明"也！

自己枕边。宝玉不知与秦钟算何账目，未见真切，未曾记得，此系疑案，不敢纂创。

一宿无话，至次日一早，便有贾母、王夫人打发了人来看宝玉，又命多穿两件衣服，无事宁可回去。宝玉那里肯回去，又有秦钟恋着智能，调唆宝玉求凤姐再住一天。凤姐想了一想：_{脂批："一想便有许多的好处，真好阿凤。"}凡丧仪大事虽妥，还有一半点小事未曾安插，可以指此再住一日，岂不又在贾珍跟前送了满情；二则又可以完净虚那事；三则顺了宝玉的心，贾母听见，岂不欢喜。因有此三益，便向宝玉道："我的事都完了，_{其实自己的事也未全完，特将人情全放在宝玉身上耳。}你要在这里逛，少不得越性辛苦一日罢了，明儿可是定要走的了。"宝玉听说，千姐姐万姐姐的央求："只住一日，明儿必回去的。"于是又住了一夜。

凤姐便命悄悄将昨日老尼之事，说与来旺儿。来旺儿心中俱已明白，急忙进城找着主文的相公，假托贾琏所嘱，_{假托贾琏，一语揭破。此类事当不止此一桩也。}修书一封，连夜往长安县来，不过百里路程，两日工夫俱已妥协。那节度使名唤云光，久见贾府之情，这点小事，岂有不允之理，给了回书，旺儿回来，且不在话下。

却说凤姐等又过一日，次日方别了老尼，着他三日后往府里去讨信。那秦钟与智能百般不忍分离，背地里多少幽期密约，俱不用细述，_{再补一笔秦钟智能之事，以前事未能尽写也。}

只得含恨而别。凤姐又到铁槛寺中照望一番。宝珠执意不肯回家,_{交代宝珠,笔笔周到。}贾珍只得派妇女相伴,后回再见。

【回后评】

此回于极高贵、极繁华、极排场、极热闹时，忽一笔转入极贫贱、极冷落、极简极陋之农村，所见之人亦皆村朴乡民，两相对照，真如天上地下之别。然而村女如二丫头，亦皆举止言谈落落大方，想喝即喝，能止即止，无半点卑怯，令读者感到作者笔下，凡人皆一样天赋，富贵贫贱，皆社会所驱耳。

王熙凤于协理宁府大丧后，随即弄权铁槛寺，枉法贪赃，一开口即索三千两；且请托官场，全用贾琏之名。可见凤姐此类事从此启其端矣，为后日败家之一端也。

凤姐弄权事，非仅凤姐一人之事也，亦写封建官场之黑暗腐败，权势间之以强凌弱、以大压小等社会黑暗现实也。按此段情节曲折复杂，读者往往只注意凤姐受贿之事，而忽略其整体情节。此段故事，是写长安府太爷小舅子李衙内横行不法，欲强娶已经定婚之张财主之女张金哥。张金哥之父张财主则贪图长安府之权势，欲向男方长安守备退亲，长安守备不允。张财主又仗馒头庵老尼净虚勾结王熙凤，由王熙凤以贾琏之名致书长安节度云光，令其以权势压迫下属长安守备，迫使长安守备收回前送张家之聘礼，接受张家退亲。长安节度则以此来讨好权贵贾府。张金哥及守备之子则双双自杀殉情。王熙凤却从中白得三千两白银。此事之揭露性实不亚于薛蟠强抢英莲打死冯渊，葫芦僧乱判葫芦案一案。前者是揭露四大贵族权势集团互相勾结，地方官巴结上司，草菅人命。此处是揭露地方权贵势力之间以大压小，然后又巴结朝廷权贵贾府。受压之人虽是小官僚，亦是无处伸冤，于此可见普通小民实无以为生也。此段故事，实是雪芹对当时社会之又一揭露批判。

第十五回　　王凤姐弄权铁槛寺　秦鲸卿得趣馒头庵

　　馒头庵老尼净虚，名曰净虚，其实不净不虚，其上下串连，勾结豪门官府，且煽风点火，构陷善良而从中取利，此实社会之贼也。雪芹笔下使其原形毕露，可见雪芹于此类社会蟊贼亦笔伐之，不少宽贷也。

　　此回写秦钟、智能，又一悲剧也。此回虽是开头，而悲剧已随其后矣。作者写智能虽只寥寥数笔，其语言风情已令人不能忘矣。

【校记】

〔一〕回目：诸本同。甲戌本"凤姐"作"熙凤"。程甲本"铁槛寺"作"铁寺镜"。

第十六回　　贾元春才选凤藻宫
　　　　　　　秦鲸卿夭逝黄泉路[一]

甲戌回前评:"幼儿小女之死,得情之正气,又为痴贪辈一针灸。凤姐恶迹多端,莫大于此件者。受赃婚以致人命。贾府连日热闹非常,宝玉无见无闻,却是宝玉正文。夹写智数句,下半回方不突然。
"黛玉回方解宝玉为秦钟之忧闷,是天然之章法。平儿借香菱答话,是补菱姐近来着落。
"借省亲事写南巡,出脱心中多少忆昔感今。极热闹极忙中写秦钟夭逝,可知除情字俱非宝玉正文。
"大鬼小鬼论势利兴衰,骂尽攒炎附势之辈。"
写秦钟得病之由。为后文预伏。
大鱼吃小鱼,小鱼只好被吃。张、李两家是人财两空,凤姐却实拿三千两,一点也不空。

话说宝玉见收拾了外书房,约定与秦钟读夜书。偏那秦钟秉赋最弱,因在郊外受了些风霜,又与智能儿偷期缱绻,未免失于调养,回来时便咳嗽伤风,懒进饮食,大有不胜之态,遂不敢出门,只在家中养息。宝玉便扫了兴头,只得付于无可奈何,且自静候大愈时再约。脂批:"所谓好事多魔也。脂砚。"

那凤姐儿已是得了云光的回信,俱已妥协。老尼达知张家,果然那守备忍气吞声的受了前聘之物。谁知那张家父母如此爱势贪财,却养了一个知义多情的女儿,闻得父母退了前夫,他便一条麻绳悄悄的自缢了。可见有权势所不能奏效者,金哥之死,是对封建权势之反抗。守备之子,亦以性命对抗权势,此二人是雪芹所赞许者。故称金哥为"知义多情",称守备之子"也是个极多情的","不负妻义"云云。那守备之子闻得金哥自缢,他也是个极多情的,遂也投河而死,不负妻义。张、李两家没趣,真是人财两空。可见有权势所不能及者。这里凤姐却坐享了三千两。脂批:"如何消橛(缴),造业(孽)者不知,自有知者。"王夫人等连一点消息也不知道。

第十六回　贾元春才选凤藻宫　秦鲸卿夭逝黄泉路

自此凤姐胆识愈壮，以后有了这样的事，便恣意的作为起来，也不消多记。_{王夫人木偶土梗而已。}_{脂批："一段收拾过阿凤心机胆量，真与雨村是一对乱世之奸雄。后文不必细写其事，则知其平生之作为。回首时无怪乎其惨痛之态，使天下痴心人同来一警，或可期其入于恬然自得之乡矣。脂砚。"按"回首时无怪乎其惨痛之态"一句，当是指凤姐结局之惨，惜不能见雪芹后文耳。}

一日，正是贾政的生辰，宁、荣二处人丁都齐集庆贺，闹热非常。忽有门吏忙忙进来，至席前报说："有六宫都太监夏老爷来降旨。"唬的贾赦、贾政等一干人不知是何消息，忙止了戏文，撤去酒席，摆了香案，启中门跪接。早见六宫都太监夏守忠乘马而至，前后左右又有许多内监跟从。那夏守忠也并不曾负诏捧敕，至檐前下马，满面笑容，走至厅上，南面而立，口内说："特旨：立刻宣贾政入朝，在临敬殿陛见。"说毕，也不及吃茶，便乘马去了。_{倏来倏去，写得神秘莫测，且更不负诏捧敕。愈令人不安，而文章摇曳生姿矣。}_{庚本脂批云："泼天喜事，却如此开宗，出人意料外之文也。壬午季春。"夏太监来，先写惊，然后写喜，然写喜而又先不说喜，只说"在临敬殿陛见"，此深通文章之法，亦深谙人情者。}贾政等不知是何兆头，只得即忙更衣入朝。贾母等合家人等心中皆惶惶不定，不住的使人飞马来往报信。_{写得真切，如临其境。}有两个时辰工夫，忽见赖大等三四个管家喘吁吁_{三字传神。}跑进仪门报喜，又说"奉老爷命，速请老太太带领太太等进朝谢恩"等语。那时贾母正心神不定，在大堂廊下伫立，_{写贾母神情逼真。}_{脂批："慈母爱子写尽，回廊下伫立，与'日暮倚庐仍怅望'对望，余掩卷而泣。"}_{脂批："'日暮倚庐仍怅望'，南汉先生句也。"}那邢夫人、王夫人、尤氏、李纨、凤姐、迎春姊妹以及薛姨妈等皆在一处。_{皆在一处，俱各心神不安也。}听如此信至，贾母便唤进赖大来细问端的。赖大禀道："小的们只在临敬门外伺候，里头的信息一概不能得知。后来还是夏太监出来道喜，说咱们家大小姐晋封为凤藻宫尚书，加封贤德妃。后来老爷出来亦如此吩咐小的。如今老爷又往东宫去了，速请老太太领着太太们〔二〕去谢恩。"

<small>喜事传来，层次井然。非如此叙述，不见其事之神理也。</small>

贾母等听了方心神安定，不免又都洋洋喜气盈腮。

<small>先惊后喜，倏忽变换，作者文笔如春云舒卷，随风变形，神乎其技。</small>

于是都按品大小妆束起来。贾母带领邢夫人、王夫人、尤氏一共四乘大轿入朝。贾赦、贾珍亦换了朝服，带领贾蓉、贾蔷奉侍贾母大轿前往。于是宁、荣两处上下里外，莫不欣然踊跃，个个面上皆有得意之状，言笑鼎沸不绝。<small>总写一笔喜事，的是合府大喜气象。</small>

<small>庚本脂批云："忽然接水月庵，似大脱泄（卸），及读至后（文），方知为紧收。此大段有如歌疾调迫之际，忽闻戛然檀板截断，真见其大力量处，却便于写宝玉之文。"</small>

谁知近日水月庵的智能私逃进城，找至秦钟家下看视秦钟，不意被秦业知觉，将智能逐出，将秦钟打了一顿，自己气的老病发作，三五日光景呜呼死了。<small>意想不到之事，意想不到之文，然细思又是意想中之事，秦业竟至气死，亦作者特笔。情之所钟，岂可禁止哉！宜乎秦业死矣。</small>秦钟本自怯弱，又带病未愈，受了笞杖，今见老父气死，此时悔痛无及，更又添了许多症候。<small>秦钟之病之死，总觉匆忙收场，予以为作者写秦钟原不止此，因故压缩也，姑书此，以待高明。</small>

<small>脂批："凡用宝玉收什，俱是大关键。"</small>

因此宝玉心中怅然如有所失，虽闻得元春晋封之事，亦未解得愁闷。<small>脂批："眼前多少热闹文字不写，却从万人意外撰出一段悲伤，是别人不屑写者，亦别人之不能处。"按：宝玉之意，总在情字，元春晋封于宝玉何干？故不以为意也。</small>贾母等如何谢恩，如何回家，亲朋如何来庆贺，宁、荣两处近日如何热闹，众人如何得意，独他一个皆视有如无，<small>宝玉原厌恶世事，况是朝廷后宫之事？故虽有众人庆贺，皆与己无干也。</small> <small>脂批："的的真真宝玉。"</small>毫不曾介意。因此众人嘲他越发呆了。

<small>脂批："大奇至妙之文，却用宝玉一人，连用五'如何'，隐过多少繁华势利等文。试思若不如此，必至种种写到，其死板拮据琐碎杂乱，何可胜哉？故只借宝玉一人如此一写，省却多少闲</small>

第十六回　贾元春才选凤藻宫　秦鲸卿夭逝黄泉路

且喜贾琏与黛玉回来，_{黛玉回来，却是真喜，岂元春晋封所能抵也。}先遣人来报信，明日就可到家。宝玉听了，方略有些喜意。_{脂批："不如此，后文秦钟死去，将何以慰宝玉？"}细问原由，方知贾雨村亦进京陛见，皆由王子腾屡上保本，此来候补京缺，与贾琏是同宗弟兄，又与黛玉有师徒之谊，故同路作伴而来。_{雨村从此升腾矣！}林如海已葬入祖坟了，诸事停妥，贾琏方进京的。_{了却林如海一头，从此黛玉更无可依矣。}本该出月到家，因闻得元春喜信，遂昼夜兼程而进，一路俱各平安。宝玉只问得黛玉"平安"二字，余者也就不在意了。_{只要黛玉平安，余者概不相关。脂批："又从天外写出一段离合来。总为掩过宁荣两处许多琐细闲笔。处处交代清楚，方好启（起）大观园也。"}

好容易盼至明日午错，_{真是望穿秋水也。}果报："琏二爷和林姑娘进府了。"见面时彼此悲喜交集，未免又大哭一阵，后又致喜庆之词。_{脂批："世界上亦如此，不独书中瞬息，观此便可省悟。"}宝玉心中品度黛玉，越发出落的超逸了。_{士别三日，便当刮目相看。况一青春少女乎！宝玉则更当刮目也。}黛玉又带了许多书籍来，忙着打扫卧室，安插器具，又将些纸笔等物分送宝钗、迎春、宝玉等人。_{远别归来，此是常理，不可不写也。}宝玉又将北静王所赠鹡鸰香串珍重取出来，转赠黛玉。_{由黛玉所赠，带出鹡鸰香串来。}黛玉说："什么臭男人拿过的，我不要他。"遂掷而不取。宝玉只得收回，暂且无话。_{脂批："略一点黛玉情性，赶忙收住，正留为后文地步。"}

且说贾琏自回家参见过众人，回至房中。正值凤姐近日多事之时，无片刻闲暇之工，_{脂批："补阿凤二句，最不可少。"}见贾琏远路归来，少不得拨冗接待，因房内无外人，便笑

贾雨村进升之由，却是走贾琏之门，由王子腾保本，可见其夤缘钻营也。雨村夤缘复职，是由林如海荐托贾政，由贾政题奏复职。雨村之兴，终不离贾、王二家，总是夤缘邪道，而后文贾府之败，亦与雨村有关，惜不见雪芹全文耳。

此处径作"鹡鸰香串"，似喻前作"蓉苓"有深意也。按：《诗·小雅·常棣》："脊令在原，兄弟急难。""脊令"同"鹡鸰"。后即以"鹡鸰在原"比喻兄弟友爱。按：雪芹父、祖辈兄弟不和。康熙曾有谕旨。曹家之败，兄弟不和亦是内因之一。雪芹或借此寄慨，故此处径作"鹡鸰香串"也。

道:"国舅老爷大喜!国舅老爷一路风尘辛苦。小的听见昨日的头起报马来报,说今日大驾归府,略预备了一杯水酒掸尘,不知可赐光谬领否?" <脂批:"娇音如闻,俏态如见,少年好夫妻有是事。"> 贾琏笑道:"岂敢岂敢!多承多承。" <脂批:"一言答不上,蠢才。"> 一面平儿与众丫鬟参拜毕,献茶。

<脂批:"此等文字,作者尽力写来,是欲诸公认得阿凤,好看以后之书,勿作等闲看过。">

贾琏遂问别后家中的诸事,又谢凤姐的操持劳碌。凤姐道:"我那里照管得这些事!见识又浅,口角又笨,心肠又直率,人家给个棒槌,我就认作针。脸又软,搁不住人给两句好话,心里就慈悲了。况且又没经历过大事,胆子又小,太太略有些不自在,就吓的我连觉也睡不着了。我苦辞了几回,太太又不容辞, <一连串用七个"又"字,把自己贬得一无是处,其实皆是反话,不可正读,必须反其意而体会之,才得阿凤真意。> 倒反说我图受用,不肯习学了。殊不知我是捻着一把汗儿呢。一句也不敢多说,一步也不敢多走。<其实是敢说敢作,杀伐决断也!在贾琏面前,反说自己不敢,其实是卖娇卖俏而已。> 你是知道的,咱们家所有的这些管家奶奶们,那一位是好缠的? <脂批:"独这一句不假。脂砚。"> 错一点儿,他们就笑话打趣;偏一点儿,他们就指桑说槐的报怨。'坐山观虎斗','借剑杀人','引风吹火','站干岸儿','推倒油瓶不扶',都是全挂子的武艺。<这全挂子武艺,却也是事实,非凤姐岂能弹压得住?>

<其实是阿凤满心满意之事,却说得如此无能,然而愈说无能,愈见其志得意骄也。>

况且我年纪轻,头等不压众,怨不得不放我在眼里。更可笑 <脂批:"三字是得意口气。"> 那府里忽然蓉儿媳妇死了,珍大哥又再三再四的在太太跟前跪着讨情,只要请我帮他几日。我是再四推辞,太太断不依,只得从命。依旧被我闹

第十六回　贾元春才选凤藻宫　秦鲸卿夭逝黄泉路

了个马仰人翻，更不成个体统，至今珍大哥哥还报怨后悔呢。你这一来了，明儿你见了他，好歹描补描补，脂批："阿凤之弄琏兄，如弄小儿，可怕可畏。若生于小户，落于贫家，琏兄死矣。"就说我年纪小，原没见过世面，谁叫大爷错委他的。"脂批云："得意之至口气。"脂批是。此时凤姐实是大显身手。得意至极，故以反语自夸也。语云："听其声、辨其言。"即此之谓也。盖凤姐此时语气，决非悔过认罪过语气也。读者自能明辨。

正说着，脂批："又用断法方妙，盖此等文，断不可无，亦不可太多。"只听外间有人说话，凤姐便问："是谁？"平儿进来回道："姨太太打发了香菱妹子来问我一句话，我已经说了，打发他回去了。"贾琏笑道："正是呢，方才我见姨妈去，不防和一个年轻的小媳妇子撞了个对面，生的好齐整模样。我疑惑咱家并无此人，说话时因问姨妈，谁知就是上京来买的那小丫头，名叫香菱的。竟与薛大傻子作了房里人，开了脸，越发出挑的标致了。那薛大傻子真玷辱了他。"凤姐道："嗳！往苏杭走了一趟回来，也该见些世面了，还是这么眼馋肚饱的。你要爱他，不值什么，我去拿平儿换了他来如何？"脂批："奇谈。是阿凤口中，方有此等语句。"那薛老大脂批："又一样称呼，各得神理。"也是，'吃着碗里看着锅里'的，凤姐说贾琏"眼馋肚饱"，说薛蟠是"吃着碗里看着锅里的"，都是奇语，只有凤姐说得出。且说"拿平儿换了他来"，更是奇中之奇，然平儿也好，香菱也好，在凤、琏等人眼里均是物不是人，可以随意以物换物也。这一年来的光景，他为要香菱不能到手，脂批："补前文之未到，且并将香菱身份写出。脂砚。"和姨妈打了多少饥荒。也因姨妈看着香菱模样儿好还是末则，其为人行事，却又比别的女孩子不同，温柔安静，差不多的主子姑娘也跟他不上呢。"脂批："何曾不是主子姑娘？盖卿不知来历也，作者必用阿凤一赞，方知莲卿尊重不虚。"故此摆酒请客的费

才提香菱，贾琏即接口细问，且极赞香菱"好齐整模样"，其馋涎欲滴之状跃然纸上。

借凤姐一赞，补叙香菱之事，笔墨机动灵活，无半点滞碍。

事,明堂正道的与他作了妾,过了没半月,他就看的马棚风一般了,我倒心里可惜了的。"脂批:"一段纳宠之文,偏于阿凤口中补出,亦奸猾幻妙之至。"一语未了,二门上小厮传报:"老爷在大书房等二爷呢。"贾琏听了,忙忙整衣出去。

这里凤姐乃问平儿:"方才姨妈有什么事,巴巴的打发了香菱来?"脂批:"必有此一问。"平儿笑道:"那里来的香菱,好平儿,真是阿凤心腹。是我借他暂撒个谎。奶奶说说,旺儿嫂子越发连个成算也没了。"说着,又走至凤姐身边,脂批:"如闻如见。"悄悄的说道:"奶奶的那利钱银子,迟不送来,早不送来,这会子二爷在家,他且送这个来了。补出凤姐放债收利,连贾琏都瞒过,可见凤姐放肆至甚。幸亏我在堂屋里撞见,不然时走了来回奶奶,二爷倘或问奶奶是什么利钱,奶奶自然不肯瞒二爷的,脂批:"可儿可儿,凤姐竟被他哄了。"少不得照实告诉二爷。平儿亦真会说话,其实凤姐岂肯告贾琏?然平儿则必须如此说也。我们二爷那脾气,油锅里的钱还要找出来花呢,好新奇语言,恰好写活了贾琏。听见奶奶有了这个梯己,他还不放心的花了呢!所以我赶着接了过来,叫我说了他两句,谁知奶奶偏听见了问,我就撒谎说香菱来了。"平儿历叙曲折,具见贾府中虽凤、琏夫妻,亦各存隐私,无半点真情也。脂批:"一段平儿见识作用,不枉阿凤平日刮目,又伏下多少后文,补尽前文未到。"凤姐听了笑道:"我说呢,姨妈知道你二爷来了,忽喇巴的反打发个房里人来了。原来你这蹄子奓鬼。"脂批:"疼极反骂。"

说话时贾琏已进来,凤姐便命摆上酒馔来,夫妻对坐。凤姐虽善饮,却不敢任兴,脂批:"百忙中又点出大家规范,所谓无不周详,无不贴切。"上

第十六回　贾元春才选凤藻宫　秦鲸卿夭逝黄泉路

数句刚刚揭出尔虞我诈，此处转眼又是"大家规范"，"尔虞我诈"是真，"大家规范"亦非假，于此可见封建官僚家庭的人际关系，封建礼教之本质特征。雪芹之笔，虽只寥寥数十字，而令人如身历其境。

只陪侍着贾琏。一时贾琏的乳母赵嬷嬷走来，贾琏、凤姐忙让吃酒，令其上炕去。赵嬷嬷执意不肯。平儿等早于炕沿下设下一机，又有一小脚踏，赵嬷嬷在脚踏上坐了。贾琏向桌上拣两盘肴馔与他放在机上自吃。凤姐又道："妈妈很嚼不动那个，倒没的硒了他的牙。"因向平儿道："早起我说那一碗火腿炖肘子很烂，正好给妈妈吃，你怎么不拿了去赶着叫他们热了来？"又道："妈妈，你尝一尝你儿子带来的惠泉酒。"脂批："补点不到之文，像极。"赵嬷嬷道："我喝呢，奶奶也喝一钟，怕什么？只不要过多了就是了。脂批："宝玉之李嬷嬷，此处偏又写赵嬷嬷，特犯不犯。先有'梨香院'一回，今天写此一回，两两遥对，却无一笔相重，一事合掌。"我这会子跑了来，倒也不为饮酒，倒有一件正经事，奶奶好歹记在心里，疼顾我些罢。我们这爷，只是嘴里说的好，到了跟前就忘了我们。幸亏我从小儿奶了你这么大。我也老了，有的是那两个儿子，你就另眼照看他们些，别人也不敢呲牙儿的。我还再四的求了你几遍，你答应的倒好，到如今还是燥屎。这如今又从天上跑出这一件大喜事来，贾府泼天大喜事，先由赵嬷嬷提出，文章自然之极。那里用不着人？所以倒是来和奶奶来说是正紧，靠着我们爷，只怕我还饿死了呢。"

大喜事尚未来，已先有人来托人情谋职事了。雪芹写透世故人情。

凤姐笑道："妈妈你放心，两个奶哥哥都交给我。你从小儿奶的儿子，你还有什么不知他那脾气的，拿

等级森严，不可逾越，虽令其上座，赵嬷嬷亦不肯上座，以谨守主仆之等级界限，于此可见封建礼法等级制度之教化作用也。

是赵嬷嬷的身份口气，此是贾琏之嬷嬷，与宝玉之李嬷嬷各不相同，无一笔重复。

着皮肉倒往那不相干的外人身上贴。_{好新鲜的语言，凤姐真会说话，亦亏作者写得出。}可是现放着奶哥哥，那一个不比人强？你疼顾照看他们，谁敢说个'不'字儿？_{脂批："会送情。"}没的白便宜了外人——我这话也说错了，我们看着是'外人'，他却是〔三〕看着'内人'一样呢。"说的满屋里人都笑了。_{又是新鲜话，凤姐之嘴，巧舌如簧，无怪众人都笑，亦可见雪芹笔底波澜，层出不穷也。}赵嬷嬷也笑个不住，又念佛道："可是屋子里跑出青天来了。若说'内人''外人'这些混账原故，_{脂批："有是语，像极，毕肖乳母护子。"}我们爷是没有，不过是脸软心慈，搁不住人求两句罢了。"_{又一句回护贾琏，否则贾琏将何以堪？可见作者文心之细。}

脂批："一段赵妪讨情闲文，却引出通部脉络。所谓由小及大，譬如登高必自卑之意。细思大观园一事，若从如何奉旨起造，又如何分派众人，从头细细直写，将来几千样细事，如何能顺笔一气写清？又将落于死板拮据之乡。故只用琏凤夫妻二人一问一答，上用赵妪讨情作引，下用蓉蔷来说事作收，余者随笔顺笔略一点染，则耀然洞澈矣。此是避难法。"

凤姐笑道："可不是呢。有'内人'的他才慈软呢，他在咱们娘儿们跟前，才是刚硬呢！"赵嬷嬷笑道："奶奶说的太尽情了，我也乐了，再吃一杯好酒。从此我们奶奶作了主，我就没的愁了。"_{凤姐一语刺骨，赵嬷赶快用话掩过，且随即落实到凤姐身上，赵嬷亦精于世故者也。}

贾琏此时没好意思，只是讪笑吃酒，说"胡说"二字，_{贾琏亦只好如此而已。}——"快盛饭来，吃碗子还要往珍大爷那边去商议事呢。"凤姐道："可是别误了正事。才刚老爷叫你作什么？"贾琏道："就为省亲。"_{脂批："二字醒眼之极，却只如此写来。"}凤姐忙问道：_{脂批："'忙'字最要紧，特于凤姐口中出此字，可知事关巨要，是书中正眼矣。"}"省亲的事竟准了不成？"_{脂批："问得珍重，可知是外方人意外之事。脂砚。"}贾琏笑道："虽不十分准，也有八分准了。"_{脂批："如此故顿一笔，更妙。见得事关重大，非一语可了者，亦是大篇文章抑扬顿挫之致。"}凤姐笑道："可是当今的隆恩。历来听书看戏，古时从未有的。"_{脂批："于闺阁中作此语直与击壤同声。脂砚。"}赵嬷嬷又接口

第十六回　贾元春才选凤藻宫　秦鲸卿夭逝黄泉路

道："可是呢，我也老糊涂了。我听见上上下下吵嚷了这些日子，什么省亲不省亲，我也不理论他去；如今又说省亲，到底是怎么个原故？"脂批："补近日之事，启下回之文。"贾琏道："如今当今贴体万人之心，世上至大莫如'孝'字，想来父母儿女之性，皆是一理，不是贵贱上分别的。当今自为日夜侍奉太上皇、皇太后，尚不能略尽孝意，因见宫里嫔妃才人等皆是入宫多年，抛离父母音容，岂有不思想之理？在儿女思想父母，是分所应当。想父母在家，若只管思念儿女，竟不能见，倘因此成疾致病，甚至死亡，皆由朕躬禁锢，不能使其遂天伦之愿，亦大伤天和之事。故启奏太上皇、皇太后，每月逢二六日期，准其椒房眷属入宫请候看视。于是太上皇、皇太后大喜，深赞当今至孝纯仁，体天格物。因此二位老圣人又下旨意，说椒房眷属入宫，未免有国体仪制，母女尚不能惬怀。竟大开方便之恩，特降谕诸椒房贵戚，除二六日入宫之恩外，凡有重宇别院之家，可以驻跸关防之处，不妨启请内廷銮舆入其私第，庶可略尽骨肉私情，天伦中之至性。此旨一下，谁不踊跃感戴？现今周贵人的父亲已在家里动了工了，修盖省亲别院呢。又有吴贵妃的父亲吴天佑家，也往城外踏看地方去了。这岂不有八九分了？"

一段浩荡皇恩文字，真是歌功颂德，春春无穷。然此却是官样文章，是给官家看的，下文元妃省亲，才是作者之话。故此书不能看正面，要看反面也。

赵嬷嬷道："阿弥陀佛！原来如此。这样说，咱

畸批："大观园用省亲事出题，是大关键事，方见大手笔行文之立意。畸笏。"

脂批："大观园一篇大文，千头万绪，从何处写起，今故用贾琏夫妻问答之间，闲闲叙出，观者已省大半。后再用蓉、蔷二人一煊染，便省却多少癞瘤笔墨。此是避难法。"

畸批："自政老生日用降旨截住。贾母等进朝如此热闹，用秦业死岔开。只写几个'如何'，将泼天喜事交代完了。紧接黛玉回，琏凤闲话，以老妪勾出省亲事来。其千头万绪合笋贯连，无一毫痕迹，如此等是书多多不能枚举。想兄在青埂峰上经煅炼后，参透重关至恒河沙数，如否？余曰：万不能有此机括，有此笔力，恨不得面问果否，叹叹。丁亥春，畸笏叟。"

们家也要预备接咱们大小姐了？" <按庚辰本"接咱们大小姐了"句旁有批云："文忠公之嬷。"此批曾有多种考证，故存此批，以待知者。>

贾琏道："这何用说呢！不然，这会子忙的是什么？" <脂批："一段闲谈中，补明多少文章，真是费长房壶中天地也。"> 凤姐笑道："若果如此，我可也见个大世面了。可恨我小几岁年纪，若早生二三十年，如今这些老人家也不薄我没见世面了。<脂批："忽接入此句，不知何意，似属无味。"> 说起当年太祖皇帝仿舜巡的故事，比一部书还热闹，<脂批："既知舜巡而又说热闹，此妇人女子口头也。"> 我偏没造化赶上。"老赵嬷嬷道："嗳哟哟，那可是千载希逢的！那时候我才记事儿，咱们贾府正在姑苏扬州一带监造海舫，修理海塘，只预备接驾一次，把银子都花的淌海水似的！<当时泰州诗人张符骧有诗云："三汊河干筑帝家，金钱滥用比泥沙。"可知赵嬷所说是实。> 说起来——"凤姐忙接道：<脂批："'忙'字妙。上文'说起来'必未完，粗心看去，则说疑阙，殊不知正传神处。"> "我们王府也预备过一次，那时我爷爷单管各国进贡朝贺的事，凡有的外国人来，都是我们家养活。<脂批："点出阿凤所有外国奇玩等物。"> 粤、闽、滇、浙所有的洋船货物都是我们家的。"

赵嬷嬷道："那是谁不知道的？如今还有个口号儿呢，说'东海少了白玉床，龙王来请江南王'，这说的就是奶奶府上了。还有如今现在江南的甄家，<脂批："甄家正是大关键，大节目，勿作泛泛口头语看。"> 嗳哟哟，好势派！<脂批："口气如闻。"> 独他家接驾四次，<脂批："点正题正文。"> 若不是我们亲眼看见，告诉谁谁也不信的。别讲银子成了土泥，<脂批："极力一写，非夸也。可想而知。"按此批重要，明指其"非夸"，并说"可想而知"，则是要读者自思当年南巡接驾之事也。> 凭是世上所有的，没有不是堆山塞海的。'罪过可惜'四个字竟顾不得了。" <脂批："真有是事，经过见过。"> 凤

<旁注：凤姐"若早生二三十年"一段闲话，是明指康熙南巡也。谓己晚生，未及赶上南巡盛事也。按康熙后四次南巡，皆在曹寅任上，康熙第三次南巡是康熙三十八年，第六次南巡是康熙四十六年，皆在雪芹出生之前。故雪芹借凤姐此语以指南巡也。书中特指"太祖皇帝"，则尤明指康熙无疑矣。脂批说"不知何意"，其意盖借此暗示读者也。>

<旁注：接驾四次，明写曹寅。按康熙三十八年，第三次南巡，曹寅第一次接驾，以后康熙四十二年、四十四年、四十六年，共四次，均由曹寅接驾。此处明写接驾四次，脂批又说是"点正题正文"，"真有是事，经过见过"，可见雪芹有意将家史写入本书也。>

第十六回　贾元春才选凤藻宫　秦鲸卿夭逝黄泉路

姐道："常听见我们太爷们也这样说，岂有不信的。只纳罕他家怎么就这么富贵呢？"赵嬷嬷道："告诉奶奶一句话，也不过是拿着皇帝家的银子往皇帝身上使罢了！_{曹家亏空由此，曹家败落亦由此，作者借此一泄胸中积愤。脂批："是不忘本之言。"}谁家有那些钱买这个虚热闹去？"_{雪芹借赵嬷嬷轻轻一答，把如许皇家气象，用"虚热闹"三字一笔抹倒，又用脂砚一评一赞，点出是"最要紧语"，"能作是语者，吾未尝见。"读者当能会心矣。脂批云："最要紧语。人苦不自知，能作是语者，吾未尝见。"}

正说的热闹，王夫人又打发人来瞧凤姐吃了饭不曾。凤姐便知有事等他，忙忙的吃了半碗饭，漱口要走，_{细事传神。}又有二门上小厮们回："东府里蓉、蔷二位哥儿来了。"贾琏才漱了口，平儿捧着盆盥手，见他二人来了，便问："什么话？快说。"凤姐且止步稍候，听他二人回些什么。

贾蓉先回说："我父亲打发我来回叔叔：老爷们已经议定了，从东边一带，借着东府里花园起，转至北边，_{脂批："园基乃一部之主，必当如此写清。"}一共丈量准了，三里半大，可以盖造省亲别院了。_{文章紧凑至极。才说省亲，而园基已定。可见急管繁弦，不容暂缓也。}已经传人画图样去了，明日就得。_{脂批："后一图伏线（按：指后文四十一回惜春画大观园图）。大观园系玉兄与十二钗之太虚玄境，岂可草率？"}叔叔才回家，未免劳乏，不用过我们那边去，有话明日一早再请过去面议。"贾琏笑着忙说："多谢大爷费心体谅，我就不过去了。正经是这个主意才省事，盖造也容易；若采置别处地方去，那更费事，且倒不成体统。你回去说这样很好，若老爷们再要改时，全仗大爷谏阻，万不可另寻地方。明日一早我给大爷去

> "拿着皇帝家的银子往皇帝身上使"，此是警醒之笔、意外之言，实即指当年曹寅四次接驾，大量亏空，皆"往皇帝身上使"也，孰知竟因此败家乎！雪芹书此亦微言寄慨也。此等文字，正是《红楼》微妙处。读者当细味之，方能有悟。

请安去，再议细话罢。"贾蓉忙应几个"是"。

<small>园基方定，而聘请教习、采买女孩、买办乐器行头诸事，又紧接而上，可见事之紧迫，不容稍缓也。</small>

贾蔷又近前回说："下姑苏聘请教习，采买女孩子，<small>脂批："画'蔷'一回伏线。"</small>置办乐器行头等事，大爷派了侄儿，带领着来管家两个儿子，还有单聘仁、卜固修两个清客相公，一同前往，<small>脂批："凡各物事，工价重大兼伏隐着情字者，莫如此件。故园定后便先写此一件，余便不必细写矣。"</small>所以命我来见叔叔。"贾琏听了，将贾蔷打量了打量，笑道："你能在这一行么？<small>有神态。</small>这个事虽不算甚大，里头大有藏掖的。"<small>脂批："射利语。可叹，是亲侄。"</small>贾蔷笑道："只好学习着办罢了。"

贾蓉在身旁灯影下悄拉凤姐的衣襟，<small>写贾蓉与凤姐。</small>凤姐会意，因笑道："你也太操心了，难道大爷比咱们还不会用人？偏你又怕他不在行了。谁都是在行的？孩子们已长的这么大了，'没吃过猪肉，也看见过猪跑'。大爷派他去，原不过是个坐纛旗儿，难道认真的叫他去讲价钱、会经纪去呢！依我说就很好。"贾琏道："自然是这样。并不是我驳回，少不得替他算计算计。"因问："这一项银子动那一处的？"贾蔷道："才也议到这里。赖爷爷说，不用从京里带下去，江南甄家还收着我们五万银子。明日写一封书信会票我们带去，先支三万，下剩二万存着，等置办花烛彩灯并各色帘栊帐幔的使费。"贾琏点头道："这个主意好。"

<small>脂批："《石头记》中多作心传神会之文，不必道明，一道明白便入庸俗之套。"</small>

凤姐忙向贾蔷道：<small>脂批："再不略让一步，正是阿凤一生短处。脂砚。"</small>"既这样，我有两个在行妥当人，你就带他们去办，这个便宜了你呢。"贾蔷忙陪笑说："正要和婶婶讨两个人呢，

第十六回　贾元春才选凤藻宫　秦鲸卿夭逝黄泉路

<脂批："写贾蔷乖处。脂砚。">这可巧了。"因问名字。凤姐便问赵嬷嬷，彼时赵嬷嬷已听呆了话，平儿忙笑推他，他才醒悟过来，<脂批："传神文笔，已入化境。">忙说："一个叫赵天梁，一个叫赵天栋。"凤姐道："可别忘了，我可干我的去了。"说着便出去了。贾蓉忙送出来，又悄悄的向凤姐道："婶子要什么东西，吩咐我开个账给蔷兄弟带了去，叫他按账置办了来。"凤姐笑道："别放你娘的屁！我的东西还没处摆呢，希罕你们鬼鬼祟祟的？"说着一径去了。<脂批："阿凤欺人如此，忽又写到利弊，真令人一叹。脂砚。">

<脂批："从头至尾，细看阿凤之待蓉、蔷，可为一体一党，然尚作如此语欺蓉。其待他人可知矣。">

这里贾蔷也悄问贾琏："要什么东西？顺便置来孝敬叔叔。"贾琏笑道："你别兴头。才学着办事，倒先学会了这把戏。我短了什么，少不得写信来告诉你，且不要论到这里。"说毕，打发他二人去了。接着回事的人来，不止三四次，贾琏害乏，便传与二门上，一应不许传报，俱等明日料理。凤姐至三更时分方下来安歇，<脂批："好文章，一句内隐两处若许事情。">一宿无话。

<脂批："大观园尚未动工，即已开始营私舞弊，且都是一家人办一家事，尚不可免此，则世事可知矣。雪芹之笔，真细到毫颠，洞察幽微也。">

次早贾琏起来，见过贾赦、贾政，便往宁府中来，合同老管事的人等，并几位世交门下清客相公，审察两府地方，缮画省亲殿宇，一面察度办理人丁。自此后，各行匠役齐集，金银铜锡以及土木砖瓦之物，搬运移送不歇。先令匠人拆宁府会芳园墙垣楼阁，直接入荣府东大院中。荣府东边所有下人一带群房尽已拆去。当日宁荣二宅，虽有一小巷界断不通，然这小巷

亦系私地，并非官道，故可以连属。会芳园本是从此拐〔四〕角墙下引来一段活水，脂批："园中诸景最要紧是水，亦必写明方妙。余最郂近之修造园亭者，徒以顽石土堆为佳，不知引泉一道。甚至丹青，唯知乱作山石树木，不知画泉之法，亦是误事。脂砚斋。"今亦无烦再引。其山石树木虽不敷用，贾赦住的乃是荣府旧园，其中竹树山石以及亭榭栏杆等物，皆可挪就前来。如此两处又甚近，凑来一处，省得许多财力，纵亦不敷，所添亦有限。全亏一个老明公号山子野者，一一筹划起造。

写大观园建园状况、拆建细节，连竹树山石，亭榭栏杆以及活水来源，皆一一写明，令人如亲见其状，亲筹其事，一丝不苟。

贾政不惯于俗务，只凭贾赦、贾珍、贾琏、赖大、来升、林之孝、吴新登、詹光、程日兴等几人安插摆布。凡堆山凿池，起楼竖阁，种竹栽花，一应点景等事，又有山子野制度。下朝闲暇，不过各处看望看望，最要紧处和贾赦等商议商议便罢了。贾赦只在家高卧，有芥荳之事，贾珍等或自去回明，或写略节；或有话说，便传呼贾琏、赖大等领命。贾蓉单管打造金银器皿。贾蔷已起身往姑苏去了。贾珍、赖大等又点人丁，开册籍，监工等事。一笔不能写到，不过是喧阗热闹非常而已。暂且无话。

贾政实是最无能者。

贾赦亦是贾政一流人物，于是可见贾府实况。

且说宝玉近因家中有这等大事，贾政不来问他的书，心中是件畅事；无奈秦钟之病日重一日，也着实悬心，不能乐业。接写秦钟之病，终不免突然之感。脂批："天下本无事，庸人自扰之，世上人个个如此。又非此情钟意切。"这日一早起来才梳洗完毕，意欲回了贾母去望候秦钟，忽见茗烟在二门照壁前探头缩脑，宝玉忙

畸批："偏于极热闹处写出大不得意之文，却无丝毫牵强，且有许多令人笑不了、哭不了、叹不了、悔不了，唯以大白酬我作者。壬午季春，畸笏。"

第十六回　贾元春才选凤藻宫　秦鲸卿夭逝黄泉路

出来问他："作什么？"茗烟道："秦相公不中用了！"〔脂批："从茗烟口中写出，省却多少闲文。"〕宝玉听说，吓了一跳，忙问道："我昨儿才瞧了他来，还明明白白，怎么就不中用了？"茗烟道："我也不知道，才刚是他家的老头子来特告诉我的。"宝玉听了，忙转身回明贾母。贾母吩咐："好生派妥当人跟去，到那里尽一尽同窗之情就回来，不许多耽搁了。"宝玉听了，忙忙的更衣出来，车犹未备，急的满厅乱转。〔写宝玉。〕一时催促的车到，忙上了车，李贵、茗烟等跟随。来至秦钟门首，悄无一人，〔脂批："目睹萧条景况。"〕遂蜂拥至内室，唬的秦钟的两个远房婶母并几个弟兄都藏之不迭。〔脂批："妙，这婶母弟兄是特来等分绝户家私的，不表可知。"〕

此时秦钟已发过两三次昏了，移床易箦多时矣。宝玉一见，便不禁失声。李贵忙劝道："不可不可。秦相公是弱症，未免炕上挺扛的骨头不受用，所以暂且挪下来松散些。哥儿如此，岂不反添了他的病？"〔李贵劝得得体。〕宝玉听了，方忍住近前，见秦钟面如白蜡，合目呼吸于枕上。宝玉忙叫道："鲸兄！宝玉来了。"连叫两三声，秦钟不睬。宝玉又道："宝玉来了。"

那秦钟早已魂魄离身，只剩得一口悠悠余气在胸，正见许多鬼判持牌提索来捉他。〔脂批："看至此一句，令人失望。再看至后面数语，方知作者故意借世俗愚谈愚论设譬，喝醒天下迷人，翻成千古未见之奇文奇笔。"〕那秦钟魂魄那里肯就去，又记念着家中无人掌管家务，〔脂批："扯淡之极，令人发一大笑，余请诸公莫笑，且请再思。"〕又记挂着父亲还有留积下的三四千两银子，〔脂批："更属可笑，更可痛哭。"〕又记挂着智

〔脂批："《石头记》一部中，皆是近情近理必有之事、必有之言，又如此等荒唐不经之谈，间亦有之，是作者故意游戏之笔耶（也），以破色取笑，非如别书认真说鬼话也。可想鬼不读书，信已哉。"〕

能尚无下落，脂批："忽从死人心中补出活人原由，更奇，更奇。"因此百般求告鬼判。无奈这些鬼判都不肯徇私，好"不肯徇私"，反话正说，是雪芹惯用手法。反叱咤秦钟道："亏你还是读过书的人，可见此鬼未曾读书。岂不知俗语说的：'阎王叫你三更死，谁敢留人到五更？'我们阴间上下都是铁面无私的，不比你们阳间瞻情顾意，脂批："写杀了。"有许多的关碍处。"作者借鬼之口，骂现世也。

正闹着，那秦钟魂魄忽听见"宝玉来了"四字，便忙又央求道："列位神差，略发慈悲，让我回去，和这一个好朋友说一句话就来的。"众鬼道："又是什么好朋友？"秦钟道："不瞒列位，就是荣国公的孙子，小名宝玉。"都判官听了，先就唬慌起来，妙笔生花，令人发笑。忙喝骂鬼使道："我说你们放了他回去走走罢，你们断不依我的话，如今只等他请出个运旺时盛的人来才罢！"脂批："如闻其声，试问谁曾见都判来，观此则又见一都判跳出来。调侃世情固深，然游戏笔墨一至于此，真可压倒古今小说。这才算是小说。"众鬼见都判如此，也都忙了手脚，一面又报怨道："你老人家先是那等雷霆电雹的，原来见不得'宝玉'二字。脂批："调侃'宝玉'二字，妙极。脂砚。"依我们愚见，他是阳，我们是阴，怕他们也无益于我们。"反不如小鬼，倒还有几分刚气。脂批："神鬼也讲有益无益。"都判道："放屁！俗语说的好，'天下官管天下事'，自古人鬼之道却是一般，阴阳并无二理。借都判一骂更妙，点明"人鬼之道却是一般，阴阳并无二理。"则天下乌鸦一般黑也。骂得巧妙至极。脂批："更妙，愈不通愈妙，愈错会意愈奇。脂砚。"别管他阴也罢，阳也罢，还是把他放回没有错了的。"众鬼也怕权势。

众鬼听说，只得将秦魂放回，哼了一声，微开双

刚刚说完"阴间上下都是铁面无私的"，话音方落，立即改口喝骂小鬼，害怕运旺时盛的人，照样"瞻情顾意"，雪芹之笔，锋利如刀，直刺现世。

借小鬼埋怨都判，文笔更见奇趣，讽刺更加入骨。

第十六回　贾元春才选凤藻宫　秦鲸卿夭逝黄泉路

目,见宝玉在侧,乃勉强叹道:"怎么不肯早来?再迟一步,也不能见了。"宝玉忙携手垂泪道:"有什么话留下两句。"秦钟道:"并无别话。以前你我见识自为高过世人,我今日才知自误了。以后还该立志功名,以荣耀显达为是。"说毕,便长叹一声,萧然长逝了。

脂批:"千言万语,只此一句。"

脂批:"只此句便足矣。"

脂批:"谁不悔迟?"

脂批:"此刻无此二语,亦非玉兄之知己。"

脂批:"观者至此,必料秦钟另有异样奇语,然却只以此二语为嘱。试思若不如此为嘱,不但不近人情,亦且太露穿凿。读此则知全是悔迟之恨。"

秦钟临终之语,却是悔过改道。但后文宝玉更不为所动,则可见雪芹欲以秦钟反衬宝玉之坚决不走仕途经济之路也。

【回后评】

此回写张金哥与守备之子双双殉情而死，作者借此鞭笞见利忘义之徒，亦以写权势不是万能，世间真情非权势所能动也。张金哥之殉情，亦直揭凤姐之罪也，且凤姐从此陷入罪孽深重之途矣。

才选凤藻宫一段，人情忽惊忽喜，变幻无定，写尽宦海波澜，读者旁观，真如看《南柯传》耳。

如海一死，黛玉真成孤女，从此不能再南归矣！此后黛玉孤独悲凉之心境，愈陷愈深，此回是黛玉以后悲世心路之开端也。

朝廷恩准省亲，一大段皇恩浩荡文字，正面看，真是歌功颂德，眷眷无穷，阅后文元妃省亲文字，方知作者意在彼而不在此也，歌功颂德是官样文章，而元妃之言方是心里话也。

此回借省亲写当年南巡故事。当时泰州诗人张符骧《竹西词》《后竹西词》咏南巡接驾有诗云："五色云霞空外悬，可怜锦绣欲瞒天。玉皇闹里凝双眼，真说家余跨鹤钱。""千丈氍毹起暮烟。猩红溅向至尊前。扬州岂必多歌舞，卖尽婵娟亦可怜。""三汊河干筑帝家。金钱滥用比泥沙。宵人未毙江南狱，多分痴心想赐麻。""官衔盐总搭盐臣。万寿屏开花样新。皇本揭来刚百万，明朝旗子御商人。"以上皆见其《自长吟》卷十。略引数首，以见史事，藉知雪芹借赵嬷嬷之口以寄讽也。

据红学家研究，《红楼梦》中王家、薛家，其部分素材系取自李煦家。李煦之父李士桢于康熙二十年（一六八一年）五月，奉特旨巡抚江西，十二月调广东巡抚。二十一年二月，总督征滇，四月到广州广东巡抚任，直至二十六年十二月北归。

第十六回　贾元春才选凤藻宫　秦鲸卿夭逝黄泉路

而康熙二十四年（一六八五年），开放海禁，设置粤、闽、浙、江海关四处，时外国货物，都由广州输入，其时正是李士桢任期。而其子李煦，康熙十七年（一六七八年），任广东韶州府知府，二十三年，任浙江宁波府知府。故此处所写"那时我爷爷单管各国进贡朝贺的事，凡有的外国人来，都是我们家养活。粤、闽、滇、浙所有的洋船货物都是我们家的"，虽系小说，其生活素材必与此有关，且李士桢在粤，西洋各国贡物，皆由广州入口，招待外国贡使，正是粤抚之事。故此段文字，亦曹、李两家史事之所隐也。

作者明写接驾四次，是明将自己家史写入书中，是隐而又非隐也。作者于此段家史，亦寓批判之意，读者细读，当能体认。

赵嬷嬷说"拿着皇帝家的银子往皇帝身上使"，此话直射南巡。康熙五十四年十二月初一日《上谕李陈常代赔曹寅、李煦亏欠理应缴部》折内说："上曰：曹寅、李煦用银之处甚多，朕知其中情由。"则可见康熙对曹、李两家巨额亏空之原因，是心知肚明的，此处雪芹借赵嬷嬷之口，一泄心中积冤耳。

作者写秦钟之死，似嫌匆促，疑因秦可卿情节之改动，秦钟之文字亦有删削。写智能之遭遇，亦写女儿之不幸也。秦钟临终自悔并嘱咐宝玉，"以后还该立志功名，以荣耀显达为是"，宝玉对此无动于衷，则可见写秦钟之悔迟，正以写宝玉之不悔耳。

【校记】

〔一〕回目：诸本同。蒙本"逝"作"游"，列本、舒本"夭"作"大"。

〔二〕庚本作"速请太太领众去谢恩"，据己卯、甲戌、杨本、戚序、蒙府诸本改。

〔三〕庚本原作"我们看着是外人，你却看着内人一样呢"。己卯、甲戌、戚序、列藏、杨本、舒本、程甲各本皆同，又各新校本皆同。唯蒙府本此句作"我们看着是外人，他都是看着内人一样呢"。按此处是凤姐与赵嬷嬷一起议论贾琏，故各本的"你"字皆误，应是"他"字，亦即是从凤姐、赵嬷嬷看来，贾琏照顾的都是外人，但从贾琏看来，他照顾的都是他的"内人"。此句从蒙府本改。

〔四〕庚本、己卯本作"会芳园本是从此扎角墙下引来一段活水"，"扎角墙下"语句难解。蒙府本则作"从此拐角墙下引来……""扎"字系"拐"字抄误。今从蒙府本改一字。查此句甲戌等各本均作"从北角墙下"，可见一字之误，便生歧异。又"扎角"一词，是否北京土语，亦可再考。

第十七十八回　　大观园试才题对额
　　　　　　荣国府归省庆元宵[一]

诗曰：

　　豪华虽足美，离别却难堪。
　　博得虚名在，谁人识苦甘。[二]

<small>脂批："好诗，全是讽刺。"近之谚云：'又要马儿好，又要马儿不吃草。'真骂尽无厌贪痴之辈。"</small>

话说秦钟既死，宝玉痛哭不已，李贵等好容易劝解半日方住，归时犹是凄恻哀痛。贾母帮了几十两银子外，又另备奠仪，宝玉去吊纸。七日后便送殡掩埋了，别无述记。只有宝玉日日思慕感悼，然亦无可如何了。<small>一笔叙过秦钟。</small>

又不知历几何时，这日贾珍等来回贾政："园内工程俱已告竣，大老爷已瞧过了，只等老爷瞧了，[三]或有不妥之处，再行改造，好题匾额对联的。"贾政听了，沉思一会，说道："这匾额对联倒是一件难事。<small>贾政何曾通此道？特设此一情节，是后文欲写贾政之无才，以显宝玉之才思耳。</small>论理该请贵妃赐题才是，然贵妃若不亲睹其景，大约亦必不肯妄拟；若直待贵妃游幸过再请题，偌大景致，若干亭榭，无字标题，也觉寥落无趣，任有花柳山水，也断不能生色。"众清客在旁笑答道："老世翁所见极是。如今我们有个愚见：各处匾额对联断不可少，亦断不可定名。如今且按其景致，或两字、三字、四字，虚合其意，拟了出来，暂且做灯匾联悬了。待贵妃游幸时，再请定名，岂不两全？"让清客提此议，最为得体。贾政等听了，都道："所见不差。我们今日且看看去，只管题了，若妥当便用；不妥时，然后将雨村请来，令他再拟。"雨村岂是此等人才？只有贾政才想到雨村，亦见其物以类聚耳。众人笑道：脂批："宝玉系诸艳之贯（冠？），故大观园对额，必得玉兄题跋，且暂题灯匾联上，再请赐题，此千妥万当之章法。""老爷今日一拟定佳，何必又待雨村？"贾政笑道："你们不知，我自幼于花鸟山水题咏上就平平；如今上了年纪，且案牍劳烦，于这怡情悦性文章上，更生疏了。畸批："政老情字如此写。壬午季春，畸笏。"本非性情中人，岂能有性情文章？纵拟了出来，不免迂腐古板，反不能使花柳园亭生色，贾政自知迂腐古板，若使题评，真使花柳减色也。似不妥协，反没意思。"贾政还有自知之明，说的都是实话，然如再不说实话，下文便不好作也。众清客笑道："这也无妨。我们大家看了公拟，各举其长，优则存之，劣则删之，未为不可。"贾政道："此论极是。免了自己一难。且喜今日天气和暖，大家去逛逛。"说着起身，引众人前往。

贾珍先去园中知会众人，可巧近日宝玉因思念秦钟，忧戚不尽，贾母常命人带他到园中来戏耍。此时亦才进去，宝玉逛园是贾母所命，非贾政特招，不意恰好碰着，故便一试，非贾政爱宝玉之才也。脂批："现成笋楔，一丝不费力，若特唤出宝玉来，则成何文字？"忽见贾珍走来，向他笑道："你还不出去！老爷就来了。"宝玉听了，带着奶娘小厮们,一溜烟就出园来。脂批:"不肖子弟来看形容,余初看之不觉怒焉,盖谓作者形容余幼年往事,因思彼亦自写其照,何独余哉?信笔书之,供诸大众同一发笑。"方转过弯,顶头贾政引众客来了,躲之不及,只得一边站了。贾政近因闻得塾掌称赞宝玉专能对对联,虽不喜读书,偏倒有些歪才情似的,今日偶然撞见这机会,便命他跟来。脂批:"如此偶然方妙,若特特唤来题额,真不成文矣。"宝玉只得随往,尚不知何意。

贾政刚至园门前,只见贾珍带领许多执事人来,一旁侍立。贾政道:"你且把园门都关上,我们先瞧了外面再进去。"贾珍听说,命人将门关了。贾政先秉正看门。只见正门五间,上面桶瓦泥鳅脊;那门栏窗槅,皆是细雕新鲜花样,并无朱粉涂饰;一色水磨群墙,脂批:"门雅墙雅,不落俗套。"下面白石台矶,凿成西番草花样。左右一望,皆雪白粉墙,下面虎皮石,随势砌去,果然不落富丽俗套,自是欢喜。遂命开门,只见迎面一带翠嶂挡在前面。脂批:"掩映好极。"众清客都道:"好山,好山!"贾政道:"非此一山,一进来园中所有之景悉入目中,则有何趣。"众人道:"极是。非胸中大有丘壑,焉想及此。"先借众人之评一赞。说毕,往前一望,见白石崚嶒,脂批:"想入其中一时难辨方向,用前后这边那边等字,正是不辨东西。"或如鬼怪,或如猛兽,纵横拱立,上面苔藓成斑,藤萝掩映,脂批:"曾用两处旧有之园所改,故如此写,方可细极。"其中微露羊肠小径。脂批:"好景界,山子野精于此技。此是小径,非行车辇通道,今贾政原欲游览其景,故指此等处写之,想其通路大道,自是堂堂冠冕气象,无庸细写者也。后于省亲之时已得知矣。"贾政道:"我们就从此小径游去,回来由那一边出去,方可遍览。"

说毕，命贾珍在前引导，自己扶了宝玉，逶迤进入山口。脂批："此回乃一部之纲绪，不得不细写，尤不可不细批注。盖后文十二钗书出入来往之境，方不能错乱，观者亦如身临足到矣。今贾政虽进的是正门，却行的是僻路，按此一大园，羊肠鸟道不止几百十条，穿东度西，临山过水，万勿以今日贾政所行之径，老其方向基址，故正殿反于未后写之，足见未由大道而往，乃逶迤转折而经也。"

可见此园深邃。

抬头忽见山上有镜面白石一块，正是迎面留题处。脂批："留题处便精，不必限定蔷金镂银一色恶俗，赖及枣梨之力。"贾政回头笑道："诸公请看，此处题以何名方妙？"众人听说，也有说该题"叠翠"二字，也有说该题"锦嶂"的，又有说"赛香炉"的，又有说"小终南"的，种种名色，不止几十个。

原来众客心中早知贾政要试宝玉的功业进益如何，只将些俗套来敷衍，写清客之凑趣。宝玉亦料定此意。写宝玉明知此意，更见宝玉洞明世事。贾政听了，便回头命宝玉拟来。宝玉道："尝闻古人有云：'编新不如述旧，刻古终胜雕今。'况此处并非主山正景，原无可题之处，不过是探景之一进步耳。此论深得其要。莫若直书'曲径通幽处'这句旧诗在上，倒还大方气派。"众人听了，都赞道："是极！二世兄天分高，才情远，不似我们读腐了书的。"贾政笑道："不可谬奖，他年小，不过以一知充十用，取笑罢了。再俟选拟。"

尚未题句，先发议论，藉见宝玉之胸次。

活画清客相公。

说着，进入石洞来。只见佳木茏葱，奇花炫灼，一带清流，从花木深处曲折泻于石隙之下。进洞以后，又是一番景色。再进数步，渐向北边，脂批："细极。后文所以云进贾母卧房后之角门，是诸钗日相来往之境也。后文又云，诸钗所居之处只在西北一带。最近贾母卧室之后，皆从此'北'字而来。"平坦宽豁，两边飞楼插空，雕甍绣槛，皆隐于山坳树杪之间。俯而视之，则清溪泻雪，石磴

渐向北边，景色又是一变。

第十七十八回　大观园试才题对额　荣国府归省庆元宵

穿云，脂批:"前已写山至宽处，此则由低处至高处，各景皆遍。"白石为栏，环抱池沿，石桥跨港，兽面衔吐。桥上有亭。脂批:"前已写山写石，今则写池写楼，各景皆遍。"

贾政与诸人上了亭子，倚栏坐了，脂批:"此亭大抵四通八达，为诸小径之咽喉要路。"因问："诸公以何题此？"诸人都道："当日欧阳公《醉翁亭记》有云：'有亭翼然'，就名'翼然'。"贾政笑道："'翼然'虽佳，但此亭压水而成，还须偏于水题方称。依我拙裁，欧阳公之'泻出于两峰之间'，竟用他这一个'泻'字。"有一客道："是极，是极。竟是'泻玉'二字妙。"贾政拈髯寻思，因抬头见宝玉侍侧，便笑命他也拟一个来。

宝玉听说，连忙回道："老爷方才所议已是。但是如今追究了去，似乎当日欧阳公题酿泉用一'泻'字则妥，今日此泉若亦用'泻'字，则觉不妥。况此处虽云省亲驻跸别墅，亦当入于应制之例，用此等字眼，亦觉粗陋不雅。直评贾政，毫无顾忌。求再拟较此蕴藉含蓄者。"作者让贾政题用"泻"字，故意留给宝玉议论。

贾政笑道："诸公听此论若何？方才众人编新，你又说不如述古；如今我们述古，你又说粗陋不妥。你且说你的来我听。"宝玉道："有用'泻玉'二字，则莫若'沁芳'脂批:"真新雅。"二字，岂不新雅？"贾政拈髯点头不语。脂批:"六字是严父大露悦容也。壬午春。"众人都忙迎合，赞宝玉才情不凡。贾政道："匾上二字容易。再作一副七言对联来。"宝玉听说，立于亭上，四顾一望，便机上心来，足见宝玉才思敏捷。乃念道：

绕堤柳借三篙翠，脂批:"要紧贴切水字。"

隔岸花分一脉香。脂批:"恰极工极，绮靡秀媚，香奁正体。"

贾政听了，点头微笑。众人先称赞不已。

于是出亭过池，一山一石，一花一木，莫不着意观览。脂批:"浑写两句，已见经行处愈远，更至北一路矣。"忽抬头看见前面一带粉垣，里面数楹修舍，有千百竿翠竹遮映。众人都道："好个所在！"于是大家进入，只见入门便是曲折游廊，阶下石子漫成甬路。上面小小两三间房舍，一明两暗，特写潇湘馆，以为黛玉所居处也。里面都是合着地步打就的床几椅案。从里间房内又得一小门，出去则是后院，有大株梨花兼着芭蕉。梨花芭蕉淡淡着色。又有两间小小退步。后院墙下忽开一隙，清泉一派，开沟仅尺许，灌入墙内，绕阶缘屋至前院，盘旋竹下而出。一派清泉，更见翠竹幽洁。贾政笑道："这一处还罢了。若能月夜坐此窗下读书，不枉虚生一世。"难得贾政有此风雅，只恐也是附庸耳。说毕，看着宝玉，唬的宝玉忙垂了头。故作一顿。

众客忙用话开释，又说道："此处的匾该题四个字。"贾政笑问："那四字？"一个道是"淇水遗风"。贾政道："俗。"又一个是"睢园雅迹"。贾政道："也俗。"贾珍笑道："还是宝兄弟拟一个来。"前面先作一抑，此处再由贾珍一扬，文章便增曲折。贾政道："他未曾作，先要议论人家的好歹，可见就是个轻薄人。"众客道："议论的极是，其奈他何？"贾政忙道："休如此纵了他。"因命他道："今日任你狂为乱道，先设议论来，然后方许畸批:"于作诗文时，虽政老亦有如此令旨，可知严父父亦无可奈何也，不学纨袴来看。畸笏。"

第十七十八回　大观园试才题对额　荣国府归省庆元宵

你作。_{先是责他不该议论，此处却又要他先作议论，可见以前议论不差。贾政只不愿明说耳。文章至此又一变化。}方才众人说的，可有使得的？"宝玉见问，答道："都似不妥。"_{明明贾政已评其"俗"，此处仍问宝玉，实则贾政亦知宝玉必嫌其俗也。}贾政冷笑道："怎么不妥？"_{总不离严父面孔，封建礼教之所刻成也。}宝玉道："这是第一处行幸之处，必须颂圣方可。_{评得极是，足见宝玉识见。}若用四字的匾，又有古人现成的，何必再作？"贾政道："难道'淇水''睢园'不是古人的？"宝玉道："这太板腐了。_{一句既评其题，亦评其人。}莫若'有凤来仪'四字。"_{清新切题，果然妙极。岂众清客并贾政所能出此。}众人都哄然叫妙。贾政点头道："畜生，畜生，_{贾政不得不点头，而口头仍斥"畜生，畜生"，可见其板腐至极。}可谓'管窥蠡测'矣。"因命："再题一联来。"宝玉便念道：

宝鼎茶闲烟尚绿，_{脂批："'尚'字妙极，不必说竹，然恰恰是竹中精舍。"}

幽窗棋罢指犹凉。_{脂批："'犹'字妙，'尚绿''犹凉'，四字便如置身于森森万竿之中。"}

贾政摇头说道："也未见长。"_{还要虚贬一通，可见此老腐极。}说毕，引众人出来。

方欲走时，忽又想起一事来，因问贾珍道："这些院落房宇并几案桌椅都算有了，还有那些帐幔帘子并陈设玩器古董，可也都是一处一处合式配就的？"_{脂批："大篇长文，不如此顿，则成何话说。"}贾珍回道："那陈设的东西早已添了许多，自然临期合式陈设。帐幔帘子，昨日听见琏兄弟说，还不全。那原是一起工程之时就画了各处的图样，量准尺寸，就打发人办去的。想必昨日得了一半。"_{脂批："补出近日忙冗，千头万绪景况。"}贾政听了，便知此事不是贾珍的首尾，便命人去唤贾琏。

_{贾政一问，便引出以下历叙种种，如见工程之状貌，如睹众人之忙碌，如观大观园之粗具规模，尚未臻完善之情景，读者至此，如身经目见也。}

285

一时，贾琏赶来，[脂批："写出忙冗景况。"]贾政问他共有几种，现今得了几种，尚欠几种。贾琏见问，忙向靴桶内取靴掖内装的一个纸折略节来，[脂批："细极，从头至尾，誓不作一笔逸安苟且之笔。"]看了一看，回道："妆、蟒、绣、堆、刻丝、弹墨，并各色绸、绫大小幔子一百二十架，昨日得了八十架，下欠四十架。帘子二百挂，昨日俱得了。外有猩猩毡帘二百挂，金丝藤红漆竹帘二百挂，墨漆竹帘二百挂，五彩线络盘花帘二百挂，每样得了一半，也不过秋天都全了。椅搭、桌围、床裙、桌套，每分一千二百件，也有了。"

一面走，一面说，倏尔青山斜阻。[脂批："斜字细，不必拘定方向。诸钗所居之处，若稻香村、潇湘馆、怡红院、秋爽斋、蘅芜苑等，都相隔不远。究竟只在一隅。然处置得巧妙，使人见其千丘万壑，恍然不知所穷，所谓会心处不在乎远。大抵一山一水，一木一石，全在人之穿插布置耳。"]转过山怀中，隐隐露出一带黄泥筑就矮墙，墙头皆用稻茎掩护。[脂批："配的好。"]

> 一派山村风光，得自然之趣，得自然之理。

有几百株杏花，如喷火蒸霞一般。里面数楹茅屋。外面却是桑、榆、槿、柘，各色树稚新条，随其曲折，编就两溜青篱。篱外山坡之下，有一土井，旁有桔槔辘轳之属。下面分畦列亩，佳蔬菜花，漫然无际。[脂批："阅至此，又笑别部小说中一万个花园中皆是牡丹亭、芍药圃、雕栏画栋、琼榭朱楼，略不差别。"]贾政笑道："倒是此处有些道理。固然系人力穿凿，此时一见，未免勾引起我归农之意。[脂批："极热中，偏以冷笔点之，所以为妙。"]我们且进去歇息歇息。"说毕，方欲进篱门去，忽见路旁有一石碣，亦为留题之备。[脂批："更恰当，若有悬额之处，或再用镜面石，岂复成文哉？忽想到'石碣'二字，又托出许多郊野气色来，肚皮千丘万壑只在这'石碣'上。"]众人笑道："更妙，更妙！此处若悬匾待题，则田舍家风一洗尽矣。立此一碣，又觉生色许多，脂批："妙得是，这个蓑翁有些意思。"非范石湖田家之咏不足以尽其妙。"脂批："客不可不养。"贾政道："诸公请题。"众人道："方才世兄有云，'编新不如述旧'，此处古人已道尽矣，莫若直书'杏花村'妙极。"贾政听了，笑向贾珍道："正亏提醒了我。此处都妙极，只是还少一个酒幌。明日竟作一个，不必华丽，就依外面村庄的式样作来，用竹竿挑在树梢。"贾珍答应了，又回道："此处竟还不可养别的雀鸟，只是买些鹅、鸭、鸡类，才都相称了。"贾政与众人都道："更妙。"贾政又向众人道："'杏花村'固佳，只是犯了正名，村名直待请名方可。"众客都道："是呀。如今虚的，便是什么字样好？"

众人一番议论，描尽田园风光。

大家想着，宝玉却等不得了，也不等贾政的命，便说道："旧诗有云：'红杏梢头挂酒旗。'如今莫若'杏帘在望'脂批："妙在一'在'字。"四字。"众人都道："好个'在望'！又暗合'杏花村'意。"宝玉冷笑道："村名若用'杏花'二字，则俗陋不堪了。又有古人诗云，'柴门临水稻花香'，何不就用'稻香村'的妙？"众人听了，亦发哄声拍手道："妙！"贾政一声断喝："无知的业障！你能知道几个古人，能记得几首熟诗，也敢在老先生前卖弄！宝玉略一忘形，即引来一顿训斥。贾政总不改严父之面目。你方才那些胡说的，不过是试你的清浊，取笑而已，你就认真了！"说着，引人步入茆堂，里面纸窗木榻，富贵气象一洗皆尽。贾

宝玉已渐忘拘谨，忘情直说。其见解总是出人头地。

脂批："爱之至，喜之至，故作此语。作者至此，宁不笑杀！壬午春。"

政心中自是欢喜，却瞅宝玉道："此处如何？"众人见问，都忙悄悄的推宝玉，教他说好。宝玉不听人言，便应声道："不及'有凤来仪'多矣。"_{宝玉偏要相左。}贾政听了道："无知的蠢物！_{贾政于宝玉没有一句好语，前面是"畜生"，此处又是"蠢物"，此适足以见贾政之村俗也。}你只知朱楼画栋、恶赖富丽为佳，那里知道这清幽气象？终是不读书之过！"_{贾政自己不读书，却责宝玉不读书。}宝玉忙答道："老爷教训的固是，但古人常云'天然'二字，不知何意？"众人见宝玉牛心〔四〕，都怪他呆痴不改。今见问"天然"二字，众人忙道："别的都明白，为何连'天然'不知？'天然'者，天之自然而有，非人力之所成也。"宝玉道："却又来！此处置一田庄，分明见得人力穿凿扭捏而成：远无邻村，近不负郭；背山山无脉，临水水无源；高无隐寺之塔，下无通市之桥，峭然孤出，似非大观。争似先处有自然之理，得自然之气，虽种竹引泉，亦不伤于穿凿。古人云'天然图画'四字，正畏非其地而强为地，非其山而强为山，虽百般精而终不相宜——"未及说完，贾政气的喝命："又出去！"

_{贾政责宝玉不读书，却引来宝玉一大段议论，正见其因读书而有此高见。}

_{贾政只会劈头棒喝，别无其他本领。}刚出去，又喝命："回来！"命："再题一联，若不通，一并打嘴！"_{畸批："所谓奈何他不得也。呵呵！畸笏。"}宝玉只得念道：

新涨绿添浣葛处，_{脂批："采诗颂圣最恰当。"}

好云香护采芹人。_{脂批："采风采雅都恰当，然冠冕中又不失香奁格调。"}

贾政听了，摇头说："更不好。"一面引人出来，转过山坡，穿花度柳，抚石依泉，过了荼蘼架，再入

第十七十八回　大观园试才题对额　荣国府归省庆元宵

木香棚，越牡丹亭，度芍药圃，入蔷薇院，出芭蕉坞，盘旋曲折。〖脂批："略用套语一束，与前顾破格不板。"〗忽闻水声潺湲，泻出石洞，上则萝薜倒垂，下则落花浮荡。〖以上一路套语，此处却忽闻水声，忽现石洞，又见萝薜落花，顿时意境新辟，又是一天地也。脂批："仍是沁芳溪矣，究竟基址不大，全是曲折掩隐之巧可知。"〗众人都道："好景，好景！"贾政道："诸公题以何名？"众人道："再不必拟了，恰恰乎是'武陵源'三个字。"〖又是俗套〗贾政笑道："又落实了，而且陈旧。"众人笑道："不然就用'秦人旧舍'四字也罢了。"宝玉道："这越发过露了。'秦人旧舍'说避乱之意，如何使得？〖宝玉批得是〗莫若'蓼汀花溆'四字。"贾政听了，更批胡说。〖贾政不问可否，总是驳回。恰见此公之迂腐也。〗

于是要进港洞时，又想起有船无船。贾珍道："采莲船共四只，座船一只，如今尚未造成。"贾政笑道："可惜不得入了。"贾珍道："从山上盘道亦可以进去。"说毕，在前导引，大家攀藤抚树过去。〖文笔一转，又现佳景。〗只见水上落花愈多，其水愈清，溶溶荡荡，曲折萦迂。〖真"落花水面皆文章也"。文愈曲折，笔愈清丽。〗池边两行垂柳，杂着桃杏，遮天蔽日，真无一些尘土。忽见柳阴中又露出一个折带朱栏板桥来，〖脂批："此处才见一朱粉字样。绿柳红桥，此等点缀，亦不可少。后文写芦雪广则曰'蜂腰板桥'都施之得宜，非一幅死稿也。"〗度过桥去，诸路可通，〖脂批："补四字，细极。不然后文宝钗来往，则将日日爬山越岭矣。记清此处，则知后文宝玉所行蹊径，非此处也。"〗便见一所清凉瓦舍，一色水磨砖墙，清瓦花堵。那大主山所分之脉，〖脂批："两见大主山，稻香村又云怀中，不写主山，而主山处处映带连络不断可知矣。"〗皆穿墙而过。贾政道："此处这所房子，无味的很。"〖脂批："先故顿此一笔，使后文愈觉生色。未扬先抑之法。盖钗颦对峙有甚难写者。"〗〖清景如画。〗因而步入门时，忽迎面突出插天的大玲珑山石来，四面群绕各式石块，竟把里面所有房屋悉皆遮住，而且一株花木也无。脂批："更奇妙。"只见许多异草：或有牵藤的，或有引蔓的，或垂山巅，或穿石隙，甚至垂檐绕柱，萦砌盘阶，脂批："更妙。"或如翠带飘飘，或如金绳盘屈，或实若丹砂，或花如金桂，味芬气馥，非花香之可比。脂批："前三处皆还在人意之中，此一处则今古书中未见之工程也。连用几'或'字，是从昌黎《南山诗》中学得。"贾政不禁笑道："有趣！脂批："前有'无味'二字，及云'有趣'二字，更觉生色，更觉重大。"只是不大认识。"有的说："是薜荔藤萝。"贾政道："薜荔藤萝不得如此异香。"宝玉道："果然不是。这些之中也有藤萝薜荔。那香的是杜若、蘅芜；那一种大约是茝兰，这一种大约是清葛；那一种是金䔲草，这一种是玉蕗藤；红的自然是紫芸，绿的定是青芷。想来《离骚》《文选》等书上所有的那些异草，也有叫作什么藿蒳姜荨的，也有叫作什么纶组紫绛的，还有石帆、水松、扶留等样，脂批："左太冲《吴都赋》。"又有叫什么绿荑的，还有什么丹椒、蘼芜、风连，脂批："以上《蜀都赋》。"如今年深岁改，人不能识，故皆象形夺名，渐渐的唤差了，也是有的。"脂批："自实注一笔，妙。"未及说完，贾政喝道："谁问你来！"贾政一味蛮喝，无丝毫人情味。唬的宝玉倒退，不敢再说。

贾政因见两边俱是超手游廊，便顺着游廊步入。只见上面五间清厦连着卷棚，四面出廊，绿窗油壁，更比前几处清雅不同。贾政叹道："此轩中煮茶操琴，亦不必再焚名香矣。脂批："前二处一曰'月下读书'，一曰'勾引起归农之意'，此则'操琴煮茶'，断语皆妙。"此造

贾政"只是不大认识"，宝玉却言之甚稔。可见贾政腹中空虚，而宝玉之言，皆从书中得来，可见其平时读书也。

脂批："'金䔲草'见《字汇》。'玉蕗'见《楚辞》：'葛蕗杂于麋蒸。'茝、葛、芸、芷皆不必注，见者太多。此书中异物太多，有人生之未闻未见者，然实系所有之物，或名差理同者亦有之。"

已出意外，诸公必有佳作新题以颜其额，方不负此。"众人笑道："再莫若'兰风蕙露'贴切了。"贾政道："也只好用这四字。其联若何？"一人道："我倒想了一对，大家批削改正。"念道是：

麝兰芳霭斜阳院，

杜若香飘明月洲。

众人道："妙则妙矣，只是'斜阳'二字不妥。"那人道："古人诗云：'蘼芜满手斜晖。'"众人道："颓丧，颓丧。"又一人道："我也有一联，诸公评阅评阅。"因念道：

三径香风飘玉蕙，

一庭明月照金兰。_{脂批："此二联皆不过为钓宝玉之饵，不必认真批评。"}

贾政拈髯沉吟，意欲也题一联。忽抬头见宝玉在旁不敢则声，因喝道：_{又是一喝}"怎么你应说话时又不说了？还要等人请教你不成！"宝玉听说，便回道："此处并没有什么兰麝、明月、洲渚之类，若要这样着迹说起来，就题二百联也不能完。"_{几句话，先将以上所题批倒。}贾政道："谁按着你的头，叫你必定说这些字样呢？"宝玉道："如此说，匾上则莫若'蘅芷清芬'四字。"对联则是：

吟成荳蔻才犹艳，

睡足酴醿梦也香。

贾政笑道："这是套的'书成蕉叶文犹绿'，不足为奇。"众客道："李太白'凤凰台'之作，全套'黄

贾政又要"月下读书"，又要"归农"，又要"煮茶操琴"，然贾政实是一个庸俗官僚，胸中略无文墨，何能通以上诸事？作者如此写，是写其附庸风雅，真"假真"也。

《楚辞·王逸〈九思·伤时〉》："蘅芷雕兮莹嫇。"蘅、芷皆香草。

鹤楼'，只要套得妙。如今细评起来，方才这一联，竟比'书成蕉叶'犹觉幽娴活泼。视'书成'之句，竟似套此而来。"^{脂批："这一位篾翁更有意思。"}贾政笑说："岂有此理！"

> 活画出清客之嘴脸，雪芹笔下之清客形象，如见雪芹笔下厌之恶之之情，乃有人以为雪芹曾南下当尹继善之清客，实是厚诬雪芹也。

> 连贾政都觉得此清客厚颜诏佞之甚矣。

说着，大家出来。行不多远，则见崇阁巍峨，层楼高起；面面琳宫合抱，迢迢复道萦纡；青松拂檐，玉栏绕砌；金辉兽面，彩焕螭头。贾政道："这是正殿了，^{脂批："想来此殿在园之正中。按园不是殿方之基，西北一带通贾母卧室后，可知西北一带是多宽出一带来的，诸钗始便于行也。"}只是太富丽了些。"^{连贾政都说"太富丽了些"，可见此殿之豪华，亦犹"三汉河干筑帝家"也。}众人都道："要如此方是。虽然贵妃崇节尚俭，天性恶繁悦朴，然今日之尊，礼仪如此，不为过也。"一面说，一面走，只见正面现出一座玉石牌坊来，^{点出玉石牌坊来。}上面龙蟠螭护，玲珑凿就。贾政道："此处书以何文？"众人道："必是'蓬莱仙境'方妙。"^{众清客终不离俗套}贾政摇头不语。

> 脂批："一路顺顺逆逆，已成千丘万壑之景，若不有此一段大江截住，直成一盆景矣。作者从何落笔着想？"

宝玉见了这个所在，心中忽有所动，寻思起来，倒像那里曾见过的一般，却一时想不起那年月日的事了。^{神思恍惚，恰如梦中景象。脂批："仍归于葫芦一梦之太虚玄境。"}贾政又命他作题，宝玉只顾细思前景，全无心于此了。众人不知其意，只当他受了这半日的折磨，精神耗散，才尽词穷了；再要考难逼迫，着了急，或生出事来，倒不便。遂忙都劝贾政："罢，罢，明日再题罢了。"贾政心中也怕贾母不放心，^{借贾母一笔收住。}遂冷笑道："你这畜生，也竟有不能之时了。^{贾政总不离此口吻，非作者不能写贾政也。是贾政只能如此也，读者当能悟此。}也罢，限你一日，明日若再

第十七十八回　大观园试才题对额　荣国府归省庆元宵

不能，我定不饶。这是要紧一处，更要好生作来！"

说着，引人出来，再一观望，原来自进门起，所行至此，才游了十之五六。脂批："总住妙，伏下后文所补等处。若都入此回写完，不独太繁，使后文冷落，亦且非《石头记》之笔。"又值人来回，有雨村处遣人回话。脂批："又一紧，故不能终局也。此处渐渐写雨村亲切，正为后文地步，伏脉千里，横云断岭法。"贾政笑道："此数处不能游了。虽如此，到底从那一边出去，纵不能细观，也可稍览。"说着，引客行来，至一大桥前，见水如晶帘一般奔入。原来这桥便是通外河之闸，引泉而入者。脂批："写出水源，要紧之极。近之画家着意于山，若不讲水。又造园囿者，惟知弄莽憨顽石壅笨冢，辄谓之景，皆不知水为先着。此园大概一描，处处未尝离水，盖又未写明水之从来，今终补出，精细之至。"贾政因问："此闸何名？"宝玉道："此乃沁芳泉之正源，就名'沁芳闸'。"脂批："究竟只一脉，赖人力引导之功，固不易造，景非泛写。"贾政道："胡说，偏不用'沁芳'二字。"脂批："此以下皆系文终之余波，收的方不突。"

于是一路行来，或清堂，或茅舍，或堆石为垣，或编花为牖，或山下得幽尼佛寺，或林中藏女道丹房，或长廊曲洞，或方厦圆亭，贾政皆不及进去。脂批："伏下栊翠庵、芦雪广、凸碧山庄、凹晶溪馆、暖香坞等诸处，于后文一段一段补之，方得云龙作雨之势。"因说半日腿酸，未尝歇息，忽又见前面又露出一所院落来，贾政笑道："到此可要进去歇息歇息了。"说着，一径引人绕着碧桃花，脂批："怡红院如此写来，用无意之笔，却是极精细文字。"穿过一层竹篱花障编就的月洞门，脂批："未写其居，先写其境。"俄见粉墙环护，绿柳周垂。脂批："与万竿修竹遥映。"贾政与众人进去。

一入门，两边都是游廊相接。院中点衬几块山石，一边种着数本芭蕉；那一边乃是一棵西府海棠，其势

雨村久违，此处又出，脂批云："写雨村亲切，正为后文地步。"当指贾家之败也，读者记住此线索。

宝玉题句，原已截止，此处又复续题，则文势断而不断，余波涟漪也。

若伞，丝垂翠缕，葩吐丹砂。众人赞道："好花，好花！从来也见过许多海棠，那里有这样妙的！"贾政道："这叫作'女儿棠'，脂批：妙名。乃是外国之种。俗传系出'女儿国'中，脂批："出自政老口中，奇特之至。"云彼国此种最盛，亦荒唐不经之说罢了。"脂批："政老应如此语。"众人笑道："然虽不经，如何此名传久了？"宝玉道："大约骚人咏士，以此花之色红晕若施脂，轻弱似扶病，脂批："体贴的切，故形容的妙。"大近乎闺阁风度，所以以'女儿'命名。想因被世间俗恶听了，他便以野史纂入为证，此句是针对贾政所说"俗传"云云。以俗传俗，以讹传讹，都认真了。"脂批："不独此花，近之谬传者不少，不能悉道，只借此花数语驳尽。"众人都摇身赞妙。

雪芹之世，虚假之风盛行，所谓"谬传者不少"，此处只略加批驳，所谓"不能悉道"，"只借此花数语驳尽"也。

"摇身"者，摇头摆脑也，形容众清客趋奉之状毕肖。

一面说话，一面都在廊外抱厦下打就的榻上坐了。脂批："至阶又至檐，不肯轻易写过。"贾政因问："想几个什么新鲜字来题此？"一客道："'蕉鹤'二字最妙。"又一个道："'崇光泛彩'方妙。"贾政与众人都道："好个'崇光泛彩'！"宝玉也道："妙极。"又叹："只是可惜了。"众人问："如何可惜？"宝玉道："此处蕉棠两植，其意暗蓄'红''绿'二字在内。若只说蕉，则棠无着落；若只说棠，蕉亦无着落。固有蕉无棠不可，有棠无蕉更不可。"贾政道："依你如何？"宝玉道："依我，题'红香绿玉'四字，方两全其妙。"贾政摇头道："不好，不好！"

说着，引人进入房内，只见这几间房内收拾的与别处不同，竟分不出间隔来的。原来四面皆是雕空玲

第十七十八回　大观园试才题对额　荣国府归省庆元宵

珑木板，或'流云百蝠'，或'岁寒三友'，或山水人物，或翎毛花卉，或集锦，或博古，脂批："花样周全之极。然必用下文者，正是作者无聊，换出新异笔墨，使观者眼目一新。所谓集小说之大成，游戏笔墨，雕虫之技，无所不备，可谓善戏者矣。又供诸人同同一戏，妙极。"按"同同"，别本作"同学"，予以为当是"统同"之误。或卍囍卍㊣　脂批："前金玉篆文是可考正篆，今则从俗花样，真是醒睡魔。其中诗词雅谜以及各种风俗学文，一概不必究，只据此等处便是一绝。"各种花样，皆是名手雕镂，五彩销金嵌宝的。脂批："至此方见一朱彩之处，亦必如此式方可。可笑近之闺庭，行动便以粉油从事。"一槅一槅，或有贮书处，或有设鼎处，或安置笔砚处，或供花设瓶、安放盆景处。其槅各式各样，或天圆地方，或葵花蕉叶，或连环半璧。真是花团锦簇，剔透玲珑。倏尔五色纱糊就，竟系小窗；倏尔彩绫轻覆，竟系幽户。脂批："精工之极。"且满墙满壁，皆系随依古董玩器之形抠成的槽子，诸如琴、剑、悬瓶、桌屏之类，虽悬于壁，却都是与壁相平的。脂批："皆系人意想不到、目所未见之文，若云拟编虚想出来，焉能如此？一段极清极细，后文鸳鸯瓶、紫玛瑙碟、西洋人、酒令、自行船等文，不必细表。"众人都赞："好精致想头！难为怎么想来！"

原来贾政等走了进来，未进两层，便都迷了旧路，为后文刘姥姥迷路先提一笔。左瞧也有门可通，右瞧又有窗暂隔，及到了跟前，又被一架书挡住。回头再走，又有窗纱明透，门径可行；及至门前，忽见迎面也进来了一群人，都与自己形相一样，却是玻璃大镜相照。及转过镜去，益发见门子多了。贾珍笑道："老爷随我来。从这门出去，便是后院，从后院出去，倒比先近了。"说着，又转了两层纱厨锦槅，果得一门出去，院中满架蔷薇芬馥。转过花障，则见青溪前阻。众人诧异："这股水又是从何而来?"贾珍遥指道:"原从那闸起流至那洞口,从东北山坳里引到那村庄里,又开一道岔口,引到西南上,共总流到这里,仍旧合在一处,从那墙下出去。"

脂批:"于怡红总一园之看(首),是书中大立意。"

众人听了,都道:"神妙之极!"说着,忽见大山阻路。众人都道:"迷了路了。"贾珍笑道:"随我来。"仍在前导引,众人随他,直由山脚边忽一转,便是平坦宽阔大路,豁然大门前见。众人都道:"有趣,有趣,真搜神夺巧之至!"于是大家出来。

脂批:"可见前进来是小路曲(径),此云'忽一转,便是平坦宽阔大路'也。细极。"

那宝玉一心只记挂着里边,又不见贾政吩咐,少不得跟到书房。贾政忽想起他来,方喝道:"你还不去?难道还逛不足!也不想逛了这半日,老太太必悬挂着。快进去,疼你也白疼了。"宝玉听说,方退了出来。

脂批:"如此去法,大家严父风范,无家法者不知。"

至院外,就有跟贾政的几个小厮上来拦腰抱住,都说:"今儿亏我们,老爷才喜欢,老太太打发人出来问了几遍,都亏我们回说喜欢;不然,若老太太叫你进去,就不得展才了。人人都说,你才那些诗比世人的都强。今儿得了这样的彩头,该赏我们了。"宝玉笑道:"每人一吊钱。"众人道:"谁没见那一吊钱!把这荷包赏了罢。"说着,一个上来解荷包,那一个就解扇囊,不容分说,将宝玉所佩之物尽行解去。又道:"好生送上去罢。"一个抱了起来,几个围绕,送至贾

前面写清客,此处写下人,又是一种声口,又是一副笔墨。

第十七十八回　大观园试才题对额　荣国府归省庆元宵

母二门前。那时贾母已命人看了几次。众奶娘丫鬟跟上来，见过贾母，知不曾难为着他，心中自是欢喜。

少时袭人倒了茶来，见身边佩物一件无存，因笑道："带的东西又是那起没脸的东西们解了去了。"_{可见已非一次。}林黛玉听说，走来瞧瞧，果然一件无存，因向宝玉道："我给的那个荷包也给他们了？你明儿再想我的东西，可不能够了！"说毕，赌气回房，将前日宝玉所烦他作的那个香袋儿——才做了一半——赌气拿过来就铰。宝玉见他生气，便知不妥，忙赶过来，早剪破了。

写黛玉情真意切，至有此误。读者如只以黛玉小性看之，则失作者之深意矣。

宝玉已见过这香囊，虽尚未完，却十分精巧，费了许多工夫。今见无故剪了，却也可气。因忙把衣领解了，从里面红袄襟上将黛玉所给的那荷包解了下来，递与黛玉瞧道："你瞧瞧，这是什么！我那一回把你的东西给人了？"林黛玉见他如此珍重，带在里面，脂批："按理论之，则是'天下本无事，庸人自扰之'。若以儿女子之情论之，则是必有之事，必有之理。又系今古小说中不能写到写得，谈情者亦不能说出讲出，情痴之至文也。"可知是怕人拿去之意，因此又自悔莽撞，未见皂白，就剪了香袋。_{脂批："情痴之至，若无此悔便是一庸俗小性之女子矣。"}因此又愧又气，低头一言不发。_{黛玉自悔之状。}宝玉道："你也不用剪，我知道你是懒待给我东西。我连这荷包奉还，何如？"_{宝玉也是情急气话。}说着，掷向他怀中便走。_{宝玉亦是情真而至此也。双方俱怀一片真意痴意，至有此误会，愈是赌气，愈见其情之深也。}黛玉见如此，越发气起来，声咽气堵，又汪汪的滚下泪来，_{脂批："怒之极，正是情之极。"}拿起荷包来又剪。宝玉见他如此，忙回身抢

297

> 一段小儿女赌气之情，写来逼真。黛玉本已后悔，宝玉一急，则更觉委屈，乃宝玉忽回身赔情，文情荡漾，意趣横生。

住，笑道："好妹妹，饶了他罢！"黛玉将剪子一摔，拭泪说道："你不用同我好一阵、歹一阵的，要恼就撂开手。这当了什么！"说着，赌气上床，面向里倒下拭泪，禁不住宝玉上来"妹妹"长、"妹妹"短赔不是。

前面贾母一片声找宝玉。众奶娘丫鬟们忙回说："在林姑娘房里呢。"贾母听说道："好，好，好！让他姊妹们一处顽顽罢。才他老子拘了他这半天，让他开心一会子罢。只别叫他们拌嘴，不许扭了他。"众人答应着。黛玉被宝玉缠不过，只得起来道："你的意思不叫我安生，我就离了你。"说着往外就走。宝玉笑道："你到那里，我跟到那里。"一面仍拿起荷包来带上。黛玉伸手抢道："你说不要了，这会子又带上，我也替你怪臊的！"说着，"嗤"的一声又笑了。

> 黛玉一笑，文情又为一变，作者之笔如入化机。

宝玉道："好妹妹，明儿另替我作个香袋儿罢。"黛玉道："那也只瞧我高兴罢了。"一面说，一面二人出房，到王夫人上房中去了，可巧宝钗亦在那里。

> 一段活泼泼生动文字，真是妙机天成。

此时王夫人那边热闹非常。原来贾蔷已从姑苏采买了十二个女孩子，

> 回笔再接前文。

并聘了教习，以及行头等事来了。那时薛姨妈另迁于东北上一所幽静房舍居住，将梨香院早已腾挪出来，另行修理了，就令教习在此教演女戏。又另派家中旧有曾演学过歌唱的女人

第十七十八回　大观园试才题对额　荣国府归省庆元宵

们——如今皆已皤然老妪了——脂批："又补出当日宁荣在世之事，所谓此是末世之时也。"着他们带领管理。就令贾蔷总理其日用出入银钱等事，以及诸凡大小所需之物料账目。又有林之孝家的来回："采访聘买得十个小尼姑、小道姑都有了，连新作的二十分道袍也有了。外有一个带发修行的，本是苏州人氏，祖上也是读书仕宦之家。因生了这位姑娘自小多病，买了许多替身儿皆不中用，到底这位姑娘亲自入了空门，方才好了，所以带发修行。今年才十八岁，法名妙玉。脂批："妙卿出现。至此细数十二钗，以贾家四艳再加薛林二冠有六，去秦可卿有七，再凤有八，李纨有九，今又加妙玉，仅得十人矣。后有史湘云与熙凤之女巧姐儿者，共十二人。雪芹题曰'金陵十二钗'，盖本宗红楼梦十二曲之义，后宝琴、岫烟、李纹、李绮皆陪客也，《红楼梦》中所谓副十二钗是也。又有又副册三段词，乃晴雯、袭人、香菱三人而已，余未多及，想为金钏、玉钏、鸳鸯、素云、平儿无疑矣。观者不待言可知，故不必多费笔墨。"如今父母俱已亡故，身边只有两个老嬷嬷、一个小丫头服侍。文墨也极通，经文也不用学了，模样儿又极好。因听见长安都中有观音遗迹并贝叶遗文，去岁随了师父上来，现在西门外牟尼院住着。他师父极精演先天神数，于去冬圆寂了。妙玉本欲扶灵回乡的，他师父临寂遗言，说他'衣食起居不宜回乡，在此静居，后来自然有你的结果'。所以他竟未回乡。"王夫人不等回完，便说："既这样，我们何不接了他来？"林之孝家的回道："接他，他说：'侯门公府，必以贵势压人，我再不去的。'"脂批："补出妙卿身世不凡，心性高洁。"王夫人笑道："他既是官宦小姐，自然骄傲些，就下个帖子请他何妨？"林之孝家的答应了出去，命书启相公写请帖去请妙玉。次日遣人备车轿去

曹寅、李煦两家，家中都有戏班，曹寅能自撰剧本，并与《长生殿》作者洪升交好。此处所写戏班，特别提到"家中旧有曾演学过歌唱的女人们——如今皆已皤然老妪了"云云，其生活素材，自当取之曹、李两家。脂批云："又补出当日宁、荣在世之事。"可见此中亦隐曹家史事。

畸批："树（数）处引十二钗总未的确，皆系漫拟也。至末回警幻情榜，方知正、副、再副及三副芳讳。壬午季春，畸笏。"

接等后话,暂且搁过,此时不能表白。

当下又有人回,工程上等着糊东西的纱绫,请凤姐去开楼拣纱绫;又有人来回,请凤姐开库,收金银器皿。连王夫人并上房丫鬟等众,皆一时不得闲的。宝钗便说:"咱们别在这里碍手碍脚,找探丫头去。"说着,同宝玉、黛玉往迎春等房中来闲顽,无话。

王夫人等日日忙乱,直到十月将尽,幸皆全备:各处监管都交清账目;各处古董文玩,皆已陈设齐备;采办鸟雀的,自仙鹤、孔雀以及鹿、兔、鸡、鹅等类,悉已买全,交于园中各处像景饲养;贾蔷那边也演出二十出杂戏来;小尼姑、道姑也都学会了念几卷经咒。贾政方略心意宽畅,又请贾母等进园,色色斟酌,点缀妥当,再无一些遗漏不当之处了。于是贾政方择日题本。脂批:"至此方完大观园工程公案,观者则为大观园费尽精神,余则为(谓)若许笔墨,却只因一个葬花冢。"本上之日,奉朱批准奏:次年正月十五上元之日,恩准贾妃省亲。贾府领了此恩旨,益发昼夜不闲,年也不曾好生过的。

脂批:"一语带过,是以岁首祭宗祀,元宵开家宴一回,留在后文细写。"

写得细,一丝不乱,若非经过当日南巡接驾,作者何从想象?虽然康熙南巡时,作者尚未出世,然祖辈自有传闻,如赵嬷嬷等所传者。

转眼元宵在迩,自正月初八日,就有太监出来先看方向:何处更衣,何处燕坐,何处受礼,何处开宴,何处退息。又有巡察地方总理关防太监等,带了许多小太监出来,各处关防,挡围幙;指示贾宅人员何处退,何处跪,何处进膳,何处启事,种种仪注不一。外面又有工部官员并五城兵备道打扫街道,撵逐闲人。

第十七十八回　大观园试才题对额　荣国府归省庆元宵

贾赦等督率匠人扎花灯烟火之类，至十四日，俱已停妥。这一夜，上下通不曾睡。

至十五日五鼓，自贾母等有爵者，皆按品服大妆。园内各处，帐舞蟠龙，帘飞彩凤，金银焕彩，珠宝争辉，脂批："是元宵之夕，不写灯月而灯光月色满纸矣。"鼎焚百合之香，瓶插长春之蕊，静悄无人咳嗽。所谓"万木无声待雨来"也。贾赦等在西街门外，贾母等在荣府大门外。街头巷口，俱系围幂挡严。正等的不耐烦，忽一太监坐大马而来，脂批："有是礼。"贾母忙接入，问其消息。太监道："早多着呢！未初刻用过晚膳，未正二刻还到宝灵宫拜佛，酉初刻进大明宫领宴看灯方请旨，只怕戌初才起身呢。"凤姐听了道："既这么着，老太太、太太且请回房，等是时候再来也不迟。"于是，贾母等暂且自便，园中悉赖凤姐照理。又命执事人带领太监们去吃酒饭。

一时传人一担一担的挑进蜡烛来，各处点灯。方点完时，忽听外边马跑之声。脂批："静极故闻之，细极。"一时，有十来个太监都喘吁吁跑来拍手儿。脂批："画出内家风范，《石头记》最难之处，别书中摸不着。"这些太监会意，都知道是"来了，来了"，各按方向站住。贾赦领合族子侄在西街门外，贾母领合族女眷在大门外迎接。

半日静悄悄的。忽见一对红衣太监骑马缓缓的走来，于静肃紧张中，却见太监骑马缓缓而来，是何等气象，与前"忽听外边马跑之声"，恰成对照。脂批："形容毕肖。"至西街门下了马，将马赶出围幂之外，便垂手面西站住。脂批："形容毕肖。"半

写得秋然肃然，笔笔有神，虽无一句言语，而胜过千言万语。

如此排场，世人何曾得见？

日又是一对,亦是如此。少时便来了十来对,方闻得隐隐细乐之声。一对对龙旌凤翣,雉羽夔头,又有销金提炉焚着御香,然后一把曲柄七凤黄金伞过来,便是冠袍带履。又有值事太监捧着香珠、绣帕、漱盂、拂尘等类。一队队过完,后面方是八个太监抬着一顶金顶金黄绣凤版舆,缓缓行来。贾母等连忙路旁跪下。早飞跑过几个太监来,扶起贾母、邢夫人、王夫人来。那版舆抬进大门,入仪门往东去,到一所院落门前,有执拂太监跪请下舆更衣。于是抬舆入门,太监等散去,只有昭容、彩嫔等引领元春下舆。只见院内各色花灯烂灼,皆系纱绫扎成,精致非常。上面有一匾灯,写着"体仁沐德"四字。元春入室,更衣毕复出,上舆进园。只见园中香烟缭绕,花彩缤纷;处处灯光相映,时时细乐声喧,大观园又是一番景象,与前游园时截然不同,作者之笔,随情而迁,真不知其有几许丘壑。说不尽这太平气象,富贵风流。

此时自己回想当初在大荒山中,青埂峰下,那等凄凉寂寞;若不亏癞僧、跛道二人携来到此,又安能得见这般世面?本欲作一篇《灯月赋》《省亲颂》,以志今日之事,但又恐入了别书的俗套。按此时之景,即作一赋一赞,也不能形容得尽其妙,即不作赋赞,其豪华富丽,观者诸公亦可想而知矣。所以倒是省了这工夫纸墨,且说正经的为是。脂批:"自此时以下,皆石头之语,真是千奇百怪之文。"按己卯、庚辰均有此批。己卯底本当是雪芹原本,则"此时"以下一段文字,在原稿上亦当是正文书写,方可能有脂砚前批及此批。特记郦见,以供读者思考。

脂批:"如此繁华盛极、花团锦簇之文,忽用石兄自语截住,是何笔力,令人安得不拍案叫绝?是(试)阅历来诸小说中有如此章法乎?"

绮园批云:"此时句以下一段似应作注,其作《省亲赋》之语,或以讹传讹不可知。绮园。"按绮园此批,似不同意前批,可供读者思考。

第十七十八回　大观园试才题对额　荣国府归省庆元宵

且说贾妃在轿内看此园内外如此豪华，因默默叹息奢华过费。_{借贾妃一叹，责当日之奢华过费，是作者深心处。}忽又见执拂太监跪请登舟，贾妃乃下舆。只见清流一带，势如游龙，两边石栏上，皆系水晶玻璃各色风灯，点的如银光雪浪；上面柳杏诸树虽无花叶，然皆用通草绸绫纸绢依势作成，黏于枝上的，每一株悬灯数盏；更兼池中荷荇凫鹭之属，亦皆系螺蚌羽毛之类作就的。诸灯上下争辉，真系玻璃世界，珠宝乾坤。船上亦系各种精致盆景诸灯。珠帘绣幙，桂楫兰桡，自不必说。已而入一石港，港上一面匾灯，明现着"蓼汀花溆"四字。

按此四字并"有凤来仪"等处，皆系上回贾政偶然一试宝玉之课艺才情耳，何今日认真用此匾联？况贾政世代诗书，来往诸客屏侍座陪者，悉皆才技之流，岂无一名手题撰，竟用小儿一戏之辞苟且搪塞？真似暴发新荣之家，滥使银钱，一味抹油涂朱，毕则大书"前门绿柳垂金锁，后户青山列锦屏"之类，则以为大雅可观，岂《石头记》中通部所表之宁荣贾府所为哉！据此论之，竟大相矛盾了。诸公不知，待蠢物_{脂批："石兄自谦妙。可代答云，岂敢。"}将原委说明，大家方知。

当日这贾妃未入宫时，自幼亦系贾母教养。后来添了宝玉，贾妃乃长姊，宝玉为弱弟，贾妃之心上念母年将迈，始得此弟，是以怜爱宝玉，与诸弟待之不同。且同随祖母，刻未暂离。那宝玉未入学堂之先，

贾妃所见一段描写，正张符骧诗"五色云霞空外悬，可怜锦绣欲瞒天"，"三汊河干筑帝家，金钱滥用比泥沙"，"万寿屏开花样新"也，今三汊河行宫，遗迹尚甚多，予曾数次往察，其排列之旗杆石仍在，行宫内有水上楼阁，行宫周围是长江水面，可以想见当日之水上豪华矣！雪芹此段描写，或亦与此有关也。

脂批："《石头记》惯用特犯不犯之笔，真令人惊心骇目读之。"

于描写豪华中，忽插一段论叙文字，文章如行云流水，随机化成也。

此处称元春与宝玉"名分虽系姊弟,其情状有如母子",前面还说"那宝玉未入学堂之先,三四岁时,已得贾妃手引口传,教授了几本书,数千字在腹内了"。据此则元春当比宝玉年岁大得多,否则怎能"情状有如母子"?然第二回却说:"第二胎生了一位小姐,生在大年初一这就奇了,不想次年又生了一位公子。"据此,前后似甚矛盾,故程乙本即改为"不隔了十几年",改后似乎是解决了矛盾,其实前后文本来并不矛盾,前面是冷子兴"演说",随兴乱侃,以卖弄他自己对贾府很熟,其实只是胡吹,不能为准。此处却是作者的叙述文字,是准确的。程本未能理解作者文心,故有此误,后来许多人也不明此意,竟以为作者本身之误。足见衡文之难!

三四岁时,已得贾妃手引口传,教授了几本书、数千字在腹内了。其名分虽系姊弟,其情状有如母子。脂批:"批书人领至(过)此教,故批至此,竟放声大哭。俺先姊先(仙)逝太早,不然余何得为废人耶?"自入宫后,时时带信出来与父母说:"千万好生扶养,不严不能成器,过严恐生不虞,且致父母之忧。"眷念切爱之心,刻未能忘。前日贾政闻塾师背后赞宝玉偏才尽有,贾政未信,适巧遇园已落成,令其题撰,聊一试其情思之清浊。其所拟之匾联虽非妙句,在幼童为之,亦或可取。即另使名公大笔为之,固不费难,然想来倒不如这本家风味有趣。更使贾妃见之,知系其爱弟所为,亦或不负其素日切望之意。脂批:"一驳一解,跌岩(宕)摇曳之至。且写得父母兄弟体贴恋爱之情,淋漓痛切,真是天伦至情。"因有这段原委,故此竟用了宝玉所题之联额。那日虽未曾题完,后来亦曾补拟。脂批:"一句补前文之不暇,启(后)文之苗裔,至后文凹晶馆黛玉口中又一补,所谓一击空谷,八方皆应。"

闲文少述,且说贾妃看了四字,笑道:"'花溆'二字便妥,何必'蓼汀'?"侍座太监听了,忙下小舟登岸,飞传与贾政。贾政听了,即忙移换。一时,舟临内岸,复弃舟上舆,便见琳宫绰约,桂殿巍峨。石牌坊上明显"天仙宝境"四字,贾妃忙命换"省亲别墅"四字。脂批:"妙。是特留此四字与彼自命。"于是进入行宫。但见庭燎烧空,香屑布地,火树琪花,金窗玉槛。说不尽帘卷虾须,毯铺鱼獭;鼎飘麝脑之香,屏列雉尾之扇。真是:

金门玉户神仙府,

第十七十八回　大观园试才题对额　荣国府归省庆元宵

桂殿兰宫妃子家。

贾妃乃问："此殿何无匾额？"随侍太监跪启曰："此系正殿，外臣未敢擅拟。"贾妃点头不语。礼仪太监跪请升座受礼，两陛乐起。礼仪太监二人引贾赦、贾政等于站台下排班，殿上昭容传谕曰："免。"太监引贾赦等退出。又有太监引荣国太君及女眷等自东阶升站台上排班，脂批："一丝不乱，精致大方，有如欧阳公九九。"昭容再传谕曰："免。"于是引退。

茶已三献，贾妃降座，乐止。退入侧殿更衣，方备省亲车驾出园。至贾母正室，欲行家礼，贾母等俱跪止不迭。贾妃满眼垂泪，方彼此上前厮见，一手搀贾母，一手搀王夫人，三个人满心里皆有许多话，只是俱说不出，只管呜咽对泣。脂批："《石头记》得力擅长，全是此等地方。"邢夫人，李纨，王熙凤，迎、探、惜三姊妹等，俱在旁围绕，垂泪无言。

脂批："非经历过，如何写得出？壬午春。"

明明是写泼天喜事，到了却写一家三人"呜咽对泣"，令人读后只觉其真情，未觉其不妥。

半日，贾妃方忍悲强笑，安慰贾母、王夫人道："当日既送我到那不得见人的去处，好容易今日回家娘儿们一会，不说说笑笑，反倒哭起来。一会子我去了，又不知多早晚才来！"数语如闻呜咽之声。说到这句，不禁又哽咽起来。脂批："追魂摄魄，《石头记》传神摸（摹）影，全在此等地方，他书中不得有此见识。"邢夫人等忙上来解劝。脂批："说完不可，不先说不可，说之不痛不可，最难说者是此时贾妃口中之语。只如此一说，千贴万妥，一字不可更改，一字不可增减，入情入神之至。"贾母等让贾妃归座，又逐次一一见过，又不免哭泣一番。可见满腹痛泪，不得一倾也。然后东西两府掌家执事人丁在厅外行礼，及

一连几次呜咽，止而又哭，令人感觉有千万衷肠不得痛快一吐也。作者挟万钧之笔力，写吞吐不尽之意，虽未尽而已写尽矣！

两府掌家执事媳妇领丫鬟等行礼毕，贾妃因问："薛姨妈、宝钗、黛玉因何不见？"王夫人启曰："外眷无职，未敢擅入。"脂批："所谓诗书世家，守礼如此。偏是暴发，骄妄自大。"贾妃听了，忙命快请。脂批："又谦之如此，真是好界好人物。"按："界"字或有误。窃以为此处或是"好家教"，家误作界，复脱教字。有正本作"世界"，似亦不可解。

一时，薛姨妈等进来，欲行国礼，亦命免过，上前各叙阔别寒温。又有贾妃原带进宫去的丫鬟抱琴等脂批："前所谓贾家四钗之瞽，暗以琴棋书画排行，至此始全。"上来叩见，贾母等连忙扶起，命人别室款待。执事太监及彩嫔、昭容各侍从人等，宁国府及贾赦那宅两处自有人款待，只留三四个小太监答应。母女姊妹深叙些离别情景，脂批："深"字妙。及家务私情。

前后三回省亲大文字，其要只在贾妃几句话及诸人几滴眼泪，其余皆排场文字也。

又有贾政至帘外问安，贾妃垂帘行参等事。又隔帘含泪谓其父曰："田舍之家，虽虀盐布帛，终能聚天伦之乐；今虽富贵已极，骨肉各方，然终无意趣！"是怨是诉是戒，尽在其中矣。"终无意趣"四字，贬尽多少歌颂。贾政亦含泪启道："臣，草莽寒门，鸠群鸦属之中，岂意得征凤鸾之瑞！今贵人上锡天恩，下昭祖德，此皆山川日月之精奇、祖宗之远德钟于一人，幸及政夫妇。且今上启天地生物之大德，垂古今未有之旷恩，虽肝脑涂地，臣子岂能得报于万一！惟朝乾夕惕，忠于厥职外，愿我君万寿千秋，乃天下苍生之同幸也。贵妃窃勿以政夫妇残黎〔五〕为念，懑愤金怀，更祈自加珍爱。惟业业兢兢，勤慎恭肃以侍上，庶不负上体贴眷爱如此之隆恩也。"贾妃亦嘱"只以国事为重，贾妃亦必得有几句套语，否则真如民间回娘家矣！暇时保养，切勿记念"等语。

贾政一段话，如听戏辞，然是真事，非做戏也。

第十七十八回　大观园试才题对额　荣国府归省庆元宵

贾政又启："园中所有亭台轩馆，皆系宝玉所题；如果有一二稍可寓目者，请别赐名为幸。"元妃听了宝玉能题，便含笑说："果进益了。"贾政退出。贾妃见宝、林二人亦发比别姊妹不同，真是姣花软玉一般。因问："宝玉为何不进见？"〖贾妃对宝黛之评。〗〖脂批："至此方出宝玉。"〗贾母乃启："无谕，外男不敢擅入。"元妃命快引进来。小太监出去引宝玉进来，先行国礼毕，元妃命他进前，携手揽于怀内，〖脂批："作书人将批书人哭坏了。"〗又抚其头颈笑道："比先竟长了好些……"一语未终，泪如雨下。〖脂批："只此一句，便补足前面许多文字。"按："泪如雨下"四字，有有余不尽之意。〗

尤氏、凤姐等上来启道："筵宴齐备，请贵妃游幸。"元妃等起身，命宝玉导引，遂同诸人步至园门前。早见灯光火树之中，诸般罗列非常。进园来先从"有凤来仪""红香绿玉""杏帘在望""蘅芷清芬"等处，登楼步阁，涉水缘山，百般眺览徘徊。一处处铺陈不一，一桩桩点缀新奇。贾妃极加奖赞，又劝："以后不可太奢，此皆过分之极。"〖话皆切合贵妃，然臣寓劝戒之意。〗已而至正殿，谕免礼归座，大开筵宴。贾母等在下相陪，尤氏、李纨、凤姐等亲捧羹把盏。

元妃乃命传笔砚伺候，亲搦湘管，择其几处最喜者赐名。按其书云：

顾恩思义　匾额

天地启宏慈，赤子苍头同感戴；

古今垂旷典，九州岛万国被恩荣。此一
匾一联，书于正殿。 脂批："是贾妃口气。"

大观园 园之名

有凤来仪 赐名曰"潇湘馆"。

红香绿玉改作"怡红快绿"即名曰"怡红院"。

蘅芷清芬 赐名曰"蘅芜苑"。

杏帘在望 赐名曰"浣葛山庄"。

正楼曰"大观楼"，东面飞楼曰"缀锦阁"，西面斜楼曰"含芳阁"；更有"蓼风轩""藕香榭""紫菱洲""荇叶渚"等名，又有四字的匾额十数个，诸如"梨花春雨""桐剪秋风""荻芦夜雪"等名，此时悉难全记。脂批："故意留下秋爽斋、凸碧山堂、凹晶溪馆、暖香坞等处为后文另换眼目之地步。" 又命旧有匾联俱不必摘去。

于是先题一绝云：

衔山抱水建来精。多少工夫筑始成。

天上人间诸景备，芳园应锡大观名。脂批："诗却平平，盖彼不长于此也，故只如此。"

写毕，向诸姊妹笑道："我素乏捷才，且不长于吟咏，妹辈素所深知。今夜聊以塞责，不负斯景而已。异日少暇，必补撰《大观园记》并《省亲颂》等文，以记今日之事。妹辈亦各题一匾一诗，随才之长短，亦暂吟成，不可因我微才所缚。且喜宝玉竟知题咏，是我意外之想。此中'潇湘馆''蘅芜苑'二处,我所极爱,次之'怡红院''浣葛山庄'，此四大处，必得别有章句题咏方妙。前所题之联虽佳，如今再各赋五言律一

首，使我当面试过，方不负我自幼教授之苦心。"此句接应前文。宝玉只得答应了，下来自去构思。

迎、探、惜三人之中，要算探春又出于姊妹之上，然自忖亦难与薛、林争衡，脂批："只一语便写出宝、黛二人，又写出探卿知己知彼，伏下后文多少地步。"只得勉强随众塞责而已。李纨也勉强凑成一律。贾妃先挨次看姊妹们的，写道是：

旷性怡情 匾额　迎春

园成景备特精奇。奉命羞题额旷怡。
谁信世间有此境，游来宁不畅神思？

万象争辉 匾额　探春

名园筑出势巍巍。奉命何惭学浅微。
精妙一时言不出，果然万物生光辉。

文章造化 匾额　惜春

山水横拖千里外，楼台高起五云中。
园修日月光辉里，景夺文章造化功。

脂批："更牵强，三首之中，还算探卿略有作意，故后文写出许多意外妙文。"

文采风流 匾额　李纨

秀水明山抱复回。风流文采胜蓬莱。
绿裁歌扇迷芳草，红衬湘裙舞落梅。
珠玉自应传盛世，神仙何幸下瑶台。
名园一自邀游幸，未许凡人到此来。

脂批："此四诗列于前，正为瀹托下韵也。"

凝晖钟瑞 匾额　薛宝钗

芳园筑向帝城西。华日祥云笼罩奇。

高柳喜迁莺出谷，修篁时待凤来仪。脂批："恰极。"

文风已著宸游夕，孝化应隆归省时。

睿藻仙才盈彩笔，自惭何敢再为辞。

脂批："好诗，此不过颂圣应酬耳，犹未见长，以后渐知。"

世外仙源 匾额　林黛玉

名园筑何处？仙境别红尘。脂批："落思便不与人同。"

借得山川秀，添来景物新。脂批："所谓信手拈来无不是，阿颦自是一种心思。"

香融金谷酒，花媚玉堂人。

何幸邀恩宠，宫车过往频。

脂批："余谓宝、林此作未见长，何也？盖后文别有惊人之句也。在宝卿有生不屑为此，在黛卿实不足一为。"

贾妃看毕，称赏一番，又笑道："终是薛、林二妹之作与众不同，非愚姊妹可同列者。"原来林黛玉安心今夜大展奇才，将众人压倒，脂批："这却何必？然尤物方如此。"不想贾妃只命一匾一咏，倒不好违谕多作，只胡乱作一首五言律应景罢了。脂批："请看前诗，却云是胡乱应景。"

脂批："这样章法，又是不曾见过的。"彼时宝玉尚未作完，只刚作了"潇湘馆"与"蘅芜苑"二首，正作"怡红院"一首，起草内有"绿玉春犹卷"一句。宝钗转眼瞥见，便趁众人不理论，急忙回身悄推他道："他脂批："此'他'字指贾妃。"因不喜'红香绿玉'四字，改了'怡红快绿'；你这会子偏用'绿玉'二字，岂不是有意和他争驰了？况且蕉叶之说也颇多，再想

第十七十八回　大观园试才题对额　荣国府归省庆元宵

一个字改了罢。"宝玉见宝钗如此说，便拭汗道：脂批："想见其构思之苦，方是至情。最厌近之小说中，满纸神童天分等语。""我这会子总想不起什么典故出处来。"宝钗笑道："你只把'绿玉'的'玉'字改作'蜡'字就是了。"宝玉道："'绿蜡'可有出处？"宝钗见问，悄悄的咂嘴点头脂批："媚极的极。"笑道："亏你，今夜不过如此，将来金殿对策宝钗总不忘金殿对策。你大约连'赵钱孙李'都忘了呢！脂批："有得宝卿聚落，但就谓宝卿无情，只是较阿颦施之特正耳。"唐钱珝咏芭蕉诗头一句'冷烛无烟绿蜡干'，你都忘了不成？"脂批："此等处便使用硬证实处，最是大力量。但不知是何心思，是从何落想，穿插到如此玲珑锦绣地步。"宝玉听了，不觉洞开心臆，笑道："该死，该死！现成眼前之物偏倒想不起来了，真可谓'一字师'了。从此后我只叫你师父，再不叫姐姐了。"宝钗亦悄悄的笑道："还不快作上去，只管姐姐妹妹的。谁是你姐姐？那上头穿黄袍的才是你姐姐！艳羡之情，自然溢出。你又认我这姐姐来了。"一面说笑，因说笑又怕他耽延工夫，遂抽身走开了。脂批："一段忙中闲文，已是好看之极，出人意外。"宝玉只得续成，共有了三首。

此时林黛玉未得展其抱负，自是不快。因见宝玉独作四律，大费神思，何不代他作两首，也省他些精神。〔六〕脂批："写黛卿之情思，待宝玉却又如此，是与前文特犯不犯之处。"想着，便也走至宝玉案旁，悄问："可都有了？"宝玉道："才有了三首，只少'杏帘在望'一首了。"黛玉道："既如此，你只抄录前三首罢。赶你写完那三首，我也替你作出这首了。"说毕，低头一想，早已吟成一律，脂批："瞧他写阿颦只如此，便妙极。"便写在纸条上，

宝玉原作"绿玉"，宝钗却易以"绿蜡"，以此取悦贾妃。其实，"蜡"是假的，"玉"是真的，论句自是宝玉原句好，然宝钗假人，故爱此"蜡"字。此文心之微妙处也。

按："绿蜡"，出唐钱珝诗，原诗云："冷烛无烟绿蜡干。芳心犹卷怯春寒。一缄书札藏何事，会被东风暗拆看。"（《全唐诗》七一二卷）。韦縠《才调集》误作钱翊。庚辰本等亦作钱翊，沿《才调集》之误。宋洪迈《万首唐人绝句》，清曹寅《全唐诗》，《新唐书·钱徽传》均作钱珝。今据以上诸本改。

脂批："如此穿插，安得不令人拍案叫绝？壬午季春。"

宝钗声口，不忘金殿对策，艳羡贾妃的荣耀，此虽随口而出，实是真情流露也。雪芹之笔，擅从细微处落墨，所谓颊上三毫也。

脂批："偏又写一样，是何心意构思而得？畸笏。"

脂批："纸团送迭（递），系应童生秘诀，黛卿自何处学得？一笑。丁亥春。"

313

搓成个团子,掷在他跟前。^{甲辰本批:"姐姐做试官尚用枪手,难怪世间之代倩多耳。"按雪芹着此一笔,是绝妙讽世}

^{文字,当时科举八股考试,尽多舞弊,雪芹此处涉笔讽刺而妙造自然,令人不觉也。}宝玉打开一看,只觉此首比自己所作的三首高过十倍,真是喜出望外,^{脂批:"这等文字,亦是观书者望外之想。"}遂忙恭楷呈上。贾妃看道:

　　　　有凤来仪　臣宝玉谨题

秀玉初成实,堪宜待凤凰。^{脂批:"起便拿得住。"}

竿竿青欲滴,个个绿生凉。

迸砌妨阶水,穿帘碍鼎香。^{脂批:"妙句,古云:'竹密何妨水过',今偏翻案。"}

莫摇清碎影,好梦昼初长。

　　　　蘅芷清芬

蘅芜满净苑,萝薜助芬芳。^{脂批:"助字妙,通部书所以皆善练字。"}

软衬三春草,柔拖一缕香。^{脂批:"刻画入妙。"}

轻烟迷曲径,冷翠滴回廊。^{脂批:"甜脆满颊。"}

谁谓池塘曲,谢家幽梦长。

　　　　怡红快绿

深庭长日静,两两出婵娟。

^{脂批:"双起双敲,读此首始信前云'有蕉无棠不可,有棠无蕉更不可'等批,非泛泛妄批驳他人,到自己身上则无能为之论也。"}

绿蜡^{脂批:"本是玉字,此遵宝卿改,似较玉字佳。"按:其实"玉"字胜于"蜡"字,"玉"是真,"蜡"是假,两人吐属,各自不同,本性不同也,雪芹之心细矣,惜谁能辨此毫芒哉!}春犹卷,^{脂批:"是蕉。"}

红妆夜未眠。^{脂批:"是海棠。"}

凭栏垂绛袖,^{脂批:"是海棠之情。"}倚石护青烟。

^{脂批:"是芭蕉之神,何得如此工恰自然?真是好诗,却是好画。"}

对立东风里,^{脂批:"双收。"}主人应解怜。

此诗除首两句略具应制之体外,下六句非但不像应制,且都有不宜之句,末两句"碎影""梦长",更非颂诗之体,作者正写宝玉本性,虽起首勉强应制,以下又自身天然本性毕露矣。

第十七十八回　大观园试才题对额　荣国府归省庆元宵

脂批:"归到主人方不落空。王梅隐云:'咏物体又难双承双落,一味双拿,则不免牵强。'此首可谓诗题两称,极工极切,极流离妩媚。"

杏帘在望

杏帘招客饮,在望有山庄。

脂批:"分题作一气呵成,格调熟练,自是阿颦口气。"

菱荇鹅儿水,桑榆燕子梁。

脂批:"阿颦之心臆才情,原与人别,亦不是从读书中得来。"

一畦春韭绿,十里稻花香。

盛世无饥馁,何须耕织忙。

脂批:"以幻入幻,顺水推舟,且不失应制,所以称阿颦。"

宝玉三首诗,都非应制正体,除第一首开头两句,略称应制外,其余皆自适其性耳,此宝玉之为宝玉也,黛玉代作一首,末两句略点应制,其二三两联,皆一派田园风光,何其自然天成!与前宝玉三首合看,恰如一人声口,而宝钗一字之改,真假立判,此文心诗心之细微者,读者当会作者之深心耳!

贾妃看毕,喜之不尽,说:"果然进益了!"又指"杏帘"一首为前三首之冠,遂将"浣葛山庄"改为"稻香村"。脂批:"如此服善,妙。"又命探春另以彩笺誊录出方才一共十数首诗,出令太监传与外厢。贾政等看了,都称颂不已。贾政又进《归省颂》。元春又命以琼酥金脍等物,赐与宝玉并贾兰。脂批:"百忙中点出贾兰,一人不落。"此时贾兰极幼,未达诸事,只不过随母依叔行礼,故无别传。随笔略提贾兰。贾环从年内染病未痊,自有闲处调养,故亦无传。

脂批:"补明方不遗失。"

脂批:"仍用玉兄前拟稻香村,却如此幻笔幻体,文章之格式至矣尽矣。壬午春。"

那时贾蔷带领十二个女戏,在楼下正等的不耐烦,回应前从姑苏采买之学戏者。只见一太监飞跑来说:"作完了诗,快拿戏目来!"贾蔷急将锦册呈上,并十二个花名单子。少时,太监出来,只点了四出戏:

第一出,《豪宴》;脂批:"《一捧雪》中,伏贾家之败。"

第二出，《乞巧》； 脂批："《长生殿》中，伏元妃之死。"

第三出，《仙缘》； 脂批："《邯郸梦》中，伏甄宝玉送玉。"

第四出，《离魂》。 脂批："《牡丹亭》中，伏黛玉死。所点之戏剧伏四事，乃通部书之大过节，大关键。"

> 此四出戏，预示贾家后部之情节，正如脂批所云："所点之戏剧伏四事，乃通部书之大过节，大关键。"此批极重要，一是提示了《红楼梦》后部情节，二是证明雪芹当时已有后部稿本，否则脂砚不能批出此四个关键情节。

贾蔷忙张罗扮演起来。一个个歌欺裂石之音，舞有天魔之态。虽是妆演的形容，却作尽悲欢情状。刚演完了，一太监执一金盘糕点之属进来，问："谁是龄官？"贾蔷便知是赐龄官之物，喜的忙接了，脂批："何喜之有？伏下面许多文字，只用一'喜'字。" 命龄官叩头。太监又道："贵妃有谕，说'龄官极好，再作两出戏，不拘那两出就是了'。"贾蔷忙答应了，因命龄官作《游园》《惊梦》二出，龄官自为此二出原非本角之戏，执意不作，定要作《相约》《相骂》二出。

> 此处又提后部情节。

脂批："《钗钏记》中，总隐后文不尽风月等文。按近之俗语云：'能养千军，不养一戏。'盖甚言优伶之不可养之意也。大抵一班之中，此一人技业稍优出众，此一人则拿腔作势辖众作能。种种可恶，使主人逐之不舍，责之不可，虽欲不怜而实不能不怜，虽欲不爱而实不能不爱。余历梨园子弟广矣，各各(个个)皆然。亦曾与惯养梨园诸世家兄弟谈议及此，众皆知其事，而皆不能言。今阅《石头记》至'原非本角之戏，执意不作'二语，便见其特能压众，乔酸娇妒，淋漓满纸矣。复至'情悟梨香院'一回，更将和盘托出，与余三十年前目睹身亲之人，现形于纸上！使言《石头记》之为书，情之至极，言之至恰。然非领略过乃事，迷陷过乃情，即观此茫然嚼蜡。亦不知其神妙也。"

贾蔷扭他不过， 脂批："如何反扭他不过，其中隐许多文字。" 只得依他作了。贾妃甚喜，命"不可难为了这女孩子，好生教习"， 脂批："可知尤物了。" 额外赏了两匹宫缎、两个荷包并金银锞子、食物之类。 脂批："又伏下一个尤物，一段新文。" 然后撤筵，将未到之处复又游玩。忽见山环佛寺，忙另盥手进去焚香拜佛，又题一匾云："苦海慈航"。 脂批："寓通部人事，一篇热文却如此冷收。" 又额外加恩与一般幽尼女道。

> 按：当年曹寅、李煦家都有戏班，此段批语，正可证其事，且可知《石头记》中确有许多故事情节，其生活素材来源，即出于曹、李两家也。
>
> 于大热闹中，忽出"苦海慈航"四字，欲警醒多少痴迷之笔，亦寓繁华如梦，速寻觉路之意。

少时，太监跪启："赐物俱齐，请验等例。"乃呈

第十七十八回　大观园试才题对额　荣国府归省庆元宵

上略节。贾妃从头看了，俱甚妥协，即命照此遵行。太监听了，下来一一发放。原来贾母的是金、玉如意各一柄，沉香拐拄一根，伽楠念珠一串，"富贵长春"宫缎四匹，"福寿绵长"宫绸四匹，紫金"笔锭如意"锞十锭，"吉庆有鱼"银锞十锭。邢夫人、王夫人二分，只减了如意、拐、珠四样。贾敬、贾赦、贾政等，每分御制新书二部，宝墨二匣，金、银爵各二只，表礼按前。宝钗、黛玉诸姊妹等，每人新书一部，宝砚一方，新样格式金银锞二对。宝玉亦同此。脂批："此中忽夹上宝玉，可思。"贾兰则是金银项圈二个，金银锞二对。尤氏、李纨、凤姐等，皆金银锞四锭，表礼四端。外表礼二十四端，清钱一百串，是赐与贾母、王夫人及诸姊妹房中奶娘众丫鬟的。贾珍、贾琏、贾环、贾蓉等，皆是表礼一份，金锞一双。其余彩缎百端，金银千两，御酒华筵，是赐东西两府凡园中管理工程、陈设、答应及司戏、掌灯诸人的。外有清钱五百串，是赐厨役、优伶、百戏、杂行人丁的。

脂批："一回离合悲欢夹写之文，真如山阴道上，令人应接不暇。尚有许多忙中闲、闲中忙小波澜，一丝不漏，一笔不苟。"

众人谢恩已毕，执事太监启道："时已丑正三刻，请驾回銮。"贾妃听了，不由的满眼又滚下泪来。"别时容易见时难"也。却又勉强堆笑，写得真。拉住贾母、王夫人的手，紧紧的不忍释放，脂批："使人鼻酸。"再四叮咛："不须挂念，好生自养。如今天恩浩荡，一月许进内省视一次，见面是尽有的，何必伤惨。倘明岁天恩仍许归省，万不可

> 王府、戚序本评云："此回铺排，非身经历，开巨眼，伸大笔，则必有所滞罣牵强，岂能如此触处成趣，立后文之根，足本文之情者？且借象说法，学我佛阐经，代天女散花，以成此奇文妙趣。惟不得与四才子书之作者，同时讨论臧否，为可恨耳。"

如此奢华靡费了！" _{再写一笔，可见豪华至极。脂批："妙极之谶，试看别书中专能故用一不祥之语为谶，今偏不然，只有如此现成一语，便是不再之谶。只看他用一'倘'字，便隐讳，自然之至。"} 贾母等已哭的哽噎难言了。_{更悲。} 贾妃虽不忍别，怎奈皇家规范，违错不得，只得忍心上舆去了。_{以喜始，以悲终，是大手笔，是意想不到之文也。} 这里诸人好容易将贾母、王夫人安慰解劝，搀扶出园去了。正是——

第十七十八回　大观园试才题对额　荣国府归省庆元宵

【回后评】

　　大观园为宝玉及诸钗之居处，以后诸多情节，皆生发于此。此实小说人物活动之大环境，无此环境，则诸事无从展开，故必得细写，然如何细写，却是难事，单写建筑，则成为写一建筑工程矣。乃作者借贾政视察工程，商量题匾诸事，则一路描写品题，使文章情文相生，而贾政之视工程，亦成为一篇名园游记矣。

　　宝玉试才题匾联，实为下回省亲作诗预写一笔，使下文不突然，且亦见宝玉之清才洒脱，而贾政则迂腐板滞，活生生一刻板官僚，而诸清客则庸俗诣奉，诸相毕露，三者恰成对照。非如此不能见宝玉之才、贾政之腐、清客之俗也。

　　省亲一回是全书大喜文字，与前可卿之丧为大悲文字成一对照。作者皆以龙象之笔写之，具见大才，且省亲是皇家典仪，作者借此写出其皇皇家世，亦真事隐于其中也。

　　省亲以大喜起，却以"哭的哽噎难言"结，中间又有多次呜咽对泣，此皆意想不到之笔。此回从表面文章来看，是花团锦簇，天恩浩荡；从深一层看，直是写"离散天下之子女，以奉我一人之淫乐"也。此意何以知之？从元妃对贾政说"田舍之家，虽齑盐布帛，终能聚天伦之乐；今虽富贵已极，骨肉各方，然终无意趣"之语知之。

　　元妃点戏，脂砚加批，尽示贾家之败、元妃之死、甄宝玉送玉、黛玉之死等后部关键情节。今虽不得见后部文字，而其"通部书之大过节、大关键"已略得之矣。

【校记】

〔一〕回目：第十七回、第十八回，己卯、庚辰两本未分回，回目同作"大观园试才题对额，荣国府归省庆元宵"。甲戌本本回缺。蒙本、戚本、杨本、列本皆分回，蒙本从"也不想逛了这半日，老太太必悬挂着，快进去，疼你也白疼了。宝玉听说，方退了出来"处分回，戚、杨、列三本分回处同蒙本。蒙本回目上句同庚辰、己卯。下句作"怡红院迷路探曲折"。戚本回目下句"探曲折"作"探深幽"。杨本回目作"会芳园试才题对额，贾宝玉机敏动诸宾"。列本回目同庚辰、己卯本。舒序本十七回回目上句同庚辰、己卯本，下句作"荣国府奉旨赐归宁"。其分回处独异众本，是从"此时自己回想当初在大荒山中……所以倒是省了这工夫纸笔罢了"处分回的。甲辰本、程甲本第十七回回目全同庚辰、己卯本。分回处两本相同，都是从"叫书启相公写个请帖去请妙玉，次日遣人备车轿去接"处分回。第十八回蒙本回目作"庆元宵贾元春归省，助情人林黛玉传诗"。戚本同。杨本作"林黛玉误剪香囊袋，贾元春归省庆元宵"。列本十八回无回目，只写"石头记第十八回"。舒序本第十八回回目作"隔珠帘父女勉忠勤，搦湘管姊弟裁题咏"。甲辰本十八回回目作"皇恩重元妃省父母，天伦乐宝玉呈才藻"。程甲本全同。本校本第十七回、第十八回回目从庚辰、己卯本。

〔二〕回前诗，己卯、庚辰、蒙府、戚序、杨本、列本同。杨本"足"作"是"。

〔三〕庚辰本作"大老爷瞧了"，据甲辰、舒序本改。

〔四〕"牛心"，庚辰本无，从蒙本、杨本、列本、舒序、甲辰、程甲诸本补。

〔五〕己卯、庚辰、列藏、杨本、舒本均作"残犁"，蒙府、戚序作"残黎"，甲辰、程甲作"残年"。按："残黎"是。黎，黎民、黎庶；残，衰残，残年。贾政自称是年已衰残的老百姓。从蒙府、戚序本改。

〔六〕己卯本作"也省他些精神不到之处"。庚辰本于"精神"下

第十七十八回　大观园试才题对额　荣国府归省庆元宵

旁添"恐有"两字，全句为"恐有不到的之处"。戚序、蒙府、列藏、舒序同己卯本，甲辰、程甲本则删掉此数句，独杨本作"也省他些精神"，无下面累赘之句，从杨本改。